破荒

第 1 部
太阳从西边出来

袁仁琮◎著

知识产权出版社

全国百佳图书出版单位

内容提要

　　边远山区小镇，大山里的村寨，分散的人家，靠纯厚、善良和无私凝聚起简单的生活，却从未停止过改变命运的追求。解放初期穷苦人成长的艰难和掌权的不易，富人脱胎换骨，改造成为新人的痛苦，一个个幼稚可笑而又痛心疾首的故事，一个个已经远去的人物活在人们眼前，一幅幅扣人心弦的画面，向世人昭示：世人断定不可能发生的事已经发生，老百姓说，太阳从西边出来了。这不是后人杜撰的历史，而是作者亲身经历的浓缩和形象再现。

责任编辑：李　瑾　　责任出版：刘译文

图书在版编目（CIP）数据

　　太阳从西边出来/袁仁琮著．

—北京：知识产权出版社，2013.9

　　（破荒）

　　ISBN 978－7－5130－2330－6

　　Ⅰ.①太…　Ⅱ.①袁…　Ⅲ.①长篇小说—中国—当代

Ⅳ.①I247.5

　　中国版本图书馆 CIP 数据核字（2013）第 233669 号

破荒

太阳从西边出来
PO HUANG
TAIYANG CONG XIBIAN CHULAI

袁仁琮　著

出版发行：知识产权出版社

社　　　址：北京市海淀区马甸南村 1 号		邮　　编：100088	
网　　　址：http：//www.ipph.cn		邮　　箱：bjb@cnipr.com	
发行电话：010－82000893		传　　真：010－82000860 转 8240	
责编电话：010－82000860 转 8392		责编邮箱：lijin.cn@163.com	
印　　刷：知识产权出版社电子制印中心		经　　销：新华书店及相关销售网点	
开　　本：787mm×1092mm　1/16		印　　张：20.5	
版　　次：2013 年 10 月第 1 版		印　　次：2013 年 10 月第 1 次印刷	
字　　数：346 千字		定　　价：40.00 元	

ISBN 978－7－5130－2330－6

序言一

井绪东

这部长篇小说无疑是为共和国之初 30 年立传的。

作者毫不掩饰书写这段历史的意图和信心。我们跟随着作者，逐一经历我国大西南腹地侗族地区解放、土改、剿匪、合作化、反右、大跃进、"四清"、"文化大革命"等重大历史年代和历史事件。30 年峥嵘岁月，世情沧桑，人事翻覆，作者开掘出偌大的叙事空间。历史在这里，既作为叙事的背景，又成为叙事的对象。

作者对侗族乡亲的深情眷念，对家乡土地宗教般的情怀，都融入了对这块土地从 1949—1979 年间沧桑巨变的生动描写中。小说展现了 30 年间侗家儿女的人生命运、人性品格和乡土精神，在历史的反思中表现出我们民族在历史进程中的挣扎、奋斗和崛起。让我们在作者对人性的解剖中，去感受侗族山区人民那荡气回肠、可歌可泣的生命大吟唱。

井绪东　原贵州省文联副主席，文艺评论家，曾任中国作家协会全委会委员，多次担任鲁迅文学奖、少数民族文学骏马奖评委。

破荒　太阳从西边出来

序言二

黄　毅

　　袁仁琮是个学者型的作家，他写小说就像他做学问——有相对固定的领域，表现自己新的思考。他喜欢写哲学家，出版了《王阳明》和《庄周》。也喜欢写边远地区的少数民族人民的生活，出版了《穷乡》《梦城》。他的小说，最宝贵的，是有他关于这个纷纭复杂的世界的独立思考。如写少数民族，他总是站在少数民族的立场上，写他们的穷，写他们的偏僻闭塞，还写他们的理想、追求和奋斗。他痛着少数民族的痛，思考着少数民族的思考，因而他的这类小说总是写得与众不同，也让人刻骨铭心，印象深刻。随着对他了解的深入，我发现，他写哲学家也好，写少数民族也好，其实都是从一个目标出发的，即人活在世上，应该怎么活着，怎么才能更好地活着。对这个问题的思考，促使他完成了这部有史诗性质的巨著——《破荒》。在这部100多万字的小说里，他以亲身经历，少数民族的视角，表现自己对新中国建立至改革开放前这段历史的思考和见解。这段历史，目前有权威的结论，也有个人的不同的见解。这很正常，因为思考的出发点不同，角度不同，结论自然也就不一样。以少数民族的视角来审视这段历史，这是很别致的吧，有什么样的结果呢？这是很值得去了解的，去看看吧。

　　黄毅　云南昆明学院西南文学文化研究所所长，《西南学刊》副主编，云南昆明学院人文学院教授。

让历史评说（自序）

袁仁琮

1933 年，鲁迅先生著文痛悼五位共产党员青年作家白莽、柔石、冯铿、李伟森、胡也频的时候，用"为了忘却的记念"为题，写了一篇荡气回肠的不朽作品。随着岁月的流失，阅历的积累，风雨的剥蚀，生活的内在渐渐清晰，于是，对鲁迅先生此语深意逐渐了然。为了"忘却"而让愤懑之情汹涌而出，不能自已，实则愈写愈痛楚，愈无法忘却。我无意类比鲁迅这位伟人，也不是要把两个不同质的社会硬扯在一起，但无法忘却我所经历的半个多世纪，我的大半人生，我所熟悉的许多面孔和频频入梦来的许多旧事，岁月的流逝不但没能使之淡忘，倒越来越清晰。就这一点说，又与鲁迅先生何其相似。我的三卷本长篇小说《破荒》则是我这六十多年经历的回味与咀嚼。

我七十有六，除去出生后尚无记忆的几年，三十多年在非同寻常的岁月里度过。旧社会是什么样，1949 年以后出生的人只能从历史书、影视和文学作品以及老一辈人口中了解，而这些第二手材料，是经过筛选和加工了的。属于"不可不信，不可全信"之列。我不想重复典籍中关于旧社会的那些论述，只想说说亲身感受。要说山里人，我的家，够得上百分之百。"白云生处有人家"，那就是我的家，我的木屋，也就是我小说中反复出现的"半山"。单家独户，四面是崇山峻岭，无论走哪一方，都得好几个小时才有人家。靠兄长耕种几块薄田、父亲打锄头、镰刀、菜刀之类走村串寨叫卖，勉强度日。我喜欢读书，家人全力支持，却因为只能靠亲朋支持而不得不频频辍学，调换学校就读。我断断续续读了八所学校，才升至高小五年级。那已是 1949 年秋天。也就是那一年，我亲眼见到了拉壮丁的残酷场面，看到保安团的兵大爷们在小镇上明拿暗抢，众目睽睽之下将赶乡场的老大爷用枪托打翻在地。同时，不断地有妇女被奸淫的事传出。山里孩子汉话说得不好而受嘲笑，被喊做"野佬"，便是我和大山里去"大地方"（小镇）上学的同学经常受到的屈辱。山里人不缺乏志气和骨气。我老辈人搬迁之前所住的小村寨碧雅，清末时候就有贡生一人，武秀才一人，文秀才两人。农民家里也许穷得揭不开锅，有几本书却是常见的事。

从记事起，我在旧社会生活的时间也有七八年之久，旧社会留给我的印象非常坏。我不长的旧社会生活经历，印证了王蒙先生所说的话："我无法做到欣赏和怀恋旧中国"，"于是我在旧中国看到的是全民的腐败，是头上长疮，脚板流脓的烂透"。（《老年日报》2013 年 6 月 19 日）那样的社会，无论如何不是多数中国人能认同的。

新社会的新，我是从第一次见到的解放军身上开始认识的。1949 年秋的一天，解放军神不知鬼不觉地进入小小的乡镇蓝田。这些穿黄军装的军人唱着《三大纪律八项注意》走过小街，到街头，在割过稻子的大田坝上解散休息，喝水，裹烟卷。他们在干田里架锅做饭。吃过，大部队往县城开拔，没走的解放军驻进区公所和蓝田小学。我们这些小学生见这些兵和善，很快和他们混熟了。解放军鼓励我们好好读书。"建设新中国，需要大量人才哩。"一个操北方口音的解放军说。他笑眯眯的模样，我至今清晰地记得。

1951 年秋，我考入天柱中学初中一年级。第二学期，学校批给我人民助学金，直到高中毕业。我考入贵阳师范学院（贵州师范大学前身），不但免交学杂费，还提供伙食费。没有党和政府提供的这些条件，像我这样的穷孩子要读到大学毕业是难以想象的。

没有一个代表人民利益的党和党的领袖人物领导全国人民长期斗争，没有千千万万革命者的流血牺牲，不可能推翻掌握政权的剥削者和压迫者，人民群众不可能成为国家的主人。只要有一点历史知识和实事求是精神的人都会承认这一点。之后的二十多年里，我经历了大大小小的政治风云，受过冲击，误了青春年华；民族和国家蒙受巨大损失。但如果冷静地想一想就会发现，要成功某一件事，要有若干主观条件和客观条件的配合，缺了某些条件，或者条件具备，时机不成熟，依然难以成功，因而，任何事物的发展变化都不可能一帆风顺。要求一个人口众多的国家不走一点弯路，没有任何挫折，几乎是不可能的。小损失也好，大劫难也罢，绝大多数是好心办坏事，犯幼稚病、盲从，只要不是成心与人民为敌，就会弃旧图新，幡然悔悟。再说，一个人经历一些挫折，也有利于磨砺性格，变得坚强而有韧性，不是坏事而是好事。

4

1978 年十一届三中全会，揭开了改革开放、开创新局面、进入发展新时期的序幕，我能尽快走出人生低谷，是与想明白这一系列大问题密切相关。中国人民走到今天不容易！

　　前面的路很长，一定还有数不清的困难梗在前进的道路上，是怨天尤人，消极悲观，还是承认困难，想办法克服困难？

　　我记忆中的人们是有高度智慧，坚忍不拔，心胸博大的。这些普普通通的农民、解放军、教师、干部，甚至于打倒对象，也就成了三卷本长篇小说《破荒》的主要描写对象，"中国人走到今天不易"不是写在纸上，或者用嘴说说，而是血与泪的记录，不可不倍加珍惜。这话是对读者说的，也是对我自己说的。

　　历史是公正的，是非曲直，让历史评说吧。

作者

2013 年 7 月 21 日

破荒
太阳从西边出来

1

忽然发生的骚乱，和眨眼间降临的暴风雨一样丝毫没有预兆。

山乡场镇，格局都差不多。窄溜溜一条独街，一袋烟工夫，从街头走到街尾。街两面破旧的屋檐下，摊连着摊，落满灰尘的菜油、桐油、盐、红蓝绿纸张、粗布以及针线、顶针之类，无序地挤在一起。间或有一两间烧腊铺，卖本地自烤低度酒和自酿苦米酒。街头有一块宽些的草坪，是猪、牛、马市场，充斥着恶心的臭气。这个小而肮脏的乡场，有个文雅的名字：玉田。玉田是方圆百里最大的乡场，往西北走40多里，就是叫人害怕的县城，山里人是不轻易去的。

这是个赶场天，曲曲折折若隐若现的山道上，戴白顶竹斗笠的，打纸伞的，扛猪牵牛的，绵长而断断续续，像无限延长的省略号。肠子形的街道，很快挤满衣衫褴褛的人们，像在暴雨下暴涨的山间洼地和溪流。

没人知道这里本来是什么模样，有文人说，七八百年前，有一次由东向西的大迁徙，这里才有了人烟，有了山里人的历史。爷爷的爷爷的爷爷早已不在人世，谁也说不清楚七八百年前这里是什么样，也不关心以后会是什么模样。要吃要喝，要一天天过下去，才是实实在在的。

者碧村离玉田28里。铁匠布劳兆单家独户住在大山里。山里常年浓雾弥漫，站在大路上眺望，像梦一样朦胧、遥远。他和山里人装束毫无二致，青头帕，粗布对襟衣，宽裤脚，稻草鞋，手脸和摆在面前的锄头、镰刀、柴刀一样黑，一样透着浓浓的烟火颜色，坚硬而充满韧性。他老在一块屋檐下的空地上蹲着，一面照顾眼前的生意，一面在心里执著地描画这样的画面：这些冷硬的家什源源不断变成黄澄澄的铜板，他的小儿子劳令由乡间小学而玉田区小，而县中……最后，和者碧村里当年的布夏一样考中秀才，披红挂绿，骑高头大马回村。布劳兆见识仅限于此，没有更远大的打算。

有人来看家什，顺便和他闲聊："蒙数（师傅），你是者碧人？"

布劳兆抬起眼皮看看问话的人，没说话——这样的问话有过多次，不用回答。

"者碧有人在县里读书哩！"说话的人把"县里"两个字说得特别响。

布劳兆希望有一天有人会问他："听讲你有个崽在县里读书？"

那时，布劳兆会大声回答："是啊，有一个！"

"县里，那是咋样的地方呀？"

"哪个晓得，怕是离皇帝住的金銮殿不远了。"

"者砻行哪拜（×），出人才啦！"说话的人带了流话把子，特别强调了话的分量。

"那是啊卵。"回答的人也带了流话把子。

布劳兆梦想多年了，有一天他的小儿子也要到离金銮殿不远的县城去读书。到县里去要读几年，不知道；县里读过，是不是要上京赶考？不知道；榜上有名了，会像布夏那样，披红挂绿，骑高头大马回家？不知道。有一点他是清楚的：到把儿子盘出头以后，日子一定比眼前好十倍、百倍。

为小儿子读书，布劳兆像迷失在大山里的人寻找出路一样，费尽力气。者砻村有文明而没有学校，劳令离开家到湖南远房亲戚家寄读那年，个儿还没桌子高。近几个月，外面传言很多，乱得很。仿佛满天飞子弹，到处在死人。布劳兆隔了几场没上乡场卖家什，不是他怕死，是怕真的死了，他的小儿子没法读书，布劳兆一家就完了。

越怕，事情偏生来了，虽然闹哄哄却还是平静的乡场忽然乱了。先是有人不要命地朝街的一头奔跑，跟着有了第二个，第三个……很快，整条街都乱了，有的要朝这头跑，有的要朝那头跑，更多的人不知道该往哪里跑，无头苍蝇似的胡撞乱碰，摊子被掀翻了，货物散了一地，老板大叫："我的货"，"日你妈的拜（×）"……

要命不要拣便宜，惊慌失措的人们从崭新的花布上踩过去，从农民们从来没尝过味道的糖果上面踩过去，只有那些不要命的老光棍才趁乱摸一把女人的大胯，好在闭眼的时候说："老子摸过女人那东西，够了。"

布劳兆见识比别人多。要是以往，他会看个明白再说。近来，他脑子里灌满了乱的传闻，也跟着慌乱起来。叮叮当当的几下把家什捡进竹篮里，转身进了小巷，打算从小巷里跑出去，离开场镇再说。不料这是死巷。小巷尽头有门，上了闩。布劳兆使劲一脚蹬开，没想到过了门是茅厕。一个女人正蹲着大便，听见踢门已经吓得不轻；跟着，见一个脸膛黑乎乎的男人冲进来，吓得她直喊救命。布劳兆见是女人蹲着，也吓着了，几脚踢开用板子夹起来的壁头。但布劳兆并没有只顾自己逃跑，回头给女人打招呼："快跑，19路军来啦！"外面传19路军是杀人不眨眼的土匪，走到哪里抢到那里。

茅厕外面是一片菜地。布劳兆一眼就认出，过了菜地，就上回者耷的路了。布劳兆跑到菜地中间，他看见蹲着大解的女人边提裤子边往外跑，好像还朝他喊了一句什么，布劳兆没有听明白。

布劳兆离开玉田乡场，顺着山里人砍柴的路没命地跑了一段，才想起儿子还在学堂里。为哪样不顾儿子死活，就一个人逃命？想到这里，头皮发麻，连忙往回跑。他要回去找崽，一定要找到，死活都要在一起。他刚往回奔几十步，又猛地停住，对自己说："搞不好这下到处都打得稀烂了……都吃12岁的饭了，难道连跑都不会？"

想想还是不放心，还是抬脚往回跑。远远地望见那条破败的独街了，他的崽劳令就在街的那一头的校园里。铁匠在心里喊一声："崽，爹来啦，莫怕！"

老铁匠不顾一切地冲进小街。小街空空荡荡，地上到处是香烟、盐巴、油桶、钱纸、香烛之类。一个穿破衣烂衫的汉子伸手去捡地上一段青布，背上挨了一枪托，拿枪的人进了门，门随即紧闭，铁匠闪眼看时，那是盐店。老铁匠没有多想，直奔玉小。玉小大门抗死了，老铁匠拿出吃奶的力气，也没能顶开。玉小都有高墙，老铁匠没法翻进去。老铁匠干着急，在墙外转了几圈，冒了一身冷汗，两脚软得提不起，顺着墙坐了下去……

下半夜，到处黑咕隆咚，布劳兆才摸进木屋。一家人坐在火坑板上等当家人回来。老铁匠憋了半天也没把事情说清楚，只结结巴巴地吩咐点香，烧纸，叫女人荷青、男崽也昂、妹崽也休，一起跪在神龛前面，说："没想到……事情来得这样快……祖宗保佑你们的子孙平安，保佑劳令平安……"

老铁匠一家祈求得很虔诚。做过这些，布劳兆心里平稳了不少。见当家人轻松下来，大家都长长地喘了一口气。

荷青拨开火塘里的火籽，一阵浓烟过去，她鼓着腮帮，用竹吹火筒"呼呼"的吹几下，吹着火。家里不仅气氛和缓不少，还恢复了些活气，布劳兆说："明天我一早还要去找，菩萨保佑我劳令莫得事。"

布劳兆的一句话，又把一家人的心提起老高。

2

赶场的山里人并不知道，乱是区公所起的头。区长乔长盛正在房间看盐店管账马哥送来的账本，一个叫花子模样的人冲进来，叫一声："快，来了……"

破荒
太阳从西边出来

声音像断气前的嚎叫，很可怕，满区公所的人都听见了。乔长盛第一个冲到天井里，看见一个人倒在地上，冒了一嘴白沫。乔长盛认出来了，是两年前被抓壮丁的杨光旦。前段时间，他妈还接到信，说八路就要来了，他也要回家了。杨光旦刚才说的"来了"，难道说的就是八路？一段时间来，一会讲八路要打来，一会讲九路马上就到；还说出了真命天子，皇帝要坐龙庭了。问县长商道，商道和赵团副都忙往荷包里整钱，说不准信。越没个准信越急，心时时提到喉咙里。乔长盛摇摇光旦，没有动静，大声喊叫："醒醒，醒醒，你讲哪样？"

光旦只是摇头，说不出话。乔长盛不敢耽误工夫，叫一声："快，跟我走！"

听到喊叫，两个区保安兵跑到跟前，乔长盛说："拿枪，去盐店！"

什么都明白了，不用多说。年长的保安兵叫上没听明白的保安兵，说："快，耳朵聋啦！"

乔长盛满脑壳想的都是"我的盐巴店"，四杆枪把他夹在中间，直奔店里。这时已经"登场"，是场镇人最多的时候。保安兵不得不拿枪杆子边拨开人边叫喊："让开，让开，让开！"

"八路来了"，或者"九路打过来了"的传言越来越多，每次赶场，大家都竖起耳朵，惊惊乍乍，乔长盛和保安兵这么一整，有人吓着了，不问青红皂白，跟着跑了起来。乡下人怕兵，怕土匪，见有人跑，连"出了哪样事"也没人问，一下全乱了。骂的骂，喊的喊；推的推，搡的搡；这里米豆腐摊掀翻了；那里店铺板倒了下来，杂货散了一地……

区公所不过是用来吓老百姓的，七八个办事的人没多少事可办，不过是占个位置，领份薪水；四个保安兵名义上管整个区公所安全，实际上只顾这位区长；区长名义上要管全区方方面面，其实，除了以各种名目收税，往衣袋里揣银子，眼睛也只盯他的盐巴生意。三年前，花3000块现大洋买了个区长，生意又大了许多。风声越来越近，金银、绫罗绸缎全在店里，拼死也不能让这份家当落水。

乔长盛和四个保安兵冲进盐店，有人在买盐，乔长盛大吼大叫："不卖啦不卖啦！关门关门！"保安兵跟着把人推出门，二老板马哥和两个伙计手忙脚乱地合上厚重的铺板，横插了门杠。不放心，顶门杠也上了。乔长盛给保安兵一个5块大洋，下了死命令："就是死，也要守住！"自己却躲进了最里间。

小街上发生骚乱的时候，劳令正在黄泥巴球场上和陈友斋、杨欢喜"打鸡"。

到玉小读书，是山里娃崽的梦想。玉田镇有个大田坝，一条街，算大地方了。镇上的娃是看不起山里娃的，喊他们做"野老"（意思和野人相近），不和他们一起玩。山里娃也不好惹，读书下狠劲，老师老夸奖，镇上娃想讨好也不耳（理睬）。

这一盘轮到劳令和陈友斋打。两人刚碰几下，杨欢喜忽然惊叫起来："看看看……"

玉小离小街不远，赶场的人四处逃散的惊慌样子，杨欢喜看得清清楚楚。惊慌是极易传染的，杨欢喜一下慌张起来。劳令和陈友斋停止了"打鸡"，同时朝杨欢喜指的方向看。还没看明白是咋回事，已经有同学跑出校门。朝校门外跑的人越来越多，劳令、陈友斋、杨欢喜顾不上回教室拿书本，没命地跟着跑起来。他们不知道街上发生了什么事，不敢朝街上跑，也不敢朝大坝上跑。他们从爹妈那里学到的求生经验是往大山里跑。只要进了大山，就是神仙也找不着了。他们没有商量，连眼色也没有递，全都想到一起去了。

玉小后山，和无边的大山相连接，大山里散落着 18 个村寨，劳令、陈友斋、杨欢喜虽然住在不同的寨子，但是，进了山，就算到家了。再说，他们在山里滚惯了，不怕。

他们怕碰到坏人，不敢走大路，走的全是砍柴人踩出来的路，有时连路的痕迹也没了，只好望着家乡的方向跑。他们让刺扎着了脚板，划破了手。劳令最惨，本来朽了的青色家机布裤子，不知道被什么挂了一下，裆开了一条长长的口子，半个屁股露在外面，黑白分明。

劳令出了"故事"，也跑不动了。要命的是日头已经偏西，还不知道离家有多远。夜里，山里老虎、豹子出没，很怕人。

劳令又累又饿，说："走不动了，咋办？"

杨欢喜说："我想，离我家怕是不远了。"

陈友斋心里没数，说："你咋晓得？"

"我好像到这里砍过柴。"杨欢喜四处看看，说，"是的，眼熟，我来过。"

陈友斋大大地喘口气，说："不能再走山上了，累死人。"

劳令很为难，说："走大路？敞起屁股好看是啵？"

杨欢喜说："谁看你呀，你不走算了，陈友斋，我两个走。"

两个对一个，劳令只好敞着半边屁股，跟在后面。

3

贵州这地方不产盐，全靠从四川、云南运来，量最大的又是川盐。在四川泸州或者自贡盐场，每斤 3 文、4 文，到玉田街上，每斤 40 文，除去厘金、运费、工人薪水，一斤至少赚 20 文。贵到斗米斤盐是常事。街上卖的差不多是岩盐。吃不起盐的人家，用绳子把盐块拴了，菜快炒熟的时候，拿绳子拴着的盐块在菜里打个转身，赶快取出。很淡，也比没一点盐味好。

乔长盛公公（即爷爷）的公公是湖南宝庆过来的补锅匠，一挑长索子摆箩，一头放小风箱、小炉子，一头放煤、破锅烂鼎罐、小喇叭、烟杆之类。补锅匠从湖南走到贵州，从玉田走进侗乡 18 寨，村村寨寨都走遍了，一个山里寡妇跟了他，在玉田街头搭了个棚子，冒了烟。一天晚上，补锅匠抱女人睡觉的时候说："这里哪样都好，就是菜有盐，寡得很。"

婆娘说："盐是有，要到县城去买。"

补锅匠有了想法，说："不补锅了，我们贩盐去吧。"

"哪有盐贩？"

"四川。"

"很远吧？"

"不怕，我在外面闯惯了。"

婆娘想想也是，补锅匠挑行头出门了。一个月以后，补锅匠回来了，补锅行头换成了盐。补锅匠卖盐赚到的钱，比走村串寨吹喇叭补锅一年都强。补锅匠又走了第二回，第三回，终于跟盐巴客搭了伙，在玉田开了个盐巴店。

乔长盛公公的公公把这份家业一直传下来，传到乔长盛爹手里，成了远近有名的富户。

乔长盛晓得自己的来历，卖盐心不黑，别的场镇卖多少钱一斤他也卖多少，足斤足两。有时候还要便宜一些。买主实在没钱，也肯赊账。不过，赊多了不行，最多两斤；也只能赊两次，第三次再要赊，脸色难看了。乔记盐号对顾客有这些好处，生意反倒越做越大。乔长盛不想置田产，当土财佬，一心想像衙门里的人那样风光风光。辗转托人，找到县长商道，花 3000 块现大洋，买下玉田区长一职。

乔长盛没多少文墨，一心要供儿子乔大贵读书，去掉土气。大贵是越大越蠢的那一类。小学成绩还不错，一上县中就水了，成绩垮得一塌糊涂，钱花得像流水。乔长盛担心这样下去，家要败在儿子手里，放下生意，进城一打探，才发现大贵裹上县剧团一位女戏子。这女戏子有丈夫，比大贵大10岁。

乔长盛气坏了，把大贵一索子捆了，雇辆马车拖回家，摁在神龛前面，说："当着祖宗，说说你在城里干的好事！"

乔大贵翻翻白眼，说："爹，你就打死我，我也要跟她那个，不那个我难过……"

几个"那个"，乔长盛明白是怎么回事了，晓得搞了那种事就像吃鸦片，只要沾第一口，就戒不脱了。当年自己不也是迷上了大贵妈，时时想"那个"，才不肯读书的吗？他没有处罚乔大贵，跟大贵妈田运桃说："看来县城那地方也不是个个都去得的，看到女的心就花了。"

运桃说："还不是跟你学！"

乔长盛鼓起牛眼睛，说："我是喜欢那个，但是，我苦得；要是我不能吃苦，有这好日子吗？"

运桃还要戳他的痛处，说："你就记得要那个，不肯读书。"

乔长盛不想分辩，说："我看给他些钱，赶出门去算了。"

运桃说："你不生崽，不晓得×痛，你要赶他，就把我也一起赶出去算了。"

"那你叫我这当爹的咋办？"

"交给我来办。"

"好吧。"

运桃把儿子叫到跟前，说："你跟人家来往多久了？"

大贵说："半年了。"

运桃问："你跟人家那个啦？"

大贵头埋得很低，点了一下。运桃忽然严厉起来，说："我告诉你大贵，有血性的男人是不欺负女人的。你既然跟人家那个了，就要娶人家。你娶人家，妈给你钱；你要是只玩不娶，对不起，我没你这个儿子！"

就这样，乔大贵去了县城，找到剧团演员的丈夫，给了他两百块大洋，算是完事。乔大贵和那剧团女戏子在县城买了房子，成了家。

乔长盛做梦都没想到自己这种德性会传染给儿子，儿子废了。

田运桃爹在县城开布店，家道殷实。田运桃一心往专署嫁，至少也要嫁个县城的男人。可是，天不从人愿，她偏生长得大奶子，大屁股，矮墩墩，别说城里年龄般配的男人看不上，连老者也不想要，还说："怕，那东西要夹死人的。"

看着女儿一天天长大，布店老板说："妹崽，长盛那崽我看要得，家底也厚，你就将就了吧。"

就这样，田运桃下嫁给了乔长盛。田运桃憋一肚子气，事情顺还好说，一有包包拱拱就拿脸色给男人看。乔长盛要娶二房再生？门都没有。于是，运桃把希望寄托在妹崽梦月身上，想供出头。可一来怕出了头远走高飞，二怕也学自己的样，打算只要有合适人家，就嫁出去。

在玉田这种重男轻女的地方，男崽多，妹崽少。别说像梦月这样的漂亮妹崽，就是丑八怪也不愁嫁出去。奇怪得很，却很少有媒人登乔长盛大门。没媒人登门不是梦月不好，是怕女方太强，娶这样的姑娘，门不当，户不对，抬不起头。这样的人家，自然不会让梦月像农民的子女那样玩山，唱歌，谈情说爱，自己找心上人。梦月也知道自己身份，只能在家里等待好运降临。

有好妹崽没合适人家上门求亲，乔长盛憋一肚子气。运桃却不急，她说："你急哪样？怕梦月嫁不出去？"

大黄狗忽然狂叫起来，好像有棒老二就要冲进来；外面，风从风火墙上呼呼刮过，格外瘆人。乔长盛推醒身边肥婆娘，摸出枕头底下的"小码子"。这时，佣人贾驼子已经来到楼门旁边。槽门又厚又重，隐蔽处开了个眼，看得清楚外面的动静。乔长盛的左眼对着门眼朝外面看，朦胧的月光下，一个戴大斗篷的人贴着门站着，"咯咯咯"，敲三下；"咯咯咯"，又敲三下。听准了，也看清楚的确是一个人，才轻轻叫贾驼子："开门。"

别说玉田镇，就是清河县，乔长盛也数得上是富户。棒老二、19路军抢的就是这种人家，县保安队也明着要了几次，和抢没两样。乔长盛遭吓了一回，晚上一定要四个保安兵住到家里来，运桃怕保安兵夜里乱来，死也不肯。这样，就只有在槽门上打主意了。加了一根横杠，另加两根顶门青棡棒。贾驼子把这些杠子拿开，门开了一条缝，门外的人闪身进来，立即把门关严，插上门杠，顶死。好像稍有迟疑，强盗就会冲进来一样。

乔长盛把来人领进堂屋，运桃提出煤油灯，放在八仙桌上。这时，来人摘下斗篷，一张瘦黑脸出现在乔长盛眼前，是商道。运桃站在一旁，乔长盛在商道对面坐下，商道说："风头紧了，赶快找退路。"

乔长盛浑身汗毛都立了起来，说话舌头也不灵了，说："是不是要来了？"

"不要问这样多了，赶快！"

"我去哪啊？"

"山里，越深越好。"

"者砦？"

"那里好，只要进了山，鬼都找不到。"

"那里我没熟人。"

"你去想办法。"

"……"

"要快，这世道，说变就变了。"商道说着，起身，"我还要回县里，事情就交给你了。"往外走两步，停下，说："八路真的来了，你我都没得活路……"

商道说罢，鬼影一般从大槽门缝里挤了出去。

4

乔长盛无头苍蝇似的在堂屋里转了几圈，他在想一件事："你商道进山不当棒老二才怪呢。"想想就说出了嘴，"你去当棒老二，老子也跟你一起当棒老二？"

运桃说："他和姓赵的都惹不得。"

长盛说："我也晓得惹不得。晓得这样，不买这破官。"

运桃说："这种世道，没这破官，盐店还保得住？"

"人家找上门来了，咋办？"

"你就答应他。"运桃说，"到时候大不了把他引进山，他爱去哪里去那里，哪个管得了哪个？我们倒是要赶快找退路才是。找到了合适的地方，赶紧把贵重东西转走，共产共妻，遭八路共去我死都不闭眼。"

"要亲戚在大山里才靠得住。"

"只有找林素雅这条路了！"

"我也是这样想。"

林素雅是后坝林大梁女崽。林大梁也是玉田富户，但他只看中读书，不做生意，也不准家人做，当然没有乔长盛肥。不过，这种小地方，只要有些头脸，不愁不认识。只是两人都看不起对方。林大梁骂乔长盛"买官做，下作"，"为富不仁"；乔长盛说林大梁"屁本事没得的酸秀才"，从不走动。有了难处才想到人家，乔长盛和田运桃都觉得不好开口。仅仅过了两天，乔长盛和田运桃又下了狠心。

这天，乔长盛和以往一样去区里探事，街上忽然来了不少保安兵。省城有保安司令部，专署有保安团，县里有保安队。这些穿灰军上衣、穿半长裤、斜挎洋枪的人怕土匪，更怕八路，只有在百姓跟前是老虎。只要他们下乡镇，鸡鸭猪羊遭殃不说，半夜还要按人户的姑娘、媳妇。这些事，县城、乡镇都有传闻。长盛亲眼见一个保安兵趁玉田街上赶场拥挤，摸一个乡下妹崽屁股，旁边一个山里老人多看了几眼，被这个保安兵一枪托子打翻在地，愤怒的乡亲默默地把老人扶起，却没人敢和这家伙理论。

当时，乔长盛就在旁边。他脑子里窜上来个可笑的想法：要是当年鲁智深遇到这样的不平事，无须像对付镇关西那样给他三拳，一拳就够了。山里人拳脚高手不是很多吗？不是也打败过清军吗？为什么不见了当年的英雄气？想到这里，乔长盛也有点看不起自己。

这天，乔长盛和两个保安兵一起，到区公所探事，感觉街上气氛不对。走不远，看见个保安兵站在香烟摊旁边，朝摊主伸出手。摊主恭恭敬敬地拿一包好烟给他。这位兵大爷接过烟，手一扬，照摊主的脸砸过去。摊主知道这些人的厉害，忙拿一条上好香烟递过去，兵大爷才走开。兵大爷一走开，香烟摊主慌忙收拾摊子，进家，抗死大门。

乔长盛觉得兆头不好，赶忙朝盐巴店赶。刚到门口，看到一个官样的人坐在店堂里，让身旁一个小兵"嗦"的撕下一张纸，递给在柜台后面的马哥。马哥看一眼纸条，吓得嘴都歪了，说："大人，事情太大，我做不了主，要报过乔区长才能定夺。"

军官摸摸斜挎的木盒子枪，并不看马哥，说："公事紧，没工夫耽搁，你快一点！"

马哥哭丧着脸，说："快快，一定快。"

乔长盛看在眼里，走了进来，后面跟着两个穿军服的人。马哥迎出来，把他拉到门外，轻声说："派款的来了。"

"多少？"

"3000 块大洋。"

不用问，乔长盛也晓得来敲竹杠的就是坐着的人。

乔长盛血直朝脑门冲，骂起来："妈的拜，是哪个王八蛋七（吃）到老子头上来啦！"

军官听到乔长盛骂了，却不动声色。保安团团副赵新久早就听说这位"乔老板"，知道他这区长是买来的，区里只有四个保安兵，还不是正式编制。敲就敲了，敢声张就把这桶屎搅臭。

乔长盛走进盐店，马哥忙递那张纸条给他看。乔长盛一看纸条上写着"捐军款三千元大洋"一行字，从木壳里拔出驳壳枪，啪的一声，砸在柜台上，说："要钱？问它愿不愿！"

坐着的军官呼地站起身，问："你就是盐店老板？"

乔长盛瞪着眼睛回答说："是啊，咋啦？"

军官命令说："你抗交军饷，来人哪！"

乔长盛还没回过神来，躲在旁边烧腊铺吃酒的四五个保安兵已经冲进来，七手八脚地把乔长盛扭住，推出店门。军官骂骂咧咧，说："三天不来县里要人，别怪老子不客气！"

老马和四个区公所卫兵见区长被抓，不知道是什么来头，慌了手脚，赶忙关店门，赶去告诉老板娘田运桃。

这伙兵大爷在玉田足足住了一星期，搞得街上和附近几个村子鸡飞狗跳，媳妇、姑娘纷纷离开家，投亲靠友。田运桃怕男人出事，更怕妹崽遭毒手，一面叫区公所保安兵悄悄把乔梦月往者砻村送，一面去县里活动，塞包袱（使钱），千方百计营救男人。

盐巴店老板乔长盛遭殃不久，林家也遭了灾。

劳令、陈友斋、杨欢喜在家里待了一场（乡间隔5天赶一次乡场），想着该复课了。这天早上，三个同学赶回玉田后坝林家。刚到槽门前，五个穿灰衣服的保安兵已经到了槽门外。一个一脸横肉的人用拳头把门擂得"嘭嘭嘭"响，老人以为是不懂事的闲人，边出来边骂："何人如此无礼！"

林大梁骂声刚落，拳头擂门改成用枪托砸，砸出难听的破裂声。林大梁感觉事情不对，却也不能不开门。劳令、陈友斋、杨欢喜仗自己有些知识，正和砸门的兵理论，劳令说："你们找人就找人，为什么砸门？"

林大梁抽开大门杠，沉重的木门"吱呀"一声打开。满脸横肉的兵恨劳令一眼，说："小屁崽，小心老子捶你!"

陈友斋怕劳令吃眼前亏，一把把他拉到身后。劳令不肯咽下这口气，说："你敢捶我，我就敢到县里告你!"

满脸横肉的兵不信邪，举起枪托要打劳令。这时，林大梁已经走出槽门，见满脸横肉的兵要动粗，不顾一切地护住劳令，说："有哪样事找我，不要找学生!"

满脸横肉的人收回枪托，冲林大梁说："老人家，看样子你是读书人，是懂道理的。没有我们拿枪杆子，你们有安稳日子过吗?"

林大梁担心这些不讲理的家伙会搞出人命来，顺着说："是啊。"

林大梁没有想到，顺着反倒更糟，满脸横肉的兵朝旁边一个小兵努努嘴，这小兵从马裤里摸出个本本，翻开，"哧哧"的写了几个什么字，撕下一张，交给林大梁，林大梁接过一看，吓得脸都黑了，说："我乃耕读人家，哪里能拿出 1000 块现大洋啊……"

满脸横肉的人说："别哼穷，你出 1000 块大洋就算多了? 盐巴店要出 3000 块! 你们这些大户人家天天鸡鱼鸭肉，睡三四个小老婆，我们当兵的玩命，为的就是你们，你们不出，那些穷光蛋拿得出来吗?"

祸从天降，林大梁一时不知道咋办，满脸横肉说："你一时拿不出也没关系，给你三天期限，把钱送到区公所。"说罢，朝小兵使个眼色，说，"拿张名片给他。"

小兵摸出张名片给老人，林大梁接了，满脸横肉说："告诉你，你们街上盐店老板抗交军款，已经在押，军法从事，希望你不要走他那条路。"

满脸横肉和四个兵离开，不知道他们将要去敲诈哪家。这一年比以前都乱，还会乱成什么样，没人知道。林大梁经历过灾荒年月，经历过匪患，还心有余悸，而今又增加了兵害，百姓何日才能出头啊!

晚上，林大梁把家人聚在一起商量过，到劳令、陈友斋、杨欢喜卧室里来。老人找他们说这件事，不是希望帮自己什么忙，而是要让三个少年认识这个世界，了解做人的艰难，不要像自己那样，越读书越没本事。

林大梁想去想来，连乔长盛这类不可一世的人也被一索子捆了去，就算有人愿意帮忙，能把这些拿枪杆子的家伙咋的? 他长长地叹口气，说："可惜你们这些栋梁之材还没有长成参天大树，如果你们已经出头，大权在握，国家就不会这样乱了。会有这一天的，老朽一定能够等到……"

破荒
太阳从西边出来

陈友斋想想自己实在太嫩，说："那咋办呢？"

林大梁说："看来，他们拿不到钱，不会善罢甘休。就是借，也得借给他们，蚀财免灾啊。"

儿子公卿也说："不给钱，他们肯定要下手。看来，只有这样了。"

林大梁的目光移向妻子张氏，儿媳李氏，说："你们嫁到林家来，辛辛苦苦操持家务，一天福也没享着，你们也说说吧。"

婆婆没开腔，轮不到儿媳说话，李氏低头不语。张氏说："既然没地方讲理，还是依了他们吧。不依他们，他们一定要动手，你这大年纪了，斗不过他们。"

李氏说："我还有些陪嫁，拿去换钱了吧，人要紧。"

陈友斋悄悄跟两个同学说："林公公家遭难，我们不好再打搅啦。"

杨欢喜说："我想回家一趟，借点钱来。"

劳令说："我也回去问问爹。"

林大梁隐隐约约地听到一些话，说："我林大梁再难，也不争你们几个学生的口粮，你们什么事都不用做，好好读书……老朽告诉你们，就是要让你们心里有个数，除非学校停课，否则，就得读下去。"

林大梁说着，眼圈红了。

劳令、陈友斋、杨欢喜去了学校一趟，校门已经上了锁。劳令踩上陈友斋肩膀，从墙洞里望，学校里人影也没有，冷清得叫人害怕。他们想，暂时不会复课了，急急忙忙赶回家。林公公家遭了难，他们决心回家凑钱，得多得少，总是个意思。

5

田运桃担心男人吃亏，凑足了钱，赶紧进县衙找商道打通关节救人。

两天以后的一个晚上，乔长盛回到家，还没坐稳，运桃说："横顺妹崽都去人家那里了，就把话挑开吧。"

乔长盛想到要跟山里人做亲家，像小飞蚊闯进眼里那样难受，说："我实在不甘心啊……"

田运桃把话接过去，说："不愿意是不是？那我不管了。"

"我是想……"

运桃说："我晓得你看不起乡巴佬。不要以为自己有哪样了不起，讨到个城里妹崽做老婆，要不是我长成这德行，才不跟你。你玉田屁股大的地方，有哪样不得了？这种世道，山沟沟里才安稳。你嫌人家，人家不嫌我们就是好的。"

田运桃连发泄带讲理，筑得男人开不了口，运桃说："这事你就不要管了，让我来办。"

要不是肥婆娘能干，他现在还在那间破房间里陪耗大爷哩，婆娘既然愿意揽事，长盛干脆甩手。不过他说："是不是要问问梦月？"

"你嫌工夫太多了是不是？"运桃说着，叫贾驼子，"去找个做媒的来。"

贾驼子弓着背进来，问："太（尊称），找哪个哩？"

运桃发了火："这个也要问，一顿该吃几碗饭你咋不问？"

贾驼子不敢再问，弓着背出去了。

山里的后生、妹崽可以借赶场的机会，上坡对歌，讨"带子"（信物），两人喜欢了，破铜钱，一人一半，表示生死不离。定了终身才请媒人。请媒人是做样子给人看的。在镇上、县城都必得有人牵线，要不，妹崽显得贱，男方也开不了口。更不要说乔长盛这样的人家了。

不多工夫，一个额头贴块三角形黑太阳膏的女人进来，脸笑成一朵花，说："太，是大哥的事，还是小妹的事？"

要说是梦月的事，还不和送妹崽上门一样，运桃不愿意吃这亏，说："叫你跑你跑一趟就是了，问那多搞哪样？"

媒婆赶忙收住笑容，懵头懵脑地说："是是是，太讲了就是，去哪里？"

"者碞布根家。"

"咋个讲？"

"就跟他讲，田运桃要跟你打亲家。"

媒婆还没碰到过替妹崽找婆家的怪事，眼睛瞪成乌鸡眼，运桃说："你没得听清楚？"

媒婆说："听是听清楚了……"

"听清楚了咋不走？"

"就是……话不好讲……"

"就这一句还不会讲？"

媒婆没有再问。

运桃说："你后天回我话。"

运桃数一摞铜板给媒婆，说："做成了，还要谢媒的。"

媒婆欢欢喜喜地离开了。

　　者砦这个村寨，最显眼的是三家大印子屋。印子屋四面风火墙高耸，描龙画凤，在众多的青瓦矮屋、杉木皮盖顶以及茅草棚的天地里，高出一截，气派、威风。只有这类屋子才有大槽门，上面才有小楼，飞檐翘角，显示着主人的身份。

　　这里原来是莽莽原林，什么时候开始有房屋，有人生儿育女，史书没有记载，更没人能说清楚。时间进入20世纪40年代末，者砦四周还是那样林深树密，进了林子，要走出来很难。别看这里偏僻得像另一个世界，村里却出了两个文秀才，一个武秀才。他们虽然没有外出做官，名声却不小。两家文秀才，一户姓杨，官名远乐，侗名布邦。一家姓孙，官名大雨，侗名布夏。布邦、布夏先后作古。只有武秀才龙云长还在，侗名叫满泡。满泡年轻时候练武过了头，落下养老病，背驼得像他长年拉的弓，走路看不见他的头，只能见到他高耸的屁股。满泡和妻子只生一女，远嫁湖南，轻易不回来一次。满泡除了拉弓舞棒，就是唾沫四溅、活灵活现说他当年比武的情形。他不懂农事，也不想娶二房，老两口守着早已老去的印子屋，积累着凄凉度日。满泡老两口在布劳兆跟前提过过继劳令的话。劳令知道了，气得两天不吃饭，过继的事作罢，这一门算是断了香火。这幢印子屋在穿寨而过的小河对面。有了那么一层芥蒂，劳令每次进村寨，再也不走近那灰暗的印子屋。

　　另一家印子屋的主人是布邦，在村寨东面。布邦崽务鸟是独崽，全家省吃俭用，供他一人求学；务鸟全不知父亲日夜苦读挣来的功名，什么都由着性子来；还以为钱财像永不枯竭的山泉，日子在漂流浪荡中打发，田产易主，自己还是光棍一条。

　　劳令见过那幢印子屋，高高的山墙成了灰色，几茎不知名的野草在风中瑟缩。大槽门前青草、败叶杂陈，父亲说："这印子屋出了败家子。"

　　败家子，名声坏得和盗贼没有两样。

　　还有一座印子屋在东南面，主人高沃，侗名焦鸥，补右父亲。大字不识，却很能做生意。外出几年，发了，修了印子屋，还不收心，做烟土生意，开黑店，谋害过往客商。恶事做多了，坐了班房，死在牢里。补右卖了田产，败了

破荒

太阳从西边出来

下来。到后来，连印子屋也拆卖了，搬到离村子四里地远的龙塘居住。

西面这栋印子屋却像在另一个天地里。这里充满生气和希望，成就了者砦的名声，成了布劳兆父子向往的殿堂。

布夏姓孙，膝下一男，汉名立志，侗名布根。布夏没有捐官，没有往衙门里送钱，等待补缺，一等就等到了民国。布夏倒也乐命安闲，在村里办私塾，收几个门人。他不收门人薪俸，还提供笔墨纸张。布夏是在教娃崽读"子曰""诗云"和坐在书房里读书度过一生的。病重了，知道自己将不久于人世，他让布根扶到堂屋正中坐在太师椅里，声音飞蚊般细微，布根只能凑近嘴巴听最后几句话："记住……耕读为本，千万不能做……伤天害理的事……"

布根跪下，说："爹，记下了。"

布夏再也没能往下说，但老人走得很平静。布根想得到，那是老人听到了他承诺的缘故。这既是布根在父亲跟前的承诺，也是对自己一生的承诺，对所有人的承诺。布根大半辈子就做两件事。第一件是读书。每天，山里人早起干活，老远听到印子屋里传出来长一声、短一声、高一声、低一声，唱山歌似的声音，是他在唱读。唱读是他爹的爹传下来的，只要全神贯注，用心读进去，读懂了其中奥妙，就会忍不住唱出来。唱读不像山歌那样有调子，而是缘情随意，情到意到，意到声到，波澜起伏，如醉如痴。外人不知道唱的是什么，听着却动人。布根对教授门人没兴趣，却热衷打抱不平。有了不平，无处申冤，布根问明缘由，豪气和不平一起膨胀，说："这官司，我替你打，哪怕打到皇帝那里，也要赢下来。"

布根根本不知道衙门水有多深，打官司的路有多难，每次都很雄火地走出村子，灰溜溜地回来。奇怪的是官司输了，他的声望不但没有受到影响，反倒越来越大。山里人并不咋个看重输赢，看重的是义气和胆量，敢去县里打官司，敢跟恶人斗，输了也英雄。者砦人会高声大气告诉还不知道布根大名的人："你讲的是不是布根他老人家？那是——硬棒得很！"

那天，额头贴三角形黑太阳膏的女人敲开大槽门，林素雅认得是玉田街上的媒婆，好心好意留她多坐坐，吃了晌午再走，媒婆咕嘟咕嘟喝下一碗冷茶，说："区长太太托我来递句话，要是你老人家看得起的话，打个亲家。"

布根、素雅还没回过神来，媒婆起身说："我走了，区长太太等你家回话。"

布根、素雅送媒婆出门，两人你看我，我看你，摸不着头脑。

6

风声越来越紧。玉田街上的人忽然发现，那些被人背后骂做灰狗的保安兵不见了。他们的突然消失，人们不但高兴不起来，反倒人心惶惶，好像大祸就要临头。保安队不过是硬拿强要，按人媳妇，即将降临的大难说不定就是天塌地陷。没过几天，传开了一条消息，说某某人某年某月某日被抓壮丁，一进队伍就开赴前线，现在回来了。这老蒋的兵是在一次打大仗的时候被打断一只脚的，他趁乱逃离战场，在老百姓家养伤一个月，捡了一条命，千辛万苦，回到家乡。这人叫杨光旦，他认定自己被抓，是乔长盛搞的鬼，一定要活起回来。杨光旦没想到在区公所见了乔长盛，只喊一声"来了"，就闹了一大场风波。光旦苏醒过来，天已黑尽，摸回到后坝的家。光旦老娘哭瞎了眼，很惨。逃回家的光旦说不清楚朱毛的兵有多厉害，只知道老蒋的人马像潮水一样败退，后来干脆还没打就投降。朱毛的队伍很快就要过湖南，进贵州了。

他在前方没有听说关于朱毛的事，一路上反而听得很多，到处都有人说"共产共妻"这样的话。而且，这话像瘟疫，传得很快，到保安兵离开玉田镇的时候，这叫人发懵的消息也传到了这里。

林大梁是读书人家，他不怕共产共妻，凭的是一种很简单的想法：如果朱毛的队伍真的无恶不作，就没法得天下。得人心者得天下，自古而然。富人埋金埋银，投靠偏僻山乡八竿子打不着的亲戚。林大梁不埋金埋银；女儿嫁给布根，再好没有的避难所，也不打算去。

乔长盛不喜欢林大梁，林大梁仗肚子里有墨水，瞧不起乔长盛，动不动骂他"为富不仁"。但眼下乔长盛要找退路，一定不能让这老货从中作梗。

林大梁家没一点惊惶不安的样子，儿子、儿媳、孙崽在自己的屋里，林大梁在书房里唱读《孟子见梁惠王》章句，声音很响，乔长盛在槽门外都能听见。他敲门走进，很洒脱地大声叫"老先生"。林大梁停止唱读，走出书房。乔长盛说："都火烧屁股啦，你还没事一样？"

林大梁不想在这时候得罪乔长盛，迎进书房，递烟，叫张氏沏茶。乔长盛摆摆手，说："不客气，说几句话就走。"

林大梁依从了乔长盛，说："大区长来，有何见教？"

乔区长说："我天天办公事，情况比你了解，这世道说变就变，还是早作打算的好。"

林大梁说："我一个老百姓，有哪样好打算的？"

乔区长很关照，说："实在不行，就躲到者砦去。孙老爷是老先生女婿，乔某已经打发人去提亲……"

林大梁很惊讶，说："啊……"

乔长盛很坦然，说："这有哪样怪的，你素雅不也嫁给布根嘛。"

林大梁在玉田设私塾的时候，布根慕名投到门下，学了一年。布根人实在，肯学，林大梁对他印象不错，从来没想过要把女儿嫁给布根。是乔长盛爹三天两头托人上门提亲，大梁一家人都不愿意，大梁才狠狠心，让媒人去者砦布根家提亲事。眼下乔长盛提起这件事，大梁就话长舌短，张口说不出话来。

"世界上的事说不清哪……想不到和你乔大区长成了亲戚。"大梁心里酸酸的说。

乔区长没听出话里味道，说，"者砦好啊，那地方，别说八路，神仙都找不到。"

林大梁说："我知道，我女儿嫁到那里，比你清楚。不过，我不想去。"

乔区长说："我可是听说'共产共妻'这句话啊。"

林大梁捋捋花白胡须，说："得人心者得天下，自古而然。如果八路真像传的那样坏，就算打到这里来了，也坐不了天下。"

乔长盛听出言外之意：就算要逃到那里去，也不用你操心。他没有再说下去，告辞说："横顺我把话说在这里，要是用得上我乔长盛，说一声。谁叫我是区长呢，区长不管老百姓，还是人吗？"

乔长盛走出大门，林大梁轻声说："马不知脸长，当你是哪样好货……"

布根自己也晓得，他不是做大事的人。做不了大事，不是说他不聪明，读的书不多，而是性子软。别人说几句好话，或者见别人可怜，心肠一软，本不该做的事也做了，跟着就吃亏。吃亏一次醒悟也好，布根却不，跟着又犯第二次，第三次……

比如跟乔长盛打亲家这件事，一开始布根就觉得跟个拿钱买官做的生意人打亲家，不管从哪方面说也不妥，却又抹不下面子。想想乔梦月读过书，聪明、贤淑，也就应承下来。后来发现乔长盛另有打算，布根觉得打这亲家暗藏凶险。但转念一想，人活一世，难免不碰上这样那样难处，能见死不救？就这样，直至乔长盛提出尽快给俩孩子成亲，布根答应了。

素雅到底比男人了解这盐店老板，加上田运桃经常在她跟前摆架子，心里老梗着块石头，在布根跟前说过几次，布根都说："君子一言，驷马难追，不可言而无信。"

素雅说："就怕我们讲信用，人家不讲。跟衙门打交道的人，有几个是好的？"

布根说："宁可天下人负我，不可我负天下人。"

素雅叹口气，说："难怪我爹这么喜欢你，你和他一个德行。"

乔长盛目的是要把两个孩子的亲事办了，不让布根有退路。布根当乔长盛夫妻的面谈请酒的事，运桃列了一大堆要购买的成亲用品，必请客人名单也列了一串，乔长盛看了一遍，放在一边，说："亲家，我看就不必做得那么复杂了，最重要的是把事情办了，越简单越好。再说，世道这么乱，请了，客人未必能来。"

女方亲家尚且不讲究，他也没必要按老礼请八抬大轿，姑爷骑高头大马，披红挂绿上门迎亲，大办酒席，弄得一家人筋疲力尽。布根爽快地答应了，说："亲家说得是，就按亲家说的办吧。"

当然，也不想做得过分寒酸，让人笑话。

布根娶儿媳妇消息一传出，山里山外和布根有交情的人，得过布根接济、撑腰，上县衙帮打过官司的人家，都觉得恩人在办喜事，不露露面，送点什么，表表心意不好。沾亲带故的，礼数自然不能缺；收过布根礼的，来还人情；没收过的，也送份礼，见了面好说话。不少人觉得布根人好，崽出息，将来少不了还要求人家，也来了。不管是穿长衫的，还是穿短打对襟的；说话文绉绉的，还是粗鄙的，都要来和布根见个面，再随便找个地方待着，等待开席。不少人布根不认识，不认识也一样笑脸相迎。山里人有句话：来的都是客。礼物也各种各样。有钱送红包，实在拿不出钱，两升糯米，一张兽皮，一只"咕咕"直叫的鸡……其中，劳令父亲布劳兆，陈友斋父亲——劁猪匠陈跛子，杨欢喜母亲——算命婆黄巧莲也来了。黄巧莲针线做得不错，送了个背扇。她想，成了亲就会有娃崽，有娃崽还能不背？布劳兆是铁匠，送锄头、镰刀、柴刀没用，送剪刀会引起怀疑；陈跛子更不能替布根劁几头猪做礼物，两人只好尽自己能力，封了红包。邦里祖上曾经是者碦有头有脸的人家，如今虽说败落得没个底，还不能忘了当初。二妹崽鸢娥心气最高，听说布根家办喜事就缠爹要送礼，邦里拿不出东西，郑何氏、鸢娥两母女整整上山一天，采来两篮子紫花菌、扫把菌之类，布根看着这些山味满心欢喜，送进伙房，让厨娘吉么大嫂拿一块大洋给郑何氏，郑何氏说什么也不肯收，鸢娥急得没办法，跪下求布根不要给钱，布根说："鸢娥就要成亲了，拿给她去买几尺布，做件衣服吧。我拿一块大洋不算什么，到你们手上，就有用处了。"

郑何氏千恩万谢，将亮亮的一块大洋揣进贴身口袋里。

说是办得简单一些，来的人也不少。桌子、凳子、锅瓢碗筷全都临时凑来，会些厨房手艺的没等布根请来的大师傅吩咐，就在槽门外宽些的空地上用石块砌起神仙灶，开辟露天伙房了。神仙灶口火苗呼呼，柴火烟味、油烟味、饭香、肉香、菜香味混杂，闹哄哄的得用手挡住风才勉强能听见别人说话。这情形延续了大半天，到柴火天井里、厢房里摆满了宴席，摆到槽门外来的时候，开席的时候到了。山里老辈人说，戊申（1908）年，者碏布夏、布邦同时得秀才，来祝贺的人也没有这么多。

山里人讲究的是情义，是别人看得起。

满眼的男男女女，老老少少，劳令、陈友斋、杨欢喜三人最扎眼。他们穿的是时兴学生服，有遮阳的中山帽，三个兜衣服，窄管裤，一色青。他们见子打子，有什么事做什么事，端茶送水，递烟，移桌子，拿板凳，招呼客人就座，像是自己的事。见过他们的知道是半山、嘴嘴和老鹰岩在外读书的学生，不知道的不免要问布根，布根说："在镇上读书的学生，家离这里不远。"

这三个学生给他家增添了光彩。布根声音很响，充满了自豪，完全忘记了眼下正是人心惶惶的时候。

劳令在离宴席远远的大树后面看见了鸢娥。鸢娥衣服补了疤，却干净。颈脖、脸、手都比那次在野地里看到的白净，一定是想着要见人，着意洗了一番。劳令见鸢娥就一个人，想起她母女俩拎来的两篮菌子，问："你妈妈呢？"

鸢娥说："她回家了。"

鸢娥声音很轻，不用手护住耳朵听不见。

入席了。山里人习惯和合心的人在一起，老年的、中年的、男的女的、有些头脸的，都围着坐下了。不管怎么说，陈友斋、杨欢喜、劳令是玉小的学生，算是有"身份"的了，布根无论如何要拉他们和近亲坐成一席。劳令悄悄跟布根说："给您老人家送菌子来的大婶回去了，她女崽在这里，您看安排在哪一桌？"

布根拍拍脑门，说："他家送来的两篮菌子，添了两道好菜，你不说我还忘了这件事，赶快请她来吧。"

待劳令再来找鸢娥的时候，鸢娥已经离开；不管咋样找，也没有她的影子。

山里人难得歇口气，男的在一起高兴高兴，更难得遇上有名气的主人，请来这么多客人，不喝醉对得起谁？做招待的大婶、妹崽们更难得遇上这样热闹场合，只要客人肯淘酒，就有人添酒添菜。这一天，从日头偏西一直吃到桌桌都上煤油灯，醉倒了好几个才陆续退席。到客人全部离开，李大力关上大槽门，插上大门杠的时候，布根堂屋里的挂钟已经敲过 12 下。

7

山里人什么都缺，就是不缺醒事早的男崽妹崽。十二三岁就邀邀约约，一党一党，借赶场名义和后生约会；到坡上隐蔽处对歌，谈情说爱；约会几次，后生、妹崽都有那么一点意思了，就离开同伴，钻进林子里。大山里林子深的地方不敢去，专找松林稀疏，松针很厚的地方。两人到了那里，或坐，或躺，或摸摸掐掐，不要说不会有人看见；就是看见两人在干那种事，也不过骂一句"雀麦的系"（侗语，×妈的意思），很响地咳两声，走开。有了第一次不愁没有第二次，没钱上学的马上托人说媒，送篮子（送聘礼）；上学的再也没心思去学校，啃那干巴巴的课本。山里人都晓得尝到了那种滋味就再也没心思读书，赌咒发誓不让娃崽走自己的老路。可是，等到子女长到十几岁，还是走了老辈人的路子。像拉磨子的牛，一圈一圈，直到老死，它们的下一代，再接着转下去……

者耋只有两个娃崽例外，一个是老铁匠布劳兆的崽劳令，一个是布根的独崽载星。陈友斋、杨欢喜都来约过劳令。在他面前有声有色地描绘男女间的那些事，约他上山"玩姑娘"，对歌，求信物，谈情说爱。劳令也说"好嘛"，但始终没去。劳令不是不想，是怕把人家肚子搞大了不晓得咋办；更要紧的是他喜欢读书，喜欢去学校，喜欢书，想从书里了解他不晓得的事。前天下午，劳令在山上放牛，碰上鸢娥打猪草。鸢娥说："哥，难得碰到你，找个地方讲讲话好不好？"

这地方山好水好，妹崽水色好。鸢娥 14 岁年纪，脸白里透红，胸前鼓着

破荒
太阳从西边出来

21

碗底大的两个，屁股、大腿肉肉的，劳令的背脊哄的热了一下，强迫自己不看她那撩人的身子。鸢娥走在前面，走了一段，劳令看着旁边半干枯的草，在地上倒了一片，是有人在上面坐过才这样，说："就在这里坐坐吧。"

鸢娥红着脸说："这里……人家看得见。"

劳令感觉今天会有什么事了，心头"咚咚咚"的跳。他在想象鸢娥那东西会是什么样子，要是真的有了那么回事，会像陈友斋、杨欢喜说的那样要死要活吗？胡思乱想一阵，鸢娥停住步子，坐了下来。劳令也停住步子，鸢娥坐在铺着很厚松针的地上，说："坐这里。"

劳令怕自己做憨事，离鸢娥远一点坐下，鸢娥一把把劳令拉过去，说："劳令哥，我晓得我配不上你，我不会嫁给你……鸢娥就要跟人家了，跟一个看着都讨厌的人过一辈子，鸢娥不想把头回给他，给了你吧……给你，鸢娥我愿意……"

鸢娥说罢，一把抱住劳令，说："鸢娥听别个讲，种子好，娃崽才有出息，我嫁的那个猪一样，劳令哥，过两天鸢娥就是人家的人了，来吧……"

鸢娥边央求边一只手脱自己裤子，一只手伸进劳令的裤裆里。劳令晃一眼鸢娥那白生生的肚子，赶忙离开，紧紧地抓住自己下身那东西，不敢放手……忽然，劳令觉得那里有什么东西冲了出来，让他全身抽筋一样难过，跟着瘫了下来。

鸢娥紧紧地抱住劳令，伸手去掏劳令的下身，糊了黏黏的一手，鸢娥眼泪成串地滴下来，说："劳令哥，你怕哪样……有我哩……你怕哪样……"

载星办喜酒的第二天是吉日，吹吹打打的十几个汉子抬来一顶轿子，送来些酒肉粑粑之类，女伴们哭哭啼啼地把鸢娥送出门。鸢娥没有兄弟，由劳令顶替，把鸢娥背上轿，坐好。于是，轿子在前，抬陪嫁的木柜、脚盆、凳子、被子之类在后，一阵吹吹打打，鸢娥哭哭啼啼，渐渐远去，远去，终于翻过坡，什么也看不见，也听不见了，劳令忽然一阵心酸，差些滴下泪来。

那天在林子里的事，劳令深深地藏在心里，不跟任何人讲。他暗暗地求老天，保佑鸢娥过得好。

载星不是那类醒事很晚的懵懂后生，也不是他对异性没有感觉，更不是不喜欢乔梦月。而是觉得他眼下不应该想这种事，梦月也不应该这么早就嫁人。早早生孩子，到头来成为无所作为的庸人。

载星很讨厌应酬，讨厌繁琐的规矩和过场。早先时候，他跟布根说："爹，你一忽儿要儿子好好读书，一忽儿又让儿子成亲，你到底要儿子做什么？"

布根说："早成家早享福，爹妈都这年纪了，又只有你一个崽，也不得不为以后想想，就这样啦，不要三心二意，让梦月伤心，梦月可是个难得的好姑娘啊。"

最初，布根被逼应承这门亲，晓得胳膊扭不过腿，嘴上不讲，心里梗得难受。乔梦月为躲避保安兵，来他这里住了些日子，觉得梦月不像他爹那样，见了让人不舒服。她是个既好看又逗人喜欢的妹崽。者砻虽说很边远，湖南那边、玉田镇的不好消息还是不断地传来。开始，布根没当回事，听得多了，县中老不复课，载星在家里磨皮擦痒，布根和素雅就想到一起去了：既然妹崽好，就成了亲吧。成了亲，有了拴马桩，就跑不掉了。

没想载星到底读了几年新学，有自己的打算。这天，载星对布根说："爹，我不想搞什么拜天地那些俗套，人家大地方人成亲早就不兴了。"

布根脸色难看，说："连老规矩都不要了，不行。"

载星横下心，说："爹，梦月也不喜欢那些俗套。"

布根不退让，说："别的可以，天地、公婆都不拜了，成何体统？"

载星说："爹，载星本来就不愿意这么早成亲，完全是你逼的。连这点小小要求爹都不肯，这个家我也没法待下去了……"

载星这话给了布根一闷棍，好一阵才缓过气来，退一步说："不拜就不拜，客人总得见见吧。"

载星依了布根，来新房请梦月。梦月喜欢自己男人是读书人，载星说了自己和爹讨价还价的经过，梦月捏小拳头在载星背上捶了一拳，说："勇敢。"

载星故意问："你喜欢那些无聊的过场？"

梦月说："不喜欢。但是，我不敢提这样的要求。"

载星说："你坚持不要接亲，比我勇敢，没你做榜样，我也不敢。"

梦月又捅载星一拳，说："就你嘴巴会说。"

载星和梦月都不喝酒，只到各桌和客人见面，重复着"谢谢公公婆婆，大叔大妈，大哥大嫂"，听着人们种种不着边际的夸奖和预祝。好不容易全部宴席都走到，回到新房，载星和梦月已经头昏眼花。

在娘家的时候，梦月和母亲发生过激烈争执，坚决反对敲敲打打，抬轿子、礼盒子来接她，说："妈，要是搞得这么烦，我不嫁。"

运桃火了，说："这由不得你！"

梦月说："家里的大事小事梦月都无权过问，成亲是梦月自己的事，自己还无权过问？妈，这种日子我过够了，明天我就走！"

运桃不让步，梦月一早就一个人去了县城找哥哥大贵。梦月在大贵家住了三天，运桃第一次来大贵家，告诉梦月说："跟你爹商量过了，就依你吧。"

梦月第一次争到那么一点权利，高兴得东南西北都分不清了。正好碰到载星来县城打听什么时候复课，梦月迭忙讲了这事。载星很动情，仿佛第一次认识梦月似的，说："你真好，可惜我们年纪都还小……"

梦月觉得载星这话有些怪，问："你说哪样？"

载星赶忙掩饰，说："没事。"

这天，梦月穿件宽袖衣服，一条青色裙子，和几个小时候的伙伴一起，骑马进山来的。到了家，换成白衬衣，天蓝色裙子。梦月坐在新床床沿上，齐耳短发下秀气诱人的颈脖，还只是微微凸起的胸脯，勾起载星一连串美妙遐想。载星人县中读初中二年级，梦月进初中一年级。载星班上也有几个女同学，但不是脸上长了满天星星似的骚疙瘩，便是矮墩墩的像水桶，还不及山里妹崽好看。梦月在县中那一年，弄得好几个成绩优秀的男生神魂颠倒，没心思上学。载星在校园里碰到过梦月，梦月朝他嫣然一笑，载星也笑笑，表示回答，却没有讲话。

眼下，这位好看的妹崽就在面前，只等载星揽进怀里……

可是，载星没有动，甚至灼人的目光也离开了梦月若明若暗的脸。

凭直觉，梦月认定载星有心事，问："你那天讲，可惜我们年纪都还小是哪样意思？"

载星犹犹豫豫，说："我正要跟你说……你别恨我……"

梦月长眼睫毛忽闪忽闪的，努力猜测他下面要说什么。

载星说："你要是马屎外面光，里面一包糠的姑娘，我就什么话也不说，说了你也不明白。"

梦月说："要我是那样的人，我和你也走不到这一步。"

载星说："那我就说了。"

"说吧，梦月挺得住。"

"我要说的是，我们俩都应该读书，去奔事业，不该现在成亲。"

梦月含着两泡眼泪，激动地看着载星，问："你真的这样想？"

载星望着窗外，好像茫茫的远处会给他答案，说："这世道乱到头了，一定有大变动。这种时候，不能窝在家里，做屋檐下的麻雀。"

梦月心跳得厉害，问："你想咋办？"

载星毫不迟疑地回答："我想离开家。"

"你爹妈会赞成？"

"不能告诉他们。"

"你走吧。"

"你咋办？"

梦月又涌出眼泪，说。"你不用管我，我会有办法的。"

载星站起来，张开胳膊；梦月也站起来，迎上去。载星很冲动，很感激，搂得很紧；梦月第一次被男人搂抱，激动得浑身发抖，但他们同时意识到，绝不能再往前跨半步……

夜里，载星告别梦月，睡在书房里。一连几天都是这样，布根和素雅都蒙在鼓里。

8

几天以后的一个早上，布根洗漱过，开始晨读，载星敲门进父亲书房，说："爹，眼下很乱，糊里糊涂地过日子不行，我想去县城走走，听听消息。"

布根并不想自己的儿子也像芸芸众生那样，小小年纪成亲，生孩子，而后在忙忙碌碌中老去。一代完了，下一代依然如故。布根却也不愿意他离开家在外面闯荡，让自己和妻子整天提心吊胆；更害怕这棵独苗有个闪失，让自己绝后。绝后，不说别的，闲言碎语也能淹死人。但是，为成亲有过那样一次争执，知道崽很犟，不能硬来。想一想，说："你已经是有家室的人，做事不能不三思而后行。你去县里，爹不拦你，要事事小心，快去快回，免得你妈妈牵挂。"

载星说："爹，你放心。"

载星来新房里见梦月，说："我们一起走吧。"

梦月说："梦月现在不能走，一起走就不回来，爹妈受不了。"

载星眼圈红红的，说："我想，我们以后会在一起的。"

梦月含着眼泪点头，说："我等这一天。"

想一想，载星说："说实话，我舍不得你……但是，我是出去闯的，能不能活着回来都不一定，两个人在一起，要麻烦得多……只能我一个人离开……老铁匠布劳兆是爹的好伙计，劳令和我是好朋友，是信得过的人。要是三年五年我还不回来，要你另外找个人家嫁，要不就跟劳令吧……"载星喉管梗得难受，转身离开，去了书房。

这是玉田逢赶场的日子。乱哄哄的一段日子以后，人们慢慢地习惯了，或者以为太阳还是从东边出来，从西边落下去，人们照样要吃要穿，日子照样过下去。于是，只要那帮活抢人的保安兵不来，只要盐巴店门打开，别的店门就会照开。这天，街上赶场的人和过去一样，载星到达玉田，赶场的人预约了似的，陆续到达。县中、玉小都先后复课。载星在街头看到了劳令，跟着看见了陈友斋、杨欢喜。为他和乔梦月成亲，他们赶回来帮忙，这天赶回学校上课。

载星在劳令身旁发现了鸢娥。鸢娥躲躲闪闪，羞羞答答，叫一声"载星哥"，连忙闪开。载星从身上摸出一块大洋，递给鸢娥，说："拿去买点自己喜欢的东西吧。"

鸢娥眼睛亮了一下，但很快黯淡下来，摇摇头。载星说："算我送给你。"

鸢娥还是摇摇头，劳令说："钱这东西，没得的时候很难，有了，也就这么回事。载星哥拿给你，就拿着吧。"

鸢娥说："我不要。"

劳令做手势让载星收回，说："我了解鸢娥，她不肯白拿人家东西，你还是收了吧。"

载星不得已，收回银元。鸢娥央劳令说："劳令哥，我不大会讲客话（汉话），你陪我去买布好不好？"

劳令说："好，我不晓得你想买哪样布？"

鸢娥说："我也不晓得。"

载星说："我陪你们去买。"

劳令说："这样最好。"

陈友斋说："你们买东西，我们就不去了。"说罢，和杨欢喜一起离开。他们身无分文，逛逛街，东张西望一阵，满足了，好回住处，帮着林家干些杂活，准备第二天一早上学。

载星最老练，走在前面。走一段，鸢娥忽然说："载星哥，劳令哥，梦月姐，你们都在区小读过书，区小是什么样，带我去看看好不好？"

载星发了感慨，说："鸢娥很聪明，要是有机会读书，绝不比别人差。"

鸢娥说："载星哥，我哪有这样的命啊？"

载星有很多向往，好像在等待什么到来，说："那也未必。很多人家不让妹崽读书，并不是没钱供，也不是妹崽憨，读不了书，是认为妹崽读书没用，好像只要能生娃崽就够了，其实，很多大地方早就不是这样。"

鸢娥一直专注地听载星说话，劳令见她眼里有一星火焰闪烁，但很快熄灭，说："我们这种地方，哪会有这样的事……"

载星说："不见得……你还小。"

鸢娥说："不小了，我吃 14 岁的饭，成亲了。"

载星看一眼鸢娥，鸢娥脑门前的刘海没有了，不够长的头发梳向脑后，已经是媳妇打扮，心里有些难受，说："后面还有长长的日子……好好过吧……"

远远地望见玉田小学校园了，拱形校门，青天白日徽下是"玉田区完全小学校"八个大字。字按弧形排列，和拱形门很相配。鸢娥不认识，求载星念给她听。载星念了，说："我想，这天下是该变了。"

劳令说："你凭什么这样讲？"

载星说："前一段时间，乱得好像天就要垮下来；这几天，又什么风声也没有了，这难道不是暴风雨到来的样子？"

劳令问："暴风雨到来以前是什么样子？"

载星说："静得很奇怪。"

尽管成了亲，鸢娥目光还不肯离开那诱人的玉田小学校园，猜想坐在树荫掩映的洋房里，听老师上课是什么味道。载星急着要进县城，劳令惦记着补耽误的功课，没兴趣多看，劳令说："走吧，买了布你早点回去。晚了，你那个要着急了。"

鸢娥红了脸，说："劳令哥，你就喜欢开鸢娥玩笑。"

刚往回走几步，载星忽然惊叫一声"啊"。载星这突然发出的声音让劳令愣了一下，载星说："你看区公所大门那里……"

劳令急急地望过去，发现区公所大门两边各站了个持枪的兵，黄衣黄裤，威风凛凛。劳令眼尖，很快就发现这两个兵和保安兵不同。他俩的帽子上都有个亮亮的红五角星，左胸前有半个巴掌大一块，白底黑字，但是远了，看不清楚。

街道十分平静，讨价还价，寒暄，说笑，窄着嗓门唱山歌的声音断断续续，完全不知道这千年不变的玉田到底发生了什么事。

玉田区小旁边有一条不算宽也不算平的沙石马路，那里很快就出现了人们做梦也想不到的惊天大事，一眼望不到头的军队直朝镇上开来，从没见过的高头大马，高高昂着头的大炮，数不尽的长枪短枪以及谁也不认识的大家伙……奇怪的是这些仿佛从天而降的潮水般涌来的军队，并没有引起人们的恐慌，人们没有丝毫要逃散的意思，赶场的反倒让出一条路来，让人马通过。

载星、劳令、鸾娥忘记了一切，跟随队伍往前挤。一会，军队步子忽然变得整齐起来，同时，响起雄壮的歌声。载星、劳令想从歌中听出点什么来，却只听懂这样几句：

革命军人个个要牢记

三大纪律八项注意

第一一切行动听指挥

步调一致才能得胜利

第二不拿群众一针线

群众对我拥护又喜欢

……

队伍里忽然有人大声地喊起来："老乡们好！"

喊的人就在载星、劳令和鸾娥身边，他们都听得很清楚，只不过是外地口音。这一开头，兵们跟着高声呼喊："老乡们好！"

呼喊声此起彼伏，一条街都是这样的喊声："老乡们好！"

"老乡们好！"

……

玉田镇人第一次看到这么多兵，这么多吓人的大家伙，第一次看到笑眯眯的兵，第一次听到"老乡"这个新鲜词！

劳令不明白"老乡"是什么意思，问载星，载星说："我也不懂，可能是'大家'的意思吧？"

人群里有人高喊："解放军好，解放军辛苦了！"

又是个新鲜词："解放军"。

被喊做"解放军"的兵们听到了，整整齐齐地回应："老乡们好！"

人群里再发出"解放军好，解放军辛苦了"喊声的时候，载星发现呼喊的是他县中的班主任赵子青。他喊一声"赵老师"，赵老师没有听见。

大队人马源源不断地开来，有的继续往县城方向走了，有的在街头的大田坝里停下。此时秋收已过，田坝里干了，一笼笼黄灿灿的稻草立在田里，散发着清香。满田坝的兵，赶场的人全都变得不怕兵，站在一旁看热闹。兵们没有一个人拿稻草来垫坐，只坐在田坎上。载星第一次看见被班主任赵老师叫做"解放军"的用一片纸把烟末裹成一头大一头小的东西，点燃，有滋有味地吸着；有的摘下斜挂着的扁壶，极小心地喝上一口。

兵们十分疲惫，有的抱着枪睡着了。

载星一直在寻找赵子青，到街头，终于看见这位戴圆框眼镜的男老师。载星不顾一切地奔到赵子青跟前，说："赵老师，我要跟他们走。"

赵子青说："你爹愿意吗？"

载星第一次撒谎说："爹早想让我出远门了，只是没有机会。"

赵子青说："那好，你和我一起去县城吧，到那里再说。"

载星说不出的高兴，说："还有四个人和我在一起，我跟他们讲一声。"

区小复课仅仅几天，又停课了。陈友斋、杨欢喜去了林家一趟，打算向林大梁老人告辞，顺便带回破旧行李。

解放军队伍开进玉田街上的时候，林大梁老人也在街上。那一幕幕，全看在眼里，他由惊讶到由衷地敬佩，一直重复这样一句话："得人心者得天下啊，哪一朝哪一代不是这样？"

陈友斋、杨欢喜没看到刚才发生的那一幕，好生可惜。

劳令告诉老人说："学校还是停课了。"

老人说："必然。天下都变了，一切都得重来，当然要停课。不过，老朽敢说，不要太多时间，就会复课，一定比现在更好。"

劳令的行李也很简单，陈友斋、杨欢喜替他收拾了，带到街上，找到劳令和鸢娥，劳令说："林公公也在街上。"

陈友斋说："林公公家里有人。"

劳令、陈友斋、杨欢喜一起来见林大梁，鸢娥怕见人，躲在一边。劳令吞吞吐吐地说："不晓得什么时候才能复课，我们还能不能再来也不晓得，不能再搅扰老人家了……"

破荒
太阳从西边出来

老人说："老杇没别的长处，就喜欢读书人，以后要想住老杇这里，只管来。"

劳令、陈友斋、杨欢喜带上破烂的被窝、洗脸巾之类，和林老人挥手告别。

载星见到陈友斋他们，把劳令拉到一边，说："我就要走了，什么时候回来，回不回来，很难讲。经常去看看我爹妈，看看梦月吧。在家的时候，想离开这个家；真的要走了，心里又很乱，只有你是我的好朋友，拜托了……"

老铁匠是爱书爱着了迷的农民，敬重布根这个者砦最有学问的人；布根敬重老铁匠义气，有见识，成了好"伙计"（朋友）。劳令在布根办的私塾里读书，和载星同过学，也很要好。两人紧挨着，往前走十几步，载星停住，说："我和梦月不算成亲……他可是个难得的好姑娘，她找到合适人家最好，要是没有合适人家，你就替我照顾她吧……"

劳令很惊讶，说："你咋这样讲？"

载星没有直接回答他的话，说："她会喜欢你的。"

两人都低头默默地走路，到街口，载星说："不要忘了我的话……回去吧……"

载星走上通往县城的公路，劳令呆呆地站着，直到望不见那高高瘦瘦的背影才折转身。

9

在通往者砦的狭窄山道上，百来个人慌里慌张地向前疾走。他们有的扛长枪，有的挎短家伙。走在前面的是乔长盛、商道和赵新久。赵新久是保安团团副，保安团逃散，他拉了百来个兄弟来找商道。乔长盛正好在商道家里，商道说："八路很快就到玉田，先到你亲家那里，再进大山，才是出路。"

乔长盛想他没欺压过人，有些财产也是靠做生意得来的。大不了不做区长这破官，不信八路军不吃盐巴，不准卖盐巴了。

者砦这个地方，除了山大而深，不熟悉路的人没法出山，还和湖南接界。两省交界地，两省都不管。老人说，两省交界处常常有棒老二出没，但都不是本地人。者砦人穷是穷，却极讲究走正道。宁可饿死，也不干偷鸡摸狗的事。谁要是干了，连娃崽也会朝他吐口水，别想在村寨里混下去。

布夏、布邦中文秀才，满泡中武秀才，山里人说，这是他们祖祖辈辈人"修了阴，积了德"的结果，特地在寨门口立了一大块石碑，石碑铭文出自布夏之手。由他撰文，由他书写，请县里的名匠镌刻。另立一石柱，高三丈三，大书"义行天下"几个大字。这几个字写得朴实、浑厚，要是行家，看这几个字，会想起山里人的许许多多美德，生出很多敬佩来。

其实，商道、赵新久、乔长盛对八路所知道的一星半点，全都来自传言。经过若干次的添油加醋，八路就成了不要祖宗，不要家庭，没有道德，共产共妻的一伙坏蛋，仿佛只要落到八路手里，必定扒皮抽筋。去者耆，是不是就有出路？没人说得准。赵新久有一些带兵经验，他认为能不能在某个地方待下去，全看那里的老百姓了。只要老百姓肯舍命，还保不了百十来个弟兄？问题是要进一步寻找出路。但是，出路在哪里呢？逃到国外？怎么逃？到了国外怎么办？一连串难题，连成一张无边的网，网里黑咕隆咚，到处是陷阱和难以逾越的高墙，深渊……

绝望让他们变得狂躁、极易暴怒。这种情绪，赵新久最盛。离开专署的时候，巴不得多带些弟兄出来，好打天下。后来想想自己实在笨：老蒋几百万正规军，尚且抵挡不住，你赵新久算老几？这样一想，倒觉得不如孤身一人，随便在什么地方一藏，就鬼都找不到了。这下倒好，有百来号弟兄，还有什么都不能做的县太爷、破区长，实在是个不小的拖累。但眼前还得靠这两个人，找到栖身之处再说。

保安兵们全都换了百姓衣服，雇辆马车，扮作货物，把枪藏了，"硬家伙"坐马车，人得靠两条腿走路。怕碰到八路，白天躲在山里，天黑尽了才走。走了四夜，到达县城，还没歇过气来，还得往山里赶，又累又饿，让刺挂破衣裳，脚下还不断地踢着石头。一踢着，即便不踢破趾甲，也疼得眼泪直流。兵们在专署的时候，吃好喝好，晚上出去找找野货，干舒服了回来，不算难带。一吃苦，怨气来了。这些人一路上嘟嘟囔囔，怨声不断。进山这天，走到下半夜，有人大声说："老子不走啦，去当棒老二，捉到还不是吃枪子，还不如投降八路呢。"

赵新久没有发火，跟商道说："你们慢走一步，我看看这位弟兄。"

说话的是赵新久手下一位连长，赵新久凭声音准确地找到了他，说："新久我现在就放你走，估计八路很快就要进玉田镇了，祝你高升。"

这位连长看一眼赵新久模糊的影子，颤颤地说："赵哥，我和你可是一起出来的呀……"

赵新久说:"你说哪里去了,走吧走吧。总有一天,大家都要走的。"

这位连长转过身,走几步,又回过头来,说:"兄长可要当心自己啊!"

赵新久说:"好啦,走吧。"

这位连长转身真的走了,他走的是回头路。这条路,一直通向玉田镇。可是,到这个离开队伍寻找生路的身影即将在赵新久视线里消失的时候,只听到一声尖利的枪响,跟着是一声撕心裂肺的叫喊:"赵哥,你……"

商道和乔长盛都知道在他们的不远处发生了什么事。早几天,赵新久来找商道,说了拉队伍进山的想法,商道想得很简单:"有枪杆子就什么都不怕。"可是,真的进山了,才知道有枪杆子倒麻烦了。特别是跟这位心狠手辣的团副在一起,和与虎狼蛇蝎为伍有什么不同?乔长盛悄悄地说:"这家伙太狠了。"

商道不客气地训了一句:"闭嘴。"

快到者砮,天已大亮,乔长盛怕这么多人进村太扎眼,改走小路。走一段,乔长盛说:"我去跟亲家说说,备好饭菜,再来请大家。我对村里情况不了解,大家还是小心一点好。"

赵新久说:"大家都很累,很饿,你快一点,你该知道当兵的最恨的是什么人!"

乔长盛心里骂道:"我真瞎了眼!"嘴上却说:"晓得晓得,放心好了。"

乔长盛骂这话究竟是指赵新久,还是指商道,或者说自己根本不该拿钱买官,以至落到这步田地?自己也不明白。反正心里很乱,无名火乱窜。远远地望见那成品字形的三栋印子屋了,眼前晃动着林老先生、林素雅、孙立志、女儿和女婿一干人的面容。他越来越觉得自己不是人。梦月这门亲事,一开始他就有没法说出口的意图,就是想大乱到来的时候,有个避难的地方。想不到越陷越深,竟然到了引狼入室的地步。妹崽办亲事不久,却带人进者砮了,这不是在毁妹崽吗?大贵毁了,还要亲手把妹崽毁了,他真想狠狠地扇自己的耳光。

乔长盛敲开槽门,见是梦月开的门,急急地问:"你公公在哪里?"

梦月见父亲慌慌张张,吓了一跳,说:"在书房。"

梦月把乔长盛带到书房门前,轻声说:"公,我爹来啦。"

乔长盛跟布根走进书房,"咕咚"一声跪在布根跟前,说:"亲家,你骂我吧,我乔长盛不是人……"

布根见是亲家乔长盛,吓了一跳,慌忙扶起,说:"亲家有事快说!"

乔长盛说："我乔长盛不是人，本来想，就是我和运桃来这里避避难，风声过了就回去。不想商县长一定要来。商县长来也罢了，还跟来个保安团副，跟来百来号人，说是过过路，就进大山……"

乔长盛也意识自己被商道、赵新久推到了危险的边缘，而且把亲家也裹挟了进去。却又无力抽身，只好把事情的严重性减弱一点，但这已够让布根心惊肉跳的。待回过神来，布根便无法控制自己，说："亲家，你应该知道，胜者为王败者寇，自古而然。保安团是什么样的兵，你是知道的，而今拉人进山，能做好事吗？"

乔长盛没有想到，赵新久会把自己拉到绝路上去，看来，只有尽快脱离赵新久才是出路。可眼下到了这一步，要脱离赵新久，谈何容易！他想到了商道。这是商道惹来的事，还得找他才行。但是，一件很棘手的事摆在面前：如果不暂时安顿赵新久这百来号人，火气已经很足的这伙人什么都做得出来。咋办？没有退路，乔长盛只有实说："想办法先给他们弄餐饭吃吧，这些人走了一夜，又累又饿，就怕他们乱来……"

布根问："这些人在哪里？"

乔长盛说："就在村子前面的山上。"

布根急得团团转，右拳头不停地击打左手心，说："这是什么事啊，我就是有这么多吃的招待他们，也要人做出来呀……"

李大力看见有几个提洋枪的人进了村寨，连忙来找素雅，素雅觉得情况不对，跟梦月说了，一起来找布根。素雅见布根脸黑得难看，说："躲得过的不是祸，是祸躲不过，是什么事？"

布根极力让自己镇定下来，说："赶快准备100号人的饭菜，500块现大洋！"

乔长盛说："亲家，事情是我惹起来的，事情过了，我来补给你。"

布根没有接他的话，吩咐李大力、吉么大嫂说："快点去找帮忙的人，去地里摘菜，买猪、杀猪。就说是我布根求大家帮帮忙，以后再谢大家。"

乔长盛赶着去给商道、赵新久回话，李大力、吉么忙着去找帮忙的人，梦月帮婆婆准备钱。素雅是见过世面的女人，虽说很怨恨乔长盛，但怕梦月难受，什么也没有说，只默默地翻箱倒柜，搜罗大洋。

布根刚刚把人派出去，乌丛出现在布根大槽门外，后面还跟了个长脸。长

破荒
太阳从西边出来

脸半张脸黑胡子，眼睛红红的，布根不认识，乌丛学着别人那样称呼布根，说："蒙数，这客人要找你。"

客人把乌丛往身后扒，自己站到布根面前来，很不客气地问："你叫孙立志是吗？"

布根对这人刚才那一扒和这说话口气很不以为然，说："是，你有什么事？"

这人又问："乔长盛是不是你亲家？"

布根说："是，咋啦？"

这人说："你说咋啦？你晓不晓得老子是哪样人？"说着，伸手摸腰里。

乔长盛没想到赵新久还没等回话就进了村子，出槽门来，说："团长团长，我亲家不认识团长……请家里坐，家里坐。"

布根对兵杆子历来又恨又怕，巴不得一辈子不沾这些人的边，而今偏偏找到自己头上来了。他早已过血性十足、死也不怕的年龄，他不能不顾家，不顾妻子、独崽、儿媳，不顾者耆百来家老老少少。顾的唯一办法就是暂时隐忍，他跟着笑脸相迎，说："家里坐。"

进村寨的兵杆子越来越多，他们知道印子屋里住的是有钱人家，望河对面和东面的印子屋走来，到门前才知道这两个大户人家已经破败，没油水，骂骂咧咧地离开，跟着闯进小户人家，要吃要喝。东头铁拐李嫁妹崽美香，兵杆子们一窝蜂按过去，把酒席全占了，吓得客人东逃西散，铁拐李家境不算富足，好不容易走到这一步，好事被搅了，不要命了，挂根疙疙瘩瘩的红子拐棍，站在堂屋门口大骂："日你家妈的拜（×），哪里来的土匪，抢到老子头上来了！"

一个兵杆子喝了面前一杯酒，故意朝铁拐李发出长长的一声"嗂"，铁拐李受不了这种挑衅，抢起全身疙瘩的拐棍，朝这兵杆子的脑门砸下去。兵杆子脑门被砸开，血冒了出来，晃几下，倒了下去。围桌子抢酒肉吃的兵杆子没想到会碰上这种不怕死的货，愣一阵，回过神来，才想起手里有家伙。一个兵杆子拉动枪栓，对准铁拐李脑袋，说："老子崩了你！"

铁拐李二话不说，舞着疙瘩拐棍朝拿枪的兵杆子冲过去。还没来得及下手，"砰"的一声响，铁拐李左胸冒出殷红的血。他拼尽最后一点力气，挥舞疙瘩拐棍，又打倒一个兵杆子。兵杆子没有再吃喝，酒席全被掀翻，酒肉菜饭洒泼一地，有人朝天放枪，大声喊叫："哪个敢动手，老子毙了他！"

木屋里冲出个包青头帕女人，抱住铁拐李大声哭喊。跟着，出嫁妹崽美香冲了出来，直喊"爹呀爹呀"，可是，还没等她靠近，一个斜眉吊眼的兵杆子一把把美香抱住，说："弟兄们，对不起啦，老子先过过瘾再讲……"

美香拼死挣扎，到底犟不过那兵杆子，被一把抱进木屋。美香妈蔡蓝氏来救妹崽，被另一个兵杆子踢翻在地，边喊"我也要来一下"边冲进木屋。这时，一个黑汉冲进木屋，一个兵杆子被打了出来，另一个被黑汉用胳膊肘夹住颈脖，拖到狼藉一地的门前坝子上来，大声说："哪个敢动手，我就夹死他！"

大家看时，是老铁匠布劳兆。

这时，村里已经来了不少愤怒的农民，他们手里抢着锄头、大砍刀、扁担、火铳，兵杆子们端起枪，"啼哩哆啦"地拉着枪栓，对着村民……

10

布根、乔长盛、商道、赵新久赶来，赵新久走在前面，分开人群，进入人圈里，见一个保安兵和一个农民倒在地上，旁边流了两摊血。赵新久意识到出了大事，不能不压住火气，大声说："本人是保安团团副，保安团是保护老百姓的……"

村民一听说这话火气更旺，有人用本地话大声叫骂："麦牙多西，牙细万有（你妈的×，你是土匪）！"

"欧万有乃牙，客们得起（打死这些土匪）！"

"客们得起（打死他们）！"

"……"

赵新久不懂本地话，问布根说："他们骂哪样？"

布根没接赵新久的话茬，却跟商道说："你是一县之长，事情到了这个地步，你不能不管。"

乔长盛也懵了，说："商县长，你要不管就没法下台了。"

商道想一想，说："老赵、老孙，你们俩把人喊开，这样绷起，我咋处理？"

赵新久说："我的兄弟被打死了，咋办？"

布根说："我的人也遭打死了。"

商道说："把人喊开了再说，留下当事人和证人。"

布根说："布劳兆，你放了他。"

布劳兆见事情没有解决，说："不能放。"

布根放大声音说："放了再说！"

赵新久也大声命令兵们："你们都放下枪，听见没有！"

有的不肯放下，赵新久大声命令："放下，没听见！"

兵杆子和村民眼睛都红了，如果不马上劝开，吃亏的一定是这些手里只有锄头、扁担的村民。布根拽住布劳兆，悄悄说："你赶快回家，这里有我。"

布劳兆听明白布根的意思，离开了。赵新久又大声下命令："集合！"

保安队兵杆子们"油"惯了，平时站没站样，坐没坐样；见死了人，不得不听从命令，稀稀拉拉地站在一起。赵新久又吼叫起来："连队都不会站啦，听口令！成四列横队，集合！"

兵杆子们站成四列横队，赵新久又下令："立定，向右看——齐！向前看，稍息！"

兵杆子们做完动作，赵新久回头问商道："去哪里？"

商道看定乔长盛，说："没哪里容得下这么多人，只有去你亲家那里了。"

布根怕这些兵杆子又去害百姓，只好说："饭已经找人准备了，去我那里用用餐，歇歇气可以，晚上可是没地方住。"

赵新久打的是"走一步看一步"的主意，说："先弄饭吃再说。"跟着，朝兵杆子们喊口令："向右转，跟着我，单行前进！"

者碁团转几个村寨，不管是哪家有事，只要找到布根，他没有不伸手的。哪家被欺负，只要布根晓得，一定出面讲理，讲不通，贴钱贴工夫打官司也要干。而今布根家有事，肯出力的人真不少。杀了那家的猪，撮了这家的米，摘了另一家的菜，让梦月一一记在本本上，好按价付钱；出了力的，付工钱，不让本来就穷的农家吃亏。布根从来不说一套做一套，大家都相信他。分做几家承担，做百来人的饭菜，倒也不难。布根让素雅带上50块大洋，亲自去铁拐李家，安慰铁拐李妻子蔡蓝氏和妹崽美香，料理后事。被打死的兵无法告知家属，按赵新久的意见，就地埋了。

布根的堂屋、厢房的空房间、天井里的空地，全都成了吃饭的地方；楼上客厅摆了一桌，由布根陪商道、赵新久、乔长盛用餐。吃到一半，布根叫李大力用盘子端来银元，放在桌上，说："赵团长和弟兄们光临，小民临时得知，来不及准备，尽家里现有银元500块，万望笑纳。"

赵新久脸色一变，"呼"地站起来，看商道一眼，说："老商，你不是说准备好了吗？说话像放屁？"

商道怕赵新久来蛮的，赶忙说："怪我怪我，也是事情太急，来不及商量。不要急不要急，我这里还有张银票。"

商道说着，从内衣里摸出一张银票，递给赵新久。赵新久看一眼银票，说："两千块，钱倒不少，金泰银号，你叫我去哪拿？"

商道说："你放心，我商某会叫人弄来的。我人和你在一起，还不放心？"

赵新久说："我可把丑话说在头里，扛枪的人都是脑壳吊在腰杆上的，真要搞得大家不高兴了，我赵某人也没法管。"

商道说："放心，有我商某人一口饭吃，就有你赵团长和弟兄们吃的。"

吃饱喝足，兵杆子们在厢房里、堂屋里、走廊上，横七竖八地睡了。如何才能既不触怒这些人又能尽快离开者耆，离开他家？布根可真伤透了脑筋。布根想，事到如今，怨亲家乔长盛也没用，要紧的是赶快想办法，他先跟乔长盛说："亲家，你也看见了，他们不能在我这里再待下去，你得想办法。"

乔长盛也很怨恨商道，不想再折磨亲家，只好硬着头皮跟商道说："晚上得离开这里，要不，难说不出意外。"

商道说："你让我跟他们怎么讲？"

乔长盛说："你要晓得，这是蛮子村寨，蛮子是哪样事都做得出来的，刚才又出了那样的事，万一摸进来几十个蛮子，再搞翻几个，事情就更不好办了……还怕走漏消息，八路摸进山来……"

乔长盛这几句话把商道说动了，商道把这话照样说给赵新久，赵新久眨巴一阵眼睛，骂起来，说："日他妈，这过的是哪样鸡巴日子？"

赵新久冲商道发火，说："你们这些县太爷屁不懂，把老子搞到蛮子住的地方来搓屌！"

商道说："要开辟地盘，打天下，那么容易？走吧走吧，趁天亮，找个偏僻些的地方吧。"

赵新久说："看来只能这样了。"跟着，冲兵们大喊大叫："起来起来，睡个死！"

哪里是他们安身的地方呢？以前那么威风，一下子成了无家可归的狗，赵新久又气又可怜自己。如果不是怕被八路抓住吃花生米，他才不愿意走这条路呢。当年，是渴望光宗耀祖才吃皇粮，托人说情进了保安队，好不容易爬到团副这个位置。一个月以前，他和手下以支援部队为名，到乡镇大捞一把，赵新久一次一次地送现大洋回家，还满以为从此风顺水顺了，想不到高兴不知愁来

破荒
太阳从西边出来

到，一个月以后，就得四处逃亡，这人哪，真不好说。

兵们吃饱喝足，却也软得不行，光想睡觉。有的走着走着睡着了，摔下田坎；有的干脆坐下不走。赵新久想："要不是想尽快找个过夜的地方，自己也半步都不想挪了。"

走出村寨三四里路，赵新久让大家停下脚步，看看该往哪里走。他拿出望远镜四处打望，发现不远处大山里有袅袅青烟，断定大山里有人家居住。向左移动镜头，也发现有人烟。他大声叫乔长盛，没有看到这位盐店老板，才想起他不愿意跟他俩进山，仍然留在者砦。

赵新久料他也不敢告发，如果真敢做蠢事，他会给乔长盛吃花生米。

赵新久跟商道说："下决心进山吧，到鬼也找不到的地方安营扎寨。"

商道也是怕被八路抓住吃枪子，才心甘情愿地跟赵新久走在一起，他说："看来，暂时只能这样啦。"

赵新久听到"暂时"颇被鼓舞，问："暂时？有什么消息吗？"

商道说："我想我们有两条路可走。八路就算有天大本事，不可能一来就站稳脚跟，趁他们还没站稳脚跟的时候打回去，只要控制县城，就有立足之地了。如果八路很快站稳脚跟，打不回去，那就赶快朝广西云南边境走。只要一出境，就是老天爷也无可奈何。"

赵新久说："好，就这样办。不过，你要尽快去搞钱，这几百块大洋，抵挡不了多久。"

商道说："那是自然。"

11

劳令看见鸢娥抱着一块蓝碎花布，等在外面。劳令有些后悔，刚才看热闹看得高兴，咋就把鸢娥忘了？要是找不着路回家咋办？他问鸢娥说："你是咋找到我们的？"

鸢娥眼睛红红的，说："你还讲哩，人家都急哭喽……我问了盐巴店的人，猜想你们在这里，就找来啦。"

说着，不好意思地埋着头，劳令发现，鸢娥害羞的时候很好看。

鸢娥担心地问："劳令哥，你们回家啵？"

劳令指着背上的被卷，说："你看，学校又停课了，不回家去哪里？"

劳令、陈友斋、杨欢喜回到街头，见区小校园也有解放军。这四位少年见解放军和保安兵根本不同，胆大多了，劳令说："进去看看。"

　　劳令、陈友斋、杨欢喜走在前面，鸢娥怯怯地跟着。校园里有了不少解放军，不过，他们都只在教室、办公室外面，背包放在地上，抱着枪坐在背包上歇息，拿水壶喝水，咂纸卷烟。安安静静，不说不像保安队那样横冲直闯，连大声说话也没有。

　　校园里有老师和同学进出，不过，劳令他们不认识。他们走过一幢教学楼，到教室跟前。这时有个解放军站在讲台上，刚讲一句"同学们"，闪眼看见劳令几个站在教室门口，伸伸舌头，急忙走下讲台，一个年长些的解放军马上冲走下讲台的人轻轻地说了什么，劳令没听懂。见那神情，年长的解放军对这位年轻解放军不满意。这种猜测很快得到证实，这位年轻的解放军马上是一副犯了错的样子。

　　这件事实在太小太小，这几个少年心里却热乎乎的。这位年长的解放军看一眼这几个少年，问劳令说："你们是这里的学生吗？"

　　这位解放军说话的时候，鼻子嗡嗡的，像受了风凉，劳令说："是。"

　　"好好读书，将来靠你们来建设哪。"年长解放军说。

　　劳令又是一声"是"，逗得年长解放军笑了。年长解放军离开，走上讲台的这位解放军做个鬼脸，说："他是我们教导员。"

　　劳令、陈友斋、杨欢喜都不懂教导员是咋回事，想问却不好问。年轻解放军说："我做梦都想当老师。"

　　劳令冒一句憨话，说："我也想当老师。"

　　年轻解放军说："我姓游，大家叫我老油，其实我一点也不油，老实着呢。"

　　"老油"，"不油"，劳令不懂，陈友斋、杨欢喜也不懂。年轻解放军目光越过劳令、陈友斋、杨欢喜，看到躲在一旁的鸢娥，说："你读书没有？"

　　鸢娥摇摇头，年轻解放军说："要读书，不读书没本事，以后有了人民政府，男男女女都要读书，长本事，建设新中国，知道吗？"

　　"人民政府"、"新中国"，又是新鲜词，劳令、陈友斋、杨欢喜的脑筋都忙不过来了。

　　鸢娥哪样都没听进耳里，只听进"读书"两个字，说："读书，我也要读书。"

　　年轻解放军说："要读书，个个都要读，不读书咋建设？"

破荒
太阳从西边出来

鸢娥见解放军笑眯眯的，胆大了，说："我们家在山沟沟里。"

"住在山沟沟里更要读。"

"哥你讲好，我哪里去找你？"

"会有见面机会的。"

日头已经偏西，劳令、鸢娥家最远，怕走到半道天黑，离开了区小。年轻解放军很喜欢学生，劳令、陈友斋、杨欢喜离开的时候，他还频频挥手，陈友斋捞着个说话的机会，说："不要忘记我们！"

陈友斋、杨欢喜先后回家，快到鸢娥家的时候，远远地望见木屋门口有人。再一看旁边两户人家门前也有人影晃动。几只狗很凶地扑咬，跟着，有狗被敲得凄惨声传来，有人大声叫骂："我搞（×）你妈……"

这里近乎山野，仅三户人家，遭难了。一个人被拖出来，捆在木屋前的风水树上。被捆在树上的人不停地叫骂："搞你妈搞你妈……"

鸢娥一下糊涂了，浑身发抖，紧紧地抱住劳令。听叫骂的声音，鸢娥断定被捆的人就是她叔乌丛。跟着又有两个人被架出来，鸢娥一看便认出来，说："是我妈我爹！"鸢娥不抖了，问劳令，"劳令哥，是咋回事？"

劳令一下明白过来，说："很可能是土匪抢人，你不能回去。"

鸢娥吓得哭起来，说："劳令哥，咋办？"

劳令脱口而出，说："不怕，去我家。"

鸢娥一路上抽抽搭搭，眼泪吧嗒吧嗒掉下来，劳令安慰说："不要怕，天垮不下来，总会有办法的。"

鸢娥第一次那么强烈地感受到跟劳令在一起有多好，假若她的男人不是山那边那"祸害"，而是劳令，该多好。去劳令家要翻两大匹坡，白天不怕，鸢娥一个人也经常进山砍柴、打猪草；天黑了，到处黑乎乎，阴森森，一阵风刮过，头上"哗哗"的响；走着走着，黑黑的一堆猛地出现在眼前，以为是老虎、豹子、野猪，吓得不敢挪动步子；走近，才看清楚是刺蓬蓬。鸢娥刚才被吓得浑身出虚汗，连吓着几次。劳令才说："快到了。"

等到看见那熟悉木屋的时候，被吓坏的不是鸢娥，而是劳令了。木屋大门外烧着大火，一群家伙围着，在火上烤着什么，弥漫着浓烟夹着肉香……

劳令马上想到，自己家遭了和鸢娥家同样的灾祸！他不顾一切地要往前冲，要去和这些人拼命，却被鸢娥死死地抱住脚，没法挣脱。鸢娥说："劳令哥，你不要命啦，他们会杀我们的。"

劳令渐渐冷静下来，紧紧拉住鸢娥，到离木屋近些的林子里，看门前的动静。不错，就是在鸢娥家捆人的那些（祸害）！这些进进出出的人有的背着枪，有的在撕咬手里的肉块。劳令还发现有几杆枪靠木屋板壁放着。让他提心吊胆的是没有见到爹、妈、姐姐、哥哥，一个可怕的念头忽然冒上来：难道家里出了大事？

他和鸢娥不能再朝前走了。要是他俩也出了事，就连替家人报仇的人也没了。

秋天，上半夜林子里很热，蚊子多得耳边"嗡嗡"直响，隔着衣裤，浑身被叮得又辣又痒；下半夜，风一吹，很凉。鸢娥又怕又冷，瑟瑟发抖。劳令坐在一堆松针上面，屁股下面软软的，温温的，把鸢娥紧紧地抱在怀里，想着一个男子汉应尽的保护女人的责任。累比饿更能折磨人，到天快亮的时候，他们还是昏昏忽忽地睡了一阵，等醒来的时候，劳令看到木屋门外坝子里的火熄了，人也不见了，劳令推推鸢娥，说："你看，人都不见了。"

劳令断定这帮土匪已经离开，没命地朝木屋奔去。木屋里锅瓢碗盏、坛坛罐罐全被打碎，破被子被拖到堂屋里来。姐姐的房门大开，劳令有一种不祥的预感。走进房间，吓得劳令"妈呀"一声惊叫。他可怜的姐姐光条条地被捆在床上，成"大"字形。肚子被划开，乌黑的肠子流出来，下身黑乎乎糊满血迹。姐姐死了，她愤怒地睁着眼睛。

劳令只觉得脑子里"嗡嗡"的响，站不稳。鸢娥抓住劳令胳膊，从地上捡起一把带血的剪刀，剪掉索子，一起去堂屋抱被子，替姐姐盖上。劳令奔出木屋，撕心裂肺地叫喊："爹，爹，妈妈，妈——"

劳令和鸢娥沿着田坎跑过去跑回来地喊，跑第三遍的时候，鸢娥忽然停住脚步，侧着耳朵听，说："你听，有……有声音。"

劳令细听，果然有"咩咩"的声音传来，好像是在坎下。跟着，大黄狗窜了上来。劳令和鸢娥跟着狗，顺着勉强能辨认的小路往下走，才看到了爹、妈和哥哥。他们被结结实实地分开捆在三棵树上，嘴里塞着脏布。劳令和鸢娥把三人嘴里的脏布取出，爹说："赶快解索子。"

土匪们捆得很死，劳令解半天才给爹解开。布劳兆和劳令、鸢娥一起动手，解开捆荷青、也昂的索子。劳令边跟爹急急地往家里赶，边说："姐姐……出事了……"

爹直冲进也休睡房，荷青、也昂、劳令、鸢娥跟着进了房间。荷青扑到妹崽身上，喊一声"崽呀"，就人事不知了。布劳兆用劲掐荷青人中，好一阵才苏醒过来。布劳兆说："我家妹崽也是爹妈养的，不会白遭糟践的！"

布劳兆拿下炕在火塘上面的香纸和放在神龛上的蜡烛，给也休焚香化纸，点燃红烛，给亡人点灯照路，好投胎转世。做完这些，叫也昂去者耆请阴阳先生择坟地，请来几个人帮忙挖坑，抬棺材，把也休埋了。

铁匠简单地说了说者耆发生的事，鸢娥说："我家也遭殃了，还不晓得现在咋样哩。"

布劳兆拿出藏在房间里的火铳，唤儿声狗。大黄狗晓得主人家出了事，有仇要报，蹿到老铁匠跟前，坐下等候吩咐。大黄狗很聪明，保安兵冲进木屋，杀鸡、杀猪，和也休厮打的时候，它狠命地咬了保安兵两口，见没法救主人，躲到木屋旁边的稻草垛下面，一声不吭，躲过一劫。到认定这些匪徒已经离开，才到处寻找主人。

家里唯一的一只架子猪被烤来吃了，黑乎乎的猪骨架格外刺眼；家里能吃的全被吃光，坛坛罐罐掀翻在地。布劳兆从腰间拔下柴刀，剔下几小块没有剔干净的烤猪肉，喂了黄狗，爱抚地摸摸狗脑壳，说："哪时候找到这帮土匪，哪时候回来。"

大黄狗好像听懂了主人的话，叫两声："哦哦！"

布劳兆在山里找了三天三夜，连这帮害人保安兵的影子也没看见。回到木屋的时候，眼睛已经陷得很深，目光充满无法排解的仇恨……

12

山里人只能靠赶场、走亲戚和从来者耆的人嘴里知道一些外界的消息。而这些消息总是真真假假，无法辨别。日子只有在平静之中，才感觉得到它本来的流逝速度。特别幸福，过得特别快；痛苦和不安，日子特别长，长到性情更暴躁，动辄发火，甚至大打出手。保安队到者耆作一次孽，大家纷纷到布根家来，请他想办法保护者耆安全。说实话，别说者耆，就是团转几个村寨，只要是大些的事，布根不出面，多半办不成。比如，这次赵新久带来的兵杆子作了孽，铁拐李、布劳兆、邦里三家遭了难，布根蚀了财，乌丛很想为大家做一件像样的事，来找铁拐李老婆蔡蓝氏商量，蔡蓝氏说："好是好，就怕你担不起这担子，还是求人家蒙数根拿个主意吧。"

乌丛特地上山来找布劳兆，布劳兆说得更干脆："要搞，也得找个信得过的人领头。"

乌丛并非不知道山里人信得过谁信不过谁是一天天积起来的，那是一种"底子"。没有这种"底子"，或者底子不厚，说话没人听。就算出的是好主意，出来领头，大家也不放心。村里修路，立指路碑，让外界的人来者碻不迷路；修凉亭，让路人累了有歇脚的地方；正月舞龙灯，游几个村寨，求祖宗保佑老天赐福，等等这些事，全由布根领头，众人出力。布根是领头人，又最有家底，出钱最多。事情做完，在功德碑上记一笔。这些，是大家习惯了的。乌丛偏生要试一下，结果碰了软钉子。

不过，乌丛的话提醒了布劳兆，他当天去找了铁拐李老婆蔡蓝氏，说了乌丛的主意，说："我们两家都遭了大劫难，不能让更多的人家遭难了，一起去找蒙数根讲讲吧，请他出来领个头。"

蔡蓝氏抹一把泪，说："我那背时的死得惨啊。"

听到布劳兆的声音，妹崽美香出来，"咕咚"一声跪在布劳兆面前，说："大叔，没有你美香也完了，要出人要出钱，算上我们一家。"

那天，铁拐李被害，接亲人不明白是咋回事，四下逃散。回报亲家，亲家亲自登门安慰母女俩，另商成亲日子，美香干脆说："给爹报仇再说。"亲家不好说什么，办好事的日子只好往后推。

布劳兆、蔡蓝氏母女俩一起来找布根，布劳兆说了邦里和自己家遭的劫难，妹崽被糟蹋以后开膛破肚，布根脸色变得很难看，说："我也是快到花甲的人，者碻还没有遭这样的劫难，要干，咋个都要干。再说，事情是我惹起来的，我不能不管！"

乔长盛巴结商道，把坏人引进者碻，出这样的大事，梦月心里很难过，跪在布劳兆、蔡蓝氏母女跟前，说："都是我爹造的孽，梦月替爹赔罪了。"

布劳兆扶起梦月，说："怪不得你爹。"

布根简单地说了说事情的经过，说："我那亲家是生意人，不懂官场里的名堂，他自己吃了亏，还把恶人带到者碻来，不该啊……"

布劳兆说："就算你亲家不沾手，这种大深山，土匪还是要来。事情不出也出了，想想日后咋办要紧。"

布劳兆连自己也觉得怪，平时难得讲几句话，也说不明白多少道理的人，碰上了事，倒能起来了。只要做事，抬手动脚就是钱。维持布根家用度的全靠

破荒
太阳从西边出来

卖粮食，现成的钱粮都被赵新久掳空了，无粮可卖；外面乱成这样，去哪里凑钱呢？以前为公众做事，花费都是他扛大头，现在说没钱，说得出口吗？独崽载星去了好几天，没有回来，昨夜还做了噩梦，梦见崽被赵新久捆在一棵树上，让兵当靶子打，血肉模糊，醒来一身冷汗……他都快垮杆了。者砦、嘴嘴、老鹰岩、龙塘、半山几个村子编为一个保，保长是老鹰岩一个外来户，只知道逼捐逼款，从不替百姓着想，没法领大家办村子里的事。实在难死布根了。他看看梦月，说："梦月，说起来千不该万不该，不该让儿媳妇替公公想办法……公公实在没法可想啦，梦月也想想，看看有什么办法凑点钱？"

梦月想一想，说："我回去跟爹讲讲。"

布根的手摆得像摇扇子，说："去不得去不得，外面这样乱，你咋能去？你写张字条，让大力去跑一趟吧。有现洋就借三五百块，布根说话算数，一个月之内一定归还。"

梦月说："都是爹惹来的祸，大叔大妈遭这样大的难，公公也吃了大亏，都没说什么，就感激不尽了，出点钱护护村寨，千该万该。"

梦月说得在理，布根不说话。梦月用毛笔写了张字条，交给李大力，说："你把条子给我妈，跟妈好好讲讲这里遭的难，咋讲妈妈也要拿三五百现洋给你。"

李大力接过字条，梦月又说："要是有载星消息，咋个也要叫他带个信回家，免得我提心吊胆的，晚晚都睡不好觉。"

大力说："晓得啦，放心吧。"

如何保护村寨安全，布根临时请了几个受过害又能担事的人到印子屋来商量。布邦没出息，由弟弟乌丛代替。村寨里来了蔡蓝氏母女，大家在布根屋里商量半天，定下三件事：一、起款，喝鸡血酒，者砦全村男女老少，有福同享，有难同当，谁有二心，天诛地灭。二、在东西两个路口的最高处设檑木炮石，作为阻击土匪入村的第一个关口。每个关口三个人轮流把守，一旦发现土匪，马上擂鼓传号。村中间大树上挂一面鼓，听到鼓响，操上家伙聚到一起来。三、每家每户准备家伙，火铳、梭镖、大砍刀、木棍都行。

乌丛、蔡蓝氏母女离开，布根跟布劳兆说："这事情说大不大，说小也不小。我手下没人，师傅，你能不能帮帮我，把两个路口檑木炮石和哨棚搞起来。这两个关口搞好了，事情就好办得多了。"布根想一想，接着说，"我晓得，你没了妹崽，心里不好过，我也不是不懂好歹的人……说起来，村里也有 300 来号人，但真的要用人，就没人了，者砻村哪样都不缺，就缺人才啊……"

布劳兆用粗糙的手背擦一把眼泪，说："布劳兆没大学问，仁义两个字还是晓得，蒙数，放心吧，说了就是。"

山里人讲的是为人、信用。布劳兆讲的就是这两样。有时候，顾客上门打家什，要是没法马上打，他会问清楚顾客住地，约定日子以后说："放心，我一定按时送到你手里。"

有一次，布劳兆送一把新打的劁猪刀给劁猪匠陈跛子，路上下大雨，布劳兆冒雨送到家。时候已过晌午，陈跛子留他吃午饭，因为布劳兆还要送一家，又冒雨离开了。这件事，在附近几个村寨传得很响。这一次，要不是布劳兆到村寨里来送新打的家什，不是他出手，美香无疑遭了毒手。这件事又很快传开。这样，布劳兆不但是个讲信用的人，为了别人还肯舍命，和水泊梁山的好汉差不多。有他和布根承头，山里人放心。

布劳兆和布根一起奔忙大半天，快到天黑的时候，把事情都安排下去了。布根和布劳兆商量，在两个路口的高坎上安檑木炮石也不难，加上搭两个棚子，顶多花三天工夫。

晚上，李大力带回来个惊人的消息：玉田镇解放军都走了，也没有保安队，只有穿便衣挎洋枪的人进进出出。听说县里在打仗，解放军没守住县城，离开了，商道、赵团副又回到清河。县里和区里差不多，到处是挎洋枪、穿便衣的人。

梦月急忙问："见到我爹了吗？"

大力摇摇头，说："林太太说，你成亲那天就离开家了，一直没有回去。"

梦月心一沉，问："有载星消息没有？"

大力又摇摇头，说："没有。问林太太，林太太也不知道。"大力从腰里解下衣兜，交给布根，说，"林太太说，为走门子赎老爷，花了很多银洋；伙计走光了，盐店不敢开门，没有进账，只凑得两百块大洋，也不知道够不够……"

布根接过银洋，交给梦月，说："反正这些钱是要给者砻用来防匪的，很快要用掉，就你管着吧。"

梦月接过钱，背过脸去擦泪，布根见了，不知道说什么好。按布根的德行，做梦都没想到会和乔长盛这样的人成亲家，但布根经不起媒人的撮合，答应了，以至带来一连串祸乱；明明知道外面很乱，很不安全，却经不起儿子的缠磨，让他去县城找什么老师。这下倒好，解放军没能站住脚，商道、赵新久又回去

破荒
太阳从西边出来

了，能不打仗吗？万一儿子有事，他和素雅咋办，梦月咋办？要是梦月没什么可取之处也罢，偏偏是个很值得怜爱的妹崽。家里要是没有了载星和梦月，他和妻子咋活下去？这件事，布根想都不敢想。

到眼下，他算是明白自己其实是个百无一用的人。可惜，待他比较透彻地了解自己的时候，已经太晚太晚。

他不知道商道、赵新久这些人打回县城之后，还要做什么恶事，还要咋样祸害百姓，但不管咋说，者耷不能再遭殃了。几天来，布根饮食很差，觉也睡不安稳，眼睛红了，脸一下瘦下去不少。这天吃晚饭，布根喝下自制的半碗苦米酒，放下筷子，梦月知道老人心里难受，说："爹，吉人自有天佑，载星会很快回来，者耷不会有事，都会好起来……"

素雅说："我昨天念了半天经，观音大士会保佑我们的，全都会好起来。你要是愁垮了，好日子就过不上了。"

布根很觉惭愧，一个自认为懂诗书、拿得起放得下的男人竟无用到这地步，有何面目见地方父老！他这么想，竟也生出许多劲来。但他还是只让厨娘吉么大嫂添了半碗饭，吃下，告诉大力说："明天一早，你去告诉布劳兆、乌丛这两家，把家伙带来，下午未时在村寨里起款。嘴嘴、老鹰岩这两个村寨，你也去跑一趟。这两个地方该找谁，你晓得不？"

大力说："老鹰岩找劁猪匠陈跛子、何石匠，嘴嘴找算命婆黄巧莲。"

布根说："你也不要认为自己只是个帮人的，家里的事，村寨里的事也有你一份。放心去做，做错了我给你担起，不怕。"

大力感谢布根没有把他当长工看待，说："谢老爷，我晓得啦。"

13

者耷村寨中间有块空地，空地上已经站满了人，男女老少全都带上家伙，火铳、梭镖、长把砍刀、锄头、扁担、青枫棒……前清武秀才满泡也来了。他到底老了，再也拿不动青龙偃月刀，带来了"灌沙棍"。灌沙棍用楠竹捅空，灌铁砂而成。这家什在满泡手里年深日久，红黄发亮。别看灌沙棍只有手腕粗，一人多高，灌满铁沙之后，死重死重。满泡光着弓背，握着灌沙棍，目光炯炯，威风还在。布根看他这模样，很有些动情，来到满泡老人身边，说："你老人家说句话就行啦，还亲自到场？"

满泡说："者砮出了这样大的事，你都不哼一声，你是看我老了是吧？不错，我是老了，不能跟年轻人拼了……"他指指胸口，声音放大了一倍，说，"我这里不老，还能舞灌沙棍，不信你看！"说罢，提起灌沙棍，在空中划了几个圈，舞得"呼呼"声响。

乌丛没见满泡舞过灌沙棍，心想："不就是一截竹子吗，我舞起来比你来劲。"想着，凑过来，说："布老（老人），我试试。"

满泡说："当心砸脚。"

乌丛一只手去拿棍，没拿动；双手去拿，拿得起来，却舞不动，只好还给满泡。布劳兆在旁边说："这是要功夫的。"

乌丛说："铁师傅，你试试。"

布劳兆说："我试试。"

布劳兆挽起袖子，露出黑黝黝的胳膊，用力一抓，灌沙棍被提了起来，一只手舞了几个花。布根说："要是布劳兆没这功夫，敢跟兵杆子斗法？"

蔡蓝氏在旁边说："那天，要是没有布劳兆大叔，我妹崽就完了。"

那天在旁边看得很清楚的村民证明说："那天，那个小杂种遭大叔夹在胳肢窝下头，动都动不得，像夹鸡崽一样。"

布根见不光是本村人到得整齐，嘴嘴、老鹰岩、龙塘三个村来了不少人，半山散户也来了。者砮遭的灾，大家都晓得了，脸色阴阴的，没人讲笑。在区小读书的劳令、陈友斋、杨欢喜来得最早。他们没见过起款是咋回事，肃穆而好奇。

起款，在这大山里的乡村，特别庄重。必定是有了大事，在讲清楚缘由的情况下，大家同一条心，非把事情做到底不可。布根听爹说过，清宣统元年，清兵调戏在玉田赶场的妹崽，几个山里人揍了这个清兵。清兵说这几个人是反民，要捣毁反民窝者砮。布夏、布邦、满泡听说这件事，团结者砮、嘴嘴、老鹰岩、龙塘几个村寨和半山散户山民聚集在者砮，喝鸡血酒起款。在两个路口高坎上设檑木炮石，家家打大刀、梭镖、火铳，日夜轮守，清兵知道消息，不敢妄动。这阵，布根跟布劳兆说："看来事情得我们俩来做，你就领个头吧。"

布劳兆怕自己威望不高，说："还是你领头吧。"

布根说："这是大家的事，我布根再无能，也不会躲奸耍滑。你开头，我讲几句。"

布劳兆觉得不能再推。一坛自烤烧酒，十只碗，从布根家里拿来，邦里家

破荒
太阳从西边出来

拿来一只大公鸡，蔡蓝氏端来桌子、香烛。布劳兆焚香，将三支红烛插进烛台里，摆成一排；十只碗排成两排，斟满酒；从邦里手上拿过大红公鸡，割破颈脖，喷射而出的血在酒碗上迅速绕了三圈，鸡已断气，还给邦里，布劳兆才非常虔诚地跪下，朝天拜三拜，说："天在上，地在下，我心在中间，今天我对天赌咒，要是有恶人来犯者砦，不拼死杀恶人，当内鬼，天地不容！"说罢，站起来，举起血酒碗，喝下一口，大声说："现在，请蒙数根讲话！"

布根在布劳兆跪拜的地方跪下，拜三拜，站起来，举起血酒碗，喝下一口，说："我对不起大家，者砦的灾难是我惹起来的。不是我布根没良心，眼睁睁地把坏人引进来。是我亲家和县长商道有瓜葛，县长要到我家来避难；县长又和保安团有瓜葛，保安团团副赵新久赖上县长，要带100多号人进山。他们进了村子我才晓得，好不容易才把他们送走，想不到这帮畜生丧尽天良，做下那么多恶事，布根死都抵不了这罪孽……"

布根声音不响，但村民们都听见了，李大力鼓鼓勇气，说："我是个帮工，本来轮不到我讲的。保安队那帮畜生在村子里作恶的事，从头到尾都晓得，我凭良心讲，布根老爷讲的话句句是真的。"

梦月走进人圈里，跪下，向大家拜了三拜，说："我爹千不该万不该买那个区长，不该惹这些人，到头来害了铁拐李大叔，邦里大叔，布劳兆大叔，害了者砦，梦月替爹跟大家赔罪了……"说着，又拜了三拜。

蔡蓝氏扶起乔梦月，说："铁拐李在的时候，就讲过蒙数根，哪个是哪样德行，哪个心里没数？众人不会怨蒙数根，也不会怨你爹。要报仇，就要找那帮灰狗！好妹崽，事情不出也出了，不要去想，只要以后不再出事就好。"

布根说："我还要跟大家讲，大力刚从玉田回来，听说玉田打了两仗，解放军走了。但是，我那亲家没再去区里；商县长、赵新久都回县里了，以后还不晓得是咋样。不管咋样，村寨户老安全最要紧。我和布劳兆已经把事情安排下去了，大家辛苦一点，轮流守两个路口。有情况就打鼓，鼓一响，大家赶快操家伙到这里来会齐。"

该说的话都说了，众人轮流喝血酒。个个都喝了，放铁炮三响，表示事情圆满结束。人们渐渐散去，布根又一次感受到山里人有一种埋得很深的东西，这种东西很强大。在一般情况下，人们是看不见的。只在危急的时候，在众人的心往一处想的时候，这种力量就冒出来了，它感动着每一个人，鼓舞每一个人，叫人胆壮起来，哪样都不怕。

破荒
太阳从西边出来

让布根忧虑的是山里人不缺乏胆量，不缺乏为他人着想的好德行，也不怕死，缺的是知识，是人才。布根是把肯读书、能读书的娃崽当宝贝看待的，他把劳令、陈友斋、杨欢喜留下来，叫梦月也不要走。他说："我老了，没用了，山里什么都不缺，就缺人才。者砮附近这几个村寨就你们三个在外面读书，就看你们了。我不是你们老师，也不是你们爹妈，但是，我希望你们将来有出息。你们有出息，对国家有好处，对大家有好处，对你们家就更有好处了。家财万贯有花光的时候，本事在自己身上，才是用不完的本钱。"

在三个同学当中，劳令比陈友斋、杨欢喜都瘦小，脸黄黄的没有血色，额头和后脑突出，腰长脚长，镇上有同学喊他"风吹倒"。陈友斋比他矮，比他结实。最壮实的是杨欢喜。杨欢喜经常在劳令和陈友斋跟前挽袖子捞裤脚，亮亮他的手臂和粗脚。从长相、个头看，劳令比他俩差。但梦月偏偏看陈友斋和杨欢喜不入眼。是因为载星离家的时候有话留给她？不晓得。反正心里乱得很，哪有心思想学问的事？陈跛子本来只想让崽读几年书，能写写信，记记账就够了，不想让他老读书。他跟陈友斋说："布根读一辈子书，还不是蜷在山沟沟里？算啦，山里人不要想那样多，读几年就跟爹剞猪，讨个婆娘过日子。"

解放军来了，课停了，媒人上门了，妹崽矮墩墩，陈跛子一看就满意，也不问问崽，就回女方爹妈说："我们就是要找能做活路的，要得。""矮婆娘会生崽"这话他没讲出口。

有一天，陈友斋来找杨欢喜玩，杨欢喜满脸焦愁，说："我妈要我讨婆娘，咋做？"

陈友斋说："讨婆娘还不好啊，天天晚上抱起╳。"

杨欢喜不高兴了，说："你还有心思开玩笑呢，人家都愁死了。"

"这是命，就认了吧。"

杨欢喜说："不认咋办？"

陈友斋和杨欢喜都各有心事，听不进布根的话。只有劳令不死心，相信总有一天要回到学校去，要读很多书，晓得很多事情，要像载星那样有完全新的生活——尽管他不知道会是什么样的生活。他的老婆一定要像乔梦月那样好看，那样斯文。劳令胡思乱想一阵，忍不住看看梦月。梦月还是箍白发箍，油黑的头发盖住耳朵，颈子不粗不细，不长不短，不算白；胸脯那里，白衬衣对称地鼓起两只碗底似的东西……劳令不敢多看，装作没事的样子说："留下来也不晓得做哪样，算喽。"

破荒
太阳从西边出来

大家也觉得没事，离开了。

14

乔长盛家帮工贾驼子来了，天黑了很久，才走进布根家。这个贾驼子是乔长盛家的老长工了。本来是盐店伙计，背上突起个包，没法挺直腰，看人眼睛老是往上翻，让人不舒服。乔长盛听人说几次"那驼子盐店"这句话，倒把"乔记盐店"这名忘了，心里不痛快。本想让他走了事，但贾驼子格外忠心，又光棍一条，无处可去，乔长盛让他到家里打杂。

贾驼子是送信来的。他很小心，生怕出意外，自己丢命不算什么，误了东家的事就大了，走路东张西望，让者耷守东路口的乌丛捆了一索子，牵牲口似地牵进布根家，解了索子还直揾胸口。

一直没有乔长盛音讯，伙计散了，盐店一直关门。田运桃在慌乱之中熬三个月，保安队跑了，解放军一枪不放，又回到了镇上。这回，镇上驻了一个连的解放军，区公所、玉小都住得满满的。灰扑扑的区公所门上的牌子拿了下来，换成长长的木板，有文墨的人说，牌子上写的是"清河县玉田区人民政府"几个字。一个高高的挎盒子枪的解放军进进出出，晓得些情况的人讲，那是区长。区长整天难得有笑脸，街上的人说，还没得乔长盛对人和气。

刚刚打完大仗，走过的地方得有人管起来。这样，除了决定留下的干部，还留下一连人。这一连人除了保护地方安全，还要参加大部队剿匪。实际上，区政府并没有动乔家，只是叫田运桃到区里问了一次话。问话的是外乡人，说话总带个"啥，啥"的，运桃不大听得懂。不过挺和善，不像原来区公所那些人，像借他的米还他糠一样。一天，一个解放军送来两封信。一封给乔长盛和运桃，一封给布根和梦月。

信是载星写来的。给乔长盛和运桃的信里说，世道要大变了，是变得越来越好，不是越来越坏，希望岳父岳母相信政府，跟政府走，不会有错。话很笼统，运桃还没办法弄明白自己该怎么办。不过，她根据信的口气，断定载星已经是政府的人了，反倒有几分放心。

运桃没说信是谁写来的，说了什么，只说，还有一封，是给布根和梦月的，只好由贾驼子辛苦一趟了。贾驼子怕路上不清静，是豁出命来的。

贾驼子骑马走过这一趟，胆壮得多了。在布根家住了一夜，第二天才回玉田镇。

梦月把载星写给父母的信给布根，回到卧房，才拆开给自己的那一封。

梦月：

离开你以后，在玉田镇碰上了解放军。我要告诉你，解放军和我见到的那些保安兵完全不同。大队伍走过玉田街上，不拿百姓一支烟，不喝一口水，还唱歌，喊口号，说"老乡们好"。

后来才知道，原来县中的语文老师赵子青是地下党，他有个同学在解放军部队里当作战参谋，把我介绍给这位作战参谋，我成为一名光荣的中国人民解放军了，真是做梦都没有想到，你该为我高兴。我一进部队，训练了一段时间，就参加打土匪。湖南、贵州交界的土匪真不少。不少解放军从北方参军，不知打了多少硬仗、恶仗，立了很多功，竟然倒在土匪枪口之下。

我走的时候，怕我爹妈不同意，只说去找县中老师，没说真话，是万不得已的事。我在给他们的信里，已经说清楚了。

梦月，将来的社会，肯定比垮掉的那个社会好，日子会越来越好，这一点，不用怀疑。我在部队里，第一次知道马克思、恩格斯、列宁、斯大林、毛泽东，第一次知道马列主义，知道社会财富是劳动人民创造的，历史是劳动人民创造的。国民党反动派统治的那个社会，是少数人压迫和剥削多数人的社会，是注定要被人民当家做主的社会代替的。国民党只剩下西南很小一点地盘，共产党、毛主席领导的中国人民解放军很快就要解放全中国。

我理解的解放，最根本的一点，是要将人们从种种桎梏中解放出来，穷人政治上要翻身，经济上要翻身；有钱人家，最根本的，要转变立场，跟穷苦人站在一起，千万不要反对解放军，反对政府。将后，还要从种种错误的思想中解放出来。这一点，是每一个人都要做的。我很担心我爹妈和你爹妈想不通。给四位老人做思想工作的事，就拜托你了。

梦月，我和你没有同过学，但仅这有限的接触，我觉得你是个很难得的姑娘。我离开你，不是你不好，确实是因为我们太年轻了，不应该像老一辈人那样，早早就背上沉重的家庭包袱，毁了一生。梦月，我是一名解放军，不能说我一定能和你成为夫妻。我不想耽误你，只要有合适的人，就离开吧。这一点，我在信里也跟爹妈说了。他们通情达理，不会阻拦。劳令很不错，你们有缘也不一定。

破荒
太阳从西边出来

51

……

梦月坐在床上，靠着叠得高高的被子。她拿信在手里，不停地抖，看了一遍，觉得意思不是很明白，又看了一遍，脊背渐渐发冷；又看一遍，额头开始发木。脑子里"嗡嗡"的响，"我不想耽误你"，这声音在她耳边越来越响，好一阵才渐渐远去，远去，连同载星的模样一同消失……

梦月不止一次地想，既然话说到这一步，能赖着不走吗？载星在，她是布根家儿媳妇；载星不回家，她待在这个家里，算什么事？可一想到真要离开布根家，母亲怎么想，人家会怎么说是小事，找个像载星这样的人可就难了。布根一辈子想着别人，到头来老了，身边没可以指靠的人，也是她不能决断的原因。还有个问题也很大。看来，世道已经变了，穷人翻身，"转变立场"，立场是什么东西，怎么转变？难道这四位老人要面临一道难过的高槛吗？载星拜托她做四位老人的思想工作，"思想工作"是什么？怎么做？

陌生的、想不明白的、左右为难的事搅在一起，梦月不知道该怎么办？翻去复来地想到下半夜，才稀里糊涂地睡着。

第二天早晨，梦月说有点事要去找找劳令，布根说："深山老林的，你一个人去我不放心，叫大力陪你。"

梦月说："也好。"

大力陪梦月爬了几个大坡，到两人都浑身冒汗，才看到那栋孤零零的木屋。大力把劳令喊出来，梦月把信交给他，说："你好好看看。"

梦月和大力第一次到劳令家，劳令说："坐坐，吃碗甜酒再走。"

甜酒是用糯米酿的酒。客人来了，连酒糟酒水一起，舀上两汤匙在碗里，兑上凉沁沁的山泉水，双手端给客人，客人吃下，既填肚子又解渴。吃下甜酒，梦月说："不坐了，回去还有好多事。"说着，和大力一起离开了。

劳令看了两遍，跟妈妈说要去找同学一下，下了山。

布根照样读一阵"子曰""诗云"，照样到东西两个路口查看是不是有人看守。他先到东路口，临时搭建的木棚上了锁，看看贴在门上的名单，轮值的人是乌丛。轮到乌丛守路口的时候他就在家睡大觉，这是布根第三次碰上了，嘟囔一句："又是乌丛，太要不得。"

布根在邦里、乌丛兄弟俩木屋前大声喊叫"乌丛，乌丛"，乌丛才揉着眼睛走出来。布根不客气，劈头就训斥："你睡大觉，村里出事咋办，你长点记性好不好！"

乌丛自知理亏，说："我去我去。"

布根做梦都没有想到，刚回到家，寨子里的狗一阵扑咬，就有人很响地敲槽门。布根汗毛直立，忙起身，敲开素雅的门，说："快，有事！"

素雅糊里糊涂地爬起来，赶忙去敲梦月的房门。梦月很惊醒，很快，房间里就有了响动。布根来到天井，大力已经在那里。大力老家在黄河边，连他自己也不晓得为什么逃出来。只记得一家人一直朝南走。逃到半路，爹先倒下；又走一段，娘也倒下了。娘是天黑了才倒下的，大力以为娘累了，歇歇气。他靠着娘身上睡到天亮，摇摇娘，咋也没能摇醒……他是咋样走到这地界，咋进了布根家的，只留下星星点点的记忆，没法连在一起。好在主人对大力很好，他也就把这里当做家了。大力瘦筋筋的，力气却不小，人又忠心，布根很看重他。这时，大力握根很粗的青㭎棒，竖起耳朵听门外响动。

门外有人轻轻地喊："亲家，亲家！"

素雅和梦月也来了。梦月耳尖，听出是爹的声音，跟布根说："是爹。"

大力对着小门洞看了看，见只有一个黑影，朝布根竖起食指，布根说："开门。"

乔长盛鬼影一样闪身进槽门的小门，大力很快关上，上横杠，抗死。乔长盛随布根一家来到堂屋，他脸色阴沉，坐下。布根浑身抽紧，说："是不是又有麻烦啦？"

十多天前闹的那一家什，布根想起来心头还"突突突"的跳，蔡蓝氏、布劳兆两家遭他们害死两个人，仇恨还没消哩，听口气事情还了不了，他该咋办？山里人有事，很少找女人商量。这阵，布根也不能不睬素雅，让她讲讲咋办？家里大事小事，素雅很少拿主意，这下也说不出个子丑寅卯来，闷着不讲话。梦月觉得事情不对，说："爹，十多天前他们就造了一次孽……"

乔长盛打断梦月的话，说："这一点爹咋不晓得……更大的事情还在后头呢，八路来了，没得我们这些人的活路……"

布根、素雅眼睛瞪大了。"八路来了，没有钱人的日子过了"、"共产共妻"这样的话听到不少，但都觉得还远着呢，眼下逼到头上来了。想一想，又糊涂了：为什么崽又是那样讲？还再三再四要两边老人听人民政府的话？崽还嫩，嘴上无毛，办事不牢，他的话靠得住吗？

破荒
太阳从西边出来

商道、赵新久的话靠不住，崽的话靠不住，哪个的话靠得住？布根难死了。乔长盛催促说："亲家，我妹崽是你家的人，我咋个也不会害你。我也不想跟他们裹在一起……"乔长盛眉头紧锁，说，"八路来掌天下，我们这些人死定了，不跟他们能有哪条路好走？"

布根还是闷头不讲话，乔长盛左看右看一阵，说："我走了，天亮了不方便。"说完，起身。

布根说："这样说来，你是要去找他们啦？"

"还没拿定主意，可能去找他们，也可能来亲家这里躲躲。"

梦月很想念妈妈，说："爹，我妈咋样？"

乔长盛慌慌忙忙说"在家，好的"，就走出槽门。乔长盛的身影消失在黑夜里，梦月立即变得无着无落，被茫茫黑夜缠裹得透不过气来。

这天，老铁匠布劳兆正挑着担子，晃晃悠悠上山来。担子一头是新打的两把镰刀，两把柴刀；另一头是一串发豆腐。外面很乱，传言也多。几天前，者砦一个叫再清的汉子在湖南被八路抓住，当做土匪敲了脑壳，撂在路边。其实，再清是独崽，游手好闲惯了，到处浪荡，何曾当过土匪？老铁匠拳脚不错，但自从经过那一回惊怕，不愿去赶场了，干脆走村串寨，能卖多少是多少。这天，卖了一把锄头，拿了打两把梭镖的定金，看看天色不早，在路边寡妇家买了一斤全家人都喜欢吃的发豆腐，赶在天黑以前回家。

布劳兆没有想到，刚刚跨步进门，四五个穿灰衣服的兵冲了进来，一个黑脸拿枪对着布劳兆脑门，说："八路，不准动！"

这时，劳令和哥哥砍柴回来，把柴捆靠着山墙壁头放了，走进堂屋大门，和闯进家来的这伙人碰个正着。见有人回来，拿枪对准布劳兆脑壳的这家伙调转枪口，在劳令、也昂跟前晃动，威胁说："不准动，八路，动一动打死你们！"

劳令那一回亲眼见八路走过玉田镇街上，在玉小校园里和八路说了那么多话，还特别看了帽子上的红五角星，胸前印着"中国人民解放军"字样的布牌子，特别是那笑眯眯的样子，印象太深了。这些人帽子上不说没有红五角星，胸前也没那印着字的小方块布，样子那么凶，还会是八路？一定是害死他姐的祸害。但这家伙拿枪晃去晃来，搞不好要出事，他该咋办？劳令在脑子里飞快地打几个转，说："是呀爹，他们是八路。"转身对拿枪那家伙说，"叔叔，天都黑了，吃饭再走呀。"

布劳兆听出在话里的味道。几十年的沟沟坎坎告诉他，越是有事，越不能慌张。他扫一眼这几个人，除了拿枪那家伙壮实一点，剩下四个人单单瘦瘦，就算荷青、也昂、劳令不动手，他一人也能打翻他们。但是，打翻了这几个，下一步咋办？他冷静下来了，笑着对拿枪的家伙说："你们一定是有事才老远地来找我，咋讲也要吃了饭再走不是？"一面说，一面编派荷青说，"进了屋就是客，杀鸡杀鸡！"

荷青虽说不明白男人葫芦里卖的是哪样药，还是认定男人不会错，往火塘里添柴，架鼎罐烧水，朝铁篓里添枞膏，让伙房里亮些，自己摸黑去鸡窝里抓鸡。也昂慒头慒脑地跟到鸡窝前，荷青用侗话说："亚麻热忙，我拜牙罍。"（你来做哪样，快去看你爹）

也昂有点明白了，回到堂屋，木头人似地靠大门站着，眼睛望着黑乎乎的外面，却竖起耳朵，只要这几个家伙敢来横的，他就和爹一起，拼掉一个够本，拼掉两个算赚。

荷青干干瘦瘦，手脚却麻利。砍鸡的砧板响过一阵，一阵阵炒鸡肉的香味飘到堂屋里来，这些饱一顿饿一顿的家伙们肚子本来饿得咕咕叫，这阵更挪不动脚了。抽出铁三脚架下烧得正旺的柴块，用灰埋了。火炕上热气退了，老铁匠让也昂、劳令摆好坐团，自己到堂屋来邀请这几个家伙，说："来来来，大家饿了，没哪样七（吃）的，随店（便）用点。"

这几个家伙饿慌了，一窝蜂拥进伙房，坐上炕。见每个人有一大碗酒，端起来就要喝，黑脸恶声说："饿死啊？不准吃酒！"

老铁匠说："自己沤的酒，没怕。"说着，自己先喝一大口。

黑脸一闪阴笑，说："七（吃）饭七饭，七了有公务！"

"八路"眼见有酒不准喝，眼睛馋出了血，但都晓得黑脸手狠，不敢跟他犟，只好拿碗去鼎罐里挖饭，伸筷子进铁锅里夹鸡块。老铁匠不慌不忙，边喝酒边打主意是不是把他们搞死了再讲？喝一口酒，嘶的一声，再拣鸡块。鸡块也不是拣了就放进嘴里，总要翻去翻来，才拣上一块。黑脸一面吃一面催促："铁匠你也莫磨，快点七（吃）好办公务。"

老铁匠给也昂飞快地递个眼色，转而对黑脸一笑，说："莫忙，饭不七（吃）饱要得卵？"

黑脸听铁匠的话不好听，伸手去抓盒子炮。铁匠眼快手快，眨眼工夫，黑脸的手腕被铁匠钳住，像要断似的痛，手一松，盒子炮掉在炕板上，老铁匠顺手抓住，抽出枪，枪口在黑脸面前晃晃，说："这家什比土炮好。"说着，指指门角落里。

十多天以前，在蔡蓝氏家那一幕，黑脸还清楚记得。但兵杆子有一股冲劲，谁都不放在眼里，才敢在商道、赵新久跟前夸下海口："喊他走东敢走西？放心，去去就来。"

赵新久说："不要冲，带几个弟兄去吧。"

刚才老铁匠那两下，黑脸吓出一身冷汗，忙左右躲闪，说："嘘嘘嘘，莫开玩笑，要走火的……"

老铁匠顺手把盒子炮插进系了宽腰带的腰里，笑笑，说："你怕走火，我不怕。"

黑脸晓得，要从老铁匠手里夺回盒子炮，怕就难了，也笑笑，说："你帮我拿起也好，快七（吃），七了好走。晚了，上头怪下来，七不起。"

老铁匠怕在家里交起手来，吓着家人，把倒给五个家伙的大碗酒咕嘟咕嘟灌下肚里，起身，大声跟家人说："荷青，也昂，劳令，看好家，我去去就回来！"

山路弯弯曲曲，很窄，月光朦朦胧胧，几个家伙在山里饿了十多天，虽然跌跌撞撞，东倒西歪，还勉强能走。老铁匠从小走这条路，哪里有个坑，有块突起的石头，闭眼睛也晓得，他抓住黑脸的手臂，说："这种路，我闭起眼睛也走得，我拉你。"

盒子炮在老铁匠腰里，黑脸怕脑壳挨家伙，说："我怕枪走火，你老走前面。"

老铁匠说："我走前头，你好给我脑壳上来一家伙？"

黑脸苦笑说："哪里的话，司令派我来请你带路，请不到你，我有几个脑壳？"

黑脸、盒子炮都在老铁匠手里，走在后面的兵杆子只得老老实实走路。老铁匠就这样做好做歹，一直走近者碧村。黑脸没有去布根家，却去了东面那空印子屋。屋里黑咕隆咚，走过长满草的天井，到正屋堂屋，才有昏暗的光，八仙桌上一盏煤油灯，摇摇晃晃。老铁匠一眼就看见就是死也无法忘记的两张脸：商道那张油胖脸和赵新久那寡骨脸。还有一张他熟悉的脸——那是受人敬重的布根。

商道除了吃黑钱没别的本事，就算赵新久有些手脚，老铁匠也不怕。只要他打翻一个，剩下的没有敢靠近他的人。老铁匠伸手抓住腰里的盒子炮，很想打个稀巴烂，替妹崽也休和铁拐李报仇了再说。但有蒙数根在，他哪样都不能做。再说，蒙数根也会拿主意，自己不要莽莽撞撞的坏了事。

商道和赵新久见是老铁匠，连忙起身，赵新久说："久仰久仰，请坐。"

商道伸出手，老铁匠没理他。赵新久眼尖，见黑脸没了盒子炮，而老铁匠腰间多了那硬家伙，说："杨四你也太不像话，连盒子炮也不想背了？"

赵新久说罢，对老铁匠说："盒子炮咋就到了你那里，手脚也太厉害了吧？"

黑脸很尴尬，说："嘿嘿，老英雄逗在下玩的。"

老铁匠从腰间抽出盒子炮，插进枪盒子里，放在桌上。商道说："老英雄来了，话就不绕弯了。世道要变了，有钱人没活路了，乔老板、商某和赵司令都要走，但也不是说走就能走的。走以前，还得有个落脚的地方。现在看起来，只有你们这里合适了。不会待久的，多则一个月，少则十几天，一定走。"

赵新久接着说："刚才和布根老爷也讲了，老人应承了，我想，救人一命，胜造七级浮屠，老英雄不会不肯吧。"

事情来得太快，没有人能跟他讲咋做才是对的，只能听蒙数根的了。布根心里也很乱，既不能认定崽讲得对，也不能认定商道、赵新久讲得对，只能听天由命了。布劳兆见蒙数根不说话，想来已经认了，他也就没什么好说。

15

者耆人做梦都想不到，等人们陆续收早工回来，寨中间大坝上已经坐满了兵，黄衣服，长枪短枪都有。没有听到鼓响，村里没人知道是咋回事。村里人害怕又是那些灰狗，男女老少回家操家伙。但是，左看右看，他们就坐在捆紧的长方形的包上，就着个扁壶喝水，卷纸筒烟，慢悠悠地咂。不像是要抢人的样子，这才松了口气。蔡蓝氏问旁边一个大妈："国厅考囵嘛。"（没听见打鼓呀）

大妈也觉得怪："刚赖没人怪麻有考囵的嘛。"（讲好的，有坏人来要打鼓）

蔡蓝氏神情紧张起来，转身说："外转白言先多古。"（赶快回家关门上闩）

蔡蓝氏的话，旁边有几个婆娘听见了，转身回家抗门。一阵，布根出来。他还是戴一顶黑亮的瓜皮帽，蓝长衫，黑马褂，一副大不了一死的样子，不卑不亢地朝兵们走去。走几步，停住，向站着不动的山里汉子大声说："转白，转

白，门垛累吗没要，郭雀！"（回去回去，天塌下来有我，不怕）

几个操家什的山里汉子回去了，有几个不肯走，要和他同生死的样子，布根大声说："奈美要，迸压砖白酒转白，国讷听啊！"（这里有我，叫你回去就回去，没听见）

既然当事（管事）的人都这样讲了，剩下几个汉子也离开了。布根向前走十几步，离兵们很近了，站定，双手抱拳，打了个躬，说："坑啦！"（累啦！）

兵们谁也没有听懂，一个年纪大的兵起身，朝布根走来，伸出手。布根不知道这是什么礼，僵在那里，年纪大些的兵说："老人家好。"

布根这才回过神来，用生硬的客话（汉话）说："累啦……"

年长的兵勉强听懂布根的话，说："老乡，请坐，我有话问您。"

操的是从来没听到过的外地腔，布根一句没听懂。却也不好意思摇头，憋在那里不动。不多工夫，又过来两个兵，走在前面的是乌丛。像是被抓住的贼，被人押着。乌丛见了布根，像见到了救苦救难活菩萨，说："沃九腰。"（快救我）

布根问："洗液的哈书？"（是咋回事）

乌丛说他也不晓得，看到有几个认不得的人进寨门，他刚开口问就被按倒了，还不准喊。跟着，好多拿枪的兵就进来了。乌丛吓死了，不断地扇裤脚风；保安兵布根见得多了，没见过帽子上有红五角星的黄衣服兵，本来不慌，听乌丛上牙磕下牙的讲话，两个腿肚子也跟着酸酸的想打颤颤。

年长的兵问布根说："老人家，最近一段时间来，有生人进村寨里来没有？"

布根没听明白，看乌丛，乌丛更不明白。年长的兵见他俩没听懂他的话，又说一遍："老人家，我是说啊，最近有生人进村寨里来没有？"年长的兵边说边比划，"就是认不得的人，来过没有？"

布根这回好像听明白了，摇摇头，说："妹。"（没有）

年长的兵见山里人都听不懂话，跟布根说："没事啦，忙你们的事去吧。"

在东面那荒废的印子屋楼上，有一排花木格窗子。窗户镂雕了鹿、凤、龙、兰，虽然风雨剥蚀，显出很深的木纹，灰扑扑的积满灰尘，但还是能看出当年的光景来。当年糊窗户的生白绵皮纸变成了黄黑色，千疮百孔。能干的蜘蛛们抽出长丝，抓住，从屋檐下往下摔，顺风一吹，一根丝和窗户连上了，蜘蛛们顺着这根丝爬来爬去，一张精致绝伦的网结成了。不知道有多少蜘蛛在这排窗户上努力过，才留下纵横交错的旧网。这一排窗户对着大槽门，大槽门的对面是村寨中间的大晒坝。这排窗户正中一扇窗户里，伸出黑乎乎的枪管，随着晒坝上年长的官走动而移动。

握盒子炮的人是刚当上西二线司令的赵新久。副司令商道、黑脸营长杨四和七八个兵杆子也在房间里。商道、杨四都心慌慌的，商道说："你就不要比啦，一走火全完个卵。"

杨四也说："司令，还是小心点的好。"

赵新久说："惹老子冒火，一家伙敲一个，出这口卵气再说。"

商道老觉得赵新久顾前不顾后，说："你倒是出气了，我们咋办？弟兄们咋办？"

赵新久很不当回事，说："你们真是没卵用，就吓成这样。"

赵新久收回盒子炮，"呱嗒"一声插进盒子里，说："只要那两个老货不卖我们，就没事；就算让八路晓得，几步就进山了，咬我卵去。"

一阵，蔡蓝氏和妹崽美香提一大篮饭菜上来，菜是盛在木脸盆里的，刚放上桌，一个胡子兵不干不净地骂起来："妈的拜，喂猪啊？"

赵新久"呼"地站起来，瞪圆了眼珠子，说："怕苦？回家抱婆娘去，没卵出息！"

见胡子兵挨骂，想发发怨气的也闭了嘴。赵新久自己挖了一碗饭，舀一大瓢混煮萝卜白菜，说："快七（吃），七了走。"

商道说："他们还没回来咋搞？"

赵新久说："我等他们。大家都窝在这里，死路一条。"

商道问："老地方等你？"

"除了那里，还能去哪里？"

者耷的上空，星光点点。商道、杨四和七八个兵东一个西一个地梭出印子屋，穿小寨巷，走出村寨，进山里。翻个大坡，进入狭长的山谷。不远处的半坡有个石洞，曾经住过抗清起义队伍。起义军失败，被清军斩尽杀绝。传说夜里哭声不断，加上林深叶茂，阴风惨惨，再没人去过那里。这里不过是赵新久一伙暂时落脚的地方，再寻找妥当去处。赵新久、商道派好几个人走山道进入云南，和中央军联系，全都有去无回，看来只好到了云南，再想办法出去了。

前天，赵新久派几个精干弟兄到清江渡口"借军款"，一面在者耷逼布根拿银子。如果运气好，大把金银到手，赵新久决定一个人潜出国境；要是不痛不痒，也只有有饭同吃，有难同当，到哪里黑，在那里歇了。

16

这位年长的兵就是营教导员向文艺，比他小几岁的年轻人是绰号叫老油的游龙庭。天黑尽了，还进不了老百姓家。游龙庭敲过几家木门，木屋里有狗叫声，却不开门。老油回来，向向文艺建议说："我看刚才那老乡进大槽门去了，他还懂些汉话，就去他家住一夜再说。"

向文艺直摇头，说："不行不行，一到村里就进那样的人家，往后还工作不工作？"

老油说："两眼一抹黑，哪家是贫雇农？"

"看这冷冰冰的样子，就算晓得哪家是贫雇农，进得去吗？"

"这种鬼地方……全不像北方的样子……"

"肯定是有坏人煽动。"

"还不如在战场上真刀真枪的痛快。"

向文艺冲着发牢骚的战士说："以后转入地方了，困难还会多，发啥牢骚？"

老油说："我发现这里有一栋空房，先住下，弄点吃的再说。"

向文艺觉得可行，说："带几个人去。"

老油说："我就不信会有啥事。"

向文艺说："你嫌没中过暗枪是吗？"

老油说："好好好，带几个去。"说罢，点了三个战士，"你，你，还有你。"

老油带领三个战士，在破旧的大槽门前喊几声"有人没有"，没人答应，却有一阵急促的脚步声。老油拔出盒子炮，轻声说："有人！"

老油和一个年轻战士同时想到废屋里可能有情况，老游闪在一边，一个战士几脚踢开槽门小门，冲进门里，老油带领两个战士跟着冲进去。这时，一个黑影跳出窗户，落在门楼上，又跳了下去。老油喊一声"追"，但是，黑影很快不见了。到处黑黢黢的，怕遭黑枪，他们只好打转身，四个人边找地方掩护边从木楼梯往楼上冲。游龙庭揿亮手电筒，转了几个地方，有的房间门上了"母猪锁"，到一间，门开着，有"哼哼哼"的声音传来。在电筒光亮里，老油看见楼板上黑乎乎的一坨，在不停地挣扎。手脚被捆了，瓜皮帽滚在一边，一身"灰猫猫"（一种在灰里的爬虫）似的，分不清眼睛鼻子。口里塞了什么，只能

"哞哞"的叫喊。

老油解下他手上脚上的索子，被捆的人"噗通"一声跪在老油面前直喊"菩萨救我一家"。老油搀起跪着的人，这才看清楚原来是个留胡子的老人。再一认，认出是几个小时以前朝教导员抱拳打拱的那一位。老油问："啥事？"

老人叽里咕噜地讲一阵，老油才听明白"布根"两个字。老人不管老油听懂没听懂，一把抓住他的手直往楼下走。三个战士跟到天井，出槽门，走一段寨巷，进另一栋印子屋大槽门，过天井。老人恍眼见右厢房楼廊下有黑影在半空晃荡，不要命地扑过去，声嘶力竭地喊叫："素雅……"

老油没见过这种事，也吓着了，朝老人吼叫："快拿凳子来！"

吓糊涂了的布根跟斗扑爬地进堂屋搬太师椅，老油一面叫人上楼解索子，自己和另一个战士在下面接人。还好，索子捆的是双手，放下来，人还喘气。老油吩咐说："来两个人，抬进房间休息，千万别背，听见没有？"

三个战士由布根领路，一个抬肩，一个抬脚，一个在一旁帮忙，把林素雅抬进房间，稳稳地放在床上。

就这时，向文艺领战士们奔来，走在头里的是个妹崽。布根见是乔梦月，长长地出一口气，说："丐乃啦，梦月果事。"（幸好梦月没事）

楼上楼下，卧室、书房全翻遍了，书箱被掀倒在地上，书散了一地。布根两老和梦月的新房翻了个底朝天，所有金银首饰、光洋、值钱的衣料掳掠一空。要是没有这些穿黄衣服的兵神不知鬼不觉地开进寨子，布根一家就全完了。布根感激救命之恩，在向文艺跟前跪下，不住地磕头。

向文艺扶起布根，说："不要谢我们，要谢就谢共产党、毛主席，是共产党、毛主席教导我们这样做。"

布根又朝天跪拜，说："活菩萨共产党，活菩萨毛主席……"

布根见梦月站在一旁，朝她跪下，说："开牙，开牙呀……"（谢谢你谢谢你呀）

布根这一跪，梦月吓一大跳，说："你糊涂啦爹，我是你梦月呀。"

梦月的汉话虽然和向文艺、游龙庭操的口音不同，到底能听懂向文艺他们的话，向文艺问："你是他女儿？"

梦月低头回答说："我是他儿媳妇。"

"叫啥名？"

"乔梦月。"

破荒
太阳从西边出来

向文艺抽出插在小口袋上的钢笔，很快地写上"乔梦月"三个字，用手电照着，伸到梦月跟前，问："是这几个字吗？"

梦月看一眼，说："是。"

向文艺说："你读过书吗？"

"上过县中初一。"

"我们是中国人民解放军，是共产党、毛主席的队伍，是来替老百姓办事的，不要怕。"

梦月亲眼见到，她公公婆婆两条命都是这些叫"解放军"的兵救的，咋说也和抢他家的强盗兵不同，她说："不怕。"

向文艺说："那好，刚才是咋回事，把你们知道的告诉我们，好吗？"

梦月喘喘气，让自己平静下来，断断续续地讲了刚才发生的事。这些灰狗们是昨晚夜深人静的时候悄悄摸进村寨，又进空屋里的。商道、赵新久做梦也没有想到解放军这么快就进了村子，派去搞"军款"的人没有回来，急了。天黑下来，赵新久利用解放军寻找做饭处所和驻地的机会，冒险派四五个灰狗潜进布根家，演绎了那可怕的一幕，又迅速潜回空屋里，打算夜里悄悄离开。

布根在自己家堂屋里待好一阵才回过神来，摸摸索索地点着盏煤油灯，放在八仙桌上，堂屋里立即有了亮光。向文艺问布根说："我们能借你家锅灶、用用柴火做餐饭吗？"

梦月懂得不少侗话，翻译给布根，布根没有犹豫，用生硬的汉话说："要得。"说到做饭，布根才想起咋没见到大力和吉么大嫂，说："大力呢？大力！"

没人答应，布根又喊"大力大力"，还是没人答应。

素雅缓过气来，出房间来，布根说："细呕奶就姚更牙啊。"（是他们救你和我）

素雅说："谢谢，谢谢，没得你们，我们一家死定了。"

这时，粗壮结实的吉么大嫂回来，布根说："牙白偶啊？"（你去了哪里）

"摇摇忙完惹眼。"（我在外面玩）吉么大嫂说。看看家里被打劫了，很是惊慌，说："细热的呀？"（是咋的呀）

布根长长地叹口气，说："都系要害的。"（都是我作的孽）

布根叫吉么大嫂下伙房去做饭，说："麦西基进哩。"（有十几个人哩）

向文艺跟老油说："派人去做饭。"老油带两个战士随吉么大嫂下了伙房。堂屋里，向文艺让梦月坐在自己对面，梦月只肯站着。向文艺说："姑娘，你是有知识的人，老百姓不能再过苦日子了，要翻身解放，这是大趋势，你要帮助我们……"

这些话，梦月似懂非懂，但是，她愿意把知道的事告诉救过她家人的兵。但梦月知道的事不多。

向文艺说："他们是什么时候走的呢？"

素雅进来插话，说："他们把我吊起来就走啦。"

老油愤愤地说："这些人胆子也太大啦，抓住这些王八蛋，非崩了不行！"

吉么嫂进来，说："刚碾来的米也没了。"

布根很感激解放军的救命之恩，说："燕燕燕。"（借借借）想一想，说，"演技多盖麻杀气，啊！"（再借几只鸡来杀）

向文艺、老油和战士们没人懂他们的话，只任由他们去准备。

两个多钟头过去，印子屋里弥漫着蒸饭的香味和鸡肉香味，向文艺问大家说："闻到香味木（没）有啊？"

战士们早就闻到了，听头这样说，故意耸耸鼻子，有的说"香得很"，有的说"我都馋死啦"，老油提醒向文艺说："别忘了三大纪律八项注意。"

向文艺笑了，说："谁让你白吃啦，凑钱凑钱！"

凑了好一阵，勉强凑到几万元（一万元即新币一元），向文艺把凑到的钱塞给布根，说："吃了老百姓的，用了老百姓的，一定要拿钱的，这是解放军的规矩，你不要推辞。不够，改时间再补，反正我们不会很快离开。"

布根不肯要，梦月说："爹，既然这样，就收了吧。"

布根勉强收下，又不停地抱拳打拱，说："得罪得罪。"

大力被商道、赵新久抓去做挑夫，趁天黑逃跑的时候，差些被乱枪打死。他不敢走大路，全在山里穿行，直到第二天中午才回到家。他衣服被挂破，屁股、膝头露在外面；脸也划破好几处，没被虎豹豺狼吃掉算是命大了。

17

老铁匠布劳兆吃了两次亏，这天吃夜饭的时候，全家人都在，他说："世道不好，不是万不得已，哪里都不要去，就是种子都拿来吃了，也要先保人。"

天亮的时候，老铁匠打量恶人不敢来抢杀；天快黑了，连忙把堂屋门抗死。老铁匠抱土炮上楼，旁边是赶山狗大黄。老铁匠下狠心了，只要哪个人敢来，就让它吃铁子。

　　老铁匠没进过私塾的门，能看《三国演义》、《龙图公案》、《说岳全传》之类，全是东一个字西一个字这样问来的。只要碰上布根，少说也要问上三五个字。他读书有瘾。闲下来的时候，搬张凳子坐在木屋前小土坝上，旁边一撮火籽，一根烟杆，一匹板栗色叶子烟，架上铜边老花镜，开始读书。说是读书，其实是唱书。唱书也没个子丑寅卯，而是缘情随意，动情之处声音拉得很长，有时甚至流下热泪；气愤的时候，他会突然站起来，在小土坝上边转圈子边骂："卖亚西牙……"（他妈的╳）

　　沉醉也好，发火也好，高兴也罢，都是老铁匠的人生享受，是和别人不同的地方，也是他自豪之处。世道不好，不能不早早关门，家里点的是枞膏，烟子大不说，还看不清楚字。也休死得这样惨，想的是找这些恶人报仇，没心思看书了。

　　十多天前还起款，拼死也要和保安队斗；跟着，布根又成立保乡团，还说是商道、赵新久领的头。一下这一下那，老铁匠布劳兆糊涂了。他只能把定一个想法，外面的事听布根的，谁要来坏他的家，他家的人就和谁拼。

　　这天晚上，吃晚饭的时候，大黄就守在布劳兆特别给安放的窝里，有一声没一声地叫唤了，布劳兆加紧扒几口饭，告诉家人说："快七（吃），搞不好今天有事情。"吩咐劳令说，"你也上去，有事情好下楼跟你妈你哥讲。"说罢，抱土炮上楼，劳令跟在后面。在劳令看来，只要有爹在，就哪样都不怕。老铁匠和也昂都能做粗木活，楼上楼梯口那里装了板壁，木楼外动静看得清楚，外面的人却看不见他们。老铁匠让劳令躲在他身后，土炮筒对着外面。刚坐下，大黄忽然狂叫起来。月光下，老铁匠远远地看见有人上了路垭口，朝他木屋走来。老铁匠跟劳令说："下去跟哥讲，拿梭镖守门，敢破门就捅；你也去拿把柴刀，敢冲进门来就砍，砍着哪里算哪里！"

　　劳令飞奔下楼，传了爹的话。也昂听了，连忙操了丈多长梭镖，劳令拔出木夹里的柴刀，走进堂屋，闪在大门两旁。也休惨死，荷青的恶气没法出，去牛圈上拿下锄头，跟着来到堂屋。被恶人杀死是死，拼死也是死，老铁匠布劳兆一家大小四口人不要命了！

　　黑影越走越近，布劳兆抬起土炮，闭上左眼，比了一下。但没扣扳机——还没到扣扳机的时候。

　　大黄一直在拼命叫，颈毛竖了起来。有人捶堂屋大门，"嘭嘭嘭……"

老铁匠血直往脑门冲，大声喊叫："是哪个？"

不回答，门却捶得更响了，还夹杂蹬门的"嘭嘭嘭"声。堂屋门不厚，要是被踢破了，三娘崽就没命了。老铁匠什么也不顾，扣扳机，轰的一声，震得老铁匠耳朵"嗡嗡"直响。老铁匠连忙摸着牛角，把火药往土炮筒里灌，放进铁砂，装上火子。老铁匠又一扣扳机，轰……

不再有很响的踹门的声音，很快，老铁匠第三次往土炮筒里装上火药、铁砂，装上火子，扣动扳机，又是一声爆响，轰！

传来一声尖利的枪响。老铁匠浑身的血好像凝固了，什么也不能想。老铁匠拖着僵硬的两脚，跟大黄下楼，奔到堂屋，堂屋大门开了，破了，没有三娘崽的影子。老铁匠不要命地喊了"荷青"喊"也昂"，到连喊几声"劳令，我的崽呀"也没有应声，只有黑咕隆咚山野的时候，老铁匠忍不住放声号啕……

是大黄发现了荷青三娘崽，欢叫一声，离开老铁匠，老铁匠这才抹一把老泪，好像要跳出胸口的心头落了下去。

荷青刚回到木屋前，摇摇晃晃地靠着壁头，垮在地上；也昂在老铁匠跟前站定，木桩似的一动不动；只有劳令没事人似的，见到爹，高兴得直叫喊："爹，遭我们打跑啦，遭我哥扎倒啦……"

扎倒人，那就一定是那梭镖捅了人；捅了人就是结了死冤仇了，下一步咋办？

一家人拖着沉重的身子，扛好堂屋大门，回到伙房，没点枞膏，黑乎乎的坐到天亮。老铁匠走到木屋外，见殷红的一线血迹，一直朝屋后延伸，想：这些恶人从屋后小路进山了，他们不会就这样放手，等在家里总不是办法，得去找布根，现在，只有他能替自己拿主意了。

老铁匠匆匆吃过一碗冷油茶，唤上大黄，抱上立了功劳的土炮，跟还没完全回过神来的荷青说："我不在家，你们哪里也不要去，听见没有？"

荷青说："你跟崽讲，他们听你的。你一个人去，我不放心。"

也昂说："爹，我陪你去。"

老铁匠说："你要看这个家，大黄跟我去就够了。"

走到半路，大黄忽然转身朝后头跑，老铁匠回头看时，是劳令跟来了。老铁匠怕娃崽没头没脑地出事，不让他沾惹这种事。劳令怕爹发火，说："妈怕你有事，连送信的人都没有，叫我来……"

这种乱世，老铁匠巴不得娃崽快点长大，长大了，有本事了，好帮帮自己。

团转 18 个村寨，送崽到玉田小学读书的人家就只劁猪匠陈跛子家，寡妇算命婆杨黄氏家，陈家、杨家娃崽远不及劳令能。再说，他两家着急的不是挣钱让娃崽上学，而是早成亲，早当家，老人早享福。老铁匠很看重劳令，一定要供到头才算完。哪里是头？他不清楚，大概是再没学校读了就是头吧。他巴望乱过了，玉小还复课；玉小毕业，进县城。

老铁匠没有说话，就是赞成劳令跟他一起练练胆了。劳令也晓得爹的德行，放心乐意地跟在老铁匠的后面。

布根叫吉么大嫂把剩下的米都熬成烂饭，炒一大钵老腌菜，让解放军将就吃一餐早饭。布根醒来，慌忙提起长衫下摆，来东边印子屋请解放军用膳。但是，找遍整栋屋子，没有解放军的人影。几十个人不晓得哪时候走了，走得悄无声息。

昨天晚上，布根见兵们的被子薄，叫大力跟村民买了两百斤干稻草来铺垫，叫吉么大嫂和大力尽数拿出家里多余的被窝，搬到东边解放军过夜的印子屋里。布根见稻草不再是一笼一笼的样子，看来打散铺垫过，人走了，用稻草搓成索子，把稻草捆起来，整齐地堆放在房间的角落里；送来加盖的被窝没有打开，原封不动地放在房间角落里。地扫干净了，渣渣倒在槽门外空地上。布根在放煤油灯的八仙桌上看见一张纸，上面有字：

老乡：

有紧急任务，不辞而别。请原谅。我们是中国人民解放军，是共产党、毛主席领导的人民子弟兵，是为人民谋利益的军队，希望能得到老乡广泛支持。我们还会回来的。

解放军╳部干部战士

╳╳╳╳年╳月╳日

老铁匠在布根槽门外碰到布根，布根站住，不停地叹气，说："老伙计啊，我们又上那两个贼的大当啦……上大当啦……"说罢，布根不停地摇头。

短短的半个多月，遭了两次洗劫，脸都变得灰扑扑的了，布根说："不该听那两个贼的话，搞哪样保乡团，我看，解放军才真的是好人。"

"解放军"，老铁匠连这三个字也没听说过，更没法说好和不好。劳令见爹不说，忙说："解放军，我见过他们，还讲过话，他们好，哪像保安队那些灰狗。"

老铁匠训斥："娃崽家多嘴！"

劳令不服气，说："爹，真的真的，是在学校里认识的，老的是个官，小的叫老油。"

老铁匠说："就你会乱讲。"

劳令说："不信你问陈友斋、杨欢喜，他们也在场。"

布劳兆没有说话，他巴不得崽认识他们，见识多一点，总比哪样也不晓得好。

布根想起崽在信里说的话，心暖一些了，招呼老铁匠说："你来。"

布根把老铁匠带到东边印子屋里，劳令一心要把自己亲眼见到的解放军好好讲一讲，跟屁虫似的跟在背后。布根走上楼，指着堆放在房间角落里的被窝说："我怕'解放'冷，叫吉么嫂和大力抱几床被子来，他们原封不动；拿稻草给他们垫，走的时候收得好好的，地都扫了，我还没见过这样的兵。"

劳令嘴巴痒得难受，说："是解放军，不是解放……那天，好多好多解放军进玉田街，水都没喝老百姓家的一口，载星哥、陈友斋、杨欢喜我们几个都看见了……"

劳令在家里说过这些事，老铁匠当时说："在这里讲了就算了，千万不要讲出去，听见没得？"

后来，解放军走了，商道、赵新久又回来，劳令嘴巴更是闭得铁紧。这下好像开了闸的水，涌了出来，老铁匠说："就你晓得的多。"

布根说："我那崽也是这样讲。"

载星悄悄离家到了"解放"那里，不晓得是福还是祸，怕商道、赵新久晓得，栽个"通匪"罪名，就死定了。从这一连串事情看来，杀人放火、抢劫财物的不是八路，而是商道、赵新久他们。但一想到这上面他心里就痛。商道、赵新久这伙贼为哪样和乔长盛有关？为什么乔长盛会成为他的亲戚？崽已经离开家，回不回来还不一定。如果是一般妹崽也罢了，为什么梦月那么讨他喜欢？那么多的结梗在心里，布根不知道咋办。莫说者奢，就是18个村寨，就是玉田，也没人能帮他拿主意。丈人林大梁正直、豁达，书读不少，布根料想也无法预知以后的事。他第一次替人上县衙门打官司，备了厚礼，玉田街上算命瞎子赌咒发誓，说："你要是官司打输了，把我摊摊掀了。"但是，他不但输了，还输得很惨。人说去玉田半道上有棵老树成了神，求它保佑，一定灵，布根不甘心，也去求了，结果输得更惨。后来他悟出输官司的根子是衙门的水太深，不是他这种人去蹚得的。当然，他也不会再去干那种憨事。虽然老铁匠和他不是一条道上的人，但崽在镇上读书，有些见识，又特别讲义气，讲话入耳，可以讲讲他为难的地方。

布根轻声说："不瞒你讲，我崽在那里头了。"

载星去部队的事，劳令嘴巴很紧，老铁匠连风也没摸着，听说载星也在"那里头"，惊了一下，说："这种事莫讲，万一那些贼又回来掌天下咋办？"

布根后悔自己嘴巴不牢，赶忙说："他想出去找找事做……"

老铁匠说："世道这样乱，你放心他出去？"

布根叹口气，说："他犟起要走，没法。"

最先到布根家里来的是清末武秀才满泡。老人家头发灰白，背驼得像弓，眼也花了，耳朵却尖。一段日子以来，传言满天飞。保安队来作孽一次，全村寨人起款吃血酒，安檑木炮石，扎棚棚，派人守哨。没多少日子，布根又来承头成立保乡团打八路，把他搞糊涂了。一事没搞清楚，这么多兵进了村子。他们不进人家户，不要吃要喝，更不抢人，不按人家妹崽、媳妇，就在晒坝里站来站去。满泡躲在自己楼上，看这些黄衣服兵要做哪样，一直到天黑。晚上，满泡怀里抱着那根发亮的灌铁砂棍，尖起耳朵听动静。

"屁哟——"的一声枪响，满泡从硬板床上弹起来，抱起灌铁砂棍往外走。但他只听到散乱的脚步声响，哪样也没看见。他就是为这事来问布根的。布根请满泡堂屋里坐，满泡摆摆手，靠堂屋门枋站着，说："你晓不晓得，昨夜响枪，是哪样事情？"

布根愤愤说："是那些贼抢我，家里遭抢光了！"

满泡提起灌铁砂棍，在手里抢抢，说："这泼贼不要命了，是穿黄皮皮的还是穿灰皮皮的？"

"就是商道、赵新久那一帮贼！"

"叔和你一起去找，要是碰到了，试试我的铁棍！"

正说话，蔡蓝氏两娘母来了，一见布根就问："蒙数，文弄高怒视热忙呀？"（昨天晚上是咋回事）

布根说："文农药踉跄更啦。"（昨夜我遭抢啦）

美香差些吃那帮保安兵的大亏，断定只有那帮穿灰皮皮的贼才做得这样的丧德事，说："一定是那帮灰狗！"

蔡蓝氏从腰带里抽出砍柴刀，恨恨地说："欧哈乃还千要我内里！"（这些贼还欠我一条人命哩）

跟着是乌丛、鸢娥进来，加上老铁匠布劳兆两爷崽和村寨里闻讯赶来的村民，布根宽宽的堂屋挤满了，你一句我一句地说着昨天夜里的事。布劳兆说："问弄没恩吗枪药，要穷散穷，要啦呀杀两义务。"（昨天那些贼来抢我家，我放了三炮，崽杀着一个）

乌丛有些庆幸，说："我那里没遭，我是今天早上才晓得。"眼珠子转几转，说："是不是穿黄衣服的那帮贼搞的？"

布根手摇得像扇扇子，说："郭亮郭亮，系保安团欧哈呀！"（不是不是，是保安团那些贼）

乌丛盯了一句："压过西又掉热保乡团，对八路？"（你不是叫我们搞保乡团，打八路）

布根后悔不及，连连说："恰当更漏，恰当更漏……"（上当啦，上当啦）

劳令觉得在这种时候该说说了，他说："药泵小，灯枯满的事解放军，西毛主席的定，来希腊！"（我告诉你们，穿黄衣服的是解放军，毛主席的队伍，好得很）

大家都愣了，满泡怕没听清楚，用手遮住耳风，说："亚刚忙啊？"（你讲哪样）

老铁匠生怕惹事，说："过刚送有对啊？"（你不讲话要死）

劳令不敢惹爹，闷在一旁生气。

山里人越来越多，连天井里都站满了。外面太乱，村寨里连连出事，大家的心都晃来晃去落不到实处。想听听消息，找人拿拿主意，山里人见布根不停地摇头，谁也说不出个子丑寅卯来，只好离开。

18

大家陆续离开，布根朝老铁匠使眼色，让他留下。这时，大力进来，告诉布根说："外面有人找你老人家。"

布根一下慌张起来，大力说："是两个娃崽。"

布根出槽门，认得是陈友斋、杨欢喜，问："小热要乃？"（你们怎么在这里）

陈友斋、杨欢喜晓得布根能听懂客话，只不过说起来硬戳戳的难听；陈友斋、杨欢喜和劳令客话都讲得很溜，愿意讲客话。陈友斋说："昨天早上，我们就看见解放军进山来，今天来看看有哪样事需要我们帮忙。"

载星除了给爹妈给梦月写信，还给陈友斋、杨欢喜、劳令写信。劳令是陈友斋、杨欢喜的头，信都写给劳令，再由劳令转给他俩。载星在信里说，马上就要全国解放，成立新中国，前途远大得很，要他们一定想办法走出山沟沟，为国家为民族出力。载星在信里描绘的远景实在诱人，他们巴不得长上翅膀，马上飞到外面去。但是，翅膀长不了，见见那天在街上和学校里见到的"解放"，倒是很有可能的。反正在家里待着也难受，就邀约着来了。他俩先去了劳令家，听说劳令到者耸来了，也就急忙奔下山。

山里人怕官、恨官，怕兵、恨兵，却喜欢读书人。谁家有崽在外面读书，不但高看读书郎本人，连家人也要沾光的。有人读书就会出人才，有人才就比哪样都强。布根把陈友斋、杨欢喜让进家，加上劳令，立即成了谈话的主角。

话是布根起的头，他说："这里没得外人，布根要问你们三个人一件比天还大的事。"

劳令、陈友斋、杨欢喜一下正儿八经起来，好像长大了好几岁。

布根说："你们讲，'八路'到底是哪样？"

劳令抢先回答说："八路就是'解放'。"

"'解放'是咋样子？"

"帽子上有个红星。"杨欢喜接上说。

劳令补充说："解放军是毛主席领导的人民子弟兵，为人民打江山，不拿群众一针一线。"

布根说："昨天快到中午时候，者耸来了二十几个穿黄衣服的兵，他们的帽子上都有个红星星。"

梦月补了一句："我婆婆被保安队吊起来，是他们救的；我公公被捆，也是他们救的；我家给他们做一顿饭，开了钱；怕夜里凉，抱了几床被窝给他们，原封不动地放在那里；抱稻草给他们垫，收拾得干干净净的才走……"

劳令说了个叫大家吓得出汗的事，他说："载星哥就是去当'解放'的。"

这比天还大的事，崽瞒得死死一点风不露，老铁匠一下觉得崽长大了，不能再动不动就把他当不懂事的娃崽，嗔说："你这个小屁崽真能瞒，连自己老者都不讲。"

布根说："我就不明白，风风都没闻着，来了；招呼都不打一声，又走了，到底还来不来呢？"

劳令说："要回来，没得他们，保安队那帮贼还要回来。"

陈友斋问了一句："解放军亲口跟你讲的？"

劳令说："那倒没得，是我想的。"

"解放"一定会回来，布根、老铁匠都觉得不应该是问题。布根说："那，事情就是这样啦：跟'解放'走！"

向文艺和老油一起，参加剿灭隐藏贵州湖南交界地的土匪，被子弹打穿大腿。老油不知哪来这么大力气和韧性，抱着向文艺奔下山，交给等在公路旁的急救队，止住血，才捡了一条命。本来商道、赵新久已和湘西土匪接上头，准备进入湖南。没想到解放军抢先了一步，堵住去路，他们不得不再逃回山洞里。山洞深，通道复杂，牺牲了好几个战士，还没能攻下，才不得不把手榴弹集中起来，捆成把，一起往洞里砸。就这时，向文艺右腿中了冷枪。住了两个月医院，痊愈了，可是，成了瘸子，不能不转入地方。

向文艺来自山东老解放区一个叫娄平的村子。一天，通讯员告诉他说，有个娃娃找他。向文艺说："你叫他进来。"

一会，一个穿学生服的少年进来，一来就说："向叔，我也要当解放军！"

叫一声"向叔"，把向文艺弄糊涂了，问："你是谁，咋知道咱姓向？"

少年吞吞吐吐，半天才说出他爹叫游力发，自己叫游龙庭。什么也不用说，向文艺也知道游龙庭为什么要参军了。

说起来，游龙庭父亲游力发也是娄平人，向文艺从学校出来，成了解放军，知道他的人不少。游力发不过是当地新富，没人在外做官，自己大字不识几个，说话粗俗，也没有大生意，场面上属于被人看不起的"土财佬"。游力发偏生不服气，拼命挣钱，养打手，放钱，欺行霸市，只要有钱，什么都干。娄平人很瞧不起这样的货色，游力发名声越大，游龙庭越遭白眼。有一次，游龙庭从学校回家，远远地望见村寨中间的大坝上围了很多人，跟着，几个戴纸高帽的人被押出来，走在最前面的一个就是游力发。这天，游龙庭没有回家，而是去找驻扎在附近的部队。很巧，接待他的连指导员就是向文艺，向文艺说："你还小，过几年再来吧。"

向文艺这么说过就算了，谁知道他一直跟到快入关了，游龙庭又来找向文艺，向文艺知道游龙庭铁了心要参军，不再婉言拒绝，但是他问："你为啥要参军？"

游龙庭不知道该咋回答，说："我要当解放军。"

"为啥要当解放军？"

"我不想回那个家了。"

向文艺严肃起来，说："当解放军，是要彻底推翻国民党反动派，解放全中国，建设新中国，为人民服务，不能掺杂个人目的。否则，就算穿了这身衣服，也不能算革命战士。"

游龙庭一刻也不敢忘记向文艺这番话，时时经受生死考验。进入湖南，经历了好几次考验，游龙庭才入了党。这时，众人恨不得抽筋扒皮的游力发已伏法两年。入黔，打大仗，半年多剿匪，他险些送命；抢救向文艺，立了三等功。游龙庭历一次险，就觉得和革命又靠近一步。他景仰《钢铁是怎样炼成的》的主人公保尔·柯察金，希望有朝一日自己能成为那样的英雄。他想写书，写下自己不平常的人生经历；也想教书，把自己的感受、经验和学到的知识传给学生。他甚至希望自己某一天眼睛突然失明，经历若干磨难以后，坐下来，摸着空格，写下一个个记录他成长历程的文字，完全成为保尔·柯察金。

向文艺家境不好，父亲向之一，教私塾，挣下的薪俸还不够维持一家人生活。不知道吃了多少苦，向文艺才高中毕业，参了军。父亲除了教给他知识，着重教他为人。教他为人只讲三个字：讲良心。他喜欢学习，学各种理论，但转去转来还是回到教书匠父亲教给他的三个字：讲良心。向文艺惊奇地发现，这理论，那理论，好的理论，都是讲良心的理论。这个发现对他来说再要紧不过。无论多复杂的事，凭良心办事，总能办下来。有人嘲笑他学的是最古老的马列主义，农民马列主义，他笑而不答，心里却说："你能有我这马列主义就不错了，书上那个马列主义，够不着。"

向文艺转入地方工作，游龙庭也报名了。向文艺赞许游龙庭对革命的忠诚，却也担心他由于对革命认识肤浅，个人想法多，又缺乏经验，给革命造成损失，便把游龙庭要过来，成为手下。

向文艺、游龙庭下来之前，县委书记赵子青请他俩去了一趟。赵子青说："你们要去启发贫雇农的阶级觉悟，积极行动起来，和本地的封建地主、恶霸势力作斗争，成立农村基层政权农民协会，自己当家做主。"赵子青特别强调说，"你们是县委派下去的第一批工作队，县委相信你们一定能把工作做好，为全面铺开提供经验。"

向文艺请求赵书记介绍者着情况，赵书记说："那里是少数民族地区，商道、赵新久去过那里，有个前清秀才的后人叫孙立志，是旧区长乔长盛亲家，者着的富户，他的独儿子最近参了军。我只能介绍到这里……"停了停，说，"还有个重要情况。"

向文艺问："啥情况？"

赵子青说："商道和赵新久的口供都说，者着成立了保乡团，布根和布劳兆两人是头。"

"啊。"

"布劳兆是铁匠，有些功夫，很讲义气，有个儿子在外读书，在群众中有威信。"赵子青说，"听说和布根关系不错。"

"知道这两个人，有材料吗？"

"还没有送来。"

工作队到达者着，向文艺还是决定先在大坝里歇息。不知道是哪家要起新房，在大坝旁边堆了一堆杉木。杉木经得起风雨剥蚀，烂皮不烂心，山里人建房全用上好杉木，杉木剥了皮，白嫩温柔。要是热天，晚饭以后，男女老少都要聚到坝子上来。男人面前一撮火籽，一匹叶子烟，一缕缕青烟，一个接一个笑话、黄段子、鬼故事，说得年轻人心里痒够了，娃崽笑够了，也怕够了，才回自己的木屋。这里，是村里人聚集的场所，娱乐的舞台。过往人等走累了，也在这里歇息。只要见到大坝上来了人，山里人觉得新鲜，有事没事走过来看看。保安队来闹了两次，山里人紧张几个月，渐渐淡忘了。外面也没有打仗、抢劫、闹棒老二之类的消息传来，日子又慢慢恢复老模样。

由于者着情况复杂，向文艺还带来五位战士，清一色的盒子炮。向文艺根据自己对者着以及附近几个村寨的了解，决定从黄巧莲家入手，开始发动群众。

这时，一个妹崽忽然蹿进坝子里来，刚说一句"是解放军"，一个穿着破旧的女人冲了进来，揪住妹崽的耳朵，边往外拽边吼叫："要啵亚麻，要啵亚麻（我没叫你来）！"

妹崽耳朵被揪痛了，毫无顾忌地大喊大叫："要主又麻，要主又麻（我就要来）！"

被揪住耳朵扯出去的是鸢娥。鸢娥嫁的男人很粗蛮，鸢娥14岁，受不了野蛮男人的折磨，下狠心要离开；再说，她喜欢的是劳令，不是一身汗臭的山里蛮子。在她身上发泄的时候，她几次伸手去枕头低下摸剪刀，只是没有抽出来而已。鸢娥一心要走出一条路来，要不，宁愿跳崖死。这天，解放军过龙塘的时候，鸢娥就远远地看见了。

向文艺来到郑何氏跟前，说："老乡，你放心，我们是解放军，不会伤害你女儿的。她有啥事，尽管跟我们说。"

郑何氏和鸢娥都没有听懂，布根听懂了"解放"这几句话，用本地话翻译了一遍。

郑何氏松了手，说："腊月乃淡马锡，牙龈老教母格。个镀铬水客，有脆拜亚欧，亚让吗。"（这妹崽胆大得很，你老人家教教她。嫁都嫁人了，又不肯去了，你想嘛。）

布根被商道、赵新久带的保安兵洗劫两次，成了空架子。但他是极爱面子的人，依然戴顶黑瓜皮帽，穿黑马褂蓝长衫，老布鞋，铜边老花镜垮到鼻尖，样子酸而且滑稽。尽管商道、赵新久和亲家都说"八路"咋咋恶，比贼还坏，但有了几个月前的那一次接触，吃饭拿钱，不骚扰百姓，还救了他和老婆林素雅，谁好谁坏，他布根心里有数。布根提起长衫下摆，朝向文艺跟前凑几步，说："你老人家来了，咋不进寒舍？"

向文艺摆摆手，问："刚才那两个，是不是两母女？"

布根见被拒绝，有些难堪，但还是挂着笑，说："是。老的叫郑何氏，妹崽叫鸢娥。"

"郑何氏，有这样的名字……"游龙庭忍不住笑了，旁边也有人跟着抿嘴笑。

向文艺朝游龙庭使眼色，游龙庭赶忙闭嘴，旁边笑的战士也忍了。这笑让布根很尴尬，不知道是自己这模样好笑，还是说的话好笑，解释说："老的是母亲，姓何，嫁给姓郑的。她男人叫她'我屋里的'，'婆娘'，'娃崽他妈'，在本本上就写'郑何氏'。"布根解释一阵，明白"郑何氏"和"正合适"同音，还含了一层下流的意思，自己也差些笑了出来。这一笑，倒把自己和解放军距离拉近了。

向文艺又问："她母女俩讲的是什么话，我一句也没听懂。"

布根说："是侗话，母亲不让妹崽来，骂她'我叫你来啊'，意思就是不让来；妹崽不听，说'就是要来'。"

向文艺说："这妹崽一定是有事找我们。"

布根回答说："郑何氏妹崽嫁了，不肯到夫家去。她还讲她妹崽胆子大得很，要我教教她。"

"第一次进村，是你老人家给我们备饭的。"向文艺看布根一眼，说，"要我没记错的话，老人家有侗名，还有汉名。"

"是是。"

"侗名叫布根，汉名叫孙立志。"

"是是。"

向文艺"啊"了一声，没有多问。

向文艺摸出个小本本，记下了布根的汉名和侗名。第一天进村，只能熟悉熟悉环境，接触接触群众，做不了什么，急是急不来的。

布根看没话可说了，载星信里"转变立场"那些话让他谨慎小心，抱拳告辞说："多有得罪，要是没事，小的告辞。"

向文艺没跟布根讲那么多礼节，笑笑，说："没事。"

布根感觉站在"解放"这官的跟前冷冷的，不合时宜，讪讪地离开。离开了，又有些失落。往回家路上走的时候步子很慢，边走边想该不该请这十几个解放军吃餐饭的事。他能说出许多请的理由，比如山里人有"来的都是客"，有什么招待什么的传统；比如他儿子也是"解放"，是一家人了；比如将后有什么大事小事，还望别人照看一二，等等。不请也有不请的许多理由，比如人家是吃皇粮的人，自己是老百姓，不必巴结；人家是穷人的队伍，自己不是穷人；又被赵新久一伙洗劫一次，手头很紧……请和不请两种理由势均力敌，各不相让，回到印子屋，把素雅、梦月叫到一起，说了自己的想法。林素雅向来很有主见，梦月也不时能说出好主意来，可这一下都闷了。素雅知道男人的德行，不到实在没法可想的地步，不会让她和梦月拿主意，想一想，说了老祖宗传下来的一句话："看看再讲吧。"

布根也觉得这样最稳妥，说："好，那就看看再讲吧。"

19

鸢娥一直站在旁边，脑子飞快地转着。劳令哥都认定那么好的解放军，年

破荒 太阳从西边出来

前还在远远的玉田街上，在区小学校园里，现在，到了家门前了。她不知道解放军忽然来了，又忽然走了，过了几个月又忽然来了，到底要在这里做哪样，和者耆的父老乡亲，和她有什么关系？但有一点她想得很清楚：这些人很和善，懂得很多，他愿意接近他们——她想求解放军帮帮忙，她要离开那个蛮子。鸢娥看一眼游龙庭，忽然想起在区小学校园见到的那位解放军，鸢娥朝他一笑，跑了。鸢娥不是要回家，是要把这消息告诉劳令。

山里人越来越多。山里人和外界接触太少太少，转去转来，看到的就是本村和附近几个村那些老面孔，喜欢有客人来。哪家有客人到来，寨里有很多人知道，主人家里很快挤满了人，全是来看新鲜的。甚至哪家杀了鸡，杀了鸭，炒了腊肉、鸡蛋，飘出什么味来，也是满寨子都知道的。解放军不是哪一家客人，又和每一家都有关，见他们很和善，全不像那帮灰狗，凶神恶煞，又有布根和'解放'说过话了，也没怎么的，认定解放军和保安兵真的不同。不是好人不来往，不能看的热闹不看，这就是山里人细心的地方。

最先赶到的是劳令、陈友斋和杨欢喜。杨欢喜家住在嘴嘴，河的那面，解放军走过时他正在河里捉螃蟹。杨欢喜请解放军进家喝水，解放军要赶路，没有停步，说："我们要赶路，下次一定到你家来，谢谢！"

解放军离开一阵，陈友斋来了，说："解放军进去了。"他说的"进去"，就是进山。

杨欢喜说："你看见啦？"

"看见了。"

"他们很可能去者耆。"

"土匪都灭了，他们去做什么呢？"

"就这么十几个人，肯定不是打土匪去的。"

"他们去者耆做什么呢？"

"谁知道？"

"去看看吧，好像那天见到的那个'老油'也在。"

"你出来，跟爹妈讲了吗？"

"讲了，不讲，他们会急死的。"

陈友斋和杨欢喜两人蹦蹦跳跳，一路走来。按劳令指的方向，翻了两座大山，找到劳令家，见到劳令爹妈和哥哥，说了亲眼见到解放军进山这件事。荷青见到两个活鲜鲜少年，想起妹崽也休，抹了一会眼泪，布劳兆发话说："我崽讲啦，解放军好，去看看。荷青、也昂，你两个也去！"

鸢娥气喘吁吁地跑来，见陈友斋、杨欢喜在劳令家，跟劳令说："劳令哥，解放军又来啦，老油和那个官也在，快去看呀！"

山里人越来越多，劳令、陈友斋、杨欢喜挤到"老油"跟前，劳令对陈友斋、杨欢喜打招呼说："我们齐声喊'老油'。"

他们三人果然齐声喊："老油！"

虽然隔了几个月，"老油"还是认出了这三个学生，只是没想到会在这里碰上。"老油"也很兴奋，站起来，说："你们三个小鬼怎么在这里？"

劳令说："我家在这里，他俩离这里远一点。"

陈友斋说："你们是来打土匪的吧？"

老油说："想打都没土匪打啦，我们是来工作的。"

杨欢喜没听懂"工作"是什么意思，问："工作？工作是什么意思？"

老油觉得问题提得很怪，说："工作就是工作，什么意思？"

劳令接过话，说："没意思你还工作？"

老油不知道说什么好，说："嘴巴挺厉害的……小鬼……"

山里人忌讳讲鬼，劳令说："我们是小鬼，你是大鬼。"

人越来越多，布根担心会出事，又折身回来。但他第一次不出现在显眼的地方，只躲着看。

向文艺见来了不少群众，干脆站在杉原木堆上，大声说："乡亲们，我们是中国人民解放军，是共产党、毛主席领导的人民子弟兵。经过四年的解放战争，打垮了国民党800万军队，除了西藏，都解放了。跟着要建立各级政权，要清匪反霸，土地改革，贫苦群众要翻身，人民要当家做主人。今天我们来，者砦的工作就算开始啦！"

解放军一起拍巴掌，劳令、陈友斋、杨欢喜拍得很欢；群众不知道是怎么回事，只看，不拍也不说。乌丛跟着拍一阵巴掌，见大家没动静，问旁边的郑何氏："牙也（你咋）不拍巴掌？"

郑何氏白小叔子一眼，说："要过定。"（我不疯）

向文艺即兴发表讲话的时候，务鸟也在人群里。他听得比谁都专心，句句听进耳里，听得心惊肉跳。向文艺讲完，凑热闹的人渐渐散去，他才意识到人少了，解放军一眼就看到他。务鸟像做了贼似的转身离开。走进巷子，怕有人跟脚，绕了几个弯，看看身后没有人，才闪身进东面道旁长满青草的印子屋大槽门。上了闩，再插门杠。

务鸟是者砦远近有名的浪荡人，不过，他的浪荡和乌丛不同。他是有家底的浪荡，败的是自己的家。乌丛穷得靠哥哥生活，是没一点家底的浪荡。务鸟肩不挨扁担，手不捏锄头把，一年的口粮全靠佃户交租。田越卖越少，佃户越来越少，进仓的粮食自然越来越少，他便由一日吃三餐改成两餐。冬天白天短，改成吃一餐干饭，一餐稀饭。手里越来越拮据，由原来隔天买一只鸡，杀了吃三天，改成一个月买一只鸡，一顿吃个锅底朝天。务鸟不得不在屋后种一小块地蔬菜，自己菜地还没出菜，或者吃光了，便来找李大力。

务鸟25岁以前，有人给他说过媒，女方斯斯文文，赶场的时候见过一面，他喜欢，女方也没意见。可是务鸟迟迟不送篮子（聘礼），媒人问上门来，他想一想，说："算了，成亲要不少钱，以后还要有娃崽，我这一口断不了，养不起……"

务鸟说的"这一口"，大家都知道是咋回事。媒人什么也没说，离开了。从那以后，再没人给他说亲。务鸟不是没想过要戒掉那"一口"，还真的戒过两次。但是，实在熬不过，又去县城找烟。卖去卖来，到眼下只剩不大的三块田，要是再卖，就只有当叫花子了。拿只破碗，挂根打狗棍满村寨要饭，他是无论如何做不到的。

务鸟不后悔，理由就一条：哪怕到这步田地，也自认为比乌丛强得多了。有一次，乌丛在进者砦的路上碰到务鸟，乌丛说："想不到，你也跟我一样了？"

务鸟回头见是乌丛，啐了一口，说："跟你一样？屙泡尿照照吧！"

务鸟看不起乌丛，还有个重要原因，他没法跟乌丛说上三句话。赵新久、商道带人进者砦作孽以后的一天，务鸟在哨卡旁边碰上乌丛，见乌丛边伸懒腰边从哨卡里出来，务鸟说："辛苦啦！"

乌丛白他一眼，说："不辛苦？你来试试。"

务鸟有点发懵，说："我没讲你不辛苦啊？"

"辛不辛苦和你卵相干。"

务鸟心里骂一句"听不懂人话啊"，扭头就走。类似的情形发生过好几次。务鸟认定乌丛什么也不懂，跟吃了睡睡了吃的猪差不多，没话好说。他自己虽说有很多不是，但他有知识，肯在外面转，见识也不少。比如，解放军进玉田镇的时候，他在玉田街上。后来，保安团的人打回去，解放军撤退，他也经常在外面走。几个月前，向文艺带解放军进村，住进他的印子屋过夜，务鸟还在外面晃荡。他梦想忽然有人请他出去做官，梦想乱世能给他带来好处，重振旗鼓。没想到这老解放说的是这样一番话，越发证明他的判断是对的：命里有时终须有，命里无时莫强求。

务鸟匆匆吃下两碗冷饭，觉得要做点什么了。但究竟要做什么，又想不明白。想一想，还是决定到布根家里走走，提醒提醒。

务鸟来到布根槽门旁边，用耳朵贴住门，听听里面没有大动静，才轻轻地喊大力，喊过几声，大力开门，务鸟问："家里有外人没有？"

大力说："满泡老爷在。"

别看务鸟不成气候，气性却高。武将只看上赵子龙，文人只看上孔子。满泡当然不在务鸟的眼里。好在他是来找布根，不是来找这个只会舞棒棒的人，也就不在他计较之中。

务鸟进堂屋的时候，满泡坐在布根的对面。满泡本来很看不起败家子务鸟，想想他们这三家的当家人，曾经是者耷及附近几个村寨管事的人，而今大事临头了，不能不通通气，见务鸟进来，才有了笑容。满泡一生就盯着那根灌铁砂棍子，别的一概不问。跟布根说："你从来都是主事的，这世道到底是咋的，众人看你哩。"

布根本来有主意，听了老解放一席话，没主意了，说："我看这天下是要变了。"

说到变，满泡不以为然，说："真龙天子还没降生，变到哪里去？"

布根说："你没听见老解放说共产党、毛主席咋的咋的？"

满泡说："我没听明白是咋的？"

务鸟把他从外面听来的消息捋了捋，说："看来是要变了，国民党垮杆了，穷人要当家了。"

布根想了半天，说："谁当家都是过日子，还能把老百姓咋的？"

"这你就不明白了，真命天子当家，天下太平；扫把星出世，百姓遭殃。"

"话是这样讲，谁晓得真命天子哪时候降生？"

"依你看，朱、毛是不是真命天子？"

"谁晓得？"

满泡说："我还以为你有主意，你也没主意，我去问那老解放。"

布根想起'解放'对他不冷不热的样子，劝满泡说："算啦，不要去啦，看看再讲吧。"

破荒
太阳从西边出来

满泡不听，说："我就问问这世道是不是真的要变啦，不信他们生吃了我，你们怕，我学武的不怕，我这辈子还没怕过人呢，不信，试试我那铁沙棍？"

务鸟也劝，满泡没把他放在眼里，站起来，弓着屁股离开。布根说："不怕，他是嘴巴硬，胆子小，不敢去的。"

满泡出堂屋大门，站一阵，果然出槽门，回家了。

满泡离开，布根和务鸟面对面，无话可说。布根不是没有说过务鸟，望他振作起来，不要坐吃山空，再懒散下去。务鸟也知道布根是为自己好，每次都笑笑，满口答应，就是改不了。赵新久、商道带保安团来者耷作孽，布根又劝务鸟说："你还年轻，还可以成家，做很多事。一个人就那么几十年，转眼就老了，就是苦争苦斗，也做不了什么，咋能这样混光阴呢？"

务鸟的脸第一次阴暗下来，说："哥，我晓得你为我好，才这样讲。我算看透了，没意思。就说你吧，读一辈子书，替人打一辈子官司，到头来得到什么？就算个个都记你的好处，都说你好，又咋样？我想好了，到我把这印子屋也卖来吃的时候，这条小命怕也要走到头了。"

布根汉姓孙，务鸟姓高，满泡姓龙，三家不沾亲不带故，更没有宗族关系。者耷人把三家连在一起，三家人中谁想到自家，也会想到另两家，外乡人讲到其中一家，必然提到另两家。完全是因为三家同时有人考上功名，先后建了印子屋，而且大小模样差不多。而今高家败落，龙家无后，晚景凄凉。这样，布根不能不常常想到他们，能帮就帮一把。这阵，他听了务鸟这番表白，连连摇头，不再劝说。

布根、务鸟各怀心事，闷好一阵，务鸟突然说："这世道变了，事情很快就会落到我们头上来，等着吧。"

务鸟的话，像一坨坨硬石头，朝布根的胸口砸来，措手不及。务鸟说："你不晓得，你亲家的崀大贵是我的好伙计，我要的那一口都是跟他买的，他晓得的事多了……"

布根急迫地等待他说下去。务鸟说："北方解放得早，土匪敲砂罐，地主、恶霸全打倒，斗，游街，财产分光，赶出家门去住棚棚……"

布根的头发胀、发晕。务鸟说："当然，也不是个个都要拿来斗，戴高帽，游街，敲砂罐。对老百姓好的地主也没把他们咋样，只分了田地、房产。"

布根由头发胀发晕到脊背发凉，全身起一层一层冷痹，到后来，冒了一头细细密密汗珠子。务鸟说："你一辈子帮别人的忙,想来者砦和附近几个村寨的人多半不会坏良心整你,不过,人心隔肚皮,实在难说,最好还是要防一手。"

说到这里,外面有脚步声响,务鸟连忙闭嘴。脚步声响过,务鸟才轻轻打招呼说:"我讲的这些,在这里说,就在这里搁下,说出去,兄弟我就死定了……"

这时,布根已经汗湿脊背。他感激务鸟跟他说这些,让他心里有数,免得事到临头,还不知道是哪里刮来的风。

20

向文艺首先要解决的是七个人的吃住问题。他反复想:"有空房子住最好,实在不行,就叫布根腾两间厢房暂住。有地方住了,吃的再想办法。"

老油和三个学生很快混熟,看一眼劳令的穿着,说:"你爹妈做啥呀?"

劳令说:"种地,打铁。"

老油问陈友斋:"你爹呢?"

陈友斋说:"种地,劁猪。"

老油又问杨欢喜,杨欢喜说:"种地,给人算命。"

"谁算?"

"我妈。"

老油以为是看相,说:"你娘会算命,肯定识字。"

杨欢喜纠正说:"不识字。"

老油不懂,问:"不识字怎么看哪?"

杨欢喜说:"不知道。"

老油更不懂,说:"你信命吗?"

杨欢喜说:"不知道。"

简单的问话,老油已经知道这三个学生都出身贫穷,是懂得文化重要、下狠心供孩子上学的那一类人家,应当是可靠的。他把了解到的情况悄悄告诉向文艺,向文艺说:"你问问他们家在哪里。"

老油问劳令说:"你家住哪?"

劳令说了住地,老油很失望,说:"你们怎么住得那么远哪,就住在村子

81

里多好。"

　　劳令不解，问："住那么远咋啦，住村子里又咋啦？"

　　老油只听到"咋啦咋啦"的，说："没事，住村子里方便一些。"

　　布劳兆见小儿子和解放军打得火热，凑过来，用生硬的客话说："客啊，你们今天不走吧？"

　　向文艺看一眼黑脸铁匠，说："来了就不走啦。"

　　劳令说："爹，解放军是来工作的。"

　　布劳兆自然也不懂来工作是怎么回事，但他知道一句老话，"客来主不顾，应恐是痴人"，他说："趁天还没黑，到我家去住吧，就是住的地方不大好。"

　　布劳兆有和布根一起领头起款，在两个路口设檑木炮石，检查哨口这样的经历，还和布根一起，串联大家成立保乡团，见到他出了面，蔡蓝氏母女也来邀请。山里女人高兴的时候，说话软软的，尾音拖得挺长，像唱歌，蔡蓝氏说："客啊——不瞒你们讲哩，半年前，一伙挨刀砍脑壳的冲进我家，把几桌酒席吃了不说，还打死我当家的，妹崽差点遭糟践……开头，怕你们也是那样的人……现在我看清楚啦，你们是好人……到我家去住吧，我家只有两娘母，地方宽……"

　　布劳兆说："她男人铁拐李是个角色，打死个保安队土匪，家离这里不远。"

　　向文艺想："一个寡妇，一个大姑娘，七个大男人住进这样的人家，没事也会弄出事来。"他没有吭气。

　　蔡蓝氏转念一想，觉得还是不方便，没有再邀请。

　　要说房子，布根家最宽，别说七个人，就是百来人也住得下。布根在旁边站了很久，一直没有站出来请解放军住印子屋，怕别人说他巴结解放军，讨便宜。接到儿子的来信，他认真自省过。他这辈子没有不要脸不要皮地巴结过谁，没有占过别人便宜，更没有害过谁。倒是时时想着自己到底读了不少书，知书识礼，家境也比别人好，该多做些善事才对。想想自己几十年都这样过了，如果新世道真的比旧世道好，为什么要半途而废？

　　一个做人的简单信念鼓舞着布根挺直腰杆走到向文艺跟前，说："我家宽，我让人腾厢房给解放军就是了，去我家住吧。"

　　向文艺看到东面还有两栋印子屋，想来必定也是大户人家，问布根说："东面的印子屋，也是大户人家吗？"

布根说："东面一家印子屋住的是个武秀才，武秀才没后；另一家是文秀才，后人败了，只剩个空房子。"

向文艺想起来了，几个月前来者砻，老油在那里和土匪遭遇；那一夜，进山小分队就住在那栋差不多废弃的楼里。但那里什么也没有，第一餐饭就没法解决。

"听说者砻出过两个文秀才，一个武秀才，还有一个呢？"

布根说："敝人父亲。"

向文艺"啊"一声，没有往下说，回头问老油："怎么样？"

老油说："这事情得慎重。"

向文艺说："我们初来乍到，情况不了解，进哪一个门都不一定是保险的。"

老油说："领导既然这样说，我服从就是。"

向文艺听出话里有情绪，但眼下天快黑了，必须尽快住下来，没有工夫争论。回头对布根说："就暂时住你那里吧。"

以前，凡是有头有脸的人来者砻，都没能绕过布根；这回来了七个解放军，不来找他，却坐在大晒坝里，他感到失落。而今，还是要进他家，住在他家厢房里，布根觉得事情本来就该这样，绕弯子是多余的。布根的步子变得轻快起来，吩咐大力和吉么大嫂，赶快收拾住处。向文艺说："你指我们住哪儿就行了，剩下的事由我们来办。"

布根说："我叫人收拾。"

向文艺说："你就按我说的做吧。"

布根像正在兴冲冲朝前跨步的人，突然遇到了障碍急忙停步一样，多少有些措手不及，说："那好吧。"想一想，还是把憋在心里的话说出来，"村子里虽然还有两户印子屋，都没我家宽敞、干净，摆得开。以前，镇上、县里来个人，都住我这里，放心，我是耕读人家，不搞歪门邪道。"

向文艺只笑笑，不回答。布根又问："你们初来乍到，不熟，晚饭还是我叫人准备吧。"

向文艺没有再征求游龙庭意见，说："我们拿的是津贴，钱不多，就给我们准备几碗素菜吧，瓜瓜豆豆，挺好的。"

有梦月帮忙，吉么备几个人饭菜实在不难。布根特别给素雅交代说："我看这些人信得过，既然崴也在那里头，就算是有缘了，不能亏待客人，看哪家

破荒
太阳从西边出来

83

有鸡，买两只来杀吧。"

晚饭菜很丰盛，有油焖鸡、腊肉、素菜、汤，上两壶苦米酒，摆了两张八仙桌，布根作陪。向文艺很作难，说："老先生，你这样招待，吃了犯纪律；不吃，得罪了你老人家，我们很作难……"

布根说："你们有咋样的纪律我不晓得，不过，这都是我出自内心的。你们是耆辖的客人，我愿意招待。保安队那伙王八蛋来两回，村子里死了两个人，敝人家里遭抢光，巴不得有枪杆子，把他们打出去。我布根无能哪，要是有能耐，他们也不敢在这里作恶……"

就算最后一次被抢，也过去了半年多，布根提起来还很不平静。吃过饭，向文艺让大家交伙食费，由他转交给布根。这时候，关金券、金圆券废了，山里山外倒回去用银元、铜板，向文艺交给布根的是人民币，布根相信以后用得着，却咋说也不肯收，向文艺说："解放军不拿群众一针一线，你不收这饭钱，我们就犯纪律了。"布根没法，收了。

晚上，一场激烈的争论还是没能避免。

布根家厢房很宽，向文艺要了一小间，作为他和游龙庭寝室兼办公室。向文艺铺好床，游龙庭却坐在背包上不动。向文艺知道他有看法，说："有意见就说，生啥闷气？"

游龙庭说："没意见，我能有啥意见？"

向文艺说："无非你认为不该住这一家，要住贫苦人家里。"

游龙庭白向文艺一眼："你知道什么该做什么不该做，为什么偏要做不该做的事？"

向文艺说："是不是住在他家，就和他家划不清界限了，就是站在地主阶级立场上了？"

游龙庭毫不退让，说："你该知道防微杜渐这道理吧？"

向文艺尽量控制自己不发火，说："我们说的是打倒封建地主阶级，解放生产力，没说要消灭这个阶级的每一个人吧？再说，我们现在对孙立志的情况什么也不知道，就把他推到敌人一边，合适吗？"

游龙庭说："你如果一开始就和地主划不清界线，我明天就上县里，申请调离。"

向文艺说："可以，一有矛盾就要求调工作，以后矛盾还多着呢，怎么办？

世界上有没矛盾的地方吗？没有。穷人家家里都很窄，能容下这么多人吗？"

"还有栋空印子屋呢。"

"那栋印子屋的主人原来也是有钱人。"

"至少不能再划为地主吧。"

"孙立志还可能成为开明士绅呢。"

"那我没什么好说了。"

向文艺也不想再争论，想想第二天该做的工作，在桌上摊开笔记本，扼要地记下几笔。

游龙庭还是把背包提出来，和战士们一起，住进大房间里。布根自己种50多挑田土，忙的时候雇短工，农闲由李大力一人照管，布根自己也外出看看田水。田里水深了，放些出去；浅了，打开水口，放水进来。晒谷子晒油菜子之类，他守一守，免得鸡糟蹋。

厢房里堆了斛斗、风箱、摆箩、木织布机、桌凳、斗篷之类杂物。是他引以为自豪的"耕读人家"。加上游龙庭，一共七个人，要的地方不宽，往一头顺一顺，扫干净，铺上油布，打开被褥，成了。

游龙庭刚放下行李，门里出现一张邋里邋遢的脸，游龙庭心想这人可能是贫雇农，说："有啥事，进来吧？"

乌丛到处晃荡，学到一口半客半侗腔，他眨眨眼皮，说："笑吗更（你们来了）我来玩玩。"

向文艺没听懂，愣愣地看这位脏兮兮的不速之客。乌丛认定向文艺官最大，向文艺下楼找茅房小解，他跟了下来。向文艺正好碰上从园子里摘菜回来的两个女人，他认得走在前面的女人是布根家的吉么大嫂，后面是个身材苗条的姑娘，黑油油的齐耳短发，一枚只有城里女孩子才有的白发箍，显出她与留长辫农村妹崽的不同。向文艺记忆力特别好：那天天快黑的时候，就是她跑到他面前，用流利的汉话说："求求你救我婆婆！"后来，他知道这出众的姑娘叫乔梦月，是乔长盛的女儿，布根的儿媳妇。

向文艺在吉么大嫂面前停住步，说："大嫂，请问茅房在哪里？"

吉么大嫂连乌丛那半客半侗的说话水平也没有，摇摇头。乔梦月指指不远的地方说："喏，那里有。"说着，低下头。

向文艺朝乔梦月指的方向看了半天，没看出哪里是茅房，梦月笑了，说：

"有梯子的地方就是。"

向文艺小心翼翼地去了有短楼梯的小房子，下楼梯出来，梦月还站在原处，说："你们要姑娘当兵啵？"

这问题来得太突然，向文艺只好说："我们有女兵。"

梦月不肯放过这样的机会，说："要不要我？"

向文艺问："你为啥要当兵？"

梦月豁出去了，说："我丈夫当了解放军。"

"你丈夫是谁？"

"孙文昌，布根的儿子。"

儿子当解放军，布根就是军属了。如何对待布根的问题摆在向文艺面前，眼前无法回答。

向文艺趁机问："站在我旁边的人你认识吗？"

梦月说："乌丛。滥崽"

"滥崽是啥意思？"

"就是二流子。"

向文艺"啊"一声，没有再问。

晚上，向文艺跟游龙庭商量说："晚上开个会商量一下，咋样？"

游龙庭心里还不痛快，说："开呗。"

向文艺说："还是先摸底吧，底摸清楚了，才好办事。"

会议很简短，向文艺说了想法，大家没有意见，向文艺说："龙庭同志带三个人去老铁匠家，要是有时间，再摸摸村子里情况；我带两个人去嘴嘴那里，争取再去去老鹰岩。"说罢，问游龙庭，"咋样？"

游龙庭说："就这样。"

21

从者耸到玉田镇，长长的 30 华里，全顺着一条不大的河在山间曲曲折折地穿行。走着走着，一座大山堵住去路，好像无路可走了，可是转个弯，又出现新天地。而且往往就在开阔些的小河两岸，出现零零星星的木屋。立在平地上的是木屋，建在半坡上的是吊脚楼。半坡不是开不出平地来建屋子，而是开出了屋基，靠木屋的坡度必定更陡，山洪一来，难说不出事。山里人不乏和山坡打交道的经验，开出半个屋基，另一半用原木栽进土里，长长短短七八根，架到和另一半屋基一样高，铺上厚木枋，木屋建在上面，成了吊脚楼。远看吊脚楼，悬乎乎的怕人，其实十分牢稳，显出山里人建木屋的高超本事。大山里到处有这类木屋，是一道韵味特殊的风景。

单看木屋和吊脚楼，是分不出贫富的。如果看看屋顶，就分出来了。青瓦盖顶，就算差也有几成；杉木皮盖顶，日子勉强过得去；茅草盖顶，那一定是穷得叮当响的人家。至于像者耷那样气派的印子屋，就不但家道殷实，还至少要获得秀才功名。要不，人家背后会戳脊梁骨，说这家人不晓得天高地厚。

峡谷间的这条河实在小，和山路一样，曲曲弯弯，长长的几十里没人晓得它叫什么名，据说流到县城，才注入清水江的上游鉴江。距离者耷10华里的地方，山坡把小河挤弯了，跟着伸出了一块地，山里人叫山嘴，或者叫"嘴嘴"。从嘴嘴往里走几十里，清一色莽莽原林，只有巴掌宽的小路，虎、豹、野猪脚印不少，却极少有人的脚印。这里开始有人烟，至今不到300年。嘴嘴有两户人家，一户屋顶正面盖青瓦，背面盖杉木皮。这一家男人姓杨，大名大道。杨大道是湖南宝庆人。这种林子深得走进去就望不见天的地方，最早留下足迹的是玉田镇盐老板乔长盛的爷爷。他从四川贩来盐巴，再几斤十几斤地挑进大山里来，称金子那样称给山里人。跟着来的是宝庆人。

山里人不懂客话，更不懂连县城人也听不明白的宝庆话，不过不要紧，比比划划也能明白对方的意思，不妨碍宝庆手艺人给住户补碗补伞。补碗补伞和补锅不同。补锅要风箱、炉子、煤炭、破锅、铁勺、铁锤之类，够重了，没法和别的活路兼搭；补碗补伞不同，东西多，但不重，钻子、破碗、破伞、胶罐、小何苦、小铁砧、小钳子，装成一小挑，小喇叭挂在腰间，晃悠晃悠，轻轻松松。谁家有活路，价钱也谈拢了，手艺人拣个平些的地方放下家什，开始做活。

山里人穷，家里有一两个碗底印有"景德镇造"字样的大青花瓷汤碗放在桌上，哪怕别的是最不值钱的老土碗、土杯，也会为主人增光不少。所以，哪怕大青花瓷碗破了几瓣，只要还能合拢来，是不会丢弃的。再说，补一个总比买一个便宜得多。

雨天，山里人戴的是油纸粗斗篷，背上披蓑衣；后生、妹崽赶场，上山唱歌，谈情说爱，最不济也要戴细篾斗篷。这种斗篷比粗纸斗篷小得多，竹篾和麻线差不多细，斗篷顶嵌一圈雪白细布；第二圈大些，嵌的是棉纸，细篾织成

破荒
太阳从西边出来

只有指头大的格，六角形，大小一个样；在六角形细篾条下面，嵌上细如头发的棕丝，成了第三圈。在阳光下，第一二圈亮得晃人眼睛。要是赶场天，山道上常常出现白晃晃的一条线，好看得很。但后生、妹崽们青睐的还不是白亮的斗篷，而是各种各样的花纸伞。

花纸伞骨架和把手用的是竹子，只有连接伞骨架的控制打开收拢的圆筒才是木头。这类伞面全是韧性极好的棉纸，里外上几道光油，晃晃的好看，不透水。这种伞也有几种，有大而单色的，有小些却有花色的。画也粗糙，乱涂几笔，红红绿绿，就成了山里后生、妹崽的宝贝。他们拿纸伞，不是为遮阳挡雨，而是为了漂亮。要买这些纸伞，不但要花比斗篷贵几倍的价钱，还得到几十里之外的乡场上去。这样，断了线，散了骨架的，破了伞面的、顶子渗水的，都得等补碗、修伞的人到来。修伞的来了，远远的即能听到喇叭响："叭……叭……"跟着是尖尖细细的一声喊："修……伞……"

杨欢喜的爹是补碗、修伞的手艺人。二十多年前，打听到嘴嘴这里有个死了男人的婆娘，就从玉田镇走进山来。这家伙看似老实，其实一肚子坏水。他成心挨到天黑，才摇晃着身子来到黄巧莲家门口。黄巧莲看这外乡手艺人像是饿坏了，舀了两调羹甜酒，泡上泉水，递到这个陌生人手里。手艺人说："我恰（吃）你的点就（甜酒），冇给你做么事心里过意不去。"

黄巧莲家里正好有只破成两半的大青花瓷碗。手艺人磨磨蹭蹭，大花瓷碗补得好看又严实，滴水不渗。黄巧莲自从丈夫病死以后，还没有男人这样帮过她，挺感激，做晚饭招待手艺人。手艺人边吃饭边说："我看你屋果果（屋角落）有把伞，破了，补好我再走。"

黄巧莲不肯，说："天黑尽了，你快点走吧。我一个寡妇人家，不好留你。"

手艺人说："冇事冇事，很快就好。"

补完伞，手艺人装模作样地要走，黄巧莲看看外面，没有月亮，连星星也没有，黑咕隆咚，说："你在楼上睡一夜吧，明天一早走，免得别人讲闲话。"

手艺人千恩万谢，上了楼。黄巧莲看手艺人老实，没有防备，手艺人把门闩轻轻一拨，开了。手艺人得了手，发誓赌咒，说要是对她不好，一出门就遭老虎拖去。黄巧莲上了当，不敢张扬。这手艺人一枪中的，一个月不来那东西，手艺人来求亲的时候，黄巧莲给他一巴掌，说："看不出来你这样坏！"

没想到两口子甜甜蜜蜜地过了几个月，杨大道被拉壮丁，再也没有回来。

黄巧莲生下个男崽，看到了希望。但一个女人要下地做活路，要养嫩崽，太难。她想晓得自己的命到底是咋样的，该咋办苦日子才到头。黄巧莲去了玉田镇找瞎子看相算命。瞎子让她坐下。瞎子听见她是山里人硬硬的说话腔调，说："我晓得你从哪里来。"

黄巧莲说："我从哪里来？"

"那里头。"瞎子说。"那里头"说的就是大山里，这话是人都晓得。

娃崽饿了，哭了几声，不哭了，瞎子听到呷奶头的"咋咋"声，说："你崽半岁了。"

黄巧莲看一眼瞎子的眼睛。瞎子眼窝很深，没有珠子，咋就晓得她是"里头"的人，崽半岁了？

瞎子又说："你一个人带个崽很不容易。"

黄巧莲又一惊，想："他哪样都晓得，真神。"

瞎子摸了她的脸、背、手臂，只差伸手去捏咪咪了，摸过，说："福相福相，恭喜你。用不了几年，就时来运转，好日子在后头。"

黄巧莲欢喜得只差跳起来，把带在身上的铜板全数给了瞎子。几天以后，黄巧莲在赶场回来的路上碰上老铁匠布劳兆，她欢欢喜喜地讲给布劳兆听，布劳兆听了不但不替她高兴，反倒笑得迸出眼泪，黄巧莲很不解，说："人家跟你讲，是讨个欢喜，你还好笑，你们男人真是的……"

老铁匠抹把眼泪，说："你有钱给他，还不如自己买斤肉吃呢。"

黄巧莲说："人家说得准。"

老铁匠不笑了，说："你也不想想，你跟他说话了，还听不出是哪里口音？听见娃崽哭，七咪咪（吃奶），还不晓得崽好大？走那么远，要是家里有人，还会背崽到镇上去？就算要带去，也不是一个人呀……"

经老铁匠一破解，原来看相、算命、摸骨，要的是这套把戏？老铁匠想一想，说："要是你让我到处摸摸，算起来更准！"

黄巧莲骂一声"死铁匠"，并不生气。后来，黄巧莲也做起了看相、算命活路。不同的是她只看手相、面相，不摸骨。而且，看相、算命只在堂屋里，还要大门敞开，有狗看着。要是谁想欺负她，对不起，唤一声"大虎"，大黄狗就会扑过来，不要命也把人吓个半死。

嘴嘴的另一家是两娘崽，崽叫尤弄，娘姓杨，单名姣。这姣字其实不是她的名，而是"情人"的意思。如果有后生对妹崽说"我的姣呀"，千万不要以

破荒
太阳从西边出来

为"姣"是妹崽的名，而是"我的情人"。杨家这妹崽长得挑不出疤疤印印，不管看哪里，都觉得只有长得像她那样才好看。每次去赶场，眼珠子跟她转的后生一浪一浪。到处都有人朝她唱情歌，都用"我的姣"开头，日子一长，"姣"就成了她的名字。后来她看中了个后生，爹妈嫌那后生穷，咋说也不答应。杨姣不开心，家人骂她，她就哭。出嫁的那天，从早哭到晚，乡里人说："办喜事也哭成这样，兆头不好。"

果然，嫁到嘴嘴来才一个月。几个棒老二闯进木屋，杨姣被棒老二干了，男人被割了根，还说："留你那一截我不放心。"

杨姣男人受不了这种屈辱，进山去找棒老二报仇，被棒老二杀了，丢在山里喂老虎。尤弄生下没多久，杨姣眼睛哭花了，10岁那年，黑暗降临；尤弄20岁那年，杨姣再也没法站起来，瘫了。

离开大路过河，从嘴嘴往东，走进山湾，一栋孤零零的杉木皮盖顶木屋，屋前横七竖八地堆了石料和石碑成品、半成品，是石匠何麻子家。从另一岔道往里走3里，又有几户人家，没有瓦屋顶；除了两栋杉木皮盖顶木屋，就是茅草房，都是穷苦人，各有各的苦故事。只是苦的人多了，日子长了，也就不觉得苦，还很能苦中作乐。

22

向文艺沿着路边走了一个小时左右，远远地望见小河对面有个山嘴嘴，几株翁郁的老树和苍翠修竹，人户隐约。"小桥流水家"，很美的一句蓦然闯进向文艺的脑子里，却怎么也想不起它的出处。不要说想不起作者姓名，连这是诗句、词句还是散曲中的句子也记不起了。打仗、行军、奔忙，提着脑袋过日子，累得龟孙似的，睡下去就巴不得永远不再起来，不要说写点什么，连读书的时间也很少。这次剿匪，让子弹打穿右腿，有时间看书，却没法找到一本书。

向文艺四十出头，还没成家，虽然右腿不能弯曲，也只是上坡下坎才挂拐棍。何槐在路旁捡一根柴火，折掉枝丫，说："头，给！"

向文艺接过柴火棍，挂一挂，软了；黄冈拣了一棵粗的，递给向文艺。向文艺挂几下，才向坎下走。向文艺、何槐、黄冈都是北方兵，虽说进入湖南、贵州以后，走了不少山路，还是很不习惯。何槐说："小心些，头，再把左脚

左脚的脚

摔了，就找不到老婆啦！"

向文艺说："好话你不说说坏话。"

何槐叹口气，说："老啦，想法就多了。"

向文艺说："你还不到30呢。"

"翻三啦，谁嫁给我？"

"我都不急，你急啥？"

"是，头。"

何槐是老兵，不怕官，向文艺也不计较。过河，上坎，到茅屋旁边，向文艺说："这里就两家人，往里走几里路，还有几家。"

何槐说："先看看这两家吧，住房这样差，肯定是贫苦农民。"

黄冈突然来一句："万一是土匪呢？"

"你别吓我。"

向文艺说："商道、赵新久在这里成立保乡团，小心一点好。"

向文艺、何槐、黄冈在一栋破旧的木屋前停下，狗狂叫一阵，一个女人的脸出现在堂屋大门里，向文艺刚说"老乡，我们是解放军"，女人"呱嗒"一声关了大门，上了闩。何槐"梆梆梆"地叩了几声，除了狗叫，没有响动。何槐很不高兴，说："我大老远地跑来帮他们翻身还不要哩，真他奶奶的！"

向文艺轻声呵斥："闭上你的臭嘴！"

向文艺已经不是第一次遇上冷脸，不觉难堪，转过身，说："去隔壁看看。"

走过一段稀泥、牛屎混杂的烂路，一座破茅屋出现在眼前。门半掩着，其实只有三面土墙，另一面墙是用小竹子夹起来的。土墙本不牢，加上风雨剥蚀，墙根已有不少深浅不一的凹陷，说不定什么时候会倒塌。茅草加杉木皮盖顶，没门。棚里空空，除了墙上挂了些瓜葫芦、斗篷、蓑衣之类，便是锅瓢碗盏和一张床，全都黑黢黢的分不清本色。床上蜷缩着个人，尿骚味、屎臭味刺鼻。听见有响动，床上的人费劲地侧转身来，向文艺这才模模糊糊地看见是个老妈妈。老妈妈瘦得脱了人形，一对浑浊的眼睛对着他俩，声音模糊，加上语言不通，向文艺一句也没听懂，本来想问点什么，见这模样，只好算了。

向文艺心里辣辣的不好受，离开棚子十多步，一后生挑一大挑柴回来，扦担一颤一颤的，走得很有节奏。见到他俩，停住步，换个肩，把不定该不该往前迈步。向文艺见到的是一张年轻的黑红脸膛，问："这是你家吧？"

破荒 太阳从西边出来

后生听懂了他的问话，点点头。向文艺说："你放下担子，我们谈谈好吗？"

后生惊疑地看定这三个穿黄军装的军人，用生硬的汉话回答说："要得。"

后生把柴担靠土墙放下，用巴掌猫洗脸似的抹一把汗。看看这三个穿军装的人并不凶恶，他犹犹豫豫地从屋檐下端过三截木墩，放在泥地上，再进棚子里挖一瓢井水灌进肚里才出来，问客人说："七许（喝水）不？"

向文艺、何槐、黄冈对这坐具已不陌生，就团坐下来，摆摆手，表示不用麻烦。向文艺三人坐成半圆形，后生蹲着，成三角形。

向文艺用嘴指指棚子里，说："睡在床上的是你妈妈？"

后生点点头。

又问："你妈妈不好是吗？"

后生"嗯"了一声。向文艺说："病啦？"

后生又"嗯"了一声。

向文艺起身，看看墙根，说："墙根都成这样了，小伙子，住着不安全哪。"

何槐也说："你家门都没有，四处通风，冷天咋办？"

后生很为难，也很羞愧，摇摇头。向文艺说："听说卖木材来钱，为什么不砍些木材卖？"

后生说："怕。"

何槐不解，说："怕啥？"

向文艺说，山里人没见过世面，怕外面的人欺负。其实，山里可卖的东西很多，比如杉木，值钱、好卖，他们不敢扛到市场上去，结果，让别人东偷一棵，西偷一棵，都偷得差不多了。何槐忽然激动起来，说："头，我建议这一回把山林划定，宣布政策，谁敢乱砍、偷，重罚。"

向文艺跟后生说："你砍一些杉木晒干，等村农会成立了，派个人和你一起去卖，咋样？"

后生感激不尽，说："好。"

黄冈说："砍了就卖，得了钱赶快给娘看病，这么躺着不是办法。"

何槐说："房子也该修，这样住着很危险。"

后生闷一阵，眨眨眼皮，冒一句向文艺做梦也想不到的话："要问问蒙数根他老人家。"

何槐愣了愣，问向文艺说："蒙数根是啥意思？"

向文艺说："山里人对有威望人的尊称，相当于'先生'的意思。"

何槐一脸惊诧，说："贫雇农当家，地主做主，啥事？"

向文艺说："你以为这是老解放区？要做的事情多得很。"回头对后生说，"大胆去做吧，有啥事人民政府替你撑腰……你叫啥名字？"

"尤弄。"

向文艺没听明白，后生又说了一遍，向文艺还是不明白，按音记下了两个字："又一弄"。问，"你姓啥？"

后生不懂"啥"是什么意思，摇摇头。

向文艺一行人顺着小山冲往里走，大约走半小时，见到的几户人家，大多是茅草房。偶尔有一两栋青瓦顶木屋杂在其中，格外显眼。何槐忽然冒出一个很现实的问题：在这种地方，有地主可斗吗？要是大家都穷，胜利果实分什么？土改改什么？他把这个问题提出来，向文艺说："你问我，我问谁？上面没规定得这么具体，唯一的办法就是具体情况具体分析，不是有人家的地方都要找出地主，都要斗地主，分浮财，灵活掌握。"

何槐担心地说："犯了错误怎么办？"

向文艺说："只要工作，就可能犯错误。犯错误不要紧，改了就好。世界上只有两种人不犯错误，一是没出生的人，一是死了的人。"

"好像是个大名人说的。"

"是列宁的名言。"

"老向，你真有学问。"何槐说，"可是我和你不同，没有犯错误的本钱。"

"怎么说？"

"你出身好，犯错误是方法问题；我是啥出身？我犯错误就是立场问题了。"

何槐父亲虽然不像游龙庭爹那样有民愤，却也是革命对象。他老埋怨自己为啥是这样的出身，不生在老革命或者工农家庭？向文艺和他多次谈心，这疙瘩也没能解开。

"不可能的事。"

"这样的事太多了。"

"政府也会犯错误，允许犯错误，允许改正错误。"

这样的问题，说下去也不会有结果。何槐想的是，如果硬要在这样的穷山

破荒

太阳从西边出来

沟找出几个地主来，那将是怎样的一种情形呢？

向文艺站在山道上，正不知道走进哪一家，迎面走来两个学生穿着的少年，向文艺觉得面熟。走在前面一个胖些的少年已经认出他，但还是"呀"一声，停住步，没有下文。向文艺大声打招呼，说："喂，小鬼！"

走在前面的是杨欢喜，后面是陈友斋。他们除了帮家里做做活路，看看书，两人总在一起。杨欢喜跟陈友斋说："五老耐压讷怒打。"（这老的我们见过）

陈友斋说："叶某哈，怒某呕奶湿热忙的？"（问问看，他们来这里干什么）

没等他俩发问，向文艺便开口说："干啥啦？"

陈友斋说："玩。"

向文艺挂着棍子往前走几步，拍拍杨欢喜肩膀，说："我们见过面。"

"好像是。"陈友斋说。

"走，带我们走走老乡家。"

杨欢喜说："老乡都不在家。"

"去哪啦？"

"做活路呀。"

有"当当当"的响声传来，向文艺问："啥响声呀？"

"何麻子打碑。"

"带我们看看去。"

陈友斋、杨欢喜在前，带向文艺、何槐、黄冈下个小斜坡，过条小溪，绕过几棵大风水树，便看见一栋旧木屋。木屋前晒坝上横七竖八地堆着大大小小长长短短灰白的石块，一个包青头帕的老者在挥锤打石头，声音就是从那里发出来的。

杨欢喜用侗话大声地和何麻子说："不唠呕，几布改放乃马努牙啊！"（老人家，这几个解放来看你）

何麻子停下动作，用手罩住耳朵，问："啊？"

杨欢喜又说了一遍，何麻子干脆说："要过娘刚忙！"（我不晓得你讲哪样）

杨欢喜告诉向文艺说："他是聋子。"

何槐很不高兴，嘟囔说："奶奶，好不容易碰到个人，又是聋子。"

向文艺、何槐、黄冈离开，杨欢喜跟陈友斋说："往天他都不聋，今天咋就聋了？"

陈友斋也觉奇怪："搞不清楚。"

23

要说乌丛生来就懒，可就冤枉他了。乌丛小时候挺勤快，割草、砍柴、打谷子、挖红苕、洋芋，越怕他砍着手挖着脚不让干他越要干。乌丛父亲补仓见他伶俐，心想败家的味道不好受，说不定到他手里要时来运转，不成财主也会出官。补仓真的咬紧牙关，把乌丛送到布夏办的私塾里读了五年四书五经。补仓没想到乌丛根本不是读书的料，五年过去，书读得稀里糊涂，人越来越懒，成了人见人嫌的懒鬼，以至于翻过 30 岁，还光棍一条。到了这份上，再让他像别人那样早出晚归，跟地里要吃要穿，像要他的命。他老梦想一觉醒来，就要什么有什么。百来条枪进者耆，他以为机会来了，结果反倒遭殃。鸢娥在玉田街上见到解放军，乌丛认定机会真的到了，结果，乱了好几个月，连大门也不敢出，又失望了。解放军进了村，众人议论纷纷，鸢娥自不必说，跳进跳出，像过大年那样高兴；哥哥邦里、郑何氏和侄子全都去者耆看热闹，他却在破木屋里蒙头睡大觉。

忽然有狗的叫声，跟着是扑咬，乌丛分明知道有陌生人来了，伸一下胳膊，重又睡去。他兄弟俩没有分家——实在没什么可分——仅仅两垟加起来还不足五挑谷子的田，其余全是坡土。乌丛做活马虎得像是帮别人，别人还不能说，说了，他撂下家什，不干了。邦里干脆不要他动手，倒省事一些。家务事全由嫂子料理，乌丛唯一要做的就是等吃两餐饭。木屋里全是破烂，贼都不会到这种地方来，来了也白费力气，甚至任凭生人在破木屋里进出，已不是第一次。

这回却是有些不同，狗一直扑咬，木屋外面有人说话，有人大声喊"老乡，老乡"。声音在鼻子里嗡着，不是本地人。乌丛一下有了灵应，想起解放军进村这件事。但他很快肯定解放军进村不会给他带来好运，如果会给他带来好运，昨天就会有人登门，像刘备三弟兄登门请孔明那样请他出山。

狗扑咬没有停止，大门没关，外路人不止一个，他们也没有进家，怕真的是有人请他出山了。乌丛胡乱穿上宽腰大裆宽管裤，光着上身出来。他见三个穿黄军装的兵站在木屋外面，有些惊讶；看看面目挺和善，放下心来，才把狗吼开，说："客，找奴（找谁）？"

　　这种夹杂侗语的汉话，把游龙庭和战士焦布奇、康百龄、公冶新弄得一愣一愣的。还好，一少年和一个妹崽朝他们走来。到跟前，游龙庭和少年都同时认出了对方，游龙庭说："喂，小鬼！"

　　劳令回一句："喂，大鬼！"

　　游龙庭像遇到了救星，说："你家在哪？"

　　劳令一指一片雾蒙蒙的半山，说："那里。"劳令转转眼珠子，问，"老油，你们来干哪样？"

　　游龙庭说："我不叫'老油'，叫游龙庭。"

　　劳令听了这奇怪的名字，忽然来了机灵，说："龙庭都敢游，还说不油？"

　　焦布奇说："这小鬼挺厉害的。"

　　游龙庭说："人家是这里的大知识分子。"

　　乌丛、鸢娥都不懂"大知识分子"是什么东西，却瞒不过劳令，劳令说："老油你就不要挖苦我啦，我才读区小。"

　　"你爹是做什么的？"

　　"种地，打铁。"

　　游龙庭想，村里人说的救铁拐李女儿那个铁匠，肯定是他爹了，游龙庭问："闹这半天，你还没告诉我你叫什么名字呢。"

　　劳令回答说："侗名叫劳令，汉名叫龙文昫。"

　　游龙庭问："是允许的许？"

　　"不是。"

　　"栩栩如生的栩？"

　　"不是。"

　　"棉絮的絮。"

　　劳令笑了："有这样起名的吗？再说，棉絮的絮读去声。"

　　"到底是哪个 xu？"

　　劳令挖苦说："就这点学问，还想当老师？"

　　游龙庭不服气，说："还有我不认识的 xu？我就还不信了。"

　　劳令说："上面一个日，下面是气喘吁吁的吁。"

　　游龙庭默了半天神，说："还有这样的字，没见过，怎么解释？"

　　劳令被问住了，说："我也不晓得。"

　　游龙庭说："是哪个给起的名字？"

"我爹。"

"你爹救过铁拐李的女儿？"

"是。"

劳令爹不就是那铁匠吗，竟有这么大学问，游龙庭糊涂了。

就一个名字，学问大了。乌丛站在一旁，只听懂棉絮两个字。论起来，自己也读了五年书，全白费了。游龙庭遇到劳令，可是碰上宝贝了。他说："我们想了解了解情况，我们说话，老乡听不懂；老乡说话，我们听不懂，你当我们的翻译好不好？"

劳令不明白"翻译"是什么意思，轮到他愣神了，游龙庭说："翻译都不懂？你把我讲的意思说给老乡听，老乡讲什么你讲给我们听。"

劳令想想这差事有意思，不过他说："可以是可以，不过，要跟我爹讲一声。"

游龙庭说："我们先在这里坐坐，再去你家看看，顺便就跟你爹说了，行不行？"

有了劳令做翻译，游龙庭工作起来方便多了。劳令尽自己知道的情况简要地说了说。这时，邦里、郑何氏和娃崽先后回到家。劳令先介绍乌丛，后介绍邦里和娃崽，介绍到鸢娥的时候，说："她叫鸢娥，很聪明。"

鸢娥知道是在讲她，却不知道是什么意思，劳令用侗话说给她听，鸢娥说："劳令哥不要讲我，鸢娥憨得很。"

劳令悄悄说："这么好的机会……跟他们学啊。"

鸢娥眼里有一星火苗闪了一下，但很快熄灭了。鸢娥不喜欢那又土又蛮的男人，嫁去夫家三晚，回到家就再也不肯去了。郑何氏在伙房里喊她："蒙克马号过我召夫啊，怒啊，韩美考填过？"（妹崽啊，客来了也不晓得招待吗，看看是不是还有甜酒）

鸢娥嘟着嘴走进伙房，说："妈，我也听听，学学乖嘛。"鸢娥拿碗进房间，揭坛盖看看，摇一摇，没了，说，"国更（没啦）。"

外面，劳令用侗话告诉邦里说："他们是解放军，是好人，来了解了解情况。"

邦里用侗话回答说："我昨天也去寨上了，听他们讲啦，哪样也没听懂。"

劳令说："呕乃嗯尤也哈。"（他们还要问问）

邦里说："也就细。"（问就是）

劳令把邦里的话转告游龙庭，游龙庭说："看看再问。"

邦里家实在很穷，木屋和一家老少的穿着同样破烂，走进堂屋，一股难闻的酸臭味扑面而来。游龙庭问邦里："你家有多少田地？"

劳令翻译给邦里听，邦里红了脸，说："不好意思说。"

劳令转告游龙庭说："很穷，不好意思讲。"

游龙庭问光着上身的乌丛："你家呢？"

乌丛听不懂，劳令转告乌丛，乌丛说他35岁了还是光棍一个，没有家。

山里人十分好客，郑何氏尽家底做了一锅油茶，游龙庭和焦布奇、公冶新、康百龄盯住面前黑乎乎的东西，犹豫好一阵，才勉强吃了下去。

24

离开邦里家，游龙庭问劳令："还有比这家更穷的吗？"

劳令毫不迟疑地回答："有啊，要不要去看？"

游龙庭说："远不远？"

劳令说："半山，离我家一座山。"

游龙庭说："看。"

这家人不但被大山包围，还被密密的树木围在中间。快到的时候，劳令说："这家人爷崽三个，都不穿裤子，别吓到你们。"

游龙庭说："别胡说。"

劳令说："不信你看。"

话刚落音，有山歌声传来，游龙庭听不懂，问劳令："唱的什么意思？"

"丑得很，讲不出口。"

游龙庭没有追问，这时，眼前出现一片包谷地，三个光身子的男人在薅包谷。焦布奇、公冶新、康百龄都是江西兵，家境也很穷，却怎么也没到全家人都一丝不挂的地步。三个解放军和三个光身男人交谈，实在不是个事，游龙庭跟劳令说："你去跟他们讲，我们有事找他们，叫他们穿上衣服。"

劳令用侗话老远地朝他们叫喊："灭蒙克麻更啦！"（有客人来啦）

满凯回头一看，见劳令后面有四个穿黄军服的人，喊一声"阿杰"（快跑），父子三人就像野山羊一样，几蹿就没了踪影。这一幕，游龙庭、焦布奇、公冶新、康百龄看得清清楚楚。游龙庭问劳令说："怎么回事？"

劳令说："不晓得……半年前遭保安兵抢一回，可能是怕……"

焦布奇觉得怪，说："他们有啥抢的？"

"鸡鸭啊。"劳令说，"我们也是后来才晓得。"

游龙庭说："把我们当保安队了。"

劳令说："也可能是没衣服穿，不好意思见客。"

游龙庭说："我们四个人一人捐一套衣服给他们行不行？"

公冶新问："捐新的还是捐旧的？"

康百龄说："捐旧的，新的我舍不得。"

游龙庭说："要捐就捐新的，拿旧衣服给人家算啥事。"

康百龄家也很穷，发下来的军装，除留下一套新军装应急以外，全都托人带回家了。游龙庭说："百龄，你就不拿了，由我来解决。"

康百龄说："你帮我帮得够多了，不好意思。"

游龙庭说："说好了就这样。"

劳令带游龙庭四人走小路，翻一个坡，远远地听到"叮当叮当"的打铁响声，再转一个小弯，看到孤零零的一栋小木屋。木屋杉木皮盖顶，很旧，还有些歪斜。东头不远处有个棚子，单屋面，远远看去，像一大片瓦，瓦下有两人正往铁砧上下锤。

劳令说："那是我家，打铁的是我爹我哥。"

劳令是学生，又跟了他们老半天，能翻译，还鬼精鬼精，游龙庭和三个战士都喜欢他，心拉近了。有劳令在其中穿针引线，布劳兆和解放军也不见外。

布劳兆家不富裕，却要比邦里家干净得多了，堂屋里没有鸡屎，没有臭味，长凳、方桌也挺干净。女人背驼了，比布劳兆苍老，不停地忙这忙那。她一句客话也不会说，大家说话，只愣愣地听。看得出，有外乡人登门，又很和善，男人和小儿子能不停地和他们说话，她没法掩饰内心的高兴。和布劳兆一起打铁的是劳令的哥哥也昂，没有汉名。也昂也不会讲汉话，像害羞的姑娘，很少和游龙庭他们照面。

晚饭也是吃油茶。游龙庭坐在堂屋里和布劳兆、劳令聊天，不时有诱人的香味飘来，油香夹杂茶的清香，焦布奇耸了耸鼻子，冒了一嘴清口水，说："好香啊……"说着，又耸耸鼻子。

游龙庭说："别耸你那狗鼻子，还不知道是不是吃的东西呢。"

劳令说："是吃的，油茶。"

公冶新想起中午吃的那黑乎乎的东西，说："我们中午吃的也是油茶？"

劳令说："是啊。他家长年累月吃红苕，中午那一餐，是做来待客的。"

荷青把留来待客的"阴米"爆成米花，放在油茶上面，像撒了一层雪米，热气带着香味，从雪米与雪米的缝隙里窜出，丝丝缕缕，很诱人。游龙庭吃了两碗，捞了个半饱，怕不够，不敢再吃。焦布奇、公冶新、康百龄见头儿放下筷子，只好放下。荷青再怎么劝，都一齐说"饱啦饱啦"，荷青说"却国合口味"（怕是不合胃口），经劳令翻译过，游龙庭三人又说"好吃"。

游龙庭连说带比划，荷青听明白了，满意地进了伙房。劳令跟着进去，见锅里只剩半碗，可是，妈妈还没动筷呢。

游龙庭最有兴趣的是劳令的书房。书房在楼上，和孤零零的住家一样，孤零零的一间，其他地方没有装壁头，全敞着。劳令告诉游龙庭说："这是我哥给我整的书房。"

这种深山老林里居然有孩子在区小上学，还有书房，游龙庭吃惊不小。

书房里一张床，一张长条无抽桌，桌上整齐地放着几本书。《大学》《中庸》《论语》《孟子》是木刻版，纸张黄而脆。还有《幼学琼林》《升学指导》、小学高小语文、算术课本和作业本，一本厚厚的《康熙字典》赫然入目。

"这些都是你看的书？"游龙庭问。

劳令很随意地回答："我爹也读。"

"他进过学校吗？"

"我问过爹，他说没有。"

"没进过学校，能看懂这些？"

"自学，没事的时候拿本书哼哼唧唧地读。"劳令说，"他的字比我写得好。"

游龙庭很有兴趣，说："能不能看看你爹写的字？"

"木屋柱子、门上的对联就是他写的。"

走近木屋，游龙庭已经看见了柱子、大门上的红对联。过年的时候，再穷的人家，也要贴几副对联，求个喜庆。几个月过去，对联旧了，不再鲜红，字却清清楚楚，刚劲有力。村寨里有人会写字，农户木屋贴几副对联，游龙庭不觉奇怪，但他没有想到这字会出自一个没进过校门的铁匠之手。

游龙庭在床上发现劳令的作文本。这是用毛边纸对裁装订起来的，很厚，全是用毛笔写的蝇头小楷，有一篇题为《路》的文章，一开始这样写着：

世界上有各种各样的路，大路，小路；平路，坑坑洼洼的路；直路，弯弯曲曲的路；越走越宽的路，越走越窄、最后无路可走的死路……

看了这段文字，游龙庭大为吃惊，心想："小小年纪思想这么深，将来不得了。"他正想往下看，却被劳令一把夺过去，"噔噔噔"地跑下楼，不知道藏在哪里，再也不肯拿出来。

晚上，游龙庭、焦布奇、公冶新、康百龄睡在劳令书房里，4个人横着挤在一张床上。他们太累了，一觉睡到天亮。起来，有的扭了脖颈，有的腿被人压麻了，伸胳膊扭腰，半天才灵活起来。游龙庭四人下楼，见布劳兆敞着胸脯，坐在屋檐下呷叶子烟。他的面前有一火铲火籽，长长的竹节烟杆烟斗伸到火籽上，呷几下，鼻孔里窜出两股青烟来。游龙庭在布劳兆身边蹲下，说了希望劳令能帮帮忙，跟他们一起工作几天的话，在一旁的劳令翻译给爹听，布劳兆爽快地答应了，说："他有机会跟你们学，是他的福分呐。"

离开布劳兆家，游龙庭想到该和向文艺碰碰头，一方面凑凑情况，一方面说说自己的想法。这三家，他认定邦里家是穷人的典型。什么都破破烂烂，他弟弟乌丛，30多岁男子，连老婆也讨不起；山那面人家，他觉得奇怪。真的是穷得连裤子也买不起，还是文明程度低到不知羞耻？想不明白。

在游龙庭的心里，布劳兆家就像一团迷雾。谜团是从劳令的名字"畍"开始的。北方人喜欢起"铁柱""大宝""常发"这样的名字，南方起名柔和一些，也是常见的"平""康""福""寿""文"之类，一个务农兼打铁，没进过学校大门的山里人怎么知道这样的怪字？怎么能写出有相当功底的毛笔字？一个十一二岁的山里孩子能写出这样的文章？只有一种解释：祖上很可能是巨富，甚至有人在外做官，而今败落了；或者是外地逃来的地主、资本家或者是国民党反动派残渣余孽，要不，像《康熙字典》这样难得的工具书从何而来？

回者者的路上，劳令不停地跟游龙庭说这说那，游龙庭只是"嗯嗯"地答应，不说一句话。劳令有点生气，跟身边的焦布奇说："老油嘴巴掉在我家里了。"

焦布奇没听懂他话的意思，劳令说："我跟他讲了那么多，他一句话不说。"

破荒
太阳从西边出来

焦布奇说："看不出，你这小鬼会挖苦人。"

"要不就是瞧不起我们这些乡巴佬。"

"不要胡说。"

到村寨门口，游龙庭放慢脚步，指着旁那棵高高的石柱问劳令："那棵高高的石柱是什么来历？"

劳令说："我跟你讲那么多话，你都不理我，我也不告诉你。"

游龙庭说："你挺能报复的。以其人之道，还治其人之身，对吗？"

劳令说："不对，以其人之道，还治其人之身，和我这不挨边。"

游龙庭说："怎么不挨边？"

劳令说："这话的意思是，本来自己就懂，只是不按道理去做。话的本意就是这样：要用你自己懂得的道理，去治你自己的毛病。"

"谁说的？"

"朱熹说的。"

"朱熹是谁？"

劳令笑了，说："连朱熹都不知道，完了。"

游龙庭笑了，说："我敢肯定你也不知道。"

劳令说："我知道咋说？"

游龙庭说："拜你为师。"

"真的？"

"真的。"

"南宋大文豪，理学家。"

"你是怎么知道的？"

"书上说的。"劳令说，"我们老师也说过。"

"你老师是谁？"游龙庭想，一定是区小那位先生告诉他的。

"布根。"

"布根当过你老师？"

"是啊，奇怪吗？"

游龙庭心里又生出一团迷雾，这团迷雾比刚才那团更大更浓。

25

游龙庭、焦布奇、公冶新、康百龄回到布根厢房的楼上，何槐、黄冈已经回来，游龙庭问何槐说："头呢？"

何槐资格比游龙庭老，游龙庭提升排长，何槐还是个兵。何槐认为游龙庭会拍马屁，处处好表现，才得到领导信任，对他少有好脸色。何槐躺在铺上，两手枕在头底下，嘴朝里间一歪，没有说话。游龙庭不想和何槐计较，走进里间，向向文艺汇报他们走访三家的情况，着重谈了对老铁匠身世的怀疑。向文艺什么也没说，脑子里却形成了一幅图景：图的最上层是地区保安团，跟着是县保安队。团副赵新久和清河县县长商道勾结在一起。盐店老板乔长盛花3000块光洋买来玉田区区长职务，乔长盛的女儿嫁给布根为儿媳。这样，布根、乔长盛、商道、赵新久就联系在一起了。布劳兆喜欢读书，一心要让小儿子有出息，拜过布根为师。后来，保安队到村里来作孽，村里人要保护村子安全，布劳兆成为大家拥护的第二号人物，和布根的关系更密切了。更要命的是赵新久、商道欺骗布根，欺骗布劳兆，在者奢成立保乡团，把几个村寨的老百姓都弄进来了。这一情况，是被俘获的赵新久和商道交代的。

保乡团是土匪组织，是定性了的。

把这么个肯为大家出力的布根定为地主兼匪首，彻底打倒？把布劳兆定为土匪头子兼地主逃逸嫌疑分子，送进大牢？这样，表面上看起来轰轰烈烈，很有成绩，到头来是什么结果，他实在不敢想。向文艺只专心地听，什么也没说。

第二天吃过早饭，向文艺跟游龙庭说："放他们一天假，怎么样？"

游龙庭意识到头要做什么重要决定了，需要静静思索一下，问："也包括我？"

向文艺说："当然包括你，不过，你得跟我在一起。"

"哦。"

向文艺回头对大家说："今天放假一天，爱上哪逛上哪逛，回来吃晚饭就行了。"

战士们兴奋地互相看看，做鬼脸，意思是说："太阳从西边出来了。"

向文艺补一句说："谁回来得早谁做晚饭。"

何槐故意说："那一定是头先回来。"

向文艺说："不准耍滑头。"

何槐说："用得着耍滑头吗？啥时候不是领导关心群众？"

从进山剿匪到眼下，已经好几个月，第一次正儿八经地得到一天休假，大家嘻嘻哈哈地笑着，离开了。游龙庭问："头，去哪里？"

向文艺说："你没有去过嘴嘴、老鹰岩，那里离者砦不远，看看去吧。将来这三个小村寨，肯定要和者砦合并成一个村，去走走有好处。"

游龙庭一下警惕起来，说："头，你是不是要走啦？"

"先不说我走不走的事，我们俩一直没时间在一起闲逛，今天就逛逛吧。"

"既是闲逛，你为啥要我去看看那三个村寨？"

"那是我随便想的一个地方。"向文艺说，"你说，去哪里？依你。"

游龙庭想，这里除了山就是村寨，要去镇上又太远。再说，镇上也没什么好玩的。更重要的是，他预感到在者砦发动群众，培养贫雇农积极分子，清匪反霸，建立农村人民政权，土地改革等一连串重担快要落在自己肩上了，既高兴，又担心。如果上级已经作决定，是没法改变的。再说，自己不是做梦都想有出头的机会吗？他忽然想起孟子说的一段话来："故天将降大任于斯人也，必先苦其心志，劳其筋骨，饿其体肤，空乏其身，行拂乱其所为，所以动心忍性，曾益其所不能。"这段话，是他爹发迹以后特意记下的；后来，处境翻了个过，不但记得更牢，而且有了完全不同的意义。老向要离开，不如趁这机会跟他学一手，说不定从此开始新的人生。想罢，说："好，去那三个村寨看看也好。"

他俩离开者砦，沿河边往外走。这里两岸青山，偶有一片红色点缀，那是枫叶；河不大，弯弯曲曲，竹木苍翠；山风拂过，爽透全身。离开了战场，离开了硝烟和血腥，在这样的大山里，会想得很远，仿佛回到遥远的古代。眼下，向文艺就有这样的感觉，走一阵，停住步，说："也许将来我会什么都不做，坐下来，专心写一本书……"

要写一点什么，是向文艺早有的愿望。读书的时候，他最喜欢文学。进入初中，读小说成了他的命，他常常痴痴的，不知道他在想什么，父母担心他有朝一日得痴病。参了军，只要有一丁点闲空，不是看《钢铁是怎样炼成的》，就是看《卓娅和舒拉的故事》，或者在纸片上写点什么。几年过去，这两本书烂得不成样子，纸片也积了一卷。这两样宝贝，他都随身带着。宁静的乡野让

破荒
太阳从西边出来

他的心境变得不宁静了，愿望又像竹林里的笋子，贸贸然冒了出来。

好一阵，游龙庭才接他的话，说："我能干什么呢？看来，我注定一事无成。"

"为什么？"

"跟家庭划清界限，转变立场，好好为人民服务，就够我干一辈子了，还能干什么？"

向文艺老觉得游龙庭出身不好的包袱背得太重，说："推翻一个不合理的制度，虽然很难，但要在这曾经遍地是污泥浊水的土地上创建一个新社会，创建新生活，会更难，"说着他指指自己的头，"关键在这里。"

"我不懂。"

"要改造剥削阶级分子，还要改造我们自己；我甚至认为，要是革命者自己改造得不好，要永远过好日子，只是一句空话。"

"为什么？"

"你想想看，我们到这里已经一年多了，人们的思想还停留在旧社会里，要他们懂得我们讲的道理，变成自己的思想，有多难？"

"很多情况是我们没想到的。"

他们又继续往前走，向文艺很有兴趣地问："没想到的最突出的问题是什么？"

游龙庭说："头儿考我。"

向文艺真诚地说："不是考你，是你我都必须把情况弄准确，才不至于产生太大偏差。"

游龙庭说："太偏僻，太穷，识字的人太少。"

向文艺说："这里还有些文化底子，有些地方，方圆百里，没有人识字。"

游龙庭说："文化水平低了，很难接受新道理。"

向文艺说："文化水平高，事情也不见得好做。"

"我不懂。"

"旧思想根深蒂固。"向文艺说，"几个村寨的穷苦百姓脑子里只有布根，再就是老铁匠，什么事都得听他们的，不相信自己和布根一样是人，一样顶天立地，一样能干大事。其实，早在两千多年前，庄子就说了……"

游龙庭一向自愧不如向文艺，而今又冒出两千多年前庄子就说人的问题，惊得一愣一愣的，说："庄子咋说？"

破荒
太阳从西边出来

"他说，天地与我并生，而万物与我为一。"

游龙庭眨眨眼皮，说："没听懂。"

向文艺顺口回答说："就是老子说的那话：域中有四大，道大，天大，地大，人亦大。"

游龙庭听得稀里糊涂，却不好意思再问了。想一想，说："咋都难，很难。"

"是这样。"向文艺说，"所以，才需要我们这些用革命理论和思想武装起来的革命者；所以，才要求我们尽量不犯错误，特别不要犯同类性质的错误。"

嘴嘴在河对面，河那面是小路，这面是大路。山里人说的大路，也就是能两人擦肩而过的花石路。这种路，有的是盐巴客走的驿道，有的是有了人家居住以后，凑份子修的。向文艺听人说过，砌花石路很不容易，石头要坚硬，大小长短差不多，要埋得深。据说，这里的花石路已经有五六百年历史。路的岔口常常可见到一大一小两块青石碑，大的是功德碑。功德碑记下修路的缘由、领头人、捐款人和数额；小的是指路碑，路人按指的方向走，不会错。踩在冒出水面的光滑石头上可以过河，通往河那面两户人家。河很小，满河床灰白的石头；河水像井水，清澈见底，不知流向何处。水流动缓慢，像山里人一样不急不忙。向文艺想，眼下年轻，想着以后的日子还长，做什么事不慌不忙，像眼前这水。可是，时光也像眼前的流水，一去不复返了。

不过，目前向文艺确实没工夫想自己的事。他必须尽最大努力帮助游龙庭克服缺点，必须让游龙庭弄清楚自己是在做人的工作，必须慎重，慎重，再慎重！

他俩边走边谈，走过嘴嘴，进到老鹰岩，都没有进人家户。白天，山里人都在山上干活，连何麻子打石头的声音也没了，村子里落寞得让人忧伤。向文艺向游龙庭介绍那天的经历，才慢慢往回走。难得的山，难得的水，难得的静，难得的纯。庄周梦想的藐姑射山，想来也不过如此。

几天之后，证明者峇及附近几个村寨确实平安。向文艺直接向赵子青汇报一次，赵子青说："你有新任务，尽快把工作交给游龙庭同志。要交接好，一个星期够不够？"

向文艺犹犹豫豫，赵子青说："游龙庭同志是有些毛病。不过，人不是天生就行，革命年代，不能按部就班地来，只能边干边学。你不能老待在那里，要接受新任务。"

向文艺试探说："赵书记，能不能给我透点风呀？"

赵子青说："什么新任务就别问了，赶快回去做准备吧。"

向文艺一直跟随大部队南征北战，没有做过地方工作，更没有发动群众、打土豪分田地、建立农村政权的经验，零零星星知道一些，也是从领导嘴里，从报上学来的。但他讲究实际，不肯马马虎虎。第一阶段的调查研究工作，他暂定为五天，五天不行，再加时间。这个设想在工作队会议上提出来，大家都不说话。接受新任务的人不关心，留下的焦布奇、公冶新、康百龄知道游龙庭不喜欢听不同意见，不是万不得已不开腔。游龙庭想想第一阶段就要花 5 天时间，以后还有多个阶段，要多少时间？在部队里，不是行军就是打仗，虽然很苦，时刻有生命危险，但作为排长，照命令执行就是了，倒也简单。到了地方，就感到摸不着头脑，挺烦躁，他说："能不能暂定为三天，不够再延长？"

究竟要多长时间才能完成调查研究工作，做到心里有数，向文艺自己也没有把握。五天也好，三天也好，都得根据进展情况决定，要紧的是要想明白了解到什么程度才算心里有数。游龙庭提出暂定三天，他没有提出异议。

说是调查研究，其实就是走进人家户，和农民交朋友，从看和交谈中了解情况，少开会，少发表看法，情况了解得越具体越真实越原始越好，这是老解放区的工作经验，也是老八路的工作经验。他把这些经验简要地说了说，分了工。游龙庭带领焦布奇、公冶新、康百龄走访嘴嘴和老鹰岩，向文艺带领何槐、黄冈走访龙塘、半山布劳兆家和深山里满凯三父子，交换了解对象，尽量避免偏颇。之后，再集中力量到者砻村里来。向文艺估计，如何对待布根、布劳兆，很可能是者砻试点成败的关键。

26

游龙庭回到者砻驻地，厢房里静悄悄的。见战士焦布奇从外面提一竹篮菜回来，问："教导员呢？"

焦布奇摸出封折成燕尾形的信给游龙庭，说："排长，教导员让我交给你。"

游龙庭打开纸条看，上面只有简单的几十个字：

"你们辛苦了，休息休息吧。下一步怎么走，等我明天回来再说。"

游龙庭嫌向文艺做事过分讲究稳妥，慢吞吞的，什么时候能见成效？他估计一个营教导员不可能长久地陷在基层，拍拍屁股一走，要死不活的一摊撂给他，怎么收拾？

但是，既然向文艺有交代，他也不能想怎么做就怎么做。不想，睡到半夜，事情来了。先是听到狗叫，跟着有人敲槽门。游龙庭急忙摇醒焦布奇、公冶新和康百龄，劳令跟他们跑了一天，累了，睡得很死，游龙庭没动他。四个人翻身爬起，抓起枪，下楼，闪在槽门旁边观察。李大力很快来到门边，发现有解放军在身边，胆壮，问："开不开门？"

游龙庭悄悄问："门缝里是不是看得见外面？"

李大力说："看不清楚。"

外面有人在用侗话喊："大力，大力，要细乌丛！"（我是乌丛）

李大力说："是龙塘乌丛，昨天你们去过他家。"

游龙庭说："开门。"

乌丛扭着一个人进来，被扭的人牵着一匹马。游龙庭说："马拴在外面，人进来。"

进来的人是个驼子，一见拿枪的解放军就说："解放军，解放军，我是乔区长家的佣人，是来送信的，不是坏人……"

乌丛说客话是半吊子，"叽哩呱啦"的讲了一通，游龙庭不明白他讲什么。幸而李大力外出机会多，懂些客话，很生涩地翻译给游龙庭听，游龙庭才明白是这样一回事：半夜，乌丛起来在门口解溲，忽然看见有人骑马远远地走来，快到跟前，慌慌张张。乌丛光杆一个，胆壮，喊一声"细奴"（是谁），骑马人吓得赶忙下马。乌丛听不懂来人的话，断定是干坏事来了，一直扭送到工作队这里来。

游龙庭、焦布奇、公冶新、康百龄的卧室成了临时审讯室。游龙庭让驼子跪在地板上，拿出随身带的小本子，抽出自来水笔，问："姓名！"

驼子费力地抬起头，翻翻白眼，说："贾驼子。"

游龙庭没听明白，说："什么假驼子真驼子，问你姓名！"

驼子没有抬头，说："我姓贾。"

"名字！"

"驼子。"

游龙庭大声问："没听懂我问你名字吗？"

贾驼子又费力地抬起头，说："我……我没名字。我驼，人家叫叫……我贾驼子……"

"半夜三更的，来找谁？"

贾驼子埋着头，说："天黑了才得到信，太太叫我连夜送来。"

"叫你来找谁？"

"找我们小姐。"

"你们小姐是谁？"

"乔梦月。"

游龙庭火了，说："开口闭口太太、小姐，还是地主老爷那一套……你到底是来干什么的，老实说，不说给你点厉害！"

贾驼子勉强抬起头，说："老爷，是真的……"

"老爷"这个称呼活像扑进嘴里，又进喉管的苍蝇，吞不进，吐不出，让游龙庭直恶心，说："我是老爷？你瞎了眼！"照贾驼子拱着的屁股一脚，踢得太重，贾驼子"哎哟"一声，倒了，撑好一阵，才站起来，重又跪下，游龙庭厉声问："你说不说？"

贾驼子说："老……"贾驼子冒了个"老"字，忙改口说："先生……啊，不……解放军，真的就是送信。"

折腾到天亮，游龙庭什么也没问出来，才注意到乌丛还站在一旁，说："现在是穷人的天下，穷人要当家做主，要警惕敌人搞破坏，你警惕性高，好。没事了，回去吧，以后多协助我们工作。"

劳令醒了，看见贾驼子被踢倒这一幕。原来和善、可以和他斗嘴的老油也会踢人，踢得这么狠，是他没有想到的。乌丛知道布根亲家在玉田街上，是开盐巴店的区长，带一帮土匪到他家来杀鸡杀鸭，把独一的架子猪也杀了，还把他和哥哥一家人捆在树上。眼前这个虽然不是乔老爷，踢两脚也能解恨。但这是在"解放"跟前，他不敢。劳令把游龙庭的话翻译给他听，乌丛半天也没听出个名堂来。劳令把"以后多协助我们工作"这话又翻译了一遍，乌丛才算有了些谱，一颠一颠地离开了。

游龙庭怕贾驼子逃跑，一索子把他捆在柱子上。李大力怕有事叫他，不敢离开，游龙庭吩咐说："看看你家主人起来没有，叫乔梦月来。"

其实，布根一家人一夜不曾合眼。布根有了些年纪，大事情一件接着一件，又牵挂独崽载星，心下很乱，经常从噩梦中惊醒。最先听到槽门外有声音的是他；后来，声音断断续续地从厢房那边传来，仿佛是贾驼子的说话声。本来，布根很希望玉田那边有人来。有人来，多半就有崽的消息。有崽的消息，说不定就快要回来了。回来了，有个商量事的人。再说，总不能老让梦月守空房吧？

可是，"解放"大明其白地说要打倒封建地主阶级，穷人要翻身，在改朝换代啊。贾驼子半夜三更来，还不是裤裆里沾了黄泥巴，不是屎也是屎，说得清楚吗？亲家母好糊涂啊！

要不是眼下这种状况，哪怕天大的祸，他布根也顶着。眼下，就算他吃了豹子胆，不怕死，也顶不住——他没这能耐了——世界上最莫可奈何的事，大概就是想做而没能力做，或者有能力也不让做。

大力在天井里碰上梦月，告诉梦月，"解放"找她。梦月忙进卧室告知婆婆，素雅说："跟爹讲一声。"

梦月又来告知布根，布根硬着头皮说："去吧，爹在这里，不怕。"

梦月跟李大力走进厢房，见贾驼子被捆在屋柱上，脸色煞白。她不敢和贾驼子打招呼，一直朝前走，见到游龙庭，赶忙站住，说："找我？"

游龙庭指指捆在屋柱上的贾驼子，说："他说是给你送信来的，去拿信吧。"说着，吩咐焦布奇，"你去拿一下，问他信在哪里？"

焦布奇走近贾驼子，问："信在哪里？"

贾驼子指指胸口，说："在这里。"

焦布奇解开贾驼子衣服扣子，取出两封信，交给梦月，游龙庭说："人民政府的政策，教导员也讲了，我不重复。你读过书，该怎么做你应该知道。"

梦月接过信，手有些发抖，朝游龙庭走过来，说："要不，我把信交给你。"

游龙庭摆摆手，说："我不看私人的信。"

向文艺并不是那类理论水平高的政治工作者，理论书籍读了几本，并没有完全弄通。看书的时候道理懂了，一联系实际，又好像不是真懂，没有把握。所以，弄了个笨办法，想事的时候，常常把自己放进去。假如这件事落到自己头上怎么样？假使人家也这样对自己，会怎么想？人家嘲笑他这是"农民马列主义"，他真还认了，而且一直不改。

这些天，他都在想一个问题：该怎么对待布根一家，特别是布根本人？弄得好，得人心，工作顺利；弄不好，伤一大片，后患无穷。他还不了解布根，布根更不了解党和党的政策。在这种情况下，不但工作队在了解布根，研究布根，布根也在了解工作队，研究工作队。什么时候心里才算有数，实在很难说。布邦、高沃、满泡是不是真的败落？该怎样对待他们？也需要深入调查了解。至于老铁匠布劳兆，是不是真的像游龙庭说的那样，是逃亡地主、资本家或者国民党高官？更要认真查查。他索性放下者砻，先走附近那几个小村寨。扫扫外围，者砻放在最后，把握会大一些。

向文艺再去嘴嘴和老鹰岩走访。山区住户分散，这两处加起来才30来户，将来和者砻一起建立村政权比较方便。向文艺把人分成三个组，分头去三个地方。

两天过去，情况基本清楚了。比起者砻来，嘴嘴、老鹰岩的历史短得多了。这些地方平地更少，多半是外来的垦荒户，不说没有大户，连富裕户也没有。除了嘴嘴黄巧莲、老鹰岩陈跛子两家有孩子在玉田镇读书，没人识字。像者砻那样一村出两个文秀才，一个武秀才，还有人在县中读书的事，想都不敢想。向文艺在老鹰岩见到劁猪匠陈跛子，说起布根，陈跛子佩服得跷起大拇指，连说"细务角色啊"（是个角色），向文艺问是什么意思，陈跛子用客话慢慢地说："是他劝我，我才狠下心来，供崽读书的。要不，崽这一辈人还是睁眼瞎，布根是个角色。"

向文艺又问："嘴嘴那里也有个孩子读书，是不是也是受布根的影响？"

陈友斋翻译给爹听，陈跛子说："是的。还有老铁匠，也是个角色。我晓得，送崽读书要很多钱，这两个小村寨，只有我、算命婆和何石匠手里有几文活钱。我看她那崽还聪明，就去劝。这婆娘是个角色，她说，该送，就送去了。何石匠不肯送，他说要让崽跟他一起舞锤子。后来，石匠见到我，说他该让崽读书，但是太晚了，崽大了，不肯读了……"

陈友斋翻译给向文艺听，向文艺想："原来这一大片的文化根子全在者砻那三个秀才身上。"向文艺喜欢刨根究底，问出这三个秀才以前，者砻是不是还出过读书人，陈跛子说："没听老人讲。一定是没有，要是有，老人会讲。"

陈友斋翻译过，向文艺又问布根家怎样，陈跛子说："蒙数根是很讲仁义

破荒
太阳从西边出来

的人，哪家有崽读书他都喜欢。要不是蒙数根找他补大（岳父）帮忙，让崽在他家吃住，我这种家底，能送崽到那么远的地方读书？"

向文艺"嗯"了一声，陈跛子说："蒙数根帮好多人打官司，我的脚被人打断，他帮我告到县里。"

向文艺想趁机了解了解情况，说："打断你的腿，谁这么大胆？"

"事情过去这么多年了，不说啦。"

"打赢了吗？"

"没有。"陈跛子说，"他打官司，没理，输，就不说了；有理也输，没赢过。"

布根这个人的面目，本来渐渐清晰，听了陈跛子一番话，又变得模糊起来。

向文艺还想再问，陈跛子却拉住陈友斋的胳膊，说："拜拜拜，瓜刚天啦。"（走走走，不要再说了）

陈友斋觉得爹怪，说："西野呀？"（咋的啦）

陈跛子教训崽说："啵也瓜刚就过油缸，可喜可，马西麻，马杜刚也热呢？"（告诉你不要再讲就不要再讲，我们是我们，人家是人家，咋能哪样都讲）

何槐大为不满，说："靠他娘，替人家闹翻身人家还不领情哩。"

黄冈说："老何你就耐心点吧。你以为这是部队，下个命令就行了？"

何槐没吭气，脸却拉得很长。

26

向文艺和战士们赶回者耆，已经是乡村吃午饭的时候。向文艺走进印子屋槽门，一眼就看见屋柱上捆着个人，他把游龙庭叫到一旁，问："怎么回事？"

游龙庭说："这家伙是玉田反动区长乔长盛的帮工，半夜三更来给布根送信，问他还不说老实话。等你回来，看怎么处理吧？"

向文艺问："为这个就捆几个小时？"

"顶多也就四五个小时。"

"还不够？"

"……"

"赶快放了！"

游龙庭还犹犹豫豫，向文艺火了，说："不造成坏影响你不舒服是吗？"

游龙庭很不情愿地替贾驼子解开绳子，向文艺送贾驼子到布根书房。布根正在呆坐，向文艺说："我手下年轻，做事毛糙，对不起你的客人啦。"

布根一门心思想："连我亲家的帮工都不放过，下一个就该轮到我了。"

见向文艺送贾驼子进书房，亲自道歉，又觉这事并不像他所想象的那样糟，"呼"地松一口气，连忙站起来迎接，说"坐，解放军，请。"

向文艺很随意地摆摆手，说："不坐啦，还有事。"

情况汇报会在向文艺的寝室兼办公室里进行。这一间在厢房的一角，离主楼最远，只要不是大声喊叫，不是偷听，是没人听得见房间里的人在说什么的。会议主要是凑几天来了解到的情况，提提下一步怎么走的建议。说着说着就争执起来。走嘴嘴、老鹰岩的何槐说，他、黄冈和头问去问来，两个小村寨，30多户人家，没有富户，两家人送孩子进区小读书，一个替人劁猪，一人替人看相算命，有几文活钱，还靠布根老岳父的支持，才能在玉小读到六年级。布根肯帮人，人们对他和老铁匠的看法不错。游龙庭简单地说了邦里、布劳兆、满凯三家的情况，说："布根很会笼络人心，很可能是隐藏很深的阶级敌人，教导员采取扫外围的办法非常正确，下一步工作重点应当是一方面调查布根的社会关系，包括本村和以外情况，丝丝缕缕不放过。"游龙庭特别说了布劳兆，说深山老林里居然有这么一家，居然能送孩子进区小读书，孩子居然有个书房，还有那么多书，有些书在城市里也不容易买到。布劳兆没进过学校，毛笔字写得那么好，给孩子起那么怪的名字。更奇的是劳令才是个小学生，居然想得那么宽那么深，文章写得那么漂亮。游龙庭一连串"居然"，把布劳兆说得神而又神，他断言说："很难说布劳兆祖上没人在外做大官，而今不是破落了，就是隐藏得很深的阶级敌人；我怀疑他根本就不是本地人，应该列为重点调查对象。"

焦布奇补充说了说邦里、乌丛兄弟和满凯父子三人的情况，说："看来这两家是贫雇农没有问题。"游龙庭说："我建议一方面开始和本人接触，启发阶级觉悟，抓紧时间培养积极分子，建立农村新政权……"

向文艺皱着眉头想一阵，说："该革谁的命，该培养哪些人，凡是对待人的问题，都要特别慎重。我没有多高的理论水平，我只讲大家都能理解都能掌握也都会赞成的标准，凭良心办事。有人问我，良心有几斤几两？我告诉他，

破荒
太阳从西边出来

讲良心，就有千斤重；不讲良心，就一两也没有。"

　　包括向文艺在内，他们全都没有参加过土改，都是匆忙上阵。但大家都听出来了，游龙庭和教导员的说法差远了。战士们不便多说什么，向文艺说"继续调查研究，不急于表明我们态度"，会议就算结束了。

　　散会不久，梦月来找向文艺。梦月心事太重，十三四岁的青春少女，脸上却透着憔悴的神色。向文艺第一次正面看这位乔区长、玉田第一大户的千金，确实楚楚动人。梦月穿白上衣，蓝裙子，青布鞋，白发箍，看人只一闪眼便低下头。这种从骨子里透出来的美，不要说这种地方找不到第二个，就是在县城，在更大的地方也不多见。不是说没有比她更美的少女，而是没有这样的气质。向文艺太明白了，这样的气质，和她曾经读到县中有关，和她不间断地读书有关。可惜她出生在这样的家庭里，改天换地的大革命，注定她必然经历痛苦的磨炼。

　　梦月在离向文艺四五步远的地方站定，双手递两封信给向文艺，向文艺说："什么东西？"

　　梦月没有抬头，声音也很轻，说："信，求你看看这两封信。"

　　"谁来的信？"

　　"丈夫写给我的，还有写给爹的一封。"

　　向文艺笑了，说："一个解放军干部，看人家老百姓私人信件，是什么性质的错误？"

　　梦月没想到解放军的规定这么严格，但这封信关系到她的公公布根的命运，关系到婆婆，关系到丈夫的命运，太重大了。而且，梦月认定向文艺是这里的头，只有在他面前才能说明白。梦月毫不犹豫地跪下，说："不求别的，只求领导了解信里写的内容。"

　　向文艺声音放大一些，说："这算什么事，快点起来。"

　　梦月顺从地站起来，蓝裙子下摆沾满了灰，她没有拍，也没有抬头。向文艺劝慰说："由一个不合理的社会转入一个人民当家做主的社会，这是个翻天覆地的变化，谁也保证不了一点偏差都没有。但你要相信，共产党、人民政府是要分清好坏的，是要区别对待的，你读过县中，是有知识的青年，这道理容易明白。如果说对你们这些有知识的青年有什么希望，就是希望你们不断学习，把本事练大一点，为新社会服务，包括你父亲、母亲、公公、婆婆在内，都有这个机会。"

向文艺一席话，让梦月一下轻松下来，轻轻地舒了口气，鞠个躬，说："我走了，想不通的时候再来问你……"

　　游龙庭从外面回来，见梦月低着头离开向文艺的卧室，游龙庭一个歪念头冒上来："熬不住啦，小心掉进去，到时候谁也救不了你。"

　　游龙庭在寝室兼办公室里坐一阵，向文艺在看文件，不说话，游龙庭稳不住，还是说："这是布根的儿媳妇……她来干什么？"

　　"拿信来要我看。"

　　"急了不是？不逼一下能主动上门吗？"

　　游龙庭习惯想事一条道走到底，这个毛病，向文艺提醒过多次，他却丝毫没改变。向文艺有些生气，说："别以为你捆人家那一绳子无比正确，影响可坏了。"

　　游龙庭说："在革命关键时刻，还是多问几个为什么好。"

　　向文艺听他说下去。

　　游龙庭说："这种蛮荒大山，万一有残匪呢？"

　　向文艺还是只听不说。

　　"万一布根通匪呢？"

　　又说："万一那驼子是来给残匪送信的呢？"

　　向文艺接过去说："万一和土匪通了气，来袭击我们呢？"

　　又说："万一爆发第三次世界大战呢？"

　　游龙庭听出向文艺是在挖苦他，胸膛里梗梗的不好受。他觉得需要提醒提醒这位老乡兼上司，说："老向，我们是老乡，没把你当上司我才说，这种时候，屁股该坐在哪一边，千万要掂量清楚。"

　　向文艺说："我也要提醒你一句，政策就是政策，事实就是事实，不能掺杂任何想象。"

　　又是一次不愉快的谈话，向文艺和游龙庭都感到对方很固执，都不容易听进别人的意见。向文艺不知道这种状况要持续到什么时候，造成什么样的影响，甚至于难以挽回的损失。

27

　　虽说保安团在村寨搅了两台，死了两个人，搅翻了五家，布根家遭了两次殃，不过是一阵风，风过，创口慢慢平复，生活依然会回到原来的轨道。解放军进村寨，山里人以为也是一阵风，风过，山还是那山，水还是那水，种田的人还得种田，者砦和团转的大事小事还是布根说了算。不同的是没了保长和甲长，原因是区长、县长都没了，要保长、甲长没用。

但区长、县长离者砦及附近几个小村寨远着呢。某某年闹吴三桂，传得很怕人，"粮子"（兵）们还不是只过过县城？某某年闹日本，说中国就要完了，家家门口都得挂膏药旗，还不是只打到独山？山里人相信，在这天高皇帝远的地方，子孙万代都是这老样子。

可是解放军不但不是几天就走，而且还走村串寨，走进木屋，什么都问，关于布根、布邦、满泡和高沃的情况问得最多，第五个便是问老铁匠布劳兆了。乔区长家的帮工半夜三更送信来，被一绳子捆了，布根也不敢出面，山里人才意识到，这块千年不变的天地确实要出点什么事了，而且事情一定小不了。

乌丛扭送贾驼子，游龙庭捆了他几个小时，乌丛就感到世道真的要变了，者砦要变成另外的样子。只是他见识太少太少，少到连眼皮底下这片小天地也不知道是怎么回事，更无法知道远一些的事。他并不安于眼前叫花子一样的生活，躁动和不安驱使他要做点什么。乌丛首先想到劳令。劳令跟了解放军两天，问问他，说不定知道些底细。

乌丛翻了两匹大坡，气喘吁吁地找到布劳兆家。他认定布劳兆有息和解放军混得熟，一定知道不少，悄悄地得了好处也不一定。

乌丛到木屋前，见到布劳兆端张矮凳，一铲火籽，手握一根长烟杆，正从木屋里出来。坐下的时候，身旁已经有只黑乎乎的土茶罐，上面摆只土碗。乌丛见他并不是真的要咂叶子烟，也不是真要喝茶，而是要做足斯文人的派头，再架上老花眼镜，摇头晃脑地打开那本《说岳全传》。布劳兆不是读书，而是唱书。乌丛不知道为什么读书就读书，还要唱？如果单是这铁匠唱书，他会讨厌，会看不起，骂装斯文。听说布根也这样唱书，就是另一回事了。布劳兆看不起乌丛，不是看不起乌丛穷，是看不起他什么都不懂，又懒又鄙。见乌丛在旁边站一阵，布劳兆抬起眼皮来，说："有事？"

乌丛心里有搅不清的事，说话也不麻利了，蹲下来，拿过摆在布劳兆身旁的一匹叶子烟，用心地裹了一袋，硌塞半天，才说："解放来，我们这些人是不是要走运了？"

116

乌丛图省事，把解放军的"军"字省了，也是布劳兆看不起乌丛的地方，说话不好听："天上落下来的不是饭，是雀屎，不要半夜做梦娶老婆啦。"

乌丛凑近布劳兆一步，低下声音说："那天，我半夜起来屙尿，见个人骑马朝里头走，我拿死他是坏人，扯到解放那里，你猜咋的？"

布劳兆只看着乌丛，不说话。

乌丛说："那是乔老爷家的帮工。"

布劳兆给自己倒了半碗茶，慢慢地品味，喝罢，放在身边。乌丛不介意布劳兆冷淡他，拿过碗，自己倒了一碗，边喝边说："解放把他一索子捆了，哈哈哈……"

布劳兆这阵才问："解放军为哪样捆他？"

乌丛说："怀疑是来和布根串通的呗。听说是那个老解放回来，才把他放了。"

"那个帮工来做哪样？"

"后来我才晓得，是送信来。"

布劳兆说："他的崽当了解放军，一定是他崽写来的。"

乌丛没接他的话，说："我是说，这世道要变了。"

布劳兆没想那么多，还是没接他的话，乌丛又说："你崽跟解放几天，他一定晓得不少，在不在家？"

布劳兆说："他和几个同学到镇上去了。"

乌丛说："解放很看重你崽。"

布劳兆说："他想读书……要是屁本事没有，就算捡得一座金山，也会吃光花光。"说罢，站起身，说："我还欠人家几件家什，要按时打好，给人家送去，没空陪你啦。"

布劳兆离开了，乌丛剩在木屋前，他慢悠悠地拿过布劳兆的长烟杆，伸烟斗进火籽里刨几刨，狠狠地咂几口，把新卷的叶子烟卷夹在耳朵上，离开了。

乌丛没有回家，却去了满凯家。乌丛知道，布劳兆有点知识，又有崽在区小读书，看不起他。他也不知道该不该恨布劳兆，却下了暗劲：老子搞好了，更看不起你个烂铁匠。

不过，这种恨意很快消失了，要去的这一家，三父子还不如他呢。这样一想，乌丛心里又好过起来。乌丛在用木条夹起来的棚子外面，没见有人，狗没

破荒
太阳从西边出来

叫，门没锁。他像是在带给这三父子福音似的居高临下，大声叫喊："人呢？咋没人哪？"

听见有人叫，有个光屁股一闪，从山门进家去了。一会，满凯出来。满凯头发花白，脸膛黑红带泥点，牙掉了半边。满凯用一块看不清颜色的脏布遮住羞处，在门口站住，问："有哪样事？"

乌丛左看右看，说："没事我来找你？"

满凯转身进家搬出两个木坐团来。山里人家，锯下一截木头，两面削平，成了凳子，省钱、好用、千年不坏。乌丛边坐下边说："你想不想有个出头的时候？"

天地间万事万物到了满凯三父子这小天地，似乎都已凝固，他们不知道外面会变，自己会变。正因为想不到会变，说起变来，总以为是非分的，不该想的。满凯爹妈死的时候，他很小，什么印象也没有。他只记得小时候是在村寨里度过的，他爬过一次神龛，被赶了出来。他到处要饭。一次，他在路边的包谷地里啃生包谷，天黑了，钻进看包谷的棚子里。他做梦也没想到棚里睡了一个人，热热的，软软的，睡到半夜，他稀里糊涂地爬到那人身上，第一次尝到那让他死去活来的味道……那是个年纪和他差不多的妹崽，一样的叫花子，没有亲人没有家。两人在棚子里坐了又坐，又干一次，实在离不开了，才进了山，在这块小小的草地上落了脚。他的女人替他生第二个的时候，流了一大滩血，死了。在满凯看来，他有过女人，眼前有两个崽，都成了大后生，这辈人够了，他说："我不想，哪样都不想。"

乌丛说："你也太不值了，一辈子，遮屁股的裤子都没有，人家就该吃香喝辣，凭哪样？解放来，还能不给我们点好处？"

满凯看不起乌丛懒，加上乌丛哥哥邦里接了彩礼，同意他老二占约娶鸢娥，没多久说妹崽不愿意，退婚，全不讲信用，说话不好听起来。

满凯说："个个都有两个肩膀一双手，像我这样，勤快点，不瞒你讲，三爷崽吃不了多少。"

乌丛扁扁嘴，说："你吹的不是，你那样有钱，咋裤子都没一条？"

满凯说："我又不到哪里去，要穿裤子干哪样？穿衣服麻烦，脏了还要洗。这样多好啊？晚上愿意抹就打盆水抹一抹，不想抹就睡了。"

"像野人一样。"

"你还不如我。"

"没法跟你讲。"

"没法讲就不讲。"

"到时候你要求我的。"

满凯的大崽焦吉是个闷葫芦，三百板打不出个响屁。小儿子占约在棚子里喊："爹，吃晌午!"

满凯"哦"的答应一声，站起来。乌丛知道，这种人家的饭，不过是啃几个烤红苕；再好一点，有碗没油没盐的酸菜汤下包谷饭。这样的晌午乌丛吃腻了，起身说："用力倒要的时候，刚一红。"（用得着我的时候，知会一声）

回到家，哥哥一家已经吃过饭，锅里空了，几个脏碗放在火炕板上，嫂嫂郑何氏说："你出去大半天都没回来，一定是吃香喝辣的去了，没等你。"

乌丛不但没生气，反倒很耐心，说："哥呢?"

郑何氏说："砍柴去了。"

乌丛说："就会死做。"

鸢娥顶他一句说："你要是肯死做一点就好了。"

乌丛骂起来："压我里朋哩!"（你晓得个屁）

28

赵子青让夫人方静炒两个菜，面前摆一壶从乡下买来的自烤烧酒，和向文艺边喝边谈。向文艺能吃苦，却也熬不住在者砦连日清汤寡水，有酒有好菜心里很熨帖。他们谈话一开始就切入正题，赵子青说："怎么样?"

向文艺抿一口酒，发出赞许的一声"咝"，捡一块腊肉送进嘴里，说："啥怎么样?"

向文艺做事总是不慌不忙，没有十分把握，别想从他嘴里说出什么来。赵子青摸透了他这德行，说："你别稳着，得抓紧时间。"

向文艺端起的酒杯在嘴边停住，警惕起来，说："又要换地方?"

赵子青要激激向文艺的慢性子，说："建立农村政权是火烧眉毛的事，要快，还不能出大毛病。"

向文艺说："要马儿跑，又要马儿不吃草。"

赵子青说："草是要吃的，就是要跑得快一点。"

向文艺故意扯开话题，说："你有嫂子，有孩子，我连老婆还没有呢。"

"你文有文才，武有武艺，还怕找不到老婆？"

布根到底是什么样的人？是一般地主，还是恶霸地主？有没有血债？可不可能划为开明士绅？那两栋印子屋的主人，是一般的读书人，还是破落地主？布劳兆是不是像游龙庭所分析的那样，是个神秘人物？这些都是一直萦绕在向文艺脑子里的问题。他知道，宽一点是政策，严一点也是政策。但一宽一严，相差十万八千里。不但关系个人的命运，家人的命运、也关系着国家的命运。别看对待的是一个个的人，一个个家庭，加起来就是一大片。这一大片人的工作做好做坏，影响着更大的一片。

向文艺扼要地汇报了者耷及附近几个小村寨的情况，说："者耷的问题已经集中在布根身上了，不少人说他肯帮人，从来不做恶事；也有不少人说他坏。土匪两次进村，搅翻了天，还有两条人命，都和他有关。后来又搞了个保乡团，他又是领头人。不知道上面掌握哪些情况？"

"我知道布根和乔长盛是亲家，乔长盛的区长是从商道那里买来的，商道和保安团副赵新久关系不错，赵新久、商道和乔长盛究竟在者耷干了些什么，一要问问他们本人，二要在当地调查。他们全都押在地区公安局，需要的时候可以亲自去地区公安局，请求提审。"

向文艺说："这一步非走不可。"

赵子青问下一步怎么走，向文艺说："面上的了解差不多了，我想把工作做得再细一点。"

赵子青说："你的意思我明白了，你那里还需要多少人就留下多少，剩下的另派任务。"

向文艺点了游龙庭、焦布奇、公冶新、康百龄，说："其余同志我回去通知他们来县委报到。"

赵子青说："再给你十天时间，就把第一个试点工作交给'老油'吧，你另有任务。"

向文艺想一想，说："还有个问题。"

"说吧。"

"布根的儿子参军了，是吗？"

"孙文昌是我的学生，很不错，是我介绍去的。"

"这样说，布根还是个军属。"

"如果够条件定为开明士绅，就什么问题都没有了；问题是要弄清楚他有没有血债，带土匪进村，死这两个人和孙立志是什么关系。"

"我会尽快派人上县里和地区了解情况的。"

向文艺没有再问，他在者砻的时间只有十天，十天以后，后面更加艰难的任务就得由"老油"去完成了。他总有那么一点惴惴不安。

向文艺没有让游龙庭一起去县委向赵子青汇报，游龙庭一连串抱怨上来了。打仗，指挥员叫打哪里不叫打哪里，怎么打，他只是个么排长，无权过问，也没有过问的能力。他庆幸自己大难不死，走到了这一步，该出头了。该出头的时候，他的头上还有个向文艺，本来就有几分隔影，汇报工作，还不能同行，在县委书记跟前说说意见，觉得窝囊。而这窝囊，直接原因又是他那个该死的恶霸地主出身。脱胎换骨真难。自己脱胎换骨了，别人还不一定相信。

捆了贾驼子一索子，挨向文艺一顿好批；这一次向文艺离开，除了安排他跟村民买菜买米做饭，接待，只安排学习，别的事一概放着。乌丛来找，到了厢房外面，要进不进，伸头缩脑，说话听不懂，他干脆挥挥手，说："走吧，我没办法跟你讲话！"

乌丛不全懂客话，却懂得看脸色，尴尬一阵，离开了。只有向文艺走后的第二天，劳令、陈友斋、杨欢喜来，游龙庭最高兴。他说了许多打仗的故事，有声有色，其中不乏虚构和夸张，劳令、陈友斋、杨欢喜听得挤眉眨眼，劳令肯定地说："老油肯定是个大英雄。"

游龙庭不敢胡吹，说："不是大英雄，倒是立了几次功。"

劳令、陈友斋、杨欢喜都不知道立功是怎么回事，又增加了许多敬畏。于是，游龙庭很满足。但是，这种时候不常有，不顺心的事倒老发生。向文艺回来，跟他商量外出调查布根情况的事，他莫名其妙地上了火，说："我哪有资格干这么重要的工作，你一个人去吧。"

向文艺没有想到，游龙庭经历这么几年战争洗礼，生死考验，还跳不出狭小的个人圈子，说："你怎么啦，说话酸不啦叽的。"

游龙庭说："我没有酸不啦叽的，不过小心一点，免得犯错。"

向文艺有点生气，说："你没有工夫闹个人情绪。"

"我没闹个人情绪……那么多人，还找不到一个人跟你同去？"

"只留下你、我、焦布奇、公冶新、康百龄五个人，何槐、黄冈另有任务，明天出发。"

再闹别扭就说不过去了。游龙庭说："好吧，我只当你的秘书，叫我做啥我就做啥。"

向文艺火了，说："没人强迫你参加革命，你既然自觉自愿来了，就得经受革命的考验。假若你认为参加革命吃亏了，受不了了，可以离开。革命固然需要你，但不是没有你就干不了，是我们个人离不开革命，你想想吧。要是你实在不愿意去，我另外派人。"

游龙庭认定离开那人见人骂的爹没错。只不过在家里见到的听到的都是"钱钱钱"，都是我如何如何，从不把老百姓放在眼里。参加了革命，立过功，得过嘉奖，他不可能再回到那个家，让万人唾骂他是革命意志衰退的人，骂他是逃兵。他已经没有退路。但要真正从个人的圈子里跳出来，实在太难。难也得继续朝前走。

第二天，游龙庭早早醒来，叫醒向文艺，说："早些走吧，最好一天能赶到专署，明天能提审商道和赵新久，后天可以赶回来。"

游龙庭态度有了转变，向文艺还是很高兴，说："早点走可以。到了县里，开介绍信以后还有没有班车去地区可就不一定了。"

游龙庭接过话说："那就只有听天由命了。"

好像是故意给游龙庭出难题，事情办得果然不顺。他和向文艺到了县里，先去车站打听，车站工作人员说，过一个小时还有一班车。游龙庭急了，说："我们有重要事情要办，能不能等我们一下？"

工作人员看他和向文艺是军人，说话还算耐心："你们快一点吧。"

游龙庭说："请一定等等我们。"

不知道这位男工作人员是不是听见了，没有理他，回答别人问话去了。

向文艺、游龙庭开罢介绍信，赶到汽车站，车刚刚开走。游龙庭脸色一下变了，说："不是说好等我们来再开车吗？怎么说话不算数？"

车站工作人员干脆不理睬，"咔嚓"一声，关掉售票窗口，游龙庭愤愤地说："找他们站长。"

向文艺犹豫一下，说："这是地方，得按地方规矩办事，算了。"

从车站出来，向文艺想着该找地方住宿，吃晚饭。游龙庭说："我们这是给地方办事，找县委招待所吧。"

向文艺想，不管怎么说，住县委招待所总比住客栈强。却没料到县委招待所住满了，游龙庭说："找赵书记，请他给招待所打个招呼，腾不出个住处来我才不信。"

向文艺说："赵书记整天忙得不可开交，这点事，不麻烦他啦。"

游龙庭说："这不行那不行，你看着办吧。"

"住店吧，无非多花几文钱，条件差一点。"向文艺说。

这种小县城，客栈本来不多，找了几家，都没有空铺。好不容易找到一家，铺位在楼上。楼板颤悠悠的，走在上面让人害怕。游龙庭心里很腻，说："再找找吧。"

向文艺说："再找，又要耽搁不少工夫。晚了，就吃不上晚饭啦。"

清河县城，给游龙庭印象实在不好，说："一个县城，要是连晚饭都捞不着，我去他赵子青家，坐着不走啦。"

向文艺只当是一句气话，没有在意。

向文艺、游龙庭并不知道，多年来，保安队久住县城，派款、抓壮丁、半夜闯入人户，什么坏事都干；后来土匪攻城，解放军撤退；解放军再次攻城，土匪溃败，趁机掳掠。而今硝烟虽然过去，日子归于平静，但居民害怕，早早就关了店门。找了半天，才找到一家正在上门板的烧腊铺，向文艺再三说好话，才让进了店里。可是没饭，只剩下一只猪耳朵，一条猪尾巴。向文艺看游龙庭一眼，说："打二两酒下着，今晚就这买卖啦。"

向文艺、游龙庭肚子饿得咕咕叫，加上都不善饮酒，烧腊没吃完就已经醉眼蒙眬，浑身软得像熟透的柿子。

29

不想向文艺、游龙庭到了专署，又出了意外。地区军管会公安处接待人员告知，赵新久、商道是重刑犯，不能接受外调。向文艺说了几箩筐好话，工作人员笑了，说："这是上级的死命令，你找谁也没用。"

向文艺缠上了，说："你让我们见见处长，实在不行也心甘。我们路很远，时间很紧，走这一趟不容易。"

工作人员被缠得没法，给林处长打过电话，说："你们跟我来。"

公安处林处长和向文艺年纪相仿，胡子刮光了，留下一片青色。看过介绍信，说："按说，我和赵子青关系不错，该卖他这点面子。但是，赵新久、商道是重刑犯，不能接受外调，这是省里的死命令，谁敢不遵守?"

向文艺高兴了，说："你就是林参谋?"

林处长看向文艺一眼，不认识，但还是说："我就是林韵。"

"我们来的时候，赵书记特别提到你。"向文艺恍惚记得赵子青言谈中提到"林韵"这个名字，至于向文艺、游龙庭来地区公安处之前，赵子青提到林韵，言外之意是请林韵行行方便这样的事，连影子也没有。向文艺第一次在人前说谎——老实人说谎，更像是真的。

林韵开始有些松动，仅仅过几秒钟，就把大门关死，说："不行，这忙实在帮不上，你们见到他的时候，请代我致歉。"

向文艺不甘心，问："什么时候才会松动?"

林韵说："这两个人都成了匪首，涉及好几条人命，我们有两名战士牺牲在他们枪下，很难说什么时候能结案。"

向文艺感觉右腿枪伤的地方隐隐作痛。

游龙庭摇摇头，拉拉向文艺，说："算啦，讲也没用。我还以为和地方不好打交道，和部队打交道也这样难，真是的。"

林韵说："事情本身就这么复杂，又是对待人的问题，没法快刀斩乱麻……人活着好办，可以纠正错误，弥补损失；要是罚不当罪，把人杀了，就没法弥补了。"

要求询问赵新久、商道，目的是要查清铁拐李被打死，布劳兆女儿被强奸以至惨死，和布根到底有没有关系，既然不能询问这两个人，唯一的办法只能是回县城提审乔长盛。

第二天，向文艺、游龙庭蔫茄子似的回到县城，去县委找赵子青，赵子青一看他俩神色就知道事情办得不顺利，说："地区公安处处长是我老朋友，想写张条子给他，你们带去好办事一些。后来想想，他原则性很强，能办的他一定办，不能办，写条子也没用，就算了。"

向文艺说："别说了，我都把你抬出来了，结果还是不行。"

"你怎么说?"

"我说你特别提到他，意思是要他帮忙。"

赵子青说："你向教导员也会说谎。"

向文艺说："狗急了还跳墙哩。"

赵子青笑岔了气，游龙庭趁机来个小小的报复，说："你以为他是好人?"

向文艺说："我们想提审乔长盛。赵新久带保安团进村的时候，他也去了。保安团是不是布根引进村的，他一定知道。"

赵子青说："这个没问题，我写张条子，你们去办吧。"

布根读过不少书，不忘记曾子说的"吾日三省吾身"，一天过了，要看看有没有"不忠不信不习"的事。他每次替人打官司都失败了，才知道"清正廉洁"是骗人的鬼话。衙门、父母官不能信，何来忠？乔长盛说得好好的，只是他有难的时候来躲避一时，却引来商道、赵新久那帮贼，何来信？既然无忠无信，习诗书有何用？但他后来又捡起来了，还是每天读书不间断。载星在家的时候，布根每天要督促他读书、背诵；崀上了县中，他不时要去县中走走，看崀读书是否用功，回到玉田镇，住老岳父家，一谈谈到深夜；村里还时不时有纠纷请他排解；要是有官司要打，也得靠古人的话撑腰壮胆。特别是闹哄哄的潮八路要来，他反省得更勤了。试去试来，只有读书、反复想古人讲的那些话，心下才变得宽阔、平静。虽然跟素雅没有太多的话可说，日子还是过得有滋有味。这下他哪里也不能去，村里没人找他，载星两次来信，说的都是要他遵守国家法令，千万不要抗拒政府一类的话，他不但被孤独牢牢地包围，还从来没有过的失望。如果不是想着素雅，不是想着儿子和儿媳，不是想着总有还他清白的时候，他早已一根绳子往梁上一挂，结果了自己。

他必须一天天地挨过去。素雅几次来到他书房门里，见他在专心读书，犹豫一阵，又回到自己的房里。这天，她实在没法憋下去，又来到男人的书房门前，推门进去，说："亏你还有心思读那些破书，死到临头了你知道不知道？"

布根摘下铜边老花镜，说："你要我咋办？"

素雅想横了，说："要杀要剐，痛快一点，就这么钝刀子割肉，咋回事？"

布根说："你问我，我问谁？"

素雅说："那两个官回来了，问他们呀。"

"问了，愿意说还罢了；不愿意说，或者教训几句，我的脸往哪里搁？"

"都成案板上的肉了，你还有脸？"

"是我愿意成案板上的肉？你知足吧，赵新久、商道、亲家都在笼子里呢。"

素雅发狠说："我要是有那一天，就去死。"

布根说："我就相信得人心者得天下，既然得了天下，哪会尽做不得人心

破荒
太阳从西边出来

的事？耐心点吧，事情总会过去的。"

布根夫妻俩正说话，有人敲门。素雅开门，见是两个解放军，愣了一下，公冶新看布根一眼，问："老先生叫孙立志吧？"

布根赶忙站起来，说："是。"

焦布奇说："请你来一下。"说罢，离开了。

布根眼前黑了一下，闭闭眼睛，稳住自己，告诉素雅说："要是我不能回家了，给我送些吃的……你们……一定要想开些才好……"

素雅说："我给你拿几件换洗衣服。"

布根怕延误时间被责怪，说：　"就随便拿两件吧。坐牢还兴探监嘛，不怕。"

布根想："人生万个坎，不知栽在哪个坎下，说不定没法过这个坎了。"但想归想，他还必须做出硬汉模样来，让家人有个望头。他尽量让自己坦然，却没法让两条腿不抖。走到向文艺住房门前，站住，左手提素雅替他准备的装衣物的布包袱，右手提长衫下摆，不知道是该走进还是该站着。

向文艺见布根一副滑稽模样，说："进来吧！"

布根随即抱拳施礼。由于提着包袱，一抱拳，那包袱直打晃，逗得向文艺差点笑出声来，吩咐焦布奇说："给他端张凳，倒杯开水。"

公冶新给布根端张长凳，放在向文艺对面，说："老人家，坐这里，我们领导有话跟你讲。"

直接接触布根的打算，向文艺事先告诉过游龙庭，但忘了说问布根话的时候，游龙庭也要在场。游龙庭觉得他在场不合适，起身要离开。向文艺说："你也参加。"

"你没说。"

"还要我说吗？"

游龙庭坐下，情绪稍低了些。向文艺看布根一眼，布根手微微发抖，很紧张。向文艺说："你不要紧张，今天就一般聊聊，有什么说什么。"

布根看向文艺一眼，想起他派人救过素雅的命，模样也和蔼，情绪稍稍放松一些。向文艺说："除了西藏，全国都解放了，都是毛主席领导下的穷人的天下了，要真正做到人民当家做主人，路要一步步走下去，穷人要翻身，富人不能再像过去那样靠剥削过日子，说说看，你对这些事是怎么想的？"

向文艺的话，勾起游龙庭许多辛酸回忆，心里隐隐作痛。经过铁与血的洗礼，游龙庭以为自己已经脱胎换骨，谁知离开了战场，来到边远村寨者耷，相似情景再现的时候，却涌起一种无法言说的情绪。奇怪的是，被这种情绪所支配的话语，不是站在有钱人一边，而是在他们的对立面。他突然说："你得老老实实交代问题！"

游龙庭的话让布根吓得不轻。向文艺朝游龙庭使个眼色，意思是要他不要急躁，才回头对布根说："有什么想法都可以说。我们说的是打倒封建主义，打倒地主阶级，不是要消灭有钱人。有钱人中的开明士绅，还要受到政府的保护。怎么想就怎么说吧，说错了也没关系。"

布根不憨，看到向文艺比游龙庭年长，说话肯定算数。他鬼使神差地想起庄周说的两句话，而且不合时宜地冒了出来，说："鹪鹩巢于深林，不过一枝；偃鼠饮河，不过满腹。多余田产也没有多大用处，我愿意交给政府。"

游龙庭没听懂布根说的前面两句话，既不能肯定是对的，也不能说是错的。他有些生气，说："你说什么？再说一遍。"

布根不知是祸还是福，重复了一次。游龙庭仄着耳朵，还是没听懂。又怕说错了闹笑话，只好不甘心地闭嘴。没想到向文艺却说："你能这样想很好。还有个问题，希望你说说。"

这些天，布根一直在想自己做过的事，想去想来，肯定自己没有做对不起良心的事。平生不做亏心事，半夜敲门心不惊。再说，即便要送去坐牢，他也做了准备。这么想着，事情倒也简单，说："请说。"

"保安团团副赵新久和伪县长商道带一百多人来者耷，你知道吗？"

"来了我才知道。"布根回答得很恳切。

向文艺忽然变得严肃起来，说："你可要说实话。"

布根很坦然，说："我那亲家把人带来了我才知道。"

游龙庭说："你要想清楚不说实话的后果。"

游龙庭眼前又出现那些愤怒的人们，那一排戴高帽的人以及中间那顶最高的纸帽，耳旁全是"打倒游恶霸"的声音。他觉得人生有点像唱戏，你方唱罢我登台。想不到自己也有威风的时候，只可惜不在家乡，手里的权也很小，更不能随便使用。

布根懵了好一阵，全身乱抖起来，攥在手里的包袱，掉在地上。

后来，游龙庭听说，他爹放钱逼死过人。从那次见到他爹被游斗以后，他再也没有回家；再后来，他爹被处决，其余地主的土地、浮财被穷人分了。这

破荒 太阳从西边出来

127

些消息，是耗子写信告诉他的。那封信经过若干周折，才到他手里。耗子算对得起他了。他不知他爹挨斗的时候是不是也这样浑身乱抖，反正他眼前的布根是这样。他警告自己：千万别软心肠，别站错立场了。

向文艺倒是有足够耐心，说："你好好想想，赵新久、商道的人在这里欠下血债，这伙人进村和你有没有关系？如果有，是什么关系？说清楚对你及你全家太重要了。一次没弄清楚没关系，不过，不能无限制地拖延，回去吧。"

布根很意外，愣了好一阵，捡起掉在地上的包袱，吞吞吐吐地问："不……不……关我啦？"

向文艺笑了，说："谁说要关你？回去吧。"

布根出了一头汗，回到家里。素雅迎住问："找你讲哪样？"

布根长长地喘口气，说："问赵新久、商道带保安团两次来村里的事情。"

素雅一听说是问这件事，又急了，说："那件事，和我们什么相干？我还要找赵新久、商道他们算账呢，还来问你？"

布根说："不问，人家怎么知道是怎么回事？"

素雅说："你不会跟他们讲，商道、赵新久他们才是坏人？"

布根说："他们欠下了血债，搞不好进笼子里了。"

素雅恨恨地说："活该。"她没说最好也把姓乔的关进笼子，姓乔的到底是梦月的爹啊，她喜欢梦月，不愿意朝那上面想。

"没问那两家？"素雅说的是布邦和满泡两家。

"没问。"

"没讲要拿我家咋的？"

"要拿咋的还能回来？"

不知梦月什么时候进来，一声不吭地站在一旁，布根知道梦月替她爹着急，说："没讲到你爹。"

梦月没说话，失望地离开。

30

布根离开，游龙庭问向文艺说："这老东西说了两句什么，我怎么就没听懂？"

向文艺说："这是庄子《内篇》里的两句话，'鹪鹩巢于深林，不过一枝；

偃鼠饮河，不过满腹'。"

游龙庭问："什么意思呀？"

向文艺做事稳当，不贪名，不图利；充分地尊重别人，很会和人相处，不少是从庄周那里学来的。庄周豁达、淡定，处事不惊，他很钦佩，反倒觉得孔子说的话难以捉摸、甚至错误。比如天命，把人分为上等、下等；说上等人聪明，下等人愚蠢，完全错了。他自己出身贫苦，算起来是下等人，比谁差了？挣脱了种种禁锢，下等人就什么都能做。没有下等人种出粮食、织出布，不劳而获的上等人就会饿死、冻死。游龙庭常常无意间表现出优越感，看不起工农出身的干部、战士，正是他进步的障碍。向文艺说："这是庄周寓言里的话，说的是尧让天下给许由，许由不肯接受的故事。许由说，太阳、月亮出来了，还不熄火，是要跟太阳和月亮争光明吗？下雨了，还需要挑水灌溉吗？你把天下让给我，目的是让我去治理；你已经治理太平了，我还接手，就成了图虚名的人了。鹪鹩在深山里筑巢，有一枝就够了，不需要那么多树木；鼹鼠下河喝水，喝够就行了，一条河的河水对他没用，庄周想得很透彻，很正确。"

游龙庭做梦都没想到不显山不显水的向文艺懂得那么多。

眼下，游龙庭没心思顺着这条文化的路子想下去，很快提出他的疑问："为什么乔长盛讲的和孙立志讲的不一样呢？到底谁说的是事实？"

向文艺说："我也在想这个问题。但有一点是可以肯定的，因为有两条人命，到底是谁带进村的，责任重大，这一点，乔长盛和孙立志心里最明白不过。乔长盛说是孙立志请保安团去保护者砦，这理由值得推敲。据我所知，这种山寨，他们都有一套自我保护的办法。比如'起款'，在隘口处设哨卡，安檑木炮石，家家准备武器，就可以抵御土匪和盗贼。驻进来百来个名声很坏的保安兵，要吃要喝，一个小小村寨怎么受得了，谁愿意？由布根出面，请他们来保护村寨，还不等于引狼入室？孙立志不大可能做这样的蠢事。"

游龙庭觉得向文艺说得有理，说："我建议我和你再提审乔长盛一次。"

向文艺说："下面的事情很多，时间很紧，要去提审，我俩也得分头进行，不能两人一起去。"

游龙庭自觉不如向文艺，说："我这人做事毛糙，还是你带个人去提审吧。"

向文艺说："可以，不过，你在村里，得抓紧时间培养积极分子，建立村政权。"想一想，补充说，"物色第一把手很重要，第一把手硬得起来，再有几个得力助手，工作上轨道了，我们才可以脱手……"

游龙庭知道这件事特别紧急，可是越紧急越棘手，说："还是你在村里吧，你办法多一点，我去做点直统统的事得了。"

向文艺说："凡是做人的事，哪一件事简单了？不该立的立了，不该倒的打倒了，影响都很坏。如果把不该杀的杀了，就连弥补的机会也没了。"

游龙庭觉得自己顾虑太多，干脆说："都难，你就分配吧，你交代细一点，我照做。"

向文艺说："你当我是神仙，什么都未卜先知？世界上没有未卜先知的人，你我一样，都是在干中学，在学中干。你去提审乔长盛吧，两三天回来。我在村里，做建立基层政权的准备工作。"

游龙庭说："好，我和老焦一起去，留下公冶和老康当你助手。"

者砻、嘴嘴、老鹰岩、龙塘、半山都很穷，不乏穷苦人，缺乏的是有觉悟、有能力的领头人。据向文艺了解，保甲长在这种地方，除了抓丁、派款，并没有多大用。而且，百姓很讨厌他们。本来和老百姓处得好好的，一当保甲长，百姓就不理他们了。孙立志不肯当保长，村寨里只要是大些的事，没他出面还不行。不是因为他有田有地、有靠山，百姓怕他。怕，惹不起，躲得起。百姓是仰仗他。这就说明孙立志靠的不是权势，而是靠在百姓心里的分量。百姓对另一个文秀才布邦、武秀才满泡也崇敬有加，只是满泡只顾练武，不管村里的事，加上绝了后，威信降了下来。布邦崽务鸟成了败家子，村里人不但瞧不起务鸟本人不学好，还怪他爹没管教好。这样，老百姓心里的中心就移到布根一人身上来了。布劳兆仗义，讲信誉，村里人对他看法不错；冒险救美香，威信提高不少；雄心勃勃，咬牙供崽读书，村里人相信劳令会成为人才，布劳兆一家会过上好日子。村里人知道布劳兆的底细，不会怀疑他曾经是大富、祖上在外做官，不知是什么原因破落了才搬进大山里，等等。

要把威信的重心转移到穷苦百姓这一面，比权力转移要难百倍。蒋家王朝垮了，旧县政府、区公所、保甲不存在了，权力就没了。如果者砻找不到合适人选，即便成立了农会，有人民政府撑腰，但要群众信服，要真正站起来成为主人也难。

找合适的新领头人，成了向文艺最头疼的事。他知道，谁都有个培养过程，但得是那块料啊！在向文艺的眼前，一直晃动着一连串身影，老鹰岩劁猪匠陈跛子、何石匠，嘴嘴尤弄，龙塘乌丛，半山满凯父子，铁匠布劳兆，蔡蓝氏妹崽美香……访贫问苦那几天，向文艺接触过这些人，何石匠狡猾，爱占小便宜；劁猪匠陈跛子讲义气，想得也宽，可一字不识；满凯三父子除了一字不识，还好吃懒做。听说游龙庭、公冶新、焦布奇、康百龄凑给他们的三套军装拿去换酒喝了，总不能选个光屁股进村领导班子吧；乌丛倒认得些字，但不能写，也懒得出奇，村里人对他印象很差；布劳兆识字，讲义气，人也大度，说他好的人不少，但和孙立志关系很近。如果调查结果孙立志即便不能算开明士绅，但没有过恶行，那么，铁匠布劳兆可以考虑。

这些人在向文艺脑子里过了很多遍，都下不了决心该重点培养哪些人。公冶新过来问有什么安排，向文艺随口说："分头通知一下，下午开个座谈会吧。请大家提提农民协会代表名单，根据情况，再研究下一步咋办，怎么样？"

公冶新、康百龄都没有不同意见。会议要有人记录，公冶新主动担任记录。向文艺说："开会嘛，是我们三个人的事，谁也不能只带耳朵不带嘴。"

向文艺知道农民开会是怎么回事，下午，他让公冶新、康百龄从附近人家借来长凳、坐团，在布根印子屋的天井里摆了一圈。到日头偏西，才陆陆续续地有人来。而且是嘴嘴、老鹰岩、龙塘和半山的人先到，再是布劳兆、美香……通知了二十人，到了十五人，来得够多了。开会时间不能长，长了，什么结果也没有人就走个精光。向文艺很扼要地讲了开会的目的，请大家议议代表名单。解放军进村以后，在种种场合里讲的那些道理，在山里人心里，就像在山里捡野果一样，东一颗西一颗，不成气候。有的张冠李戴，甚至把意思弄反了。农民协会是什么家什，从没听说过，更说不出什么人当代表合适。陈跛子一开口就跑到岔道上去了，他鼓鼓眼珠子，作古正经地说："我的讲法有点古怪……"

陈跛子这么开头以后，没了下文，向文艺鼓励说："讲吧，什么话都可以讲。"停一停，又说，"不过，我要讲一点，大家在会上讲的话，都不要讲出去，讲出去了，弄不好惹麻烦。"

这也是第一次听到的新鲜事。谁也不知道讲出去会咋的，并不在意。何石匠没见陈跛子没有下文，催促说："跛子，讲呀，你讲了我也讲两句。"

陈跛子转转眼珠子，说："依我讲，还是要听听蒙数根他老人家咋讲，他老人家讲了才能作数……"

何石匠嘴一扁，说："你狗日的睡醒没得？"

美香说："大叔，那是过去的事啦，老皇历翻不得。"

陈跛子不服气，脖子一梗，说："我就晓得这个……"

何石匠眨巴眨巴眼睛，好像眼睛里飞进了碎石，揉一揉，才说："要讲穷，就数满凯三爷崽，住草棚，长年光屁股……"

乌丛跟着嘲一句："可惜他不是贫雇农，是没裤农，再不就叫'光胯'农。"

满凯、占约跳起来要搐乌丛，被向文艺、公冶新劝住了。

"解放还送给他们三套衣服。"有人在下面悄悄说。

"换酒七（吃）啦。"

"不选他三爷崽，选上了，光起屁股来开会，还不吓跑人家？"

"我来讲几句。"乌丛翻翻白眼，嘴角下垂，做出一副无比正确的样子，说："感谢解放，我们穷苦人……领导毛主席，领导马克思、恩格斯，翻身了……"

有人大声纠正说："错啦错啦，错哪边天去啦！"

大家看时，说话的是劳令。劳令、陈友斋、杨欢喜虽然只有十二三岁，可他们在大地方读书，有学问，不能不高看几分。向文艺巴不得他们几个人年纪大一些，又不再上学，就把担子撂给他们。乌丛不服气，说："我讲得不对，你讲讲，咋个才对？"

劳令、陈友斋、杨欢喜最近上了几趟县城，买了几本新书，三人轮流看了几遍，虽然不完全懂，大体内容却明白。劳令说："马克思、恩格斯年纪最老，新社会讲的这些都是从他俩那里学来的。他们把自己那一套传给列宁，列宁领导苏联无产阶级革命成功；毛主席把马克思、列宁讲的话学过来，打倒了国民党反动派，建立了新中国，是毛主席领导我们，不是我们领导毛主席。"

向文艺惊讶地看站在一旁的三个学生。他们开会，没有通知这三个学生参加，还是劳令听到公冶新叫他爹开会，在公冶新面前说"我们也来听听"，公冶新随口说了个"好"字，劳令这才奔去叫陈友斋、杨欢喜。这样，三少年才参加了会议。向文艺没想到这黄而瘦的劳令懂得这么多，要能把他们的学问分些给在座的山里人，那样，选人的事情就好办得多了。虽然不能选进领导班子，但要让他们做点事，只是不知道能做什么。向文艺高看劳令、陈友斋、杨欢喜，但山里人看重的是处处想着山里人、懂得山里人、肯为他们做事的老练人。他们佩服这几个娃崽有能耐，肚里有墨水，但到底太嫩，嘴上无毛，做事不牢。他们知道，这三个娃崽前途不可限量，但不是现在，而是将来。

劳令的话并没起好作用。说闲话、摆龙门阵、劝酒、讲四言八句，难不倒山里人，但就怕在正式场合里讲话。不是胆子小，是不知道路子在哪里，怕说了挨不着边；就算知道了路子，也没话可说。眼下的情况就是这样。现在是穷苦人的天下了，要找合适的人当家。路子是知道了，但是找谁呢，心里没数。加上劳令说了乌丛那么多不是，没有人再敢说，冷场了。

向文艺看布劳兆一眼，说："师傅，你说说。"

布劳兆没想到儿子懂得这么多，高兴了一阵，但他想的是娃崽读书的大事，心思不在这上面，说："叫我讲，找个肯替百姓做事的人就够了，肚子里有墨水当然好，没墨水照样办事。"

大家都说布劳兆的话实在，乌丛也从尴尬中走了出来，说："布劳兆的话在理，我这人讲话不会转弯，布劳兆就算一个了。"

底下有人轻声说："他合适。"

有人大声附和乌丛的话，说："要得。"

没想到布劳兆连忙说："搞不得搞不得，我家摆起个人要读书，要花好多好多钱，找还找不赢呢，哪有空搞练脚板的事？"

布劳兆的话提醒了到会的很多人，陈跛子跟着接了一句："你不讲我还忘了，我答应下午去给人劁猪哩。"

劁猪匠这一说，到会的除了劳令、陈友斋、杨欢喜、乌丛，全都想起家里有一摊事等着做呢。挑柴，割草，挑粪去菜地，喂猪、鸡、猫、狗，做晚饭，什么活不要做？看看日头偏西，离家远些的急了，起身说："天要黑了，我的羊还放在山上呢……"

向文艺说："不要急，大家花几分钟提提名。"

人们盼望会快些完，又怕别人提到自家名下，整天东奔西跑，误了工夫，何石匠说："乌丛没事，乌丛来吧。"

布劳兆说："何石匠要算一个，家里还有个大男崽，有人做帮手，有闲空。"

何石匠站起来，说："家里有一大堆事哩，我要走了……"

事情还没有眉目，人却走散了。

31

游龙庭、焦布奇从县城回来，向文艺问："怎么样？"

游龙庭连连摇头，说："这乔长盛真不是东西，提审一次，翻供两次，鬼知道哪一句话是真的？"

向文艺说："怎么回事？"

"开始时他说，是孙立志怕财产被共了去，才叫他通过商道去找赵新久的。"游龙庭说，"我说，你讲话要负法律责任的，提供假证据罪加一等。"

焦布奇补充说："还不到三分钟，这家伙马上翻供，说，开头只是商道跟他说，想去者砻躲几天，风过了回县城。出发了，才知道商道身边有赵新久，还带上保安团100多人，进者砻，做出伤天害理的事来……"

游龙庭说："我又给他交代政策，问他说，是不是就是这样？过一阵，乔长盛又说，不是的，不是的，是我乱说……是孙立志叫我找人去保护他……一忽儿这一忽儿那，气死我了，恨不得把他揪出来狠狠揍一顿。"

向文艺想了想，说："他在试探我们，看我们到底掌握多少情况。看来，不到走投无路的时候，乔长盛是不会老实交代的。我看这样吧，一方面请县委发函去地区公安处，请求提供材料；如果能亲自提审，就再跑一趟。"

游龙庭说："查这件事无非是要弄明白者砻这两起人命案和孙立志究竟有没有关系，我认为意义不大。"

向文艺警惕起来，问："为什么？"

"有恶行和没有恶行都是地主，成不了贫雇农、开明士绅，反正是要打倒的。"游龙庭说，"查去查来，耽误正事。"

"有恶行和没恶行难道能一锅煮吗？"向文艺不松口，说，"我们可以一面筹备建立村政权，一面继续调查，但绝不能稀里糊涂。"向文艺声音放大了些，强调事情的重要性，"如果我们站在孙立志角度想一想，你就不觉得这样做是多余的了。"

再说下去，就会戳伤游龙庭痛处。不是向文艺要伤他，是游龙庭会把好话听反了，跟自己过不去。向文艺换了话题，说："昨天下午开了部分农民座谈会……"

游龙庭急急地问："怎么样，问题解决了吧？"

向文艺回答说："不是很理想。事情总得有个过程，性急吃不得热豆腐。"

向文艺从来不愁眉苦脸，从来不说泄气话。"不是很理想"算不上泄气话，但从他嘴里说出来，游龙庭知道困难肯定不小。

两天以后的一个上午，乌丛无事，进者砻来找解放军。那天，何石匠荐了他，没有下文，就想着该亲自登门问问了。进了农会，说不定就是公家的人了。是公家的人，一个月还能不给他几文？一次几文，积少成多。有了钱，就会有房子，有老婆。天天夜里搂个软软的身子快活，这辈子值了……

乌丛云天雾地地想一阵，走上大路，看见路坎上一块大石头上贴了一长条红纸，红纸上有字，字个儿很大，仿佛认得其中一个是"中"字。乡下人丢了牛、猪，生了怪病求医找药，生不出崽来找地方求子，受了冤枉没处申冤，把苦由贴出来让大家评理……这种东西算不上喜事，只能用白纸写黑字，又要和衙门的布告区分开来，叫"白头帖"。有人揭白头帖，对贴帖子的人有了帮助，酬谢是少不了的。只不过要看事出手，有多有少而已。乌丛瞪着眼睛看半天，心里翻腾起来：说是白头帖，却是红纸；说不是，又是什么？他揭下，叠起来，拿在手里。

游龙庭、焦布奇来找向文艺，比乌丛先到一步。乌丛见三个解放都在，头在门里一伸一缩，不敢贸然走进。游龙庭说："有事就进来。"

乌丛不是怕见解放军，是不知道该不该揭下那几张纸，该不该兴冲冲地跑来找他们？万一搞拐了不是丢了大丑？但解放叫了，没法缩回去，只好往前跨步，递过手里的红纸，说："以前白头帖都是拿白纸写，也有拿黄纸写的，就没见过拿红纸写白头帖的……"

游龙庭不看也知道是昨天劳令、陈友斋、杨欢喜写的宣传标语，哭笑不得，问："你不是说你读了几年书吗？怎么这几个字都不认识？"

乌丛勉强听懂解放的话，很难为情，说："不要说了，我读的是望天书，一个字都记不下来，也不晓得讲的是哪样意思？"

游龙庭说："读书嘛，就应该能认能读能写，知道是什么意思才行啊，读望天书，真有你的。"

乌丛听懂一半，糊里糊涂地点点头。

原来，是向文艺把劳令、陈友斋、杨欢喜叫来，拿些从镇上买来的彩色纸写成标语，到处张贴。标语内容无非是老解放区写过的"中国共产党万岁""毛主席万岁""打倒地主恶霸""人民当家做主"之类的话，是向文艺的主意。劳令的字写得最好，开始，陈友斋、杨欢喜争着写，劳令接手写了一条，两人都说自己的字丑死了，再也不肯写。劳令写了一摞，满村子显眼的地方都贴了。在者砦贴了，三个少年又去了龙塘、嘴嘴、老鹰岩张贴。别小看了这些标语，贴出来不久，认得字认不得字的人都要看一眼。认得字却不完全明白意思的山里人，连猜带蒙，很快就把意思传开，而且很快传到向文艺耳里。传回来

破荒
太阳从西边出来

的人是看相、算命的黄巧莲。

这看相、算命婆被吓坏了,把家里请人画的纸菩萨、符咒、神水碗、香烛全拿来了,见着向文艺、游龙庭,慌忙跪下求饶命,用侗话说:"饶命哪,以后再不敢啦。"

向文艺认识看相、算命婆,问:"谁怎么你啦,求什么饶命啊?"

黄巧莲不听他说,一个劲地喊:"饶命哪,饶命哪,再不敢啦……"

游龙庭见黄巧莲不听别人说话,发了火,说:"你不听人说话,叫啥叫?"

游龙庭发火,把她镇住了,不再喊叫,游龙庭说:"你有什么问题就说,我们领导在这里,可以跟他说,也可以跟我说,叫啥叫!"

黄巧莲哭丧着脸:"我看相、算命都是随人家给呀,升把米、几个铜板、几个鸡蛋,实在没得,我也看的呀,从没跟人家要呀……"

向文艺说:"谁说你跟人要啦?"

"劁猪匠说我是封建,要打倒……"

游龙庭问:"他怎么说啊?"

"他说,人家都写在纸上啦,你就不要人家打啦,自己倒吧。你睡起,我好上来。"

黄巧莲也是吓坏了,连占她便宜的话也没听出来。游龙庭装得一本正经,向文艺忍不住笑,"噗"的喷出一口水,弄得黄巧莲一愣一愣的,游龙庭说:"大妈,劁猪匠占你便宜哪。"

黄巧莲这才醒过神来,慌忙起身,说:"妈的拜(×),欺负我守寡的,没得好死……"说罢,捡起香烛、神水碗、纸神像、符咒,冲了出去。

者砦村有热闹看,是劳令回去说的。这热闹不是别的,是马上就要有戏看了。

向文艺、游龙庭、焦布奇、公冶新、康百龄、劳令、陈友斋、杨欢喜、美香、鸢娥和几个青年足足准备了三天。节目准备出来了,决定第二天演出,由这些人分头通知各村寨来看热闹。山里人日子过得太闷,整天看到的是山、田土、庄稼、猪、牛、鸡、狗、猫,一年到头面朝黄土背朝天,磨肩膀,除了唱山歌、玩山、晚上聚在某家听鬼龙门阵、搂婆娘,没什么好玩的,腻烦得很。要是有耍龙、唱戏的地方,哪怕翻山越岭,天黑了打火把,走上几十里也要去。不一定知道舞的是什么龙,唱的是什么戏,说的是哪朝哪代什么人的故事，都不重要，重要的是大家聚一回，高兴一回。要是什么也没有享受到，死了不值。

布劳兆一家自从离开村寨搬进山，只有布劳兆和劳令外出，荷青、也昂、也休总窝在家里。也休不在人世了，也昂不干农活就跟爹打铁，要是劳令不在家，荷青连说句话的人也没有，只好喂鸡跟鸡说，喂牛跟牛说；哪样都不喂，就自己跟自己说。劳令回来一说，荷青就横下心要到村寨里走一回。她跟也昂说："崽，明天者耸有把戏看，妈去看一回，你在家。"

也昂第一次发了犟劲，说也要去。也昂不是怕做家里那点活，是他也想玩玩。解放一来，劳令和解放黏上了。整天见不着面，问他到哪里去了，劳令不是说"去同学那里"，就是说"去解放军那里"，根本见不着面。布劳兆也很想去看。但都去了，猪、牛、狗、鸡、猫咋办？也昂只好说："你们去吧，我在家，有点哪样好看的，回来讲讲，我也欢喜欢喜。"

荷青想想改了主意，说："你也难得高兴一回，一起去吧。有你在，妈胆大一点。家里那点事，做了再去也不晚。"

眼下已经进入秋天，天气渐渐凉爽。秋收没有到来，正是山里人有闲空的时候。太阳光刚晒满村寨，嘴嘴、老鹰岩、龙塘就陆续有人到来。

说是演出，其实就是扭秧歌、唱歌。扭秧歌很简单，一人一个腰鼓，拴在腰间，随着"咚咚吧咚咚吧"的鼓声，一前一后一左一右地扭动腰肢，边扭边往前走，也容易学。但这是解放带来的，山里人没见过。兴趣也就在没有见过这上面。他们几个人都能上阵，只是没有腰鼓，让向文艺作难了。他很快想起县里有个宣传队，写了封信，交给公冶新，让他去找书记赵子青。赵子青很爽快，马上写了条子，让公冶新去找宣传队。不过，赵子青说："以后不但县里要有宣传队，区里要有，村里也要有。会要开，演出要搞，名堂多一点，老百姓喜欢，愿意凑在一起，有话愿意讲，我们讲什么愿意听，事情就好办了。"

公冶新头天去县里，第三天就和八个队员一起来到村里。

在布根的天井和厢房里，放了好几个两头蒙皮、涂了红漆的"木筒筒"、光滑的木棒和花花绿绿的带子，演员们正对着镜子在脸上涂抹——山里人没见过的"化妆"。说是化妆，不过是擦个红脸蛋，扎扎红头绳，穿清一色的衣裤，飘飘洒洒，说戏服不像戏服。游龙庭建议搞个"高跷"队，有人扮地主，有人扮农民，糊顶纸帽，写上打倒地主字样。搞一次活动，农民觉悟就要有一次提高。他和向文艺都是这个意思。

破荒 太阳从西边出来

荷青穿上一直舍不得穿的嫁衣——一身新青家机布宽袖宽裤脚父母装，也昂穿的是准备相亲穿的家机布衣裤，也是青色，宽袖宽裤脚。娘俩像大姑娘似的怕见人。远远地站了，眼睛直勾勾地盯住村寨中间大坝子上的动静。他们猜想只有那里才是耍把戏的地方。赶早的山里人不断地从村寨东西两头进来，渐渐地，寂静的村寨热闹起来，有点像赶社日（山里人传统节日）。荷青在一个拐角处看见算命婆，过去和她说闲话。有一年铁匠家一连死两头架子猪，荷青去找算命婆，看能不能再买来喂。算命婆说，你要去东方买猪，才顺心顺意。荷青回去告诉布劳兆，布劳兆特别去东方的场镇买回来一头，结果还是死了。荷青怨自己运气不好，不怨算命婆。荷青记性好，这忽儿见算命婆，一眼就认出来了，说："呃，你来啦？"

算命婆见有人跟她打招呼，虽然认得不准，还是笑着回答说："我那崽说，妈，我要唱戏，你来看嘛。我不信，他说真的，来看就晓得，屁不懂的娃崽会唱戏，你说好笑不好笑？"

荷青想起劳令给她讲过的话，说："是的，我那崽天天去解放那里，也是说去唱戏。"

两个女人想起自己的崽同在玉田镇区小读书，亲近起来。

看热闹的人越来越多，比布根家做喜事时候来的人还多。大晒坝当成舞台，周围围满了人，只留中间一块空地。一种山里人从没听见过的声音从布根的印子屋的天井里传出来："咚吧咚吧咚咚吧"。荷青眼尖，见布根槽门开了，一溜穿耀眼大红宽袖宽裤脚妹崽从门里出来。她们腰里拴个木桶，两手拿着系红绸小棒，不停地舞着，敲打那桶，就有了好听的声音："咚吧咚吧咚咚吧……"

荷青眼睛一眨不眨，直盯这些天仙一样的妹崽。跟着出大槽门的都踩着高跷，有的穿山里人衣服，有的脖子那里围条毛巾。有人说："那是外地人，那地方很热，那帕子是揩汗的。"

见多识广的人纠正说："那是厂里的工人，工人是种机器的，种机器的人都是这样子，拿块帕子围颈子。"

踩高跷的队伍里还有解放、穿学生服的学生。有个人戴顶高高的纸帽，纸帽上有字，看不清楚。就算看清楚了，多数山里人也不认识。但山里人很快就注意到纸帽子后面有穿农民衣服的人拿棒棒对着他，明白他不是好人。跟着还有三顶纸糊的高帽，也写了字，不同的是比最前面那一顶矮一些，有人说：

"帽子最高那人怕是布根哩。"

有人补充说："后面还有三个。"

有人轻声议论："怕是他老婆和那两家都跑不脱了。"

在说话人的心里，布根和他老婆已经属于被打倒之列，满泡、务鸟也不会轻松。就算眼下还没倒，都演进戏里了，还不是钉子钉板子，不倒也得倒？高沃家后来穷得叮当响，印子屋都没了，肯定没事。

腰鼓队、高跷队在坝子里转了好几圈。山里人开眼界的是那几个漂亮的妹崽，那脸蛋，那腰身，那白嫩的手，那左顾右盼的眼神，那圆圆翘翘的屁股，漂亮得山里后生都不敢多看，怕晚上睡不着觉。在荷青旁边的乌丛眼睛瞪得像要射出来，盯住咪咪（奶子）、屁股看，不住地咽口水。腰鼓队在转圈子，高跷队也在转。转上几圈，大家算看清楚了，戴高帽，扮地主坏蛋的是最老的解放，另外三个解放也都戴了纸糊的高帽，劳令、陈友斋、杨欢喜在场，最后一个踩高跷的妹崽，荷青认得是邦里的妹崽莺娥。嫁都嫁了，还跑回来，难道想嫁给解放不成？吃着碗里，望着锅里，荷青有些看不起。

这天，腰鼓队、高跷队除了在大坝里转圈，还在寨巷里转了个遍。回到大坝来的时候，三个解放摘下高帽，和宣传队员站成一排，向文艺站在十一个人的前面，伸出两手，起了头："东方红，太阳升，起！"

东方红，太阳升，中国出了个毛泽东；
他为人民谋幸福（呼儿咳呀），
他是人民大救星。
毛主席，爱人民，他是我们的带路人；
为了建设新中国（呼儿咳呀），
领导我们向前进。
共产党，像太阳，照到哪里哪里亮；
哪里有了共产党（呼儿咳呀）
哪里人民得解放。

向文艺右手不停地舞着，有个妹崽说："解放也会炒菜。"

十二个人的小合唱，声音却特别响亮。山里人破天荒听到这样的不像唱山歌的声音，也很好听。虽然不十分明白歌的意思，这湾千年不变的止水却是漾

破荒
太阳从西边出来

139

起了波澜。向文艺不会指挥，大家见他一挖一舀的样子，忍不住想笑。但他是领导，会不会指挥不要紧，亲自上阵，这才是最重要的。太阳落坡了，山里人见没穿花衣服上台，晓得没戏看，才依依不舍地散去……

布根、素雅、满泡都没有出来。务鸟混在人群里看，看到那几顶纸糊帽，几个人被押着的样子，心里涌起一阵酸楚，悄悄离开。

32

这天，最难受的是梦月。梦月天生一副亮嗓，像深山里的蝉，远远的也能把人吸过去。两年前，她是县中合唱队领唱，每次演出结束，回到寝室，躺在床上，要激动很久才能入睡。她的幸福感和她的美丽同在。忧愁过早降临，烂漫天性被压抑得太突然，以至没有一点精神准备，没有一点承受能力。几个月来，梦月像被压的弹簧，被迫蜷缩着。这场热闹让她把什么郁闷都丢在脑后了。

梦月像回到在县中演出的岁月，兴冲冲地打开衣柜，寻找那套上台才穿的衣服。找了好一阵，才想起带上台衣服到这里来没用，放在妈妈的柜子里了。换了还算好看的一身衣服，对着梳妆镜左看右看，用了白发箍，有意将一绺短发从右额头散下，楚楚动人。做完这些，再对着梳妆镜的时候，才忽然回到现实，意识到她的这些用心都多余了，这样的快乐没她的份。她生自己的气，不知道怎样才能和劳令他们在一起，尽情疯跳、疯唱。就算不能得到和劳令他们同等待遇，能像最不济的鸢娥那样，她也很满足。

梦月很不情愿地脱掉那身只穿过几回的衣服，换上旧的一套学生装，混在人堆里看。她太想踩上高跷，在村里疯上几圈。但是不可能，看到这些穿黄衣服的人，那几顶纸糊高帽，意识到快乐不再属于她。

梦月和陈友斋、杨欢喜不熟，她很希望劳令不和他俩在一起，她就可以叫他，她有很多事要问劳令呢。唱完歌，人们开始散去。她看见劳令跟陈友斋说了几句什么，便离开了。梦月想在远一点的地方叫他，却闪眼看见个大妈和一个后生，梦月猜想是劳令的母亲和哥哥，不得不止步。好在劳令这时看见了她，朝她走过来。

劳令没有另眼看她，说："你咋不来踩高跷？"

梦月好生冤屈，差些涌出眼泪。劳令忽然很懊悔，说："你看我都忘记了你，你要是来，一定来劲。”

梦月说："我有话跟你讲。"

劳令定住脚，说："说吧。"

"几句话说不清楚。"

"去哪里呢？"

"去我家吧。"

"不怕你公公婆婆见怪？"

"他们还想找你哩，怕你不愿意理他们。"

"我哪能不理他们？"

"他们现在落难了，遭打倒。"

"我不管这些。"

劳令一辈子不会忘记他从湖南一所小学回到家，没处可上学的苦恼；不会忘记蒙数根派人送他到梦月家，由梦月家再转到玉田后坝林家的经历。要是没有蒙数根，他能到区小上学吗？再说，他眼里的梦月，和画里的人没有两样。别说有蒙数根的恩情，单是梦月，就算千斤担子，劳令也愿意替她扛一肩。

住在厢房里的宣传队员进进出出，劳令穿那身粗布学生装，旁若无人地跟随梦月走进布根堂屋，又进书房。布根站起来，劳令尊一声"蒙数"（先生），站在一旁。布根问梦月说："还有茶啵？"

梦月说："没了。"

劳令说："我不七（吃）茶。"

布根有些惭愧，说："哎，没啦，都没啦……"

梦月拿出载星带回来的信，说："他来信啦。"

劳令知道梦月说的他是谁，回答说："好，他现在在哪里？"

梦月说："没说，只说他在部队里，要我们好好听政府的话。"

布根当过劳令老师，说话没有顾虑；又想到劳令跟解放军在一起的时候多，怎么说消息也知道得多一些，便说："劳令，你在外面听到的事多，说说看，像我这样的人，还有路子走没有？"

这样大的问题，劳令自己还没弄明白。但布根的眼睛告诉他，他说的任何一句话对布根都有千斤重，都能让他活，也能让他死，可不能张口乱说。想一想，说："有路子走，咋没有路走？解放军说了，打倒封建地主，不是要整得哪个人无路可走，是要打倒那个阶级……"

布根说："哪样叫阶级？"

劳令说："我也讲不清楚，反正不是哪一个人。"

布根说："听说外地搞得很凶，吊死打死人的事都有。"

劳令根据自己对解放军的好印象作了回答："放心吧蒙数，不会的。"

不知道素雅什么时候出现在旁边，说："劳令，照理说，我崽还是解放军哪，我们是亲属哩，不看僧面还得看佛面吧。"

布根白女人一眼，说："女人家不要乱讲话。"

素雅很激动，说："乱说？哪个敢乱来，我就敢去跟解放军说，看敢把我咋的？"布根直朝素雅挥手，叫她离开。素雅出门，布根跟劳令说："谢谢你。"

劳令说，如果没别的事，他就要走了，梦月说："爹，我送送劳令吧，我有话要跟她讲。"

布根没把劳令当外人，想着年轻人还有事要说，答应了。

天黑下来，对面走过，不是很熟的人，认不出是谁。载星虽然来了信，却绝口不说他和梦月成亲的事，只劝父母要听政府的话等等。梦月是聪明的姑娘，成亲的那天晚上，载星没跟她睡一个房间，她已经猜透载星的心思了。她该怎么办？回家？不忍心撇下布根两老；在这里待着，算什么事？她知道劳令无法给她出什么点子，但还是要说，不说，她会憋疯的。

梦月说："天很快就黑了，你一个人回去怕不怕？"

劳令说："从小就在大山里进进出出，和老虎、豹子打交道，要是该死，早就死了，不死就是命大，怕什么？"

劳令第一次和梦月走得那么近，感到身旁有一团暖暖的东西在弥漫，像春天的雾一样温馨。他不时碰着梦月软软的肩膀，一种从没感受到的滑滑润润的感觉很快传到胸膛，再传到命根那里，激起一阵躁动。他在鸢娥的身边，鸢娥做得那么露骨，他没一点冲动。他喜欢梦月，这粒种子，很可能是在玉田乔家大印子屋第一次见到她的时候就埋下了。以后，因为梦月是载星的老婆，是蒙数根的儿媳妇，这粒种子才没有冒出芽来。

这时，村寨里的人都在各自的家里忙做晚饭，喂牲口，忙得不亦乐乎，寨巷里很少有人走动。出寨门不久，路上变得更加模糊，劳令说："载星哥什么时候回来？"

梦月说他不会回来了，劳令说："你咋晓得？"

梦月说，成亲那天晚上，他睡的是书房。劳令"啊"一声，不知道下面该咋说。

梦月说："劳令，现在难死我了，走不是，不走也不是……"

劳令说："如果载星哥不回来，不走也不行，就怕没人配得上你……"

梦月说："我是伪区长的女儿，地主的媳妇，快成臭狗屎了，就怕没人敢要。"

劳令说："要是有人敢要呢？"

梦月心头"嘭嘭嘭"地乱跳起来，说："你？"

这句话一冲出口，梦月为自己的大胆吓了一跳。

劳令说："我穷，人也长得难看，哪有这样的福分？"

梦月激动得浑身发热，说："就怕你看不起梦月……找个地方坐坐吧。"

这种地方的地里，不时可见那种离地一人高的棚子，那是守庄稼的地方。山里有野猪，村寨里有手脚不干净的人，得提防着点。到包谷、红苕成熟的时候，吃过晚饭，山里人要到棚子里来看护。有棚子可以躲风避雨，防避虎豹野猪伤人。眼下，包谷收过，离挖红苕还早，草棚空着呢。

劳令说："我们进棚子里坐坐。"

梦月说："好。"

梦月说着，跟在劳令背后，走上小岔道，进了地里，朝前走几十步，到了棚子跟前。有独木梯走上棚里，梦月看了看，有些胆怯，说："你先上，拉我一把。"

劳令很快上到棚里，伸手来拉梦月。棚里垫了厚厚的稻草，梦月被劳令拉上去，趁势抱住劳令，倒在有弹性的草上。劳令翻身压在梦月身上，但是，不敢解开梦月裙子。两人弄得很难受，梦月感到有硬硬的东西顶着她大胯，羞得脸发烫，嗫嚅着："好硬，想就来吧。"

劳令结结巴巴地说："不，不能……"

"为什么？"

"我怕。"

"怕什么？"

"怕搞出崽来……我还要读书……你也该再上学。"

梦月停止了撕扯，渐渐平静下来，说："你说的话都是假的，假的……"

破荒
太阳从西边出来

劳令赌咒发誓，说："等恢复招生了，我和你一起去考县中，读到大学毕业，我要不娶你，天打五雷轰。"

梦月坐起来。拢拢头发，说："到那一天，梦月成老太婆，你还要？"

劳令说："这一天很快就会到来。前段时间很乱，学校才停课，现在不乱了，老不招生，那么多人没书读咋办？"

梦月想想也是，谁的天下也不能不办学呀。但是，想一想她说："政府会让我这样的人读书？"

劳令说："读出来为政府服务，咋不要？"

梦月想一想又有了问题："再说，我们家被打倒了，哪里还有钱供我读书？"

劳令说："到时候总有办法，有我一碗饭，就有你一半。"

梦月不信，说："到时候不能反悔。"

劳令仰头对天，悠悠地说："我劳令今天在这里发誓，就是死，也要帮梦月一把，读到大学毕业，娶梦月为妻，有一句假话，受老天惩罚。"

梦月说："要是真有那一天，我不嫁给你，立马就死。"

劳令说："解放军接着要做什么，我不晓得。不管他们做什么，你都忍着，等县中招生那一天，好吗？"

梦月伸出软软的胳膊，搂住劳令的脖子，眼泪滴在这位少年的后颈窝上，湿湿的……

劳令怕梦月一个人回去害怕，一直送到大印子屋槽门前，才一个人离开。

33

者砻搞了一次大型宣传活动的第二天，县里来了通知，让向文艺三日内去县里报到，另有安排。他和游龙庭、焦布奇、公冶新、黄冈、康百龄、何槐都已经转业，还穿着军服，只不过没有帽徽，胸前也没了标志。山里人不知道，也不关心，只知道穿黄衣服的就是解放。

他们进村一段时间了，眼下和刚进村的时候已大不相同，最突出的感受是村民和他们亲近了，有话愿意和他们说。腰鼓队离开以后，向文艺在桌前看材料，门里有个妹崽的一双亮眼睛，向文艺问："有事就进来。"

妹崽没说有事没事，但进了房间，低着头问："村里要成立个哪样会呀？"

美香也不满意她的男人不识字，那天办喜事，被保安兵搅了，干脆吵着要退婚，另找。向文艺认得是蔡蓝氏妹崽美香，说："农会。是农民自己的组织，农村大事小事，农会都有权处理。"

美香说："那天来演戏那些妹崽也是农会的？"

向文艺说："他们是县宣传队演员。"

美香抬起头来，长长地"哦"了一声，忽然问："我有没有她们好看？"

很意外的一个问题，从这个山里妹崽嘴里冲出来，向文艺虽然觉得突然，还是认真地看了美香一眼。眼前这位姑娘杏仁眼，瓜子脸，嘴唇红得像石榴花。如果打扮一下，换一身城里人的衣服，没得说的。他说："很好看。"

美香大胆地望着向文艺，说："你哄我。"

向文艺说："真的，不哄你。"

向文艺没有结婚，给自己定了个时间：转入地方，有个稳定的工作以后再说。同时给自己立了条规矩：除非看准了，和一般女性统统保持距离，以免为男女方面的事犯错误。特别是在大变革的时候，只要有女性来，硬是目不斜视，只在梦月和美香跟前破了例。美香和梦月一样美丽，所不同的是她比梦月更水灵，那脸，活像还有露珠的鲜桃。乔梦月却属于那类外清秀内也清秀的姑娘，能和大家闺秀媲美。美香听到解放赞扬，说："那我要当宣传队。"

"你为什么要当宣传员？"

"我不想跟那个背时的。"

"那背时的是谁？"

游龙庭悄悄告诉向文艺说："她未婚夫。"

美香说："瘟猪一个，我不想跟他。"

"你爹出事那天，不是办你的喜事？"

美香眼里涌出了眼泪，断断续续地说，山里人穷，讨不起老婆。如果嫁出去的妹崽生了妹崽，一定要嫁回去，叫"还娘头"，她是被逼还娘头的，希望解放给他找条路。向文艺没见过"那背时的"是什么模样，不知道是不是像美香说的是"瘟猪"，但逼婚总不是回事，他说："退婚不是简单的事，你妈同意吗？"

"是我舅逼的，爹同意，妈哪样也没讲。"

"我倒是认得县里的几个人，但县宣传队不是说去就能去的，要考。"向文艺说，"不管你要退婚还是要考宣传队，都得跟你妈商量，商量好了再来

破荒
太阳从西边出来

找我。"

美香刚离开，又进来一个。这一个妹崽也长得不错，向文艺认得是乌丛的侄女鸢娥。她也说要参加宣传队。她们把向文艺当成什么都能管，本事通天的人了。好像只要向文艺同意，要什么都会有。向文艺想，又来一个，就算他在县里有几个熟人，愿意介绍，人家也不会都要，却也不好一口拒绝，说："吹拉弹唱舞，你会什么？"

向文艺边说边比划，鸢娥听懂了，说："我会吹木叶。"

鸢娥是有备而来的，本来藏在身后的手，转过来，慢慢靠近嘴，于是，悠扬的木叶声便响了起来。鸢娥吹的是山歌调，向文艺一句也没听懂，却欣赏到了绝妙的木叶声——这是他进山区以后第一次听到。他相信经过学习、培养，鸢娥一定是个演奏能手，说："你跟爹妈商量过没有？"

鸢娥摇摇头，向文艺说："先跟爹妈商量吧，同意了我再介绍你去。"

鸢娥高兴得蹦起来，"呀"的叫一声，就要冲出去，向文艺说："美香也想去，你找找她，要是能一起去，有个伴也好。"

鸢娥很有礼貌地回头向向文艺鞠了躬才离开——这一着是从劳令那里学来的。

太阳落山的时候，乌丛是才到者耷。这两天解放军和劳令、陈友斋、杨欢喜、美香忙里忙外，连小侄女鸢娥也进来了，他虽然插不上手，也跟着窜上窜下。发现大家凑给解放军的柴火快没了，这天，他挑一挑码在山上的半干柴火来。大山里松树密密匝匝，入冬闲暇时候，山里人提斧子、长弯锯进山，随意砍下两三棵，锯成一截一截，每截五六尺长，破成块，每块胳膊粗，码成堆。晒一个夏天，天冷了取用。这种柴块有油气，好烧。乌丛生怕别人不知道，放下柴担，把槽门拍得山响，大声说："送柴来啦，开门开门！"

开门的是李大力，见乌丛挑一挑柴进来，知道是送给解放军的，没问。向文艺、游龙庭、焦布奇、公冶新、何槐、康百龄正在吃晚饭。他们也学着山里人的吃法，小铁锅里放油放盐放辣椒，架在铁三脚架上，下面放炭火，旁边一筲箕水灵灵的鲜菜，边往里放菜边吃，吃得敞胸露怀，汗流浃背。

焦布奇听见叫喊，出来，见有人送柴来，告诉向文艺，向文艺从身上摸出几张纸币，交给焦布奇，说："不能白要老百姓东西，要给钱。"

乌丛放下柴担，焦布奇迎住乌丛，说："谢谢你，我还说快没柴了，找人买两挑。"说着，递出几张票子。

乌丛晌午勉强吃下两个红薯，进山挑柴。挑到这里，肚子饿得咕咕叫。嗅到油香味，鼻子耸几耸，说："我咋能要解放的钱？七（吃）碗水倒是真的。"

焦布奇连忙让乌丛进厢房，又进了用来做饭的房间，倒一杯温水给乌丛。乌丛接杯子，仰脖子倒了下去，眼睛却被冒热气的饭菜粘住了，迈不动腿。向文艺看在眼里，说："来来来，一起吃饭。"

乌丛连吞几口口水，却又不好意思马上坐下，向文艺又请一回，乌丛才在屁股上擦擦手，犹犹豫豫地坐下来。向文艺知道农民能吃，告诉焦布奇说："拿钵子添饭吧，碗小了费事。"

跟着来的事，焦布奇不需要吩咐了，往锅里加猪油、加盐、加菜、加辣椒。乌丛没花多少工夫，就风卷落叶般把饭锅吃了个底朝天，菜也没了，向文艺、游龙庭、焦布奇、公冶新、何槐、康百龄才吃了个半饱，向文艺问乌丛说："吃饱没有，不够再做。"

乌丛不好意思让解放再做，说："够啦够啦，留点下一次来七（吃）。"

乌丛要离开，焦布奇又一次递钱给乌丛，乌丛还是接了。焦布奇见乌丛走出槽门，说："真能吃……你们吃饱没有？"

游龙庭说："再煮再煮，饭吃不饱难受。"

何槐说："我们几个人的饭他一个人吃了。"

向文艺说："老百姓苦，山里人更苦。"

焦布奇说："看这样子，孙立志家也富不到哪里去。"

游龙庭说："只要是靠剥削过寄生生活的，就是地主，就该打倒，没说的。"

焦布奇说："你说孙立志属哪一种地主？"

游龙庭为孙立志伤透脑筋，说到他心里就烦，说："老为他一个人耽误时间，不值。"

康百龄也说："老向说得对，对待人，还是慎重一点好。"

游龙庭想想焦布奇、康百龄本来和向文艺唱一个腔调，只有公冶新和自己站在一边，眼下公冶新也倒过去了。他们这样做，很难说不是因为他出身不好的缘故。几天来，游龙庭心境一直不佳，气上来了，说话也没顾那么多。他说："我这个人做领导肯定要犯错误，老向，我还是离开这鬼地方，随便到个什么厂去当个工人算了。两个肩膀扛个脑壳，外带这张嘴闭着，只吃饭，不说话，惹不着谁。"

破荒 太阳从西边出来

向文艺摸透了游龙庭脾气：火上来了，很难转过弯来。他准备在离开者砦之前，和游龙庭好好谈一次。

游龙庭买了一只鸭杀了，再买两斤苦米酒，为向文艺饯行。好也好，歹也罢，同在一个部队四年，在者砦也有一个多月，磕磕碰碰不少，彼此了解却也很透。和江西兵何槐也相处了两年多，感情不错。而今他俩要调走，未必还能相见。游龙庭很动情，举起杯，说："老向，你究竟调哪呀？透个底，我们也好来看看你不是，吵架归吵架，战友归战友……说实话，不会有第二个人像你那么了解我了……"

向文艺对游龙庭，除了战友情，还有恩情。在他右腿中枪的时候，舍身相救，那是以命换命的。向文艺担心游龙庭杂念太多，在革命道路上摔跟斗。但他很清楚，路要靠自己一步步地走，别人没法代替，他平静地说："我真的不知道调哪。报到了，有了着落，马上告诉你们。"

游龙庭、公冶新、康百龄同时举起杯，游龙庭说："祝教导员和老何高升。"

向文艺说："谢谢……不一定是高升。"

向文艺、何槐举起杯，一饮而尽。

游龙庭拣一块鸭肉送进嘴里，说："老何，你能不能不走啊？就我和老焦、公冶新、老康，就怕拿不下来。"

何槐看一眼向文艺，向文艺说："是上面点的将，我也没办法。"想一想，说，"你小子聪明，有的是办法，有拿不下来这样的事吗？"

"如果你还是我的上级，我犯了错误，姑念我不是存心犯错，求你放我一马，宽大处理；如果不是我的上级，我有了难处，也求你帮帮我，只有你老向对我是知根知底的……"游龙庭说着说着，眼圈红了。

向文艺很理解游龙庭的心情。在部队的时候，有首长在一起，有问题请示，照办就是了，省心，肩上担子轻；转到地方，要独当一面了，有了问题找上级，上级管的地方宽了，只能说个原则，具体的事还得自己拿主意。很多时候左想没把握右想还是没把握，又找不到人问，难死人了。不过，他想的还不是爽快地答应一定帮游龙庭，而是要增强他的自信。向文艺笑了，说："世界上还有比你小子更特殊的吗？"

向文艺一句话把游龙庭说愣了，说："我怎么特殊啦？"

"是人都认为自己正确，只有你老认为自己会犯错误。"向文艺说，"你不要老想你个人，老想会不会犯错误就什么都别干了。"

这话，向文艺在游龙庭跟前说过好几次，每次他都听进去了，可是一有事，"个人"又冒出来。也许这就是老怕犯错误的根源吧，这一回他可得下狠心把这根拔掉。

向文艺和何槐离开，游龙庭送了一段，让焦布奇、公冶新、康百龄再去龙塘、山那面、者砻村里走一趟，自己和黄冈去嘴嘴、老鹰岩。分手的时候，游龙庭说："我们回来的时候去找找老铁匠，你们去了山那面，再在者砻扩大一下了解范围。好，就这样。"

游龙庭和黄冈到了嘴嘴，在连门都没有的棚子外面等了好一阵，才见到头天见到的那后生尤弄。尤弄手里提只黑乎乎的小罐子，不好意思地说："好久没七（吃）盐了，去跟人家借点盐……"

昨晚，游龙庭翻来覆去没能睡着，把何石匠、乌丛、布劳兆和尤弄在脑子里倒腾了几遍，最后认定农会主席非尤弄不可。布劳兆有文化，但社会关系复杂，跟头号地主分子关系密切，而且心思不在这里；乌丛懒，有二流子习气，群众关系差；何石匠除了同样心不在此，还不识字。最重要的是尤弄这后生最穷，用个赤贫家庭出身的人当农会主席，总不会犯立场方面的错误吧。

游龙庭说："你等等，我有话跟你讲。"

尤弄站住，等游龙庭发话。游龙庭说："你祖上是做什么的？"

尤弄说："听爹说，爷爷是要饭的，后来碰到我婆婆，我婆婆也是要饭的，在这里落了脚。"

游龙庭冒了一句："你爹不可能是地主。"

尤弄说："我爹妈在这里开荒种地。"

游龙庭和黄冈交换了一下眼色，说："你三代贫雇农，根子正，要来当自己的家。"

尤弄愣愣的不明白游龙庭说的是什么，游龙庭想："多说也无益，直截一点好。"他说："做做思想准备吧，你要进农会做事。"

尤弄呆了好一阵，说："我是眍眼瞎，文墨的事我做不了。"

黄冈说："慢慢学，就会了。"

尤弄有些动心，犹犹豫豫，游龙庭说："你在农会做事，自己要做点什么

破荒

太阳从西边出来

就方便了嘛。"说完又后悔，想："老向才警告我不要老想个人，怎么又往个人身上想？真不是回事。"跟着，游龙庭原谅了自己，理由是：他想的不是自己，而是贫雇农。而且，见尤弄已经动心，证明自己想得不错，又说，"以前你窝在家里，所以成了耗子胆，连卖自己山里木头都怕。你在农会里锻炼锻炼，胆子就大了。"

尤弄没完全明白游龙庭话的意思，但他听得出来，这解放军说的全是好话，他爽快地答应了，说："嗯。我做不了的事，解放你教教我。"

游龙庭说："没事的，有我们。"

游龙庭、黄冈又马不停蹄地去老鹰岩找何石匠。游龙庭、黄冈都不了解何石匠，只知道他是手艺人，不是农村"最正的根子"，却也绝不是地主。游龙庭、黄冈去的时候，何石匠还在木屋外坪子上"呱呱"的在石碑上凿字，游龙庭走近，说："歇歇气呀！"

听见有人和他说话，何石匠停下来，把沾满灰的眼镜推到头顶，看一眼游龙庭、黄冈，说："舍得走呀！"

游龙庭说："我跟你讲点事。"

何石匠不知道这位解放军要讲什么，竖起耳朵听，说："好啊。"

游龙庭说："你也是农村穷苦人，到农会里来，替大家做点事吧。"

何石匠对成立农会的事不陌生了，从心底里不愿意把工夫花在跑跑颠颠上面，却也不好一口顶回去，说："我就会跟石头打伙计，别的事做不了。"

游龙庭听着有些上火，说："共产党、毛主席领导穷人翻身，要穷人自己起来当家做主才行啊，你不干他不干，叫我来干吗？告诉你，这里的事告一段落，我们就走啦。"

何石匠又"呱呱呱"开始打石头，好像停一停就耽搁了很多工夫。石屑溅了一脸，白乎乎的像撒了面粉。

游龙庭先是想气气何石匠，没想到自己气着了，说："干脆，还叫地主老财管事算了。"

没想到何石匠真的接了一句："是呀，以前团转几个村寨大一点的事还不是找蒙数根？"何石匠还用"先生"称布根，尽管何石匠知道自己说的是实话，却也晓得不该这么说了，有几分尴尬。

游龙庭努力不让自己发火，说："照你这样讲，老百姓就该永远当牛做马？"

何石匠没有接游龙庭的话。游龙庭说："别的话都不讲了，今天就算正式告诉你，要是群众选了你，你不能跳进跳出地说我不干，听见没有？"

何石匠很响地打了几锤，算是对游龙庭话的回应。

离开何石匠家，黄冈说："这些新解放区真难做。"

游龙庭说："慢慢来吧，就这觉悟，咋办？"

游龙庭对乌丛的印象不好，往回走到龙塘，没有进那臭味刺鼻的破木屋，只在道旁大声喊叫"乌丛"。乌丛耳尖，很快拖双破布鞋"啪嗒啪嗒"地出来，见是解放的二号大官，旁边还有一位，往前跑几步，堆上一脸笑，说："家坐家坐，一定要进家里坐坐！"

游龙庭、黄冈站着不动，说："通知你，明天上午开会，早点来。"

乌丛生怕错过好事，说："要不要这下就克（去）？"

游龙庭说："是明天上午，不是今天。"

游龙庭、黄冈离开，过河，上半山找布劳兆。布劳兆有文化，家里还有个小知识分子，道理一说就明白，好办事。要完成打土豪分田地，成立农会这样的任务，少不得要用有文化的农民和这三个小知识分子。布劳兆成为农会领导成员，对开展工作有好处。但是，最让游龙庭放心不下的也是布劳兆。他政治面貌不清晰，让他进农会当领导，不是自己拿绳子往自己脖子上套吗？

游龙庭越想越怕，到看得见那栋歪斜的木屋和旁边铁匠棚的时候，还是停下步子，站一阵，沿原路下山。黄冈觉得奇怪，爬了两大个坡，都到木屋跟前了，为什么又不找这铁匠了？但黄冈服从惯了，没有问。回到者菩孙立志的厢房里，公冶新迎住，递给游龙庭一封信。信是赵书记来的，告诉他，解放前夕，清河县匪首赵新久、商道，带领一百多匪众往者菩逃窜，在者菩杀害铁拐李，轮奸并杀害布劳兆女儿也休，孙立志不但不知情，还是个受害者。商道、赵新久第二次带人进者菩，成立保乡团，布根是团长，布劳兆是副团长，目的是和解放军作对。商道、赵新久离开以后，保乡团设过卡，盘问过往行人；在路坎高处安檑木炮石，但防的是土匪，不是解放军。是什么性质的组织，没有结论。赵子青在信的末尾说："者菩和附近几个村寨的情况比较复杂，一定要认真对待。"同时附上赵新久、商道和乔长盛分别写的证明材料。

孙立志没有血债，这个问题弄清楚了，游龙庭却高兴不起来。没给保乡团定性，比定了性更难办，而且涉及那么多人。如果定为土匪组织，选入农会班子的人都在土匪名册上，这责任谁担得起！黄冈见他情绪不好，说："头，你

破荒 太阳从西边出来

怎么啦？"

游龙庭无法把自己的真实想法说出来，说："就算孙立志没有血债，但者砦和附近几个村寨的青壮年都进了保乡团，如果将来有一天，把保乡团定为土匪组织，我们又把他们弄进农会，你看要不要命！"

黄冈说："只有请区里定了。"

游龙庭说："就算孙立志不是恶霸，和土匪也无关，总不至于是村里的头号好人吧？为什么会有那么多人说他好？怎么做才既不伤害他，又斗了地主，分了田地？弄不好就走过场，我们都是立场问题。一成立场问题，就没好日子过了……"

黄冈说："还有满泡和布邦两家，看来定为地主已经不可能，能不能定为破落地主？"

游龙庭说："定这两家为破落地主没问题，他两家不当破落地主谁当？满泡家就老两口，有 30 多亩地，定他做地主也不亏。"

36

晚上，游龙庭和公冶新、康百龄、黄冈、何槐面对面地坐在桌前，商量农会成员名单。商量半天，终于定下农会成员人选。

游龙庭说："不管怎么说，不能犯立场错误。"

公冶新说："只能这样了。"

游龙庭让公冶新通知嘴嘴和老鹰岩尤弄、何石匠，何槐、黄冈通知龙塘乌丛、山那面人家满凯小儿子占约、布劳兆和者砦美香，游龙庭、康百龄在家处理杂务。被点名的人上午开会，定下农会成员名单；下午布置会场，准备第二天举行群众大会，宣布农会成立。游龙庭特别通知劳令、陈友斋、杨欢喜参加工作。

上午的小会在布根厢房楼上进行，尤弄、何石匠、布劳兆、占约、乌丛、美香六个人，站的站，坐的坐，七零八落。游龙庭做手势要大家坐下，说："坐下坐下，开个短会！"

山里人喜欢人多，人多就有伴，人多也就胆壮。到会的人没人能说出者砦和附近各村寨合拢来有多少人，但只喊这么几个人来，都觉得很"各样"（异样），跟着就有了莫名的担心和恐惧，不晓得跟着来的是福还是祸，布劳兆有一种奇怪的念头升上来：论手上功夫，就算这几个解放一起朝他下手，也占不了多大便宜，怕的是暗枪。他看三把盒子炮都挂在壁头上，放心得很。乌丛嗓门最响，端凳子，喊坐，活像这里的主人。

会议内容就一项：宣布候选人名单。游龙庭念完六个候选人名字，说了一番成立农会的重要性，说："经过调查、了解情况，反复考虑，把你们六人提出来作为候选人，六人选五人，不管选到谁，没选到谁，都要正确对待，你们有什么话，可以在这里说。"

山里人不晓得"农会"是哪样家什，也不晓得进去做哪样，只朦朦胧胧地觉得可能就像过去的保长甲长，抓兵派款，尽做得罪人的事。何石匠、布劳兆都老担心。上午你等我，我等他的等一阵，真正开会的时间只有一个小时。除了乌丛嫌短，到场的人都不习惯，站起来直扭腰肢，伸脚甩手，难受得一身酸痛。

会场布置，游龙庭要求要像模像样。他清楚地记起他爹被斗的场面：坝子中间有台子，台子上方挂了横幅，横幅上用白纸写"打倒恶霸地主游力发"几个大字，"游力发"三个字，用红笔打了大叉。游斗的时候，高帽上的"游力发"三个字，也用红笔打了叉，就像马上要拉去敲砂罐一样。这幅画面不时在游龙庭眼前晃动，痛得彻骨，恨得咬牙切齿。而且往往两者交加，自己也分不清是恨还是痛？痛谁？恨谁？他顽固地一定要按心目中的情景布置会场，成立农会之后，立即举行诉苦大会，斗地主，分浮财……

山里人家，家家山墙那里都堆了不少长长短短的杉木原木、板子、枋子，家里都有用来固定杉木原木的抓丁，而且，十有八九的男人会起木房子，打家具。斧头、锯子、墨斗、凿子、刻有尺寸的长竹竿；掌墨师既是设计师，又是领导者，还是高级手艺人，两三个人走天下；大到起房子，做嫁妆；小到打凳子、洗脚盆，全拿得起放得下。所以，搭个台子，实在不需要费多大气力。游龙庭让公冶新、康百龄、黄冈在村里作准备，他和何槐去玉田区请领导参加会议，借红布标，同时打听向文艺消息。

公冶新、康百龄、黄冈工作做得迅速而扎实。太阳落山，游龙庭、何槐和区委书记赖星光赶到者砦，台子已经搭起来了。台子两边用竹席围了起来，杉木皮盖顶，台子上方是挂红布标的地方；村寨里、台子周围，已经贴上红红绿绿的标语。虽然是戏台样子，但不说没有让山里人高兴的地方，倒有一种要出事的感觉。

破荒
太阳从西边出来

区委书记赖星光没有架子，很健谈。一路走来，闲聊不断。从闲聊中，游龙庭知道赖星光是随另一支部队进入贵州的。赖星光家庭并不富裕，祖祖辈辈没有出能人，父母希望他能有一番出息，光宗耀祖，拼命供他上学，他迷上了书，迷上屈原、李杜、曹雪芹、鲁迅、茅盾，梦想将来也要成为万人景仰、名垂千古的人物。可是，不知道怎么回事，在部队里写了一摞一摞的稿子，被采用的却极少极少。有人告诉他说："搞创作要有天分，可能你缺乏这方面的天分，另外选条路走吧，别一条道走到黑。"

赖星光不信，直到转入地方，当了玉田区委书记，忙得头昏眼花，也没有放弃写作。

他们都是当兵出身，说话没有顾忌，赖书记说："一个区长，不过是个营级干部。这样的小官，在部队里管屁用。在地方就不一样了，管一大片，当好大的家。上了任，党和国家就把这一大片交给你了，任由你摆布。这就是权给你的幸福，没权，是永远享受不到的。"

游龙庭一根敏感的神经被触动了，一被触动，就让他难受、不安、茫然，他说："我怕是永远也享受不到这种幸福了。"

"老天对每个人都是平等的，机会总是有的。"说着，赖书记说了自己的切身体会。他说，如果没有人提醒他放弃文学创作，他就有可能还迷迷糊糊地在这条路死走，直到碰得头破血流；如果自己不灵活一点，及时听取别人劝告，改弦更张，也不可能走上仕途。"现在是最需要干部的时候，走上仕途，前途无量。我现在才算明白，为什么总是那些钻投觅缝的人占便宜，就因为他们总是在找机会。要知道，机会是找来的，不是等来的。"

游龙庭说："我先天不足，不能和你比。"

"我们党和国家高级干部当中，出身不好的多了去。"赖书记说，"事在人为。"

"事在人为"，游龙庭反复推敲这句话，用它对照很多事，全对。游龙庭本来痛恨那些见风使舵的人，听了这番开导，也不那么痛恨了；不但不痛恨，还觉得情有可原。何槐走在游龙庭后面，故意拉开些距离，免得有偷听别人讲话的嫌疑。

他俩沿着一条不大的河边一直往里走，越走山越大，越深，路越难走。一路上人烟稀少，偶尔出现几户人家，差不多是破烂的木屋和茅草棚。赖星光在湘江畔长大，怎么说也比这山沟沟里富足得多。眼前这凄惶景象，他还是第一次见到，说："想不到这些地方这么穷。"

"有三个小村寨别说没有地主，连富裕些的人家也没有。"游龙庭说，"这种地方，怎么斗地主，分浮财，分田地？"

赖星光由乔长盛想到孙立志，说："者砦不是有两个文秀才，一个武秀才？"

游龙庭说："那个武秀才没有儿子，有一个姑娘远嫁湖南，就剩两个老人守30多亩田；另一个文秀才的儿子不争气，家败光了，顶多算个破落地主。"

"孙立志怎么样？"

"查清楚了，他和赵新久、商道带人去者砦抢人杀人没有关系。"

"他是地主，总没错吧？"

"不少农民说他好话。"

"什么好话？"

"说他肯帮人，谁家受了冤屈，他出头打官司。"

游龙庭把布根将劳令、陈友斋、杨欢喜托给玉田镇老岳父家寄宿，供吃供住和帮不少人打官司的事说了说，赖星光说："后坝在查林大梁的时候，有人就说过这件事，还说林大梁心不坏，肯帮穷人。这是个立场问题。在这大是大非面前，立场问题就是大问题。"

"立场问题"，像一根锐利的钢锥，刺得游龙庭差些跳起来，趁机汇报说："商道、赵新久在者砦和附近几个村寨搞保乡团，绝大多数青壮年都在册。"

赖星光说："这事我知道。闹土匪的地方，搞个保乡团，搞个花名册，男女老少都在册的情况都有。要看看有没有活动，有没有对抗过解放军。如果在土匪名单上有个名字就算土匪，怎么成？"

游龙庭急忙问："成立农会，能不能用他们？"

"能不用尽量不用。"

游龙庭脊背冒了冷汗，他估计"土匪名单"里不会没有者砦农会候选人的名字。都不用，者砦农会就别成立了；用，万一名单上有，咋办？游龙庭听说过"者砦保乡团名单"，但找不到下落。问过区政府，也没人知道。如果一直找不到也罢了，万一哪一天冒出来，又定为土匪组织，他游龙庭就倒八辈子霉了！头天晚上他还想："看来，孙立志真还不是坏地主，不如找几个人诉诉苦，开个斗争会，走走过场算了。就算孙立志能这样处理，保乡团名单问题牵扯几个村寨，直接关系到农会，又咋办？"

破荒
太阳从西边出来

他俩一路上边走边说，越说游龙庭越怕。看来，当头这碗饭不好吃。到龙塘，游龙庭指着路旁一栋破木屋说："这家有个人倒是很积极，就是有二流子习气……"

赖书记问："什么家庭出身？"

游龙听说："爷爷辈是有钱人，是村里大地主之一，父亲还是文秀才，不会经营家当，败光了，乌丛穷得老婆都讨不起，不知道该咋算？"

赖书记很肯定地说："不能算根正的贫雇农，划为破落地主也不亏他。当然，第三代了嘛，不能看做地主分子，表现好也可以用。"

什么样才算表现好呢？又一个难题摆在游龙庭面前。

游龙庭说到满凯三父子，说："这家肯定是三代贫雇农。"

"只要出身好，又积极肯干，就要用。"

"不少人对他们有意见。"

"贫雇农有这样那样的缺点不奇怪，看不起贫雇农就是立场问题了，《湖南农民运动考察报告》这篇文章不是讲得很清楚吗？要给大家讲，端正态度，坚决站在贫雇农一边，要不会犯错误。"赖书记说着，挺激动，游龙庭觉得没啥再问了，才说些别的闲话打发时光。

选举之前，赖书记发表了重要讲话。重点讲了农民协会是新中国农村基层政权，贫雇农要掌握刀把子、印把子，要翻身解放，要坚决镇压一切敢于反抗和破坏的阶级敌人。贫雇农第一次当家做主，难免有这样那样的缺点，是小问题；支不支持贫雇农工作，站不站在贫雇农一边，就是大问题，立场问题了。讲到这里，回头看一眼坐在主席台上的游龙庭，说，"你们游队长说，者耷还有人替地主分子说好话，拉拉扯扯地划不清界线，这就是立场问题了。不赶快转变立场，要犯大错误！"

山里人并没有完全听懂赖书记的话，也不知道什么是"立场"，要"转变"到哪里去，更不明白有没有农会和他们有什么关系。以前，催命似的搞保甲，搞了保甲，保甲长天天上门派这派那，拉壮丁，搅得村子里翻了天。成立农会多半不会有好事。赖书记讲完，游龙庭宣布农会候选人名单，宣布一个，叫一个站到台上去。宣布完，台上站成一排。按照事先的安排，一家派一个人到场投票。候选人每人拿只碗，手放在背后。投票人来到上台的地方，由公冶新发五颗胡豆，信得过谁，就投一颗胡豆在他碗里。

游龙庭听了赖书记的话，临时调整了候选人，他们是：嘴嘴尤弄、老鹰岩何石匠、劁猪匠陈跛子、半山占约、者耆美香。布劳兆由于有"立场问题"，换成了满凯小儿子占约；群众对乌丛反映不好，换成了陈跛子。农会领导班子由五人组成，候选人只有五人。有人想提布劳兆，问游龙庭能不能选别的人，游龙庭说："不要再提候选人了，就这五个。"

　　五个候选人，劁猪匠陈跛子得票最少，何石匠最多。选过，票多票少已经不重要了，重要的是进了农会，就成这一方的领导了，说话得听他们的。选罢，群众散去，游龙庭把当选的五个人叫到孙立志的厢房开会分工。首先是推选主席。尤弄、美香、占约推举何石匠，理由是何石匠肯帮人，心正，骨头硬；何石匠觉得肩上没担子什么话都好说，有担子压着就不好办了，拼命推举尤弄。尤弄只差向大家作揖讨饶，说他妈妈瘫在床上，人又年轻，不会讲话，出门都怕，当主席实在是为难了他，说："何大叔实在为难，就美香姐吧。"

　　游龙庭说："妇女委员会很快成立，她得当妇女主任。你让她当主席，你来当妇女主任？"

　　何石匠说："当妇女主任好讨老婆，看中哪个捞那个。"

　　占约以为何石匠说的是真话，说："要是这样，我当妇女主任。"

　　游龙庭说："别开玩笑了，抓紧时间定下来，趁赖书记在这里，好向他汇报。"

　　乌丛在门口站了一阵，这时，脑壳伸了进来，说："要是没人当，就我来吧。"

　　没见过这样的厚脸皮，候选人都不是，咋当农会主席？弄得大家哭笑不得。大家信得过的不想干，信不过的把手伸得老长。乌丛好对付，不理他完事；没人肯当一把手，作难了。游龙庭想一想，灵机一动，说："既然大家的意见说完了，会就开到这里吧，等领导研究了再公布。"

　　散会以后，游龙庭向赖书记作了汇报，赖书记说："这样的事也会有，扯淡，就定尤弄做主席，你找他谈谈话，宣布。"

　　游龙庭本来想说"还有土匪问题，咋办"？想想也不怕：第一，在路上问过过赖书记了，赖书记说"要看看有没有活动，有没有对抗过解放军。如果在土匪名单上有个名字就算土匪，怎么成"，也算是有了个明确的意见；第二，农会领导班子反正要经过区里批准，他担不了多大责任。要是很久都无法成立农会，他无法抽身不说，责任就是他一个人的了。这些想法，闪电似的在他脑子里划过去，回答说："好，就这样。"

赖书记很有气魄，很干脆，游龙庭又学了一招。

37

赖书记第二天才离开者耆，游龙庭说："孙立志有马，我让长工牵马送你。"

赖书记神色立即严肃起来，说："你的好意我领了，但是你要知道，这是犯错误的事。"想一想，补充说，"我还要提醒你，他家的任何人，你都不要碰。"

游龙庭不傻，一听赖书记这话，立即分辩说："龙庭虽然还没有成家，这点起码觉悟还是有的，请领导放心，绝不会在这上面犯错误。"

赖书记脸色还没有解冻，说："我们党虽然不是唯成分论，但是，出身剥削阶级家庭的人，有一个脱胎换骨的问题，不能不特别小心。"

赖书记说这话不是没有缘由。昨天，游龙庭和赖星光一起走进寨里，远远地看见梦月站在槽门外张望，望得很专注，以至游龙庭、赖星光和何槐离她很近也没发觉，于是，一张漂亮的脸蛋，幽怨而期盼的眼神就在这三个男人眼前暴露无遗。游龙庭带赖星光进厢房的时候，说："那是孙立志的儿媳妇。儿子叫孙文昌，结婚的第二天就离开家，听说经过赵书记介绍，参军了，这门亲事绝对吹了。你想，现役军人还敢要反革命分子的女儿？"停一停，问赖星光说，"你看，她漂亮吧？"

说实话，这样美貌的女子，赖星光还是第一次见到，首先动心的是他自己。但是他警告游龙庭说："我提醒你，什么错误都可以犯，就是立场错误不能犯。为一个女人犯立场错误，不值。"

当时，游龙庭很难堪。眼下为借马赖书记又重提这话，游龙庭不能不特别警惕，说："我一定不辜负领导关心。"

游龙庭要送一程，赖书记手摇得像扇扇子，连说"不用送了不用送了"，说："抓紧时间，做出成绩来，向党汇报，这才是最重要的，我等你的好消息。"

游龙庭想起者耆农会主席人选没能定下来，忙说："赖书记是不是听听我汇报农会主席人选的问题……"

赖星光打断他的话说："这种事，你们定了就是。你们这里是试点，我来是表示支持，不可能什么事都过问，包办代替可不好。"想一想，补充说，"这事你做主就行了，以后，权力要逐渐交给农会，你们工作队要抽出来，接受新任务。"

　　赖书记离开，游龙庭并不能像赖书记所期望的那样，很快投入下阶段工作，而是在桌前呆坐。跟赖书记接触这大半天受到很大的冲击，他不能不静下来好好想想。向文艺不是软绵脾气，也不是对工作缺乏热情，那么强调这是对待人，一定要耐心细致，要掌握好政策；而赖书记再三强调要站稳立场，要依靠贫雇农，要果断，要讲速度。他们强调的重点显然不同，是都正确，还是各有偏颇？哪些是正确的，哪些不正确？游龙庭被搅糊涂了。就说昨天选举吧，已宣布候选人，下面就有人骂，游龙庭没听懂骂什么，问站在身旁的陈友斋，陈友斋说："他们不喜欢占约进农会。"

　　游龙庭问："为什么？"

　　陈友斋说："说他没个人样，要是他进来，就成光屁股农会了。"

　　如果老向在，是要提布劳兆做候选人的。是用布劳兆对，还是用占约对？实在说不出个一二三来。时间不允许他左右摇晃，必须选定一条路走。想去想来，觉得服从大道理不如服从现管。他面对的不是大道理，而是直接上司赖书记。上司不认可，就算很正确，又有何用？就算老向是县委书记，管着赖书记，老向要求那样做，赖书记要求这样做，一个现管，一个管着现管，可还得听现管的。至于领导和领导之间有皮扯，那是领导的事。

　　游龙庭不再犹豫，告诉公冶新说："通知农会那五个成员，下午开会。我去嘴嘴、老鹰岩通知那三个人，你通知山那面占约。"想一想，还是觉得该和黄冈、何槐、康百龄商量商量为好。游龙庭把他们四个人叫到一起，简要地说了说想法，征求意见说："你俩看这样行不行？"

　　黄冈说得很干脆："赖书记的话，肯定代表区委，没什么行不行的，照办就是。"

　　游龙庭说："你说得更省事，不用动脑筋。"

　　康百龄补了一句："下级服从上级，上级怎么说就怎么做，需要动脑筋吗？允许你动脑筋吗？"

　　游龙庭吓了一跳。这两个平时不爱说话的战士，竟有这样深沉的认识，而且是工作中不犯错误的最好办法。但是，游龙庭没有说他们的话是对的。要是说了，就有消极对付的嫌疑。如果这顶帽子加在自己头上，难说不是立场问题。

果然如游龙庭所料，会议进行得很困难。他刚讲贫雇农要翻身，要打倒地主阶级，占约就跳起来，解下腰间的绳子，冲出厢房。游龙庭见情况不对，又不敢制止。好一阵，才跟公冶新、康百龄、黄冈说："你俩快去看看。"

昨天晚上，乌丛去找占约，说："再不动手，人家就把好处都拿走了。"

乌丛编了一通瞎话，说进农会的那些人都把好田好土号上了，布根把地契都交出来了。尤弄年轻，饿×，要了梦月。占约本来是耗子胆，木脑壳，不会想事，被乌丛拨动了，说："那咋整？"

乌丛说："明天你们开会，我在槽门外等你。你带根绳子，趁开会的时候捆那两口子一绳子，看他们咋整？"

占约有点怕，乌丛说："解放在这里还死卯一个，往后你就认命吧。"

占约想想也是，一辈子怕，一辈子穷，倒不如干他一回。他说："要得，我听你的。"

一个再蠢不过的谋划，就在满凯棚子的外面完成。

这阵，公冶新、康百龄、黄冈先去布根木屋，没有动静。见有几个光脚板娃崽朝开大会的地方奔跑，公冶新、康百龄、黄冈跟去了，才发现两根台柱上捆着两个人，一个是布根，一个是布根老婆林素雅。这时，旁边已经围了一些人，乌丛冲布根"哇啦哇啦"地叫喊，公冶新、康百龄、黄冈听不懂他叫喊什么。如果向文艺在，肯定不允许捆人，但他已经离开。公冶新不敢耽搁，让康百龄黄冈看着，防止出事；自己赶忙回来，把游龙庭叫到外面，说了这事。公冶新等游龙庭发话，游龙庭想了一阵，说："你把他们叫回来开会。"

公冶新返回开大会的地方，一个老者挥舞大棍，朝乌丛、占约冲来。这驼背老者手里的油亮棍子和胳膊一般粗，舞起来"呼呼"的响，打着谁，不是脑袋开花，就是折胳膊断腿。公冶新吓坏了，大喊一声："不要乱来！"

康百龄奔去抓老者胳膊，没抓住；老者手里的大棍舞得呼呼响，眨眼间，来到乌丛跟前。还好，老者没有朝乌丛头顶下棍，而是一手拿棍，一手抓住乌丛衣领，提了起来。这时，黄冈赶到跟前，他眼前闪现有功夫的人摔死对手的场面，不顾一切地吼叫："放手！"

老者没有举起乌丛，而是推了一下。这一下，乌丛被推出去一丈多远，又重重地摔在地上，半天才爬起来。老者这样对付乌丛，居然没人解劝。老者不解恨，一个箭步，朝占约冲来。占约稀里糊涂地挨了一耳光，鼻子、嘴都流了血。老者还要打，被人隔开了。

老者的脸黑得怕人，眼睛也红了。公冶新这才看清楚教训乌丛和占约的人是武秀才满泡，平时背驼得厉害的老人，紧急时候居然这么厉害，是公冶新他们没想到的。隔开满泡的是布劳兆。老者被布劳兆制止了，才没有发生惨祸。公冶新、黄冈没听懂布劳兆和满泡说什么，见满泡虽然还气呼呼的，却没再动手。

乌丛从地上爬起来，满泡指着他鼻子吼叫，公冶新虽然没听懂，但他猜得出是要他解绳子放人。公冶新大声说："谁叫你捆人哪，放！"

乌丛、占约解开布根、素雅身上的绳子，公冶新见李大力、乔梦月在场，说："招呼他俩回家。"康百龄、黄冈怕出事，护送布根、林素雅回屋。

游龙庭也赶来了，孙立志两口子走过身边的时候，他发现孙立志的脸上留下了好些指印。游龙庭很生气，告诉公冶新说："会议暂停，先处理这件事！"

公冶新觉得不该随便动手打人，朝乌丛、占约叫喊："去办公室！"

公冶新告诉满泡说："你不能走，去办公室。"

满泡用生硬的客话（汉话）回答说："不用你讲，我也要去。"

是布劳兆把满泡隔开，占约才没有伤筋动骨。布劳兆作为证人，被请去办公室。蔡蓝氏打猪草回来，从布根、林素雅被捆，到满泡被布劳兆隔开，事情的头头尾尾都看见了，跟来作证。有的农民是半道看见的，也要来说几句公道话。公冶新把大家领进布根印子屋的天井里，乌丛、满泡还在吵，游龙庭火了，黑着脸说："没地方讲道理是吧，就打吧，我不管你们，让政府来管！"

布劳兆用侗话喊叫："巧，巧夺西忙，听可刚！（吵什么吵，听别人讲）"

满泡和乌丛不吵了，游龙庭才说："还吵不吵，不吵了我说。"

康百龄、黄冈等李大力、乔梦月把布根、林素雅扶进家才赶回来。

没人再说话，游龙庭说："到底是咋回事，乌丛你先讲！"

乌丛翻翻白眼，说："老地主、地主婆是我和占约捆的。"

游龙庭说："谁叫你捆人？"

乌丛分辩说："让他老实点。"

占约说："系某右肴主的。（是他要我捆的）"

游龙庭问布劳兆说："他说什么？"

破荒

太阳从西边出来

布劳兆说给他听，游龙庭问乌丛："咋回事？"

"就系（是）欧某老细溺。"（就是让他老实点）

满泡发红发亮的铁砂棍戳在地上。虽说已70岁出头，急起来脖子还青筋直暴，说："我只想问，是不是可以随便捆人？"

乌丛说："他打我。"

"我问你为什么捆人？"

"……"

"你讲谁打你？"

乌丛指满泡说："他。"

蔡蓝氏证明说："满公没有打乌丛，只推了他一把，没站稳，摔倒了。"

占约知道自己错在先，不敢说满泡扇他一耳光这话。游龙庭问还有话说没有？等一阵，没人再说话。游龙庭想想这事实在窝囊，全是不争气的两个家伙惹出来的。挨了打，村民不说没有站在乌丛、占约一边，反而倒向孙立志和这武秀才一边了。满泡该不该划为地主，还在两可之间。气焰虽嚣张，但是，能把他怎么样？倒是占约这个农会成员让他作难。不迟不早，就在这节骨眼上出纰漏，是留他在农会好，还是另选？要是另选，又该选谁？

游龙庭又气又恨，叫乌丛、占约留下，狠狠地尅了他俩一顿，说："好好想想自己的错误吧，占约能不能在农会，得由区里定了……乱弹琴！"

晚上，游龙庭写了一份请示报告，交给康百龄，让他第二天去区里一趟。

38

几年以前，乌丛在湖南一个小乡镇上赶场，摸女人的大胯。没想摸的不是那类吃了亏不敢吭气的女人，不但大喊大叫，还一把把他揪住。女人身旁转出个男人，照他脸颊一拳，打得他眼冒金花，眼泪鼻涕直流。这还不算，把他一索子捆了，像牵狗一样牵进附近的村寨，拴在村寨门口的风水树上。那天，邦里也在乡场上，这老实人跟进村寨，求爹爹告奶奶地央求放人，那女人说："我那里是好摸的？拿10块现洋来就放人。"

邦里求天求地，说："摸一下也不蚀什么，你大姐就是让一半钱我也要求人借去呀……"

女人看邦里那样子确实没敲头，让了5块。乌丛哭着说："哥，求一下蒙数根吧。他要不亲自来讲讲，放了我，人家会看他面子的；要不借 5 块大洋把我赎出去，要不，我就没命啦……"

邦里当天赶忙去找布根，又连忙赶到街旁边那个村寨寨口，告诉乌丛说："以后你就忍点吧……蒙数根讲了，这样的事，他没脸出面，钱也不借。"

这夫妻俩也不过出出气就算了，只捆在树上，并不看守，由他自己跑人了事。乌丛见旁边没别的人，叫邦里快点给他解索子，连夜不要命地跑回家，进了家，抗死堂屋大门，还浑身乱颤。骂了那女人，还骂布根见死不救。

后来，他收留了个女要饭，被湖南一个后生拐去，布根出头替他打了官司，谁知隔省官司更不好打，输了，布根贴了工夫贴了钱不说，乌丛还认定是他不用心，要不，怎么有理的官司也打不赢？怨恨加误会，乌丛对布根恨到家了。要是平时，就是做梦，乌丛也不敢碰布根一指头。有了这千年难逢的机会，能不出这口气？再说，不叫他进农会，他也憋了一肚子火，一定要搞出点动静来让解放看看。本来，乌丛还不敢贸然行动，昨天，公冶新通知占约开会，让他知道了，去找占约，才出了今天这一台事。

占约以为成了农会的人，要咋做就能咋做，没想到挨了一大嘴巴。满泡下手真狠，不多工夫，左脸肿起来老高，牙疼得"嘻呼嘻呼"的直吸冷气。

乌丛摔在地上，仿佛听到身子散架的"吱嘎"声，差些噎气。一阵晕乎过去，乌丛试着动动身子，还能慢慢站起来。他真没想到，40 多岁的人被个 70 多岁的老者整得这么惨，除了一肚子窝囊气，还丢死人了。

乌丛不光挨操一家伙，还挨游龙庭一顿臭骂，憋一肚气没处出。心想，开口闭口说贫雇农当家做主，翻身，不过是哄鬼。对解放的好感一下减去大半，前途也变得渺茫了。他除了窝在哥哥偏房里，无处可去。而想起那破木屋，那些侄子侄女的嘴脸，嫂子不时说气话，甩火钳、锅铲，让他难受。他想象着一索子捆了布根，后面有工作队撑腰，他乌丛从此可以在村子里吆三喝四了。没想刚抬手动脚，就当头挨了一闷棍。

乌丛走出槽门没几步，被人叫住。乌丛侧身看，一个拿一根粗棍的弓背老者站在道旁。真没想到，满泡还在这里等他，难道还要动手不成？夜黑乎乎的，乌丛吓得不轻，连滚带爬地往厢房游龙庭的住处跑，边跑边喊："救命哪!"

游龙庭赶忙摸电筒出来照看时，发现是乌丛。乌丛跑到游龙庭跟前，结结巴巴地说："他他他……他还在门口……"

游龙庭问："谁呀?"

乌丛说话也不利索了，说："满……泡……"

游龙庭不信满泡会做出什么事来，跟乌丛一起往槽门外走。这时，一个拿粗棍的弓背老者走进来。乌丛仗他在工作队长身边，不怕，大声说："老者，你个地主，敢动老子一根毛，老子不告你，是你日出来的!"

满泡抬起头，见是个穿军服的人，停住步，说："领导，我想当你的面，跟乌丛讲几句话。"

游龙庭不能拒绝送上门来的思想工作，让满泡和乌丛进兼卧室的办公室，指指靠壁头放着的两条凳子，说："坐，有话就说。"

满泡不坐，说："领导，你是外乡人，不晓得者砦的事。者砦人没哪样好，就认个理。讲得在理，哪样事都好办;不讲理，就是不行。布根是该剐还是该杀，还是该坐牢，衙门判了才算，你乌丛、占约是哪个衙门派来的官，敢动手捆人，有王法没有?"

不管跟着会把满泡定成什么成分，戴什么帽子，眼下，游龙庭无论如何不能否定满泡的话是正确的，要是让大家胡来，他游龙庭吃不了兜着走。他说："老人家，你放心，今天的事，是乌丛他俩的不对，要严肃处理。"想一想，说，"老人家，不是我说你，你今天也不该动手，你是学武艺的，他这身板，经得起你摔吗?"

乌丛趁机"哎哟哎哟"的叫唤，说他腰杆一定断了，痛得恼火，游龙庭没给他好脸色，说："不要叫，再叫我送你俩去区里!"

乌丛听说要送区里，吓出一身冷汗，说："队长队长，我不去呀，我不去呀……"

游龙庭恨恨地说："乱弹琴!"回头对满泡说，"老人家，就这样吧，你要相信政府，晓得啵?"

满泡、乌丛还没离开，李大力奔来，说："队长，太太她……死过去啦……"

真是晴天响炸雷，游龙庭被炸晕了;满泡疯了似的直奔布根屋里，乌丛两条腿软得只差跪下去……

164

39

大力把素雅轻轻地放在床上，素雅只有出的气，没有进的气。

素雅胸口本来经常痛，呼吸不畅。自从赵新久、商道带一伙人进村寨搅那一台，之后又来第二次，把值钱的东西掳光，连下锅米也没留。麻烦是亲家惹下的，梦月是她喜欢的儿媳，不说不能埋怨，也不好挂在脸上，只好闷着，心头痛的毛病越犯越频繁。想念儿子，担心布根、梦月，一天天把她逼向绝境。被乌丛、占约一人一根索子捆了，拖到台前。乌丛捆她在柱子上之前，说："想不到你们也有这一天，人是三节草，不知哪节好啊！"

林素雅气坏了，朝乌丛脸上啐了一口。乌丛抹一把脸，说："今晚上你要肯跟我睡，搞一百下，就放你。"

林素雅又狠狠地吐乌丛一口，一阵晕眩袭来，昏了过去……

村里没人会看病，布根更不懂。大力说："东家，我连夜去玉田街上请郎中吧，晚了，怕赶不上了。"

布根家本来人口不多，厨娘吉么嫂回家参加土改去了，幸而大力没有离开。大力养了几只鸡鸭，时不时有鸡蛋鸭蛋，炒了改善生活。种了块菜地，还能从菜地里摘瓜瓜、豆豆、白菜之类，谷子也还有，由大力和梦月一起慢慢舂了，簸净，凑合着弄来吃。虽然很久没有载星的来信，梦月心里像十五只吊桶打水，七上八下，但她不能撂下两个老人不管。尽管过一天比过一年还长，她还是咬紧牙关，一天一天地过下来了。在这种要命的关口，唯一还愿意帮布根的只有大力。如果大力、梦月不得不离开他，如果素雅先他而去，布根即便自己不结果自己，也必然被折磨而死。

但布根不能不尽力救素雅，他说："大力，你迟早要离开我这里，去奔自己的好前程，就算相识一场，帮最后一次，救救我内人吧……"说罢，老泪纵横。

大力说："我哪里也不去。"

布根说："走还是要走的，你家乡一定也在土改，你不要在这里跟我一起受苦。只是求你再帮一段时间……"

大力说："我不会走……人要讲良心。"

布根心里像是被什么狠狠地撞了一下。这时，大力已经出了房间门，准备到后院去牵马。布根跟出来几步，说："你要安全回来，要不，我这辈子没法安生。"

布根见梦月坐在床边，心里刀搅似的难受。梦月说："我去熬点稀饭，看妈能不能吃一点……爹，你也一天没吃东西了。"

梦月不会烧柴火，弄得鼻涕眼泪直流，才勉强烧着，把鼎罐架在火上，放水放米。

林素雅气息越来越微弱，布根死死地盯住她的脸。他不知道素雅游丝一般的气息是什么时候断的，但他看见跟他一起生活了 30 年的妻子，在昏暗的煤油灯下，脸渐渐变成死灰。一阵晕眩袭来，布根身子一歪，倒在地上，就什么也不知道了。

梦月好不容易做熟带烟味的半鼎罐稀饭，盛了两碗，夹两筷子炒老酸菜，端进房间，见公公倒在地上，吓了一跳，一稀饭碗掉在地上，洒了一地，慌忙放下另一个碗，来扶布根。可怜梦月力气小，没法将布根抱到床上来，只好从柜子里找出被子，垫着，把布根慢慢移到被子上。再来摸摸婆婆的手，婆婆的手已经凉了。在这个完全没有希望的屋子里，没人能帮她，她也不知道害怕，唯一希望大力快些回来。她已经一天没吃下什么，勉强吃下半碗稀饭，便坐在布根身旁守候，一声一声地呼喊："爸爸……爸爸……"

鸡叫头遍，"喔……喔……"，声音悠长而寂寥。这印子屋空旷而恐怖，仿佛是一块宽阔无边的墓地，只有活动着的幽灵。这一声鸡鸣，就是幽灵的哀鸣。布根终于苏醒，长长地哼了一声："哎……"

梦月往布根身边靠了一步，说："爸爸！"

布根勉强撑起身，说："梦月，你好可怜……"

梦月安慰说："爸，走的已经走了，活着的要好好活下去，世界上没有过不去的坎……"这完全是处变不惊的话，梦月自己也奇怪，怎么一下就变得这么成熟了？

稚嫩的梦月会有这样宽阔的胸襟，布根稍感欣慰，说："载星一直没有信来，他成了解放军，不会认这个家了，你不能老守空房，误了你……你婆婆没了，你不用管我这个半截入土的人。这事仅仅是开头，往后还不知道要遭多大罪。你在，爸放心不下。你有着落了，爸就不怕了，横顺就这条命，无所谓……"

梦月伤心地抽泣一阵，擦干眼泪，说："爸，你什么都不用说。不管载星

166

回不回来，我都不离开你。这个时候离开你，梦月没脸活在人世上。"

天亮好一阵，厢房有了动静，梦月说："爸，我家出了大事，还是要去报告游队长。"

布根想想，说："没用。"

梦月格外固执起来，说："爸，管不管是他们的事，报告不报告是我们的事。"

布根完全成了另外一个人，怕解放军，怕村子里所有的人，就是不怕死，巴不得在某个时候突然死去，被打死，折磨死，或者自己病死、吊死，全都一样，只求快一点。他说："梦月，你去找他们，小心一点。"

梦月说："爸，不怕。谁要是敢欺负梦月，梦月就跟他拼。"

布根几乎是哀求地说："不能啊，梦月……"

梦月已经迈步出门。

游龙庭正在天井的水沟旁刷牙，满嘴冒白沫，梦月等他"呱嗒呱嗒"涮过牙刷，"噗"的一声吐掉嘴里的水，才说："昨晚上，我妈死啦……"

游龙庭认得这漂亮的女子乔梦月是孙立志媳妇，她说的"妈"，自然是孙立志的老婆了。她的死，肯定和被捆在柱子上，受到刺激有关。游龙庭愣了一下，立即用手抹去满嘴泡沫，不敢怠慢，说："走，看看去。"

游龙庭和乔梦月一起，快步来到布根家。大力已经回来，镇上草药铺郎中和李大力一起，打电筒走了大半夜，赶到印子屋，素雅早已断气。布根感谢不尽，取出五块银洋谢他，郎中说："我半夜赶来，为的是救命；要是为钱，是不会来的，可惜我没赶上。"

堂屋前一块空地上，一块门板放在两条长凳上，素雅遗体停在上面，盖上白布。布根坐在一旁发呆，见游龙庭进来，幽幽地说："她死了……回到家不久就死了……"

游龙庭说："人过世了，按这里的习惯，该怎么做还怎么做，我们不干涉。"

布根很想说："都这样了，还能做什么？"想归想，却不敢说出来。他知道说了不满意的话会是什么结果。

天快黑的时候，游龙庭离开布根家，公冶新回来，带回赖书记的原则性的意见，说："如果群众印象很差，就不要勉强。把不够基层干部条件的人弄进农会，发展成党员，会自己搞垮自己。"

游龙庭庆幸没有匆匆忙忙宣布农会成员名单，要不就更被动了。公冶新听说布根老婆林素雅死了，说："这事和乌丛他俩捆人家一索子有没有关系？"

游龙庭说："刚捆一索子就死了，能说没有关系？"

公冶新说："怎么办？"

游龙庭说："我要亲自去区里一趟，向赖书记汇报。对这两个人，该怎么处理就怎么处理，绝不姑息。"想一想，说："我们不参与他们的丧事，只要不胡来，要吹吹打打就吹吹打打，随便他们。"

山里人很看重人与人之间的和睦相处，看重互相帮忙，不在意谁家是什么出身。有人不在了，总不能不闻不问。到下午，布根家陆陆续续地来了帮忙的人。布劳兆、何石匠、劁猪匠陈跛子等人都得过布根帮忙，郑何氏和鸢娥两母女捉了一只鸡来，添着做菜，招待来帮忙的人。布劳兆、荷青、劳令也来了。写亡幡、灵牌……都是布劳兆两父子的事。荷青和蔡蓝氏一起，替亡人擦身、穿衣服、装棺材、点长明灯、烧香化纸。何石匠还找来几个吹吹打打的朋友，带来锣、鼓、钹、镲、唢呐之类。布根很感动，紧紧地抓住何石匠的手，说："我都成这样了，你还这样看得起我……你的心我领了，还是别敲敲打打了，免得给大家找麻烦。"

何石匠理解布根的心情，跟伙计们说："既然这样，就免了，来看看，也是个意思。"

尤弄也来了，他是和几个年轻人一起来的，都带了锄头、撮箕之类，由大力带到原来选定的阴宅，下力挖坑去了。太阳落山的时候，素雅弟弟林公卿和田运桃一起来了。两家各自送些薄礼，和布根见了面，叹息一番。

第二天，不吹不敲不打，不放鞭炮、铁炮，只有梦月一个人戴孝，举引魂幡，用孝带牵引着灵柩，走在前面，后面跟着百来号人，默无声息地移动步子。虽然冷清，却也是布根的吩咐。素雅活着的时候，对人不错，大家记得这两口子的好处，送行的人实在不少。

送到墓地，下葬，直至全部结束，鸢娥一直跟在梦月身边，往回走的时候，她断断续续地跟梦月说："梦月姐，大妈走了，载星哥没有回来，你要是酿（闷）了……就来……我和你进山，捡菌子、板栗……这两天还有板栗……我陪陪你……"

梦月自觉矮人一截，有鸢娥这样体贴的话，鼻子酸酸的想哭。离开墓地的时候，梦月看见了劳令，劳令也看见了她。他俩故意走在后面好说说话。梦月很担心还有更多更大的事发生，说："你不是说，像公公婆婆这样的人还有出路吗？"

梦月本来把劳令的话当圣旨了，现如今他的话不但没能兑现，灾难反而突然降临。说实话，他的信心只建立在对解放军的好印象上面，建立在解放军和保安团的对比之中，断定蒙数根这些人还有出路，实在说不出更多理由。但他能说相反的话吗？他忽然冒出一句话，说："我去找游队长，乌丛他们乱搞，不能就这样完了。"

梦月吓坏了，说："不行不行，你千万不能去说。"

劳令说："为哪样？"

梦月说："梦月求你，你千万不要去说，现在已经说你爹跟地主划不清界限，你还嫌不够？"

劳令说："我不怕。"

梦月说："问题是讲了也没用……你再搭进去，梦月就更没望头了。"

劳令沉默了，他的步子和心情一样沉重。

40

赖星光在自己的办公室里看文件，见游龙庭那慌慌忙忙的样子，猜想肯定出了什么事，让游龙庭坐在对面，同时泡了一杯茶递过去，说："说吧，什么事？"

游龙庭极力让自己平静下来，说："都怪我疏忽大意，出事了。"接着，他把乌丛、占约捆孙立志夫妻，林素雅当夜去世和满泡把乌丛推倒在地，占约挨了一巴掌的事做了扼要汇报，赖星光神色冷峻得让游龙庭害怕。

赖星光希望下属大刀阔斧地工作，希望快些出成绩，他总是强调社会大变革，大运动，谁都没有现成经验，都是干中学，不要怕犯错误，要看主流，看大节，不要抓住鸡毛蒜皮的事不放，却也特别怕出事，特别怕在运动中死人。出了人命，上面要追查，弄不好要停职检查，不管取得多大成绩，都得打折扣，甚至全部抹杀。那天到者耆，在群众大会上讲话，和游龙庭交谈，他强调了放手发动群众，站稳立场，保护贫雇农，忽略了要严格执行政策，更要注意教育贫雇农，特别是农会领导班子，结果出了这样的事。他说："不管死的是什么人，是怎么死的，都得追查原因，总得有个交代，我有我的责任，你有你的责任，是必须分清的。这样吧，你报个材料来再说。"赖星光说着，站了起来。"在运动中死人，你们是第一个，影响太坏，绝对不能再发生！"

游龙庭说："占约是农会领导班子成员，这样做肯定是不行的……捆了也是事实，还有人检举说，乌丛当孙立志老婆的面说，你肯跟我睡一晚，搞一百次就放你……"

赖星光暴怒了，说："混账，这样就非处分不可了！"

游龙庭从来都小心翼翼，一点一点地挣好表现，挣成绩，做梦都没有想到会和事故连在一起。这件事如果在个人档案上记下一笔，成了永远抹不去的污点，这辈子就算完了。游龙庭几乎被吓瘫了，说："我马上回去开会，好好整治这两个不做好事的家伙。"游龙庭说着，就要起身。

赖星光说："选进了农会的和没被选进农会的，还是要区别对待。"

游龙庭说："好。"

赖星光说："现在是吃午饭的时候了，再急也不能饿着肚子走。你饿着肚子走几十里，垮在半道，我赖星光就跳下黄河也洗不清了。"

所谓午餐，也就是让区委小食堂炒两个素菜，打来两碗饭。但对游龙庭来说，比吃大鱼大肉还要受用。他想，要是这错误犯大了，还会请吃午饭吗？

游龙庭边往回走边想处理办法。死了人，问题到底严重。至少，在讲成绩的时候，有了不小的瑕疵。要保护贫雇农的积极性，并不是要保护他们的错误。他想："在大会上批评教育这两个人，挽回影响。这样，不但自己没了责任，还体现严格执行政策的态度。"游龙庭很得意自己能想到这一层，轻松不少。

回到者砦，公冶新、康百龄、黄冈、何槐汇报了不少村民来帮布根料理妻子后事，连尤弄、何石匠、劁猪匠陈跛子、美香也来了；布劳兆家来了三口人，忙进忙出；乌丛侄女鸢娥和梦月粘在一起。虽然没有放炮，吹吹打打，送葬的人还真不少。游龙庭听了，又感到事情并不那么简单。这种不简单，还不是因为死人，而是地主婆死了，有那么多人帮忙，说明布根在者砦和附近几个村寨的根子很深。

游龙庭先向公冶新、康百龄、黄冈、何槐传达了赖书记的意见，说："说说你们的意见吧。"

公冶新说："你走了，何石匠才告诉我，乌丛这样做完全是报复。"接着，公冶新把几年前传得沸沸扬扬的乌丛风流故事说给游龙庭听。

游龙庭一听就上火，说："公报私仇，这就更不行了！"

游龙庭问："占约也参加捆了，又是怎么回事？"

康百龄说："可能就是赖书记在会上讲那些话，把他鼓动起来了。加上这个人头脑简单，听了乌丛怂恿。"

游龙庭想，如果真如公冶新、康百龄说的那样，死人就和领导的工作有关了，幸而那天他只讲了开会的内容，别的什么也没说，即使要追查责任，也追查不到他头上。

何槐补充说："还有，听说乌丛收留了个要饭的女人，那女人跟他过了一段日子，嫌他太懒，跟人跑了。乌丛求孙立志替他打官司，没打赢，怪孙立志没有真心帮他。"

游龙庭心里涌起鄙夷情绪，这种情绪，像洪水泛滥，足以把他推回他爹那方面去，他不得不警醒起来，说："真没想到，这种地方，也这样复杂。"

公冶新说："不如先和尤弄、何石匠摆谈摆谈，听听他俩的意见，再做处理。"

游龙庭回到者砦的第二天，找了几个农民聊聊。回到印子屋的厢房里，中午已过，弄熟饭，吃过，日已偏西，游龙庭看看天色，说："去嘴嘴吧。"

尤弄大约做活路才回来，光着上身坐在门口歇息。见游龙庭、公冶新、康百龄三人，不但不起身，还气鼓鼓地说："搞农会，就是这样乱搞？我不来了。"

游龙庭牢记不能犯立场错误的话，忍住不发火，说："我们也算是客人吧，不让坐坐？"

尤弄很勉强地搬出两个坐团，游龙庭、公冶新、康百龄坐下，游龙庭说："你看见的，乌丛、占约出去，我和公冶新几个都不知道他们去干什么。我担心出事，让公冶新、老康、老黄赶忙去看，才知道出了事，我跟着也去了，领导是坚决执行政策的……"

公冶新也说："是这样。"

尤弄态度和缓下来："占约是什么好东西，他也配进农会？他在我就出来。"

游龙庭有些忍耐不住，说："尤弄，我告诉你，要不是共产党毛主席领导人民翻身，不要说你进农会，连说话地方都没有，不要动不动就说不干！"

尤弄也牛起来了，起身，拿起扦担和柴刀，气冲冲地离开，把游龙庭、公冶新和康百龄剩在那里。

游龙庭很生气，公冶新反倒安慰说："农民的事情最难办……不过，话又说回来，不难办就不叫农民了，也就不需要我们这些人了……"

康百龄也劝，说："贫苦人当家做主，这都是太阳从西边出来的事，不可能顺顺当当。"

游龙庭升上来的火气没能压下去，说："走，找何石匠谈谈。离了张屠夫，就吃混毛猪？"

他们三人没走多远，在半道碰上何石匠。何石匠是为死人的事去找工作队的，错过了。何石匠在游龙庭身后叫喊："是游队长不是？"

游龙庭回过头来，见是何石匠，说："我们正要去找你。"

何石匠说："我还说去者砻找你们哩。"

游龙庭说："随便在哪里坐坐，说完事情就走。"

路旁正好躺着几根剥得溜光的杉原木，四人随意坐下，何石匠开口说："游队长，你是领导，你讲讲，农会是拿来搞哪样的？"

游龙庭想想自己已经讲了农会的性质，怎么到现在还弄不明白？他反问说："你讲呢？"

何石匠说："要是真的是为穷人翻身做事我就来，要不，以后不管大事小事，你们都不要找我。"

"为什么？"

"我见不得农会里有占约那样的人。"

"为什么？"

"他是个木头脑壳，别人咋说他就咋听，他进农来干哪样？"

何石匠和尤弄都看不起占约的为人，恨他一进农会就搞出这么大的事。乌丛是什么人，打过别人的狗，偷过别人的鸡，摸过别人婆娘的大腿。谁的话不能听，就听乌丛的怂恿？看来，这几个村寨百姓对他俩印象都不好，的确不够一个正儿八经的依靠对象。游龙庭想，再去区里的时候，他要跟赖书记汇报，取消占约进入农会资格。少一人，空着，也报请区委审批，以便正式成立农会。他把话题转到为什么死一个地主婆，会有那么多人帮忙料理后事这件事上来，说："听说昨天来帮忙的人不少。"

何石匠说："人活在世上，人家有了难事，不伸手帮一把，还是人不是？布根就帮过我。人家对我好，我不能忘记。再说，很乱的那些日子，是布根带领大家七（吃）血酒，起款，保村寨，对大家好，他家有了大事，能不来？"

游龙庭接了一句："他还是保乡团团长，保乡团是不是土匪组织，上面还没定性呢。"

何石匠横了，说："要蒙数根是土匪，那我也是，大家都上名单了。连遭两次劫难，哪个不想保家？"

康百龄说："那是土匪头子商道和赵新久干的。"

何石匠说："是哪个干的我们不晓得，只晓得是蒙数根和铁匠领的头，就进去了，就是这样。"

游龙庭说："别忘了，他是地主分子，林素雅是地主婆，是打倒对象。"

何石匠看定游龙庭的脸，说："我觉悟低，不懂，麻烦游队长讲讲，你讲的'打倒地主阶级'，是不是要把地主都杀了？"

游龙庭火了，说："我没有这样讲。"

何石匠并不怕游队长发火，说："既是不杀，就得让人家七（吃），让人家睡，人家没杀人放火，为哪样要捆人家？"

康百龄说："那是乌丛和占约两个人干的，公冶新和我们三个去制止了的。"

"刚才听你讲话的意思，好像人家死了人，就该臭在家里，不该帮忙把人埋了？"何石匠又提起新的话题。

游龙庭说："我没有这样说。"

为死人这件事，何石匠憋了一肚子气，要是游龙庭再说不入耳的话，何石匠真会跳起来骂人。游龙庭知道不好再说下去，便说："顺便通知你，明天上午开会，你和尤弄一定要到。"停一停，说，"你横竖要过嘴嘴，叫尤弄一声，别忘了。"

第二天早上，何石匠早早就在尤弄草棚外面喊"尤弄"，尤弄边系裤带边出来，说："哎，你个鬼老者这样早，捡金元宝去是不是？"

何石匠说："金元宝是没得捡的，要去办件事倒是真的。"

尤弄说："哪样事？我今天要去赶场哩。"

"改天赶不行？"

破荒
太阳从西边出来

"几天没盐七（吃）啦，你拿给我？"

"拿给你就拿给你，讲了就是。"

"你哪样卵事这样重要？"

"去了就晓得。"

"莫不是去找相好吧？"

"憨得很，我找相好还要你跟去？"

"也是。"

何石匠有过老婆，何石匠老在外面干活，老婆年轻，耐不住守空房，丢下个娃崽，跟人跑了。爱跟他开玩笑的人说："石匠那家伙像马一样，人家受不了，跑了。"何石匠心里明白老婆跑的缘故，他不能没有这养活自己的手艺，不能不离家在外干活。老婆离开以后，他把崽带在身边。苦是很苦，却没打算再找。这时，尤弄提起，何石匠心里就有些活动，说："要是这世道好了，不干这买卖了，还想找一个。"

"我也想找一个。"

"乔梦月漂亮，娶到她，整天抱起，不吃饭都行。"

"地主家媳妇，敢娶？"

"地主家媳妇就不是人？只要他愿意，我就敢要。"

说这种话，只不过过过嘴瘾。虽然乔梦月是地主孙立志儿媳妇，但她和孙立志本人不是一回事，地主分子公公和媳妇不是一回事，伪区长和他的妹崽也不同，梦月仍然好像天上的星星和月亮，够得着吗？何石匠和尤弄边走边说闲话，看看到了龙塘，何石匠停住步。尤弄说："你不要跟那狗日的鬼扯，我讨厌他。"

何石匠知道尤弄说的"那狗日的"是乌丛，说："就喊他出来说几句话。"

何石匠大声武气地叫喊"乌丛"，乌丛拖双没跟布鞋出来，不干不净地说："喊喊喊，喊那样干鸡巴？"

何石匠说："你讲对了，就是有干鸡巴才喊你。"

"我有公事。"乌丛把"公事"两个字说得特别响。

何石匠说："我们两个也有公事，一起走。"

乌丛看看脚上是被拖得没后跟的布鞋，说："就这样去？"

何石匠说："横顺你就是这样的人，不怕。"

乌丛听出话里有另外的味道，但他已经把满泡对他的教训和游队长的呵斥忘得一干二净，只记得自己是贫雇农，依靠对象，人们见他都要敬重几分，布根这类"地主阶级"就更别说了。他回家披了件油褐壳似的对襟衣出来，跟随何石匠、尤弄往前走。没走几十步，何石匠忽然停住，转过身来，冲乌丛说："你站起，我跟你讲句话！"

乌丛见何石匠神色不对，说："你要做哪样？"

何石匠指着乌丛的鼻子说："我哪样也不做，就是要跟你讲一句话。"

乌丛的脊背有些发凉，说："有话就讲呗，你这是……"

何石匠眼睛瞪得像铜铃，说："你以为你是哪样好货？你狗日的整死人了晓不晓得？"

乌丛也知道林素雅死了，和他捆的那一索子肯定有关系。但一想死的是地主婆，他是贫雇农，已经挨游队长尅了，还能咋的？他满不在乎地说："我捏死他家的人，就像捏死一只蚂蚱。"

何石匠真想照那张黄脸打一拳，可是他没有，说："跟你讲，解放不是来支持你这号人的，贫雇农也不是你这样子。你不要想进农会，大家不要你！"

乌丛痞劲上来，笑得痞里痞气，说："吔，你是哪路菩萨，敢到老子面前来放歪屁！"

何石匠伸出手，钳住乌丛的干瘦胳膊，捏得他骨头都像要碎了，说："你不够格进农会，你要是敢再去，见到一回揍你一回！"

乌丛愣愣地看何石匠，何石匠说："你问问尤弄，看他要不要你？"

尤弄这才明白何石匠要做什么。乌丛的为人，尤弄只是听说，这回却是亲眼看见，如果随他这样无法无天，者耆要遭殃，他说："这是穷人的天下，是大家的，不是你一个人的，不准你乱来！"

乌丛委屈地说："也不是我一个人动手的。"

何石匠说："人家占约年轻，受你的怂恿，还没跟你算这账哩！"

尤弄说："你自己去区里讲清楚，免得政府派人来捆你。"

41

尤弄、何石匠到布根厢房，见到游龙庭、公冶新、康百龄、黄冈、何槐的时候，布劳兆正在房间里。这黑铁匠一脸怒意，说："他是贫雇农中的烂崽，让他进农会，不做坏事才怪！"

康百龄是个直性子，说："没选乌丛进农会。"

布劳兆不信，说："没选他，他在你们这里转去转来的做哪样？"

何槐说："他要来我们这里，能不准他来吗？"

布劳兆说："乌丛不是东西。"

游龙庭不停地朝布劳兆挥手，说："你讲的我听到啦，回去吧回去吧，我们要开会！"

布劳兆说："请领导不要误会，我一个打铁的人，不想进农会，也不会当领导。我是怕把解放名誉搞坏了，把者砦搞坏了！"

游龙庭连说几个"晓得了"，把布劳兆请了出去。美香进来，者砦村农会五个成员，就差占约，游龙庭说："我昨天亲自通知占约的，咋不见来？"

何石匠抢着回答说："出了人命，怕是不敢来了。"

陈跛子说："要是我，也没脸来了。"

何石匠说："农会不能要这样的货色！"

"前天这件事，我已经跟赖书记汇报了，他们俩是要受处分的。"游龙庭说。

何石匠脸色也变得难看起来，说："大家相信共产党和毛主席是为穷人好，解放是为穷人办事，才跟你们走，要是像占约这样的人也进了农会，乌丛在这里头搅去搅来，我就不来了。"

尤弄毫不迟疑地跟了一句："我也不来了。"

美香说："我也不干了。"

占约在外面站了一阵，畏畏缩缩地进来，在一个角落里蹲下，说："前天，乌丛说要打打布根的威风，长长贫雇农的志气，我就和他一起动手了……"

美香鄙薄地看一眼占约，说："你是猪脑壳啊，哪样事做得，哪样事做不得也不想想？"

占约抱住头直摇，说："我本来就是哪样都不晓得……"

游龙庭没有退让，说："只要经过批准，你们现在就是共产党毛主席领导下的基层组织成员，要听领导招呼，听组织安排，有问题要依靠组织处理，你们有意见可以说，但不能乱来，退出农会的话不许再讲！"

没人再说退出农会的话，情绪却高不起来。

会议要研究成立民兵连和妇女委员会两个组织的事。只要不是地主子女，表现好的适龄男女都可以成为民兵，民兵连长由农会成员兼任；妇委会主任只

176

有美香适合担任，成员则需要通过选举。事情不复杂，却也要讨论通过——又是个新鲜过场（山里人称"过程"都叫"过场"），大家便不再谈占约和乌丛的事，进行得还算顺利。

乌丛到者砻的时候，占约也在。见到游龙庭，乌丛知道一定是找他俩谈那件事，联系尤弄、何石匠的态度，心头"笃笃笃"地乱跳。占约也心神不定，虽说主意不是他出的，但到底闹出了人命，怕一起拿去关笼子。

游龙庭没给他俩好脸色，说："你们俩干的好事，区里都知道了，赖书记很生气，你们主动点，自己去讲吧，该怎么处理就怎么处理。"

乌丛没听懂"主动点"是什么意思，说："要进笼子……进就是，横顺人一个，卵一根……"乌丛说着，一副死猪不怕开水烫的样子。

游龙庭强忍住不发火，说："打倒地主阶级，不是要整死人。只要不是土匪、恶霸，就不但不能整死，还要改造他们成为新人，怎么能乱来哩？"

乌丛分辩说："我也没想整死她。"

游龙庭板起脸说："你捆人家，还要人家跟你睡觉，有没有这事？"

乌丛不敢分辩。

游龙庭上火了，说："人家回家没多久就死了，你怎么说！"

乌丛嘟囔说："死个地主婆，有哪样稀奇……"

游龙庭说："你犯法了，还不稀奇？"

"翻了身，还这样。"

"翻了身就该胡来？"

占约想想自己实在没脑子，才犯这样的错，看来不会有好果子吃了，怨恨自己，更怨恨乌丛。游龙庭问占约说："说说你是咋想的？"

占约本来就没想法，回答说："没咋想。"想想又说，"我要回家。"

游龙庭说："回家可以，除了家，哪儿也不能去，有事好找你，听见没有？"

占约头低得贴了胸脯，说："嗯。"

占约想着就要被人拿大枪押着送进笼子里，还是很怕。不过，他也和乌丛一样，人一个，卵一根，没什么牵挂。幸好没老婆，有了老婆，要死就难了。这样想想，也就通了，对自己说："爹养我们两兄弟，吃了很多苦，我还是回去跟爹讲一声，要剐要杀也闭眼睛了……"

破荒
太阳从西边出来

乌丛想想犟不过解放，犟不过政府，只好说："我也回去跟哥讲一声。"

乌丛、占约离开者砦，到龙塘分手。这时，正好邦里从外面做活路回来，乌丛两腿一软，跪在邦里面前，说："开呀对看赖，要凡事更了，嗷奶白西，跨白就专柜麻更了。（谢谢你对我好，我犯事了，这回去了，怕就回不来了）。"

邦里更是什么也不知道的农民，一听这话，吓个半死，一个劲说"也热舞"（怎么办），跟着直抹眼泪。乌丛说他马上就要被人家关进笼子里了，咋讲也得带一身换洗衣服，一条被子。邦里说："我们也没得好被子，只有叫你嫂嫂洗一洗，带你自己的那床被子去。"

死了人，游龙庭不敢自己处理。尤弄、何石匠中间插这一杠子，使得事情更加复杂。决定派民兵把他俩送去区里，由区里处理稳当一些。当下叫来四个民兵，交代说："你们今天就去通知乌丛、占约两人，叫他们做做准备，明天一早去区里，听候处理。"

四个民兵照办了，但是，第二天早上去找乌丛和占约的时候，两家人都说，一早就离开家了。

42

劳令敲开大槽门，迎住他的是梦月，梦月又高兴又害怕，说："你咋来啦？"

劳令看看左右没人，压低声音说："想你就来呗。"

梦月慌忙伸手来捂劳令的嘴，说："要死啰，让人家听见咋是好？"

劳令索性大声说："我想来你这里找几本书，不行？"

梦月心头还在"嘭嘭"地跳，说："就怕人多嘴杂，说你跟地主划不清界限。"

劳令说："我不怕，我还要去找游队长说说，再回来找你。"

梦月说："你快点，我等你。"

太阳下山，游龙庭端一笤箕菜从外面回来。者砦村有好几口大井，水清冽甘甜，挑水、洗菜分开。下午，在井边洗菜、挑水的大婶、小媳妇去去来来，说几句逗笑的话，打发郁闷和疲劳。区里把何槐、黄冈也调走了，说是接受新任务。调哪里，做什么，区里没说，只有赖书记的一张小纸条，纸条上说：

何槐、黄冈另有任务，接条即赶来区里。我们接的是蒋介石的烂摊子，百废待兴，干部很缺，必须以一当十。

前面几句是调令，后面几句是做游龙庭思想工作。就算游龙庭一百个不愿意，也不敢说什么。游龙庭、公冶新、康百龄自己弄饭吃，游龙庭把洗菜当做接触群众，了解情况的机会，经常去水井边。这下刚进槽门，就让劳令看见，劳令大大方方地说："老油，我想跟你讲件事。"

游龙庭分明见劳令和梦月在一起，却说有事找他，真是人小鬼大。但劳令、梦月是少男少女，不便开玩笑，鬼鬼地看他一眼，说："啥事，说。"

"我想考县中。"

"县中还没招生呢。"

"它总要招。"

"好事。"

劳令趁机说："梦月也想考。"

乔梦月父亲是伪区长、地主兼工商业者，地主孙立志儿媳，到底怎样对待，上面没有话，游龙庭只好说："开始招生了再说吧。"

劳令盯住说："要复习才能考，要是你不同意，复习有哪样用？"

游龙庭还是那句话："开始招生了再说吧。"

劳令不放手，说："你说过，新中国成立了，要很多建设人才嘛。梦月要求考学校，你说话又不痛快了。"

游龙庭说："就这样吧，啊？"

劳令说："反正我今天就是来找梦月借书，准备考县中，她也要考，管你同不同意哩。"

游龙庭进了厢房，劳令朝梦月挤挤眼。

梦月说："看不出你还这样鬼。"

劳令说："我把你要考县中的事也说了。"

梦月的杏仁眼睁大了，说："真的？"

"真的。"

"老油咋说？"

"他说，到时候再说。"

梦月失望了，说："我就晓得他不会同意。"

179

劳令蛮有把握地说:"他不同意我就缠死他,让他烦死,看他同不同意。"

"再说,也没钱供我读书。"

"到时候再想办法,一泡尿还能憋死个大活人?"

事情还没到来,梦月没想那么多,没再问。劳令又大大方方地敲布根的书房门。布根开门,出现在劳令眼里的布根,头发灰白了,脸也瘦削了许多,劳令说:"蒙数(先生),我来找梦月姐借几本书。"

他教过的学生居然还愿意登门,还尊他做先生,仅就这一点,布根也满足了。看样子,儿子是不回来了,至于劳令和梦月会不会有那种事,也不是他这个做公公的人管得了的。布根说:"梦月是带来一些书,不晓得有用没用,你问问她吧。"

布根这一关也过了,劳令很顺利地跟着梦月进了她的房间。

要不是解放了,像布根这样的人家,这样的新媳妇房间,别说走进,连看看都不可能。梦月和载星在乱哄哄的时候成亲,房间还是布置得很漂亮。雕花的床架、床帘、印花窗帘,绿得发亮的缎子被面,长长的红枕头,一种香皂香味和梦月的体香混合,在劳令的脸上蹭来蹭去。刚才,梦月还穿一身旧学生服,不知什么时候换成白衬衣蓝裙子,头上是一只白发箍。马灯晕黄的灯光,将梦月苗条的身姿变得影影绰绰,好像有一张温柔的无形的网,把他和梦月罩在一起,让他的骨头都酥了。劳令强迫自己不看梦月,不想那云里雾里的事,问她的书放在哪里。

梦月站在房间的一角,听见劳令问,才醒过神来,搬来一摞在县中读过的书。劳令不敢待久,选了几本,走出房间,又来和布根告辞。梦月送劳令出来,劳令说:"有不懂的地方,我还来问你。"

梦月说:"随便。"

劳令说:"你也要做好准备,县中一招生就去考。"

梦月不想让劳令失望,说:"好。"

劳令离开印子屋的时候,天已经昏暗下来。

43

劳令抹黑才上到山坳,黄狗叫几声,窜到身边,在他腿上蹭来蹭去,跟着是布劳兆出现在他跟前。布劳兆怕碰上野物,肩上扛支土炮。自从解放军进村，劳令就老不照面。白天还罢，天黑了还不见劳令的影子，荷青就会见到谁朝谁念叨："还没回来，咋的啦，去看看呀？""还有个人没回来，你们就坐得住啊？"

这天，天黑下来，劳令还在梦月房间里借书，他母亲荷青已在木屋前张望了两次，第三次，布劳兆不耐烦了，说："他都长这样大了，愁得了那么多？二天他走得远远的，咋办？"

荷青说："走远了，望不着了，我就不想。不是你身上掉下来的肉，你不心痛……"

布劳兆没再跟女人争执，唤上狗，提土炮出来。

布劳兆本来窝一肚子火没处发泄，见了劳令，劈头就训斥："天都黑尽了，不晓得回家？"

劳令知道参喜欢他，却也怕参发火，没有分辩。

伙房里燃着枞膏，火塘里的火埋了，常年不变的油茶，四碗，放在火坑上。见劳令进来，谁都没说话。这种气氛告诉他，要出点什么事了。布劳兆进来，把土炮竖在火坑的角落里，黑着脸，问劳令说："这样晚才回家，到哪里去啦？"

劳令猜想参可能听到什么风言风语了，不想隐瞒什么，说："我去蒙数根家了。"说着，拿出借来的三本书。

布劳兆心明如镜，说："你是去找蒙数根，还是去找梦月？"

劳令分辩说："梦月读过县中，我去找她借书。"

布劳兆说："你不要再去找梦月！"

荷青说："她公公是地主怕哪样，是地主就不是人了？就不过日子啦？"

布劳兆说："你女人家懂哪样？蒙数根是我家的恩人，崽跟梦月鬼扯，是人做的事不是！"

荷青也说："那是要不得。"

劳令说："载星哥不回来了。"

"你晓得他不回来了？"

"梦月都这样讲。"

"就算载星不回来，也不准你碰梦月。"

"梦月也要考县中。"

"他考县中我不管，你不能做对不起蒙数根的事！"

"载星哥不回来，我就娶梦月。"

布劳兆眼睛鼓起像牛眼，说："你敢！"

劳令气坏了，赌气不吃晚饭就进了书房，无论外面怎么叫也不开门。

劳令饿得头昏眼花，第二天天亮起床，母亲、哥哥已经出早工上山，布劳兆撮火籽坐在屋檐下吸叶子烟——一种永远不变的姿势。劳令一下楼就和爹面对面，他只得把想好的话说出来。

"爹，我想去县城一趟。"劳令说。

"去做哪样？"布劳兆抬起头来看劳令。

"我想去看看学校什么时候招生？"劳令还想去打听另一件事，但有了昨晚上的教训，不愿意说。劳令在父亲跟前，第一次有了隐私。

布劳兆想想县城一定很远，很大，搞不好就会迷路，回不了家，他问："你和那两个同学一起去？"

"不，就我一个人。"

布劳兆犹豫起来，盯住劳令瘦小的身子看。

"不怕，我又不是第一次出远门。"

"你去吧。"布劳兆说着，起身走进房间，从箱子里拿出 20 个铜板，交给劳令。这时，银元、铜板、人民币混用。20 个铜板，是布劳兆全家人的积蓄。崽要打听招生的大事，他舍得。

布劳兆想了一夜，想通了。像梦月这样读到县中的妹崽，又这样漂亮可人，不是百里挑一，怕是万里也挑不出一个。解放军没来的时候，他见过梦月几面，虽然都不是很真切，但给他印象够深了。若要说有什么担心，就只担心小家子养不活这样的仙女。假若劳令是国家的人，每个月有地方领钱，娶来做媳妇，是他的福分。

但是，只要一想梦月是布根的儿媳，就什么都撂在一边了。劳令可没想那么多，离开家，匆匆下山。到山脚，过小山溪的时候，饱喝一顿凉水，没那么饿了，继续往前赶。赶到布根印子屋槽门前，真巧，梦月开门出来。劳令急急地叫一声"梦月"，梦月吓一跳，说："你吓死我了。这么急捞捞的，鬼追你？"

劳令把他的打算说了说，梦月说："我很想去看看我妈，又怕游队长不准。"

劳令说："我陪你去跟他说。"

劳令和梦月一起来找游龙庭，说："队长，我没有去过县城，梦月带我去看看县中什么时候招生可以吗？"

游龙庭见梦月居然愿意跟劳令在一起，不但心里涌起一股酸味，还觉得村里的斗争形势又复杂了几分。他说："这么大个县城，你找谁问啊？"

"赵书记呀。"

"哪个赵书记？"

"赵子青书记啊。"

"你认识赵书记？"

劳令很干脆地回答说："认识啊。"

劳令的回答让游龙庭吃惊不小。他一个村土改工作队长，隔着赵书记好些道坎，要见他难着哩，更别想拉上关系。劳令，一个山里穷孩子，怎么会有这么大能耐？难道和布根有关？如果是这样，办事还得格外小心在意。

不管怎么说，劳令的鬼点子奏了效，游龙庭脸色一下变得热情起来，说："好，去吧。"想想还是补了一句，"见了赵书记，代我问好。"

载星来了两封信，就再也没有消息。布根不相信他连写封家信的时间也没有，更不相信没法寄到家。一定是不想认他这个爹，不要这家了。他不勉强崽，由他去吧。所以，劳令来找梦月，布根倒是很高兴。劳令一说要梦月带去县城问有没有招生消息，布根马上说："梦月，这几个月难为你了。你带劳令去县城走一趟，顺便去看看你妈妈吧。"说罢，从贴身衣兜里摸出两块银元，交给梦月，"出门要用的，带着。"

梦月没想到公公这么开通，接过银元，深情地说："谢谢爹。"

布根说："趁农会还没把马牵走，让大力牵马送你们一趟吧。"

44

大力送梦月、劳令到玉田镇，梦月担心公公没人照看，非让大力回者畲不可，还要大力带话给布根，说她只住一晚就回者畲。

劳令没法忘记离开湖南碧浪小学待在家里的那些日子，没法忘记在林家白吃白住林老人那和善、期待的目光，不能忘记载星和梦月，不能做像乌丛那类没良心的事，那样，他会后悔一辈子。正因为有这样的情绪，和梦月在一起，自然而亲切。在者畲几个月，梦月和大力一起，上山捡柴，去地里摘菜，能走山路，能干得多了。

往玉田镇赶的时候，大力用马驮他俩。梦月在前，劳令在后，两人得紧紧挨着。劳令死命地压抑自己躁动的情绪，还是时不时全身有麻酥酥的感觉；梦月那么近地挨着男性，一路上都很难受。有了那一次在守庄稼棚里的幽会，梦月再也没什么顾忌，哪怕马上就做劳令的老婆，她也愿意，她说："你坐人家背后，什么东西这么硬，顶得人家很难受……"

劳令脸红了，随口胡诌，说："电筒。"

梦月没追究，笑一笑。由玉田去清河县城，路宽得多也平得多了。劳令光脚板的时候很多，皮子厚得像牛皮，也走得快。梦月穿布鞋，不跟脚，走得慢，他只好慢慢走。到太阳落山时候，一片高高矮矮、夹杂很多白色风火墙的印子屋出现在眼前，梦月说："清河县城到了。"

梦月在县中上学的时候，知道县衙在哪里，想来县委和县人民政府就在那里。他俩直奔县委县政府大楼而去。

县委大楼大门有解放军站岗。劳令对解放军一点也不陌生，说："我来得很远，要找赵书记。"

解放军看看劳令和梦月，看看手表，说："马上就下班，我打电话问问，看赵书记在不在。"

劳令紧张地等待着。解放军抓住个黑东西，"呜呜呜"地摇一阵，说了几句话，放下电话，说："赵书记马上下来。"

劳令说："我还不认识赵书记。"

梦月连忙说："他以前是我们班语文老师，我认识。"

一阵，一个中年人朝大门走来，解放军指指劳令，对中年人说："赵书记，他俩找你。"

劳令向眼前这位中年男人规规矩矩地一鞠躬，说："赵书记好。"

赵书记不好对有礼貌的孩子冷淡，说："你是……"

"赵书记，我是孙文昌的朋友，叫龙文昺。"劳令说着，介绍身旁的乔梦月，"她是乔梦月……"

赵书记看乔梦月一眼，想起来了，说："啊，乔梦月，我教过，歌唱得好，学习成绩优秀。"

劳令责怪梦月说："你咋不早说？"

梦月说："我怕赵老师记不得我了。"

"别的本事没有，记学生姓名、相貌挺能的。"赵书记说着，努力回想记忆中的活跃分子、漂亮的校花乔梦月，"那么出众的校花，忘得了吗？"

有了梦月和赵书记这层关系，劳令情绪一下松弛下来。见赵书记对自己那么热情，梦月不仅轻松不少，眼前一下光明、灿烂起来。

劳令说："赵书记，我们是特地来找您的，有很多事要问您。"

赵子青说："在这里说不清楚，回家吧。"

劳令看看自己一身粗家机布学生服，虽说干净，却很旧了，站着不动。赵书记说："走吧，怕赵老师招待不起？"

走过几条街，进一条小巷，赵书记在一栋旧木屋前站定。敲门，门开了，梦月认识开门的是教代数的方老师，连忙一鞠躬，说："方老师好。"

方静很快认出梦月，说："啊，乔梦月，有名人物。"

梦月介绍说："我的同学龙文彐。"

劳令一时没弄明白自己咋就成了梦月的同学，幸而赵书记和方老师没有再问，要不，露马脚就难看了。想不到梦月也会瞎说。劳令高兴得心头怦怦地跳，赶忙行鞠躬礼，恭恭敬敬地尊一声"方老师"。

赵书记住的是旧房，砖墙、木柱，在县中教书的时候就住在这里。常有进步学生在这里聚会，听赵子青讲马列主义，毛主席著作。商道、赵新久都迷醉金钱，边远地区的中学，对进步师生查得不紧，赵子青和方静倒省了不少麻烦。两间，不宽，却干净，处处显示主人的朴实与爱干净的特点。

方老师问劳令说："习惯吃面条吗？"

面条虽然好吃，却是乡下待客的菜，劳令不敢说"习惯"，也不敢说不习惯，笑得很憨气。梦月替他解了围，说："老师，习惯。"

赵书记说："就吃面条吧，反正他俩不是客人。"

趁方老师煮面条的工夫，劳令问赵书记说："像孙文昌的爹、乔梦月的爹妈还有后坝的林老人家，他们还有出路吗？"

"你怎么问这样的问题？"

"他们很可怜。"

"他们是地主阶级，是地方恶势力，不打倒他们，穷苦人翻不了身。"

"啊……"

"但是，要打倒的是这个阶级，不是要消灭他们个人。只要他们没有恶行，遵纪守法，就要给他们出路；表现好，照样可以为新社会服务，照样有前途。"

破荒
太阳从西边出来

劳令朝梦月使了个眼色。

赵子青继续说，"所说的解放，不但要解放工人、贫雇农，把他们从种种压迫和剥削中解放出来；也要把剥削阶级分子从种种思想桎梏中解放出来，重新做人。这是空前的壮举，只有以解放全人类为己任的共产党人才能做到。"

赵子青越说越激动，苍白的脸也潮红起来。劳令认真地记住赵子青的每一句话，每一个细小动作和眼神，以至于若干年以后，还能清晰地复原赵子青那有力地往前一伸的手势。这一番话，也许赵子青不过是随意说说，却成了劳令和梦月时时用来勉励自己的座右铭。梦月听得浑身发热，生命和活力重又回到她体内。

"只有以解放全人类为己任的共产党人才能做到"，这话砸在地上，也会砸出个坑来。

方老师把一海碗面放在劳令面前，说："尝尝，看盐够不够？"

碗大，面冒了顶，和劳令瘦长身子极不相称；梦月面前的碗小一些。她不好意思全吃下去，减了一些给劳令，才动筷子。劳令饿坏了，连滋味也没品出来就全下了肚子。他从随身带的布包里取出《升学指导》，问了方静老师好几个问题以后说："方老师，我想直接考高中，尽快考上大学……"

方老师的脸白白净净，很好看。她吃惊地看着劳令，说："行吗？"

劳令说："从初中到高中，要读六年，我家供不起。"

方老师问赵子青："县中是不是快要恢复招生了？"

赵子青也在吃面条，不过，他这碗面条比劳令那一碗小得多了。放下碗，说："眼下还顾不上这件事，争取明年下半年吧。"

劳令说："梦月也要考县中。"

赵书记说："好事。记住，出身不能选择，道路可以选择。新中国成立，需要很多人才啊，努力吧！"

梦月听出来了，赵书记不但记得她，还知道她是玉田镇盐老板的女儿。她受到了鼓舞，却也为出身这样的家庭难受。由于难受，更增加了嫁给劳令的决心。

几句话，给了劳令和梦月无穷的希望。赵书记家还有间空铺，晚上，让给梦月睡；劳令睡沙发，第二天早上，方老师端来豆浆、油条，才把梦月和劳令叫醒。

45

劳令和梦月是在玉田镇上碰到乌丛和占约的，这两个人像刚死了爹妈，愁眉苦脸。每人腋下夹一卷脏兮兮的，好像是铺盖，正要朝区政府那里走。梦月发现乌丛和占约两人，戳劳令脊背一下，说："看，那两个死东西。"

劳令也发现了，见他俩这倒霉样，劳令猜想这两个人要进笼子了。

梦月说："我不想让他们看到我和你在一起，在这里等你。"说罢，闪在一旁。

劳令往前走几步，喊一声"乌丛叔"，乌丛吓了一大跳，对劳令揉了半天眼睛，肯定没看错人，才说："死娃娃，吓死我啦。"跟着哭天抹泪起来，"叔这回是死定啦，才30多岁呀……"

占约埋怨乌丛说："都是你害我，你不喊我，我会去捆那婆娘不是？怕是发卵疯嘍……"说罢，放声痛哭。

梦月还是让乌丛那贼眼发现了，问劳令："你们去哪里？"

劳令随口回答说："县里。"

乌丛没有再问，又看了梦月一眼，才和占约一起朝前走。

乌丛、占约是在区政府砖楼里找到赖星光的，乌丛二话不说，一腿跪下，说："我该死，我自己来啦……"

占约跟着跪下，说："我也动了手的，就关笼子吧。"

赖星光见他两腋下都夹着卷被子，说："起来，你俩就是捆孙立志婆娘那两个人？"

乌丛没有起身，只鸡啄米似的磕头。赖星光说："捆人的时候咋不多想想？起来！"

乌丛、占约瑟瑟缩缩地起身，赖星光出去一阵，再进来的时候，后面跟着两个人，赖星光说："他俩是者耆农民，捆人致死，带去问问再说。"

赖星光接待了几拨人，说的尽是运动中的事。其中一起，是后坝举行诉苦大会的时候，一个跛脚中年人上台，叫一声"伪保长，你为哪样抓老子去顶替你崽当壮丁"？林大梁一句"我不晓得这事"刚出口，后脑勺挨一棒，当即倒下，死在台上。林大梁老婆张氏、儿子林公卿来找赖星光。林公卿说："我是独子，抽壮丁抽不到我；再说，我爹从没当过保长。"

张氏哭得眼睛红肿，说："我老者一辈子做善事，咋就落得这下场啊……"

不管是什么原因，也不能在诉苦大会上打死人，赖星光火冒三丈，叫一声"来人！"

刚才带乌丛、占约下去讯问的区武装部工作人员听见喊叫，匆匆赶过来，赖星光说："去查实，后坝是谁打死了人，给我捆来！"

第四天上午，赖星光召开全区农会主席和工作队长会议，他黑着脸，讲完话，大声宣布说："你们民兵是干什么吃的？以后再发生打死人的事，看我咋惩罚你们这些工作队长，农会主席！"

当天下午，乌丛、占约和打死林大梁的杨跛子一起，被玉田区武装部四个工作人员押送县里羁押，等候处理。由者砻赶来的四个民兵在区政府问去问来，没人知道赖书记在哪里，更没人知道来投案自首的乌丛和占约，只好一人买几个油炸粑吃了，匆匆往回赶。

第二天，乌丛、占约、杨跛子被抓起来的事传到了嘴嘴，又传到了者砻。传到游龙庭耳里，就变了模样。说他们一到区里就被五花大绑，和另外一个杀人犯一起押送县城。还说很快就要敲砂罐。游龙庭听到这消息，虽然不信很快会被处死，但被羁押、判刑，却有极大可能。他莫名其妙地想起鲁迅《阿Q正传》被杀头前的描写："他生怕被人笑话，立志要画得圆……阿Q羞愧自己画得不圆，那人却不计较……"想到这些，游龙庭心里涌起一股奇怪的滋味……

三天以后，游龙庭在妇委会和民兵连成立大会上慎重宣布："谁敢再动手捆人、打人，我就送谁进大牢。不是我游队长不讲客气，国法难容！"

何石匠在木屋外一面喊"铁师傅"，一面和黄狗周旋，弯腰捡石子吓唬："再咬，再咬砸死你！"

铁匠布劳兆出来，见是何石匠，说："老何，今天这样舍得走，太阳从西边出来了？"

何石匠和布劳兆平时很对心思，说话从不拐弯，说："有人讲你跟地主打得火热，我就是为这事来的。"

别说布劳兆信得过何石匠，相信他是好心提醒。就是威胁，他也不怕。既然敢做，也就敢当。他说："我崽能上区小那大地方读书，全靠蒙数根帮忙，大家都晓得，不用我讲。世道变了，他老婆又遭了难，我担心他撑不下去，我崽想得到，去了县城一趟，找找赵书记，问问政策。赵书记说，要打倒的是地主阶级，不是要消灭某个人，只要他们奉公守法，就要给他们出路。还说，不但是穷苦人要解放，地主也要从封建……那里头放出来……这道理我崽懂，我还不大懂。我和我崽一起，去找蒙数根了，说了这道理，让他心里有个数，就是这样。"想想补充说，"赵书记好，我崽和梦月吃住都在他家，世界上有这等好官，太阳从西边出来……"老铁匠激动得直抹眼泪。

不知道劳令什么时候出现在身边，何石匠本来佩服读书人懂的道理多，听布劳兆说连赵书记这样的大人物劳令也能见到，在他家吃住一夜，还跟他讲这么多，更觉得了不起，说："二天这小兄弟一定了不起。"

劳令被夸得不好意思，说："有哪样了不起？赵书记学问大得很，他讲的'共产党要解放全人类'这话我就没有搞明白……不过，我会搞明白的。"

"共产党要解放全……类"，何石匠在心里默念几遍，也没念清楚。没再提布劳兆和地主打得火热这话。

何石匠与老铁匠布劳兆是多年老朋友了，手艺人和手艺人有话说；两人骨头都硬，不怕事，就更有话说了。他们成家以前，见了面，说的是找相好的事，说起来津津有味。后来，何石匠老婆跟人跑了，何石匠当爹又当妈；布劳兆有了孩子，长大了，自己家里暖暖的，他没忘记何石匠还打光棍，时时留心要替他找一个，见了面更有话说。

但他们还是有很多不同，布劳兆爱书甚过爱命，只要听说哪里有本书，他总要想法搞到手。替人打家什、拿钱、拿米，全舍得；何石匠大字不识，没这个爱好；崽在玉田镇读书，住的是布根老岳父家，白吃白住，何石匠没这样的事。本来，何石匠羡慕布劳兆交的是有头脸的人物，脸上光彩，有了事有个帮衬。世道变了，何石匠担心老铁匠布劳兆了。担心他和布根划不清界限，被牵连进去。布劳兆有能耐，该进农会而没能进，证明已经被牵连。昨天，尤弄特别上门来找何石匠，说："何叔，你资格老点，跟铁师傅说说吧，要他当心点。"

何石匠说："我们好久没见面了。"

尤弄说："很久没见面你们也是好朋友，好讲话。"

何石匠说："平白无故叫我去讲哪样话？"

尤弄说："事情都到这一步，铁师傅父子还去布根家，这不是划不清界限吗？"

何石匠说："爱去哪家不爱去哪家，是人家的事，这话不好讲。"

尤弄说："我们不讲，等上头的人讲，事情就不好办啦。"

何石匠想想也是，就来了，讲了，尽了朋友心意，听不听由他。结果，铁匠反倒跟他讲了一大通，何石匠像堕入五里雾，分不清东南西北，这些话是从大人物嘴里说出来的，哪一句他敢怀疑？但他还是说："老伙计，人多嘴杂啊，还是防一防的好。"

何石匠临走的时候，把老铁匠拉到木屋外面，说："还有人说，你崽和布根家的媳妇那个……老伙计，还是要注意点啊。"

老铁匠说："你放心，我晓得。"

何石匠离开，布劳兆把劳令叫到身边，说："你跟梦月到底有点哪样事，老老实实跟爹讲，免得人家把刀子架到颈子上来了，还不晓得我崽是咋死的哩？"

劳令不得不坦白交代。劳令特别说到赵书记当地下党的时候是县中语文老师，教过梦月。他跟梦月一起去县城，该办的事都办了。再过几个月，县中就招生，他和梦月都要考县中。劳令说："像蒙数根、梦月爹这样的人，只要没有恶行，又遵纪守法，就给出路。"

布劳兆说："咋对待像梦月这样的地主子女？"

劳令说："地主子女就更没事了。赵书记说，家庭出身不能选择，道路可以选择。新中国要大搞建设，要用很多建设人才。"

赵书记的话，劳令也不全懂。他记性好，不全懂也能一字不漏地说出来。但他不讲和梦月钻看庄稼棚子那一节——那是永远的秘密，是到死也不能说的。

下午，布劳兆心里揣着赵书记的话，和劳令一起，到印子屋的厢房里来找游龙庭和公冶新、康百龄。

头天，尤弄专程来找游龙庭，说他亲眼见到铁匠布劳兆两爷崽来找地主布根，说过这话，尤弄看着游龙庭，等游龙庭发话。游龙庭反问尤弄说："你是农会主席，说说你的意见。"

尤弄说："我是讲，他也是穷人，要和地主划清界限才好……"

游龙庭想想布劳兆并没有犯错，他找布劳兆谈话，怕引起误会，反倒不好，说："你是农会主席，正好找他谈谈。"

"我们小辈子讲话，他不会听的。"尤弄说。

游龙庭说："那就看看再说吧。"

没想到，布劳兆父子倒自己上门来了。布劳兆刚坐定，开口说："我崽和梦月一起，去了一趟县里……"

游龙庭说："我知道。"

劳令说："我们见到了赵书记，他当地下党的时候，是县中语文老师，是载星班主任，教过梦月，赵书记都记得。"

游龙庭想："你们认得赵书记咋的，我还得听赖书记的呢。"他说："好。"

布劳兆说："我们刚才去了蒙数根家。"

游龙庭生怕又出事，问："怎么样？"

"他吃不下，睡不着，怕是活不长了。"布劳兆说，"没崽的信，帮工、媳妇都是留不住的，婆娘也死了，我要是他，也不想活了……"

"他说什么？"

"他只是叹气，哪样也没讲。"

"啊……"

"人到这一步，多半不想活了。"

布根婆娘死的案子还没了，如果再死一个，他游龙庭可就没法交代了，这样想着起了一脊背冷痱，说："好，我找他谈谈。"

布劳兆说："我和崽跟他讲了讲，好得多了。"

游龙庭警惕起来，说："你们跟他说什么？"

劳令把赵书记的话说了一遍，说："蒙数根听了，说，赵书记都这样讲，我放心了。我就晓得，得人心者得天下；既然得了天下，咋会做不得人心的事？"

布劳兆说："不过，现在天翻了，地也翻了，想通了，难说又会想不通。我两爷崽来，是想跟领导讲清楚，我们去蒙数根家，不是去做坏事，是去劝他好好听政府的话，重新做人；再是，请领导……"

布劳兆一时找不到恰当的话，打住了，游龙庭接过话说："那天开大会你来了没有？"

"来了。"布劳兆说。

"那天我讲得很不客气，谁要再乱来，我送他进大牢！"游龙庭现在说起来还很激动。

破荒
太阳从西边出来

"领导关心他一下吧。"布劳兆说，"领导说一句，比我们说一千句一万句都强。"

游龙庭说："梦月不是也去了赵书记家吗？"

布劳兆说："梦月肯定会跟他讲……她到底是媳妇崽，哪里有你领导讲话管用？"

游龙庭说："放心，我会严格按上级的指示办事的。"游龙庭说的"上级"，自然是区委和赖书记，至于赵书记，离他远着呢。

和地主有来往，要是别人，回避还来不及呢，他铁匠倒送上门来，是有不可告人的目的，还是真的在维护运动，维护工作队的威信？游龙庭还不好作出判断。

46

其实，梦月回到家的时候，就迫不及待地把赵书记的话告诉布根了。布根知道这种翻天覆地的事不会那么轻易过去，但心里还是放宽不少。布根跟老铁匠没讲假话，不过有一句话没讲出来："阎王好见，小鬼难缠"。布根知道，这句话会惹火一些人。再说，说了也无益，何必说？

布劳兆在游龙庭跟前说的那些话也是真的。仅仅几个月，布根就像死过一回，脱了人形。

说起布根和林素雅，既不是青梅竹马的伙伴，也不是自己找的相好。布根除了会"唱书"，一首山歌也不会。别说布根没本事像后生们那样"唱"来可心姑娘，连陪别人上山"玩姑娘"也不敢，是不折不扣的书呆子。素雅是靠媒人"说"进来的。进洞房的时候，布根一看是个两头翘的女人，心想不知道有多厉害，吓得三天三夜不敢进洞房。素雅在布根爹跟前哭了两次，说要是嫌她丑，她马上就当尼姑去。他老爹布夏狠狠地骂了布根一顿，布根才不得不就范。但不管怎么说，做了几十年夫妻，石头也焐热了。素雅突然离开，就像撕裂了他的肝肺。

待他细细地想起来，倒不觉得那么伤心了。闭了眼睛，什么也不知道了，也就没了磨难，没了痛苦。载星不回来，大力、梦月迟早是要走的，财产不过是身外之物，本不必过于在意，而今说是"剥削"来的，属于非法所得。这样，只有他光身一人，还有什么可牵挂？

布根已经失去活下去的勇气，只不过不愿意自己结果自己，不愿意在"地主分子"这顶帽子上再加一项"畏罪自杀"的罪名，他等待像油尽的灯那样自己熄灭。这样，大力、梦月便可顺理成章地离开，也不会牵连任何人。布根已经很虚弱，偶尔入睡，便见素雅满脸幽怨地朝他走来，待他急急地喊一声"素雅"，又不见了踪影，醒来出一身冷汗，神情恍惚。

　　那天下午，布根在百无聊赖之中，翻到老子的一段话，猛一看，似懂非懂，但觉着有意思。

　　宠辱若惊，贵大患若身。何谓宠辱若惊？宠为下，得之若惊，失之若惊是谓宠辱若惊。何谓贵大患若身？吾所以有大患者，为吾有身，及吾无身吾有何患……

　　布根反反复复揣摩这些话的意思，最后联系到自己身上来。心想："如果一个人不患得患失，就什么忧患也没有了。"他进而想到自己已经准备死，还有什么可怕？乡下人过完年，有的人家要会会老祖宗，专门请"神婆"到家里来，焚香化纸，口中念念有词，迷迷糊糊一阵，说："你请祖上哪一位，说吧。"主人最想谁就点谁。据说还真的出现了怪事，通过神婆嘴里说出来的，就是活人和已故的人共同知道的事。如果他能请到素雅说说话，就心满意足了。

　　布根正胡思乱想，大力敲门进来，说："老爷，有人找你。"

　　布根说："跟你说多次了，咋还这样叫？"

　　"是，老爷。"大力还是改不了口。

　　布根摇摇晃晃地出来，见是游龙庭和公冶新，惊了好一阵，才说："啊，是领导……屋里坐。"

　　布根以为灾难已经降临头上，说："是不是要走了，我拿几件衣服吧。"

　　游龙庭见布根惊恐的样子，问："走哪里？"

　　看来不是要拿他去关笼子，不是敲砂罐，不是这些，找他干什么呢？布根愣着不知道该做什么。

　　游龙庭和公冶新走进堂屋，在太师椅上坐下。游队长示意布根也坐下，说："我和公冶新就是来看看你，没别的意思，不要紧张。"

　　布根坐下，两手放在膝上，像在公堂上受审的人犯。游龙庭说："共产党、

破荒
太阳从西边出来

毛主席领导，推翻三座大山，穷人翻身解放，这道理我们宣传过多次，想来你是知道的。"

布根忙说："晓得，晓得，领导。"

游龙庭说："你过去没有恶行，赵新久、商道带保安团进者耆，犯下人命案，我们查清楚了，和你没关系。你在村子里的表现，大家也是知道的。至于保乡团的问题，还要查，你也可以提供线索，争取有好的表现。"

布根牛头不对马嘴地说了一句："不敢，不敢……"

游龙庭说："乌丛、占约胡来，我们要严肃处理。"

布根说："布根正要求领导别送他俩进衙门……"

公冶新说："要不要关起来，还要等上级指示。"

布根说："不是送区公所了？"

布根不知道区公所已改成区人民政府，说的是老话。

游龙庭说："我们派民兵送了，没碰上，他俩先走了。"

布根说："梦月和劳令在玉田街上碰见了，他们带了被子。"

游龙庭、公冶新同时"哦"了一声，问："你怎么样，缓过气来了吧？"

布根没弄明白游龙庭话的意思，闷头不说。

游龙庭说："人死了不能复生，就让它过去吧，日子还要过下去不是？"

布根很想说："像我这样的人，日子没什么过头了，早死早好。"但他不能在游队长跟前说，说了，必定落下个对抗政府的罪名，还是忍不住叹息一声，说："是啊……"

说到这一步，游龙庭觉得已经仁至义尽，起身说："下面还有很多事情要做，你要做好思想准备，配合政府工作，啊？"

布根急急忙忙地走进房间，抱出个板栗色漆盒来，说："我所有的地契都在这里，我现在就交给领导，房子也交出来。请领导放心，布根一定配合政府……"

游龙庭将漆木盒挡回去，说："你的态度好，政府欢迎，事情还是要由农会来处理。"

布根见游龙庭两人要离开，说："我还有件事要求政府。"

游龙庭听说还有事，站着不动，布根说："人不死也死了，就算他俩把牢底坐穿，素雅也活不转来……乡里乡亲的，抬头不见低头见，求政府放他们出来吧。"

游龙庭说："等把事情弄清楚了再说吧……放心，领导会处理的。"

游龙庭、公冶新离开，布根捂了半天胸口，惊悸才渐渐过去。

还没有载星的来信，布根断定儿子已经选定自己的路，不会认他这个地主爹了。这是他最想不通的一件事。布根听父亲说，爷爷辈还是穷人，夫妻俩早出晚归，开荒种地，从牙缝里一点一点地挤出钱来，买地买山林，才渐渐富起来；乌丛公公走的是一条相反的路子，懒，天天睡到太阳当顶才起床，图的只是个快活。到他父亲这一代，也想振作一下，却没有成功。最后，不得不连印子屋也卖了，只是不敢卖掉屋基，成为万人唾骂的败家子。

布根父亲恪守耕读人家规矩，不说不做伤天害理的事，还处处做善事，修阴积德。现在世道变了，穷人要翻身要当家，也要有吃有穿，他从心底里赞成，他不再过那衣来伸手，饭来张口的日子，要过和普通百姓一样的生活，他觉得没什么不好。他会按政府的要求办的，会成为新人。但是，崽为什么这样绝情，连通信地址也不告诉他，连写几封信也没法投递？崽为什么连说心里话的机会也不给他？

一定是没有儿子的消息，不然，劳令、梦月会知道，会告诉他。既是这样，想也没用。大力是帮工，管不着他的事，唯一可以商量的就是梦月了。布根想定，在素雅灵牌前焚香化纸，说："你我生不带来，死不带去。财产本乃身外之物，留着无用，穷人用得着，全部交了吧，离开这屋子，住到仓库里去，好吗？你愿意不愿意，晚上都托个梦给我……"

他等待妻子的决定，可是没有。他意外地睡得很沉，竟一觉睡到天大亮，连梦也没有。他知道，名义上等妻子做决定，实际上他已经决定了。素雅活着的时候，她除了娶乔梦月这件事做了主，别的事一概不过问，只虔诚地吃斋念佛。布根想，妻子没有托梦，就是说，或者她同意，或者就由他做主。也许，正是有了这样的决定，没有任何拖累，他才睡得这样安稳。

但他还是要找梦月说说，听听她是怎么想的。布根把梦月叫到跟前，说："梦月，你和载星成亲，有其名，无其实，你是个好妹崽，该有自己好的日子。但是，你在一天，就是这个家的主人，大事都该和你商量着办。"

梦月看着布根一天天消瘦下去，心里焦急，说："爹，你只管说，梦月听着呢。"

布根说话艰难，磕磕碰碰，才把他的想法说清楚，说："爹老了，过几年

破荒
太阳从西边出来

苦点的日子，没什么不好，只是亏了你。"

梦月早有交出所有田产、搬出这屋子、过普通百姓生活的想法，但她毕竟不能做主。现在，老人自己提出来，再好没有，她说："爹，天道酬勤，只要勤快一点，没有过不去的坎，不管载星回不回来，梦月都不会离开爹。"

不管载星回不回来都不离开老人，这样的话，梦月在布根跟前说过几次。可是，这时梦月再说，布根只觉心里酸楚，而不是欣慰。他真希望劳令能娶梦月，这样，他可能再见到梦月；要不，就连见面的机会也没有了。但不管如何，希望这一天快些到来。这样一个如花似玉的妹崽，守一个快死的人，对梦月来说，太不公平，他说："我想，把我们的正屋、厢房全交了，去住仓库。"

梦月说："爹，你怎么安排都好。"

布根说："除了锅瓢碗盏，几套一般衣服，买油盐钱，其余都交了。"

梦月还是说："好，爹。"

布根说："还想向政府申请块把田土，我也去学种地……"

布根想起马上要过农民生活，无奈、恐惧，无法想象有多大困难在等待他，但这一步必须迈出去。梦月也说："爹，大马过得江，小马过得河，不怕。"

布根十分欣慰，信心也足了许多。梦月离开，布根叫大力到身边，把想法说了一遍，说："大力，你就最后帮我一次吧，在仓库的板壁上开几扇窗户，你就走，剩下的事由我和梦月慢慢做。"

大力听到后来，惊得眼睛一眨一眨的，说："老人，你是要赶我走吗？"大力没有再叫"老爷"。

布根赶忙分辩说："你一定会找到老家的，回老家参加土改去吧，不要跟我一起受罪。"

大力说："老人，没有你，我早就死在路旁喂野狗了，大力不走。"

布根想起十多年前的那一幕。那是一个冬天的下午，布根从县里打官司回来。过嘴嘴，见道旁有黑乎乎的一堆，下马看时，是个娃崽，全身瑟缩，脸却通红，一试额头，滚烫。他没有犹豫，把娃崽抱上马。娃崽姓李，学名叫大力。李大力说不清楚家在哪里，只知道随爹妈逃难出来，先死了爹，没多久，妈也生病死了。他不知道该去哪里，饿了也不知道怎么办，终于倒在路旁。很多年以后，李大力才打听到家在河南洛阳的一个叫桃林的小村子，村子里的老人还记得他爹妈姓名，可是，已经没有亲人。

布根真诚地说："回去吧，家乡会分土地给你，你可以娶妻生子，怎么说也比跟我强。"

大力说："老人，人要是不讲天良，活起就没意思了。只要老人不赶我，我就跟老人一辈子。"

布根眼泪泉水般涌出。

❧47

大力不会做木工活，不过，到处都有木窗，看一看，想一想，心里就有了底。山寨人家男人差不多都会做木匠，都有斧头、锯子、推刨、凿子、墨斗之类，别说布根人不错，就算满身毛病，借借这些东西也不难。大力很快从铁拐李家借来几件家什，在厢房里找出几块旧杉枋，"乒乒乓乓"地敲了几天，三扇粗糙的窗户开出来了。厨房一扇，布根、梦月睡房各一扇。

两次被赵新久、商道的人掳掠，仓库里粮食所剩无几，腾一腾也快。准备就绪，布根来找游龙庭，他说："游队长，我准备搬出去。"

游龙庭问："搬哪里？"

"小仓库。"

"能不能住人？"

"能住，收拾好了。"

游龙庭本来打算举行一次诉苦大会，再让布根交出浮财和印子屋正房，让他住进厢房里去。布根这样一来，他的计划乱了。同时，把不准布根来这一着是什么意思，没有说话。

布根已经打定主意，毫不犹豫地说："我就带锅瓢碗盏铺盖换洗衣服过去，其余财产都留下。"

游龙庭依然没有说话，布根说："如果可以，就分一些土地给我，我也学学种地，像农民那样过日子……"

游龙庭这才说话："工作队并没有叫你搬出来，怎么安排你们这些人，上级还没有指示，你暂时住原来的地方吧。"

布根只好说："好，那我等通知吧。"

布根在不安之中过三天。第四天上午，尤弄忽然带几个扛枪的民兵敲开槽门，走进，说："我们来封家了，你搬走吧。"

破荒
太阳从西边出来

布根没想到用这样的办法要他离开这栋印子屋，不过，对他来说，咋做都无所谓了，说："我们还是搬进小仓库里？"

尤弄说："你看哪里可以住就搬那里吧。"

布根说："我就搬进仓库里。"

尤弄说："只带锅瓢碗盏，换洗衣服，三个月粮食，油盐柴米，其余的不许动。"

布根说："能不能分给我们三口人一点土地？"

尤弄说："你现在不是有菜地？种下去再讲。"

三天以前，布根和大力、梦月已经把不可少的家什和衣物归在一起。东西不多，又有民兵帮忙，往返几次，要拿的便全部搬光。这印子屋就不再姓孙了。尤弄立即叫民兵在布根堂屋大门上贴了封条。封条白底黑字，歪歪斜斜，不知出于农会何人之手，盖了农会印章，显出新政权的威严。

河对面的印子屋主人是武秀才满泡，有30多亩地，靠收地租生活，划为富农；让他老两口搬去厢房住，正屋也封了。作为胜利果实分给谁，研究了再定。务鸟被划为破落地主，叫他住进厢房，把正房分给住茅草房的贫雇农，动员了几家，都说那里风水不好，没人肯去。东南面那栋印子屋只剩屋基，农会没有动它。

第二天，者砦举行了诉苦大会，蔡蓝氏、荷青诉了赵新久、商道的苦。游龙庭几次动员李大力起来诉苦，李大力想想自己的身世，没有苦诉，推托说："我在众人面前讲不出话。"

游龙庭猜想李大力是在推脱，启发说："你在他家几年了？"

大力说："12年。"

游龙庭说："他剥削你12年，知道吗？"

大力茫然地望着这位工作队长，不知道从哪里说起。游龙庭进一步启发说："你给他干活，他给你多少工钱哪？"

"头几年没给。"

"为什么？"

"我年纪小。"

"什么时候开始给工资？"

"15岁以后。"

"按月给？"

"按年给。"

"多少？"

"20块大洋。"

"给20块大洋，你要给他干一年，布根就是这样剥削你的，知道吗？"

"他拿给我，我没有要。"大力说。"有吃有穿，出去办事打发钱，要这么多钱没用。"

游龙庭上了火，说："我教你算剥削账，讲那些没用的干什么！"

大力噤声了，他肚子里装的那点货，离现实和游龙庭的要求很远，要在很短的时间里缩短这个距离，是很不现实的事。游龙庭说："你是受苦人，要翻身，就要知道苦的根源；要当家做主人，就要脱离这个地主分子，不要再跟他住在一起了。"

大力说："我没地方去。"

游龙庭说："可以考虑给你分两间房。"

大力想想，冒了一句游龙庭做梦也想不到的话："梦月是要走的，我再走，就没人管东家了。"

游龙庭费了好大力气启发李大力阶级觉悟，却是这样的结果，说："好啦，诉苦的时候，你就讲小时候的事吧。"

公冶新去了铁匠布劳兆家，让他诉保安团残害他妹崽也休罪行；康百龄动员杨黄氏，杨黄氏说："我的那些事讲出来人家要笑掉大牙，我不讲。"康百龄不勉强。游龙庭先动员尤弄和何石匠，再回来动员蔡蓝氏，都说"不会讲话，只能讲几句"。安排了诉苦的人，游龙庭让公冶新、康百龄负责安全保卫，说："千万不能出事，再出事，我们就吃不了兜着走。"

公冶新明白头儿这话的意思，不给布根挂牌子，不戴高帽。押上台，让他坐在一张方凳上，即有两个持枪民兵看住，不准诉苦人靠近。登台的两个入口处也有民兵看守，不准不相干的人登台，以防万一。其实，这样做纯属游龙庭心有余悸，除去乌丛这样的人，者砉几个村寨的人不会胡来。这天，几个人诉过苦，宣布什么时候分浮财，再接着分土地，也就过了。

出了事，心里不安；风平浪静，又觉平淡了些。是什么心情？游龙庭自己也说不清楚。

199

破荒
太阳从西边出来

48

　　者耆村寨中间的大坝上，线装书、新版印刷书散了一地。这些书，本来装在一个个方形的上了生漆的木柜里，这些木柜再叠起来，成了布根书房里满满的一壁。它们是布根几辈人积攒下来的宝贝，布根拿了他常读常看的几本，余下的要当做浮财处理。当浮财又不能和衣服、被子、布匹、钱财、牲口同等，可以分。这书，要看得懂，才用得着哩。这样，这些书就由按穷苦程度分配改成"要就拿"。结果，方形的木柜拿光了，没人看懂这些书，被遗弃在坝子上。消息传到劳令那里，劳令很想跟布根要上几本，想想书已经不属于布根所有，打消了这念头。

　　最心疼书的要算布根了。小仓库的一扇窗对着大坝，分浮财的时候，他呆呆地看着大坝，心情复杂到了极点。他不是舍不得那些衣服、家具、坛坛罐罐、剩得不多的大洋和那匹心爱的马，而是心疼那些书。他怕书被拿走了，就再也没有能力买到它们。后来，书被从柜子里倒出来，柜子拿走了，书被遗弃在泥地上，他痛心，惋惜没人要这些宝物。心想，劳令、陈友斋和杨欢喜可能会来，但是没有他们的身影。

　　那一夜，布根在窗前坐了很久，看那一堆散乱在地上的书。他怕下雨，怕娃崽乱撕，怕被牲畜踩踏……直到深夜，才勉强睡下。第二天早上，梦月来找游龙庭，要求准她把书捡进家。游龙庭想想自己和公冶新、康百龄都不能要这些书，做浮财分没人要，说："好，捡进家吧，将来有用。"

　　梦月谢过游龙庭，回到小仓库，告诉大力说："我跟游队长说过了，把那些书捡回来吧，将来有用。"

　　大力说："书是好东西，可惜我是睁眼瞎。"

　　梦月说："你还年轻，该认认字。什么都不知道，什么都看不懂，翻身就是一句空话。"

　　梦月把游队长的话告诉布根，布根激动得直流泪，说："让我们捡回来好，没书读，日子难过。"

　　这半年，布根经历的事太太太多，而且全是像6月天突然到来的冰雹，砸得他晕头转向。这半年，布根由一个人变成另一个人。由一个手不能提肩不能挑的人，变成个要自己干活才能糊口的人；由一个有头有脸说话有分量的人，变成被人瞧不起的人。不管他怎样努力从书中获得安慰，想明白道理，还是经历了若干感情狂风巨浪。素雅去世，他几乎死去。是游队长把握住了船舵，梦月、大力给他安慰，给他希望，是布劳兆父子没忘旧情，传给他赵书记的话，他才没有被风浪吞没。

布根忘记了自己臭狗屎一般的身份，和大力、梦月一起，到场坝上来捡书。他们还来不及准备菜篮一类的东西，只能用手抱。布根本来是有想法的，哪些书一定得有，哪些可要可不要。可是，看去看来，本本都是心爱之物，本本都不能少。他跟大力、梦月一起，抱了一次又一次。小仓库太狭窄，不可能再有单独书房，只好往卧室里塞。布根卧室里除了一张床，书几乎占去所有空余地方。梦月卧室也堆了不少。她堆的多半是他和载星用过的书。梦月把它们放在一起，既是一种思念，也是一种寄托。

游龙庭、公冶新、康百龄和农会委员一起，丈量了布根的土地，除了留给他三口人耕种的土地以外，其余分给无地和少地的贫雇农。经过一番波折，补选布劳兆为农会委员。农会主席尤弄兼任民兵连长，美香任妇女主任，班子齐了，工作队准备撤离。

人们的兴奋情绪和新鲜感并没有维持多久，农会五个成员一齐感到力不从心。他们谁也没想到，农会事情会这么多！者砻村农会设在布根印子屋里，县邮电局把电话线拉了进来，农会办公室里就有了一部电话机。"呜呜呜"地摇一阵，拿起那牛角似的东西就可以讲话，天远地远的地方都听得见，实在方便。但是，也因为有那东西，上面三天两头给农会打电话，要农会办这办那，叫做下达任务。任务已下达，火燎一般地急。办公室必须有人守着，没事也不能离开。

轮到布劳兆值班，布劳兆让劳令来守电话。劳令客话熟练，新社会不少东西也听熟了，笔下来得。不管多复杂的事，都能清清楚楚地记下来，该跟谁说跟谁说，轻轻松松。布劳兆的经验传到劁猪匠耳里，劁猪匠照布劳兆的办法办理，叫儿子陈友斋代劳。余下的三位委员，自己不识字，又没人代劳，来了电话，交代了任务，记了一截忘一截不说，还常常牛头不对马嘴。一天，区里来了电话，尤弄听不明白，连说几个"啊"？对方很无奈，说："你们那里不是有个叫布劳兆的委员吗？叫他来听电话！"

这句话尤弄听清楚了，说："他不在。"

对方没法，说："那你就只有亲自到区里来一趟了。"

尤弄跑到区里，找到打电话的人，才知道是让他了解分到田地的那些贫雇农，有没有能力准备春耕生产，如果没这能力，要动员有能力的人户帮一下。天哪，就这么个事，让他足足跑了一天。

尤弄光杆一人，走哪里没有牵挂。从区里问事回来，直奔游龙庭、公冶新、康百龄住处。公冶新、康百龄没在，游龙庭正在桌前写什么，尤弄敲门进房间，急捞捞地说："队长，没文化太难啦，我想办夜校。我听说有的村子开始办夜校了，请老师教认字。"

游龙庭说："好啊，没文化，你们是做不好农会工作的。你是一把手，不突击学文化更不行。"

尤弄说："就办在布根堂屋里行不行？"

"怎么不行？"

"让劳令当老师行不行？"

"他家在大山里，上完了课半夜了，怎么回去？"

尤弄作难了，说："满泡肚里有墨水，就是老了，新东西不懂，还是富农，让他当老师不合适。"

游龙庭说："布根的印子屋有那么多房间，除了农会办公室、教室，就不能给上课的老师安排个睡觉的地方？有了睡觉的地方，劳令、陈友斋、杨欢喜都可以轮流来上课，问题不就解决了？"

尤弄拍拍脑袋，怨恨自己说："我咋就没想到这一点？睁眼瞎就是笨。"

"梦月上过县中，文墨深着呢，不光能教书，还能教你们唱歌，要好好地用她。"游龙庭说。

尤弄说："她爹关起的，公公是地主啊……"

游龙庭说："地主子女和地主分子不同，要区别对待。出身不能选择，自己走什么路可以选择。这样的政策，我讲过多次，你们要好好掌握。"

尤弄说："是不是要开会商量一下？"

游龙庭说："这样的事你也要问我吗？我和公冶新同志很快就要离开了。很快要成立乡政府，直接领导村基层组织，你们有事直接找乡政府。"

听说游队长、公冶新和老康同志很快要离开，尤弄心里一下空落了，说："队长，你和公冶新、老康同志能不能等我们把夜校办起来再走？"

游龙庭除了一件事还挂在心上，心思已经不在者耷了。他们没有马上离开，是要好好准备那份向赖书记汇报的材料。刚才，他就在煞费苦心地给这汇报材料搭架子，不想被尤弄一耽误就老半天。不能说他厌烦尤弄，至少也不能屁大件事都要问吧，他说："大胆干吧，这怕那也怕，怎么翻身做主人哪？"

尤弄没有再问，他开始意识到肩上担子的分量了。

49

游龙庭回头看看在者砻走过的这段路，虽然磕磕碰碰，出了人命，但他最多是负领导责任，又有人来领罪，赖书记说了他几句，总算过了。下一步是换个地方，再让他当工作队长，还是另派任务？赖书记没在他跟前透过风。公冶新、康百龄离开者砻两天了，只叫尽快到区里报到，不知道是不是分配了工作。

刚进者砻的时候，开始了和部队完全不同的生活，事事都新鲜，又有好好干一番的打算，时间快得转眼就过一天。后来，事情繁杂、不顺利，时间变得很长很长，巴不得快些离开，永远不回这种地方来。可是真要离开，又依依不舍。最初，他以为是对者砻产生感情，后来才发现是为了一个人。游龙庭意识到这一点的时候，出了一身冷汗。

游龙庭萌生这种可怕而又让他兴奋不已的想法其实缘于一个梦，梦境里他在海边沙滩上，一个漂亮得让他心头"突突突"跳个不停的姑娘缓缓地朝他走来，近了，近了，他毫不犹豫地张开两臂，抱住这个软绵绵的身体……不知怎么回事，身下不是沙滩，而是床。他正要得手，姑娘将两条腿紧紧夹住，指着他的眼睛说："放了我爹，我就给你。"

游龙庭忽然认出了这姑娘不是别人，而是乔梦月。但他已经没法忍耐，下面流了一滩黏糊糊的东西！

实际上，游龙庭第一次在槽门外见到梦月侧影的时候，一道柔美的白色亮光已经进入他的心里，潜藏了下来。在这偏僻的山村，竟然有这样的美色，是他做梦也没想到的。他很快就知道这姑娘姓名，而且知道是这印子屋的媳妇。再后来，知道媳妇的丈夫离开家，参了军，和家庭划清界限，不再回来。向文艺在村里的时候，游龙庭一心一意要求进步，不敢有任何非分之想。向文艺离开，见到梦月的机会多了，一个可怕的想法冒了上来：人生不过几十年，能娶个可心的老婆，比什么都强。但有个问题梗在他和梦月之间：载星是不是也嫌

破荒
太阳从西边出来

岳父乔长盛是打倒对象，才和乔梦月分手？如果分了手，梦月为什么还住在孙立志家？如果没有分手，载星为什么一次也没回来？土改越来越接近尾声，游龙庭觉得事情逼得很近了。他一旦离开者砻，再来办这样的事就不容易了。他已经没有更多回旋余地。去区里向赖书记汇报工作的时候，说："赖书记，者砻还有些事要处理，处理完了，我会及时赶来区里报到的。"

赖书记说："区管的地方太宽，高有乡政府已经成立，者砻由那里管辖。"

游龙庭说："赖书记，我的工作调动是不是还找你？"

"还找我。"

离开玉田镇往者砻方向走，好像乔梦月已经是他的女人，脚下变得轻快起来，路也变得短了，太阳还没有下山，已经到了龙塘。到了者砻，他才忽然意识到梦月还是孙立志儿媳妇，自己是转业不久的解放军，者砻土改工作队长。最要命的是，就算梦月和载星脱离婚姻关系，如果要娶她，上级会怎么看他？对前途有多大影响？他的朋友熟人怎么想？一连串问号，蜂拥而至，把他的脑子挤得满满的，乱得没法想问题。

这一夜他失眠了。在部队里，打仗、行军，行军、打仗，天天跟死亡打交道，没工夫想女人。再说，他在的部队，就那几个女兵，营团干部还分不过来呢，轮得着他想吗？而且，他出身不好，生怕表现差了，不敢分心。到了地方，只要不是差得没底，就该有个家。但是，他的家在哪里呢？游龙庭虽然家庭出身差，他心目中的妻子，条件真不低。他有几不要：不漂亮不要，没文化不要，邋遢姑娘不要，泼辣货不要。后来渐渐发现，既漂亮又有文化的姑娘十之有九出身剥削阶级家庭。游龙庭想想也是，穷苦人连饭都吃不起，咋能供孩子上学？就算能供，也只供男孩子，不供女孩子。他要么取消"没文化不要"这一条，要么冒险娶地主女儿，没第三条路可走。

乔梦月漂亮，可人，有文化，条件优越，但敢拿自己的前途打赌吗？他到了非抉择不可的时候了。

这一夜，游龙庭觉得时间特别长，过得格外慢。翻来覆去，到天快亮才入睡。醒来的时候，阳光已经从木窗户里照进来。又是个晴好天气。假如乔梦月睡在他身边，会是怎样一种感受？这种事，他无法跟谁讨主意，只能自己决定。想想自己参军以后，就被出身不好压得喘不过气来。无论他怎么严格要求自己，怎样努力，别人都会说相同的一句话："出身不能选择，自己走什么道路，是可以选择的。"出身不好这顶沉重得让他抬不起头的帽子，要戴到什么时候！

想去想来想横了，决心要自己做一回主，游龙庭对自己说："大不了不提拔，就娶个地主女儿，怎么啦？"

游龙庭打开木窗，出现在他眼前的是印子屋落寞的天井，毫无生气的孙立志正屋。他这才想起，孙立志、乔梦月、李大力已经搬入小仓库，正屋已作农会办公室。如果同在一个院落里，和乔梦月见面的机会要多得多，而今要见到她，就不那么方便了。上门去找？他抹不开这张脸。找她谈话，谈什么？万一乔梦月一句话堵死，就没回旋余地了。

游龙庭想一想，一个声音告诉自己说："小心，走错一步，这辈子就完了。"话音刚落地，另一个声音冒了出来："出身不好，先天不足，表现再好，会信任你吗？瞎子点灯白费蜡。"

"很多领导人出身也不好。"

"傻瓜，你能跟他们比吗？"

"你怎么知道不行？"

"你知道他们经过多少生死考验吗？"

"……"

两种声音争执不下，游龙庭没法下决心。这天，他干脆不出房间，蒙头睡了一上午。

下午，尤弄来向游龙庭汇报办夜校的事，他忽然想起尤弄问乔梦月能不能做夜校老师的问题，眼前一亮，他想："让乔梦月在夜校当老师，跟她接触不就很自然了？"他问尤弄："你不是问过了吗，还有什么问题？"

尤弄说："让乔梦月当夜校老师的事，我跟她讲了，她愿意；是另外的事。"

游龙庭问："啥事？"

尤弄说："请队长给夜校写块牌子。"

游龙庭说："我的毛笔字很丑，你叫劳令写吧，你是农会主席，要学会用人，知道吗？"

尤弄说："还有个事。"

"说吧。"

"第一天开学，你来一下，讲几句话，鼓励鼓励大家。"

"除了学员，把夜校老师都叫来。"

"是不是也叫乔梦月？"

"我不是说了吗，出身不能选择，个人道路可以选择，请了人家当老师，开学不请人家，算什么事？"

尤弄直眨巴眼睛，游龙庭知道他没完全听懂这话的意思，解释说："比如说，你尤弄想出生在一个满肚子学问的人家里，行吗？"

尤弄饶有兴趣地说："听说人有下辈子，我下辈子投胎个满肚子学问的人家，我自己也就满肚子学问。不识字，太难了……"

游龙庭说："没有下辈子。再说，学问也不会遗传，不可能爹有学问，儿子就有学问，只能靠自己学。"

尤弄愣了，说："那我咋办？"

游龙庭说："学啊，不懂就学，不就懂了吗？肯学就识字。识的字多了，就能写，人也能了；不肯学，就永远大字不识。就这两条路，选哪一条，就全由自己了。"

尤弄还是转不过弯来，说："这道理我懂，乔梦月也有路子选吗？"

游龙庭说："一个道理嘛。她要拥护人民政府，站在革命一边，她就是革命的，就是同志，就和大家一样受到信任；如果跟她爹她公公站在一起，就不革命，甚至反革命了……"

尤弄想想又有了问题，说："那乔梦月现在走的是哪条路？"

游龙庭说："要看她的表现。"

"哪样是表现？"

"做什么，怎么做？就是表现。"

尤弄什么都不懂，什么都要问，游龙庭心里直喊要命。尤弄似懂非懂，急得冒一身汗，比上山干一天活累得多了。他还想再问，被一阵鞭炮夹大炮仗的响声打断了。游龙庭在战场上摸爬滚打，和硝烟、子弹打交道，到者耆来静得让他不习惯，他以为是哪家嫁女，或者娶媳妇，出大槽门观看。大槽门离进村大路很近，一眼就看见放炮仗的是两个戴红纸高帽的男子，红高帽倒向后脑。走在前面，穿破鞋染家机布对襟衣的人是乌丛；走在后面的是一身没有胸徽的解放军军服，游龙庭认出来了，是占约，衣服还是他送的。这两个人不是自己带上铺盖卷去坐牢了吗，怎么会在这里？是无罪释放？放炮仗、戴红纸帽，是咋回事？游龙庭见尤弄也在，说："你把他俩叫来。"

不多工夫，两人被叫到游龙庭卧室兼办公室的房间里。乌丛摘红纸帽扇风，一副死猪不怕开水烫的样子；占约年纪到底小些，有些局促不安。游龙庭问："你们这是干啥？"

乌丛翻翻白眼，没接游龙庭的话，说："要跟贫雇农斗？开玩——笑。"

游龙庭声音放大了，问："我问你们哪，县公安局是不是放你俩回来了？"

乌丛扁扁嘴，一副很得意的样子，说："开玩——笑，不放咋出得来？那种地方，蚊子都飞不出来，不要讲人了。"

占约要老实得多，说："是放我俩出来了。"

游龙庭问："拿啥给你们没有？比如'通知'一类的东西。"

占约摇摇头，说："没得。"

"交代啥没有？"

"没得。"

"干啥放炮仗？"

"欢喜啊……想跟贫雇农斗，还早了点……"乌丛说。

游龙庭忽然意识到乌丛他俩这样做带着一种蔑视工作队的味道，有些上火，说："你们以为林素雅死就和你们没关系啦？告诉你们，如果不吸取教训，还要犯更大错误，不要到时候说游队长没跟你们打招呼！"

见游龙庭发火，乌丛才收敛了些。游龙庭趁机教训乌丛二人，说："从牢里放出来，是啥光彩得很的事？放啥鞭炮，啊？还戴个红纸帽，乱弹琴，还不摘下来甩了？"

从县公安局放出来，戴纸红帽，放鞭炮庆贺，乌丛一心只想要气气布根，听游队长这样说，吓着了，赶忙摘下红帽，甩在地上，几脚踩扁，占约也摘了下来。谈话结束，二人走出槽门，把高帽甩下河里。

50

游龙庭在为一件事迟疑：值不值得在者耆多待些日子，夜校办起来再离开？想去想来，这事得决定于乔梦月对他的态度。只要乔梦月不是一口回绝，他相信自己有足够的耐心和毅力。总有一天，梦月会乖乖地投进他的怀抱。如果一口回绝，他留下来就没啥意思了。

游龙庭为自己冒出这样的想法很吃惊：一向投身革命决心很大，话说得很

破荒
太阳从西边出来

硬的人，怎么一下变得俗气起来？但是，转而又想，革了三年多命，仗没少打，苦没少吃，到头来还是光棍一条，死了连哭一声的人都没有，不是太亏了？游龙庭认定命要革，老婆要找，而且非乔梦月不娶。

但是，如果不把夜校办起来，就没办法接近乔梦月。说不定她什么时候悄悄离开，或者嫁人，后悔莫及。游龙庭想去想来，还是决定去高有走一趟，请乡党委书记或者乡长来一趟，和学员见见面，表示支持。

在者砦工作几个月，对山区不那么陌生了。高有离者砦20多里，从没去过。问几次路，快到中午的时候，还是看到一条比玉田镇小些的场镇了。问问路人，知道是高有乡场镇。乡镇党委和政府办公室同在一小楼里，砖墙木板壁，和玉田区政府模样差不多，不过更小些罢了。

游龙庭刚走进大门，就被人叫住："嗨，老油，有事？"

游龙庭听声音稔熟，回头看时，是向文艺。游龙庭朝向文艺胸脯捶一拳，说："好你个老向，一走就杳无音讯，我还以为你远走高飞了呢！"

向文艺说："想飞……可是又回来了。"

"当乡长？"

"不像？"

"你水平高，不该窝在这山沟沟里。"

"你说我应该去哪里？"

"起码也该去县里。"

"我不想当官，想写点东西。"向文艺说，"还想在乡下转转。"

"怎么转不管你，者砦夜校今晚开学，我是特地来请领导光临的。"游龙庭说，"者砦是不是第一个办夜校的村子？"

向文艺说："土改了跟着办夜校，提高贫雇农文化素质，恐怕全区没有第二个。"

游龙庭高兴了，说："到时候你替我吹吹，咱也弄个书记局长什么的当当。"

向文艺听这话不入耳，却还不能不去者砦，表示表示乡政府的态度。向文艺留游龙庭在乡政府小食堂里吃过便餐，跟游龙庭一起来者砦。

者砦夜校办在布根的堂屋里。大户人家的堂屋，比普通人家堂屋宽得多。除去布根家现有的桌椅、长凳，学员从家里搬来方桌、长凳的不少。放在宽大

破荒
太阳从西边出来

的堂屋里，虽然长长短短，高高矮矮，也挺像回事。

堂屋正门横挂块白木牌子，上书"者砻夜校"四个大字。以前，布根在厢房里办过学校，最多的时候五个孩子。而且越来越少，少到两个学生的时候，布根说："学生太少，办不成了，还想读书，就自己想办法吧。"山里人不是不知道"万般皆下品，唯有读书高"，但那不是连饭都吃不起的穷人能做的事；要是读几年书，文不能靠文墨过日子，武不能下力做活路，还不如不读；要是不走正道，像败家子务鸟，沦落为穷光蛋的乌丛兄弟，读书反而害了他们。四座印子屋，唯独没有被说长道短的只有布根和满泡。布根人缘好，肯替大家扛事，自然不会有人说；满泡只有个嫁到湖南去的妹崽，眼看要绝后了，山里不忍心派他的不是。山里人也不明白，解放军进者砻，前后不过一年半工夫，大家忽然对读书来了劲？是因为听说了那么多当家做主人的道理，不识字寸步难行？还是实实在在地看到有文化的解放军、三个在区小读书的学生有文化的便利？或者是山里人从文明的蒙昧里醒了过来？好像都是，又不全是。

干了一天活，又累又饿，吃过晚饭，眼皮子重得睁不开，为什么要到夜校来读书，各人的脸上和眼睛里都有答案。比如，也昂觉得自己不笨，既然有机会学，至少也要学到自己当家的时候，能应付笔墨上那些七七八八的事。美香不满意她那门亲事，向文艺在的时候，梦想嫁给向文艺，还没来得及向向文艺表示，向文艺走了，美香又把希望寄托在游龙庭身上。游龙庭识文断字，不读书配不上人家。鸢娥的想法更离谱，她做梦都想有一天，她家翻了身，有钱了，爹会给她办嫁妆，她会穿着崭新衣服，坐上轿子，走进劳令家。那时，劳令一定到很远的县中读书了，她自己一个人在家里看书，带娃崽……

最急切要读书认字的莫过于尤弄。乡里随便发个通知之类的下来，他眼前便是一抹黑，不得不赶忙问游龙庭，再不找劳令、陈友斋、杨欢喜。如果都没有找到，只好找乔梦月。有一次，邮递员送来一封信，尤弄央求邮递员念给他听，邮递员摇摇头，说："我也认不得字，哪一封信送哪里，全凭死记。"

游龙庭不在，尤弄无法，找乔梦月，乔梦月不在家；上山去找劳令，劳令找陈友斋、杨欢喜去了。尤弄奔去找陈友斋，陈跛子家大门紧闭，没有陈友斋他们的影子。尤弄坐在路旁生一阵闷气，狠下一条心，赶去区里找赖书记。

尤弄赶到区里，找到赖书记，请赖书记看是什么文件？赖书记瞟一眼信封，说："你叫我看什么？"

"文件呀。"

破荒
太阳从西边出来

"什么文件？是私人信件。"

"哪样是私人信件？"

赖书记不耐烦了，说："你不是农会主席吗，连私人信件也不知道是啥？"

尤弄很尴尬，脸红到脖子根，结结巴巴地说："我不识字。"

赖书记声音很响，说："不识字？不识字就算啦？扫盲，限你三个月把盲扫了，能够看懂一般文件！"

尤弄不知道"能看懂一般文件"是什么能耐，吓了一跳，说："天……天……"

赖书记说："天啥天，别人做得到的事，贫雇农要做到；别人做不到的事，你们也要做到，回去想办法！"

尤弄挨了赖书记嗨（吼）一顿，决心要办夜校；游龙庭也想，只有办夜校，才有机会和乔梦月在一起。这样，两人一说就成。经过几天准备，像模像样的夜校教室收拾出来了。

剩下的何石匠、算命婆、蔡蓝氏等等，各有各的想法。有的什么目的也没有，看着夜校热闹，以为有什么把戏好看，也来了。由于是开学第一天，夜校校长尤弄、老师劳令、陈友斋、杨欢喜、乔梦月都到了。他们坐在第一排两张长凳上。正中一条长凳，坐了向文艺、游龙庭。讲台上放一张条桌，上面放了笔墨纸，旁边是一瓶在镇上才看得到的墨汁。有了这文房四宝，气氛严肃不少。

人到了很多，小光脚板们在人缝里窜来窜去，尤弄不停地咋呼："乱跑吗，割蛋蛋的来喽！"

小光脚板和向文艺、游龙庭混熟了，不信有割蛋蛋这样的事。向文艺见来的人不少，跟游龙庭说："开始吧，拖久了，回去就太晚了。"

游龙庭向尤弄招招手，尤弄过来，游龙庭说："开始吧。"

尤弄说："好，开始。"

尤弄说了，却没有下文，游龙庭催促说："你主持会议呀。"

尤弄不懂主持会议是咋回事，愣着眼看游龙庭，游龙庭说："你就说，我们者砦夜校今天算正式开学了，现在请向乡长讲话！"

游龙庭教的话，尤弄听的时候明白，转过背就乱了。走上主席台，两脚打抖，舌头也不灵了，说："乡长……讲……讲……开……开始……"

向文艺知道像尤弄这样的山里后生，要当众讲话比干一天累活都难。索性让尤弄下来，自己走上去。向文艺没有作报告的架势，更没有打官腔，开口就说："我这不是讲话，只想问大家一件事：肚子里没墨水难不难？"

肚子里没墨水的难处太多太多，最难的是心里一抹黑，不晓得什么是对的，什么是错的；对了，为什么对，错了，为什么错；怎么样才不老犯错……

话开头了，尤弄想起几天前收到一封信，一直跑到赖书记那里，挨嗨一顿这件事。他颠三倒四地说了事情的经过，说："要是认得字，就不白跑这一趟了，我就是瞄死累死也要把这字认够……"说到信，尤弄才想起信还在他口袋里呢，摸出来，却不知道是谁的信。尤弄拿给游龙庭认，游龙庭接了过去，说："你放我这里。"

向文艺让大家七嘴八舌地说一阵，才回到主题上来，说："翻身，翻身，要是文化翻不了身，人家能说清楚的话我们说不清，别人能做的事我们做不了，那么，子子孙孙就只能在地里死做……"

下面"嗡嗡"的一阵，向文艺说："学文化不难，不要说多，一天能记10个字，10天就100，100天就能认1000多字，就可以看报纸了。"

何石匠说："老都老了还学吹箫，按不准眼了。"

向文艺顺手拿过纸笔，在半张纸上写下个大大的"锤"字。举起来，问何石匠说："你拿啥打石头啊？"

何石匠还能不知道拿什么打石头吗？他说："锤子啊！"

向文艺说："这个就是'锤'字。你锤子是啥做的？"

"铁，口子还上钢，没上钢几锤就敲烂啦。"

向文艺用手蒙去字的右面，问："字这一边就是金属的金字，铁是金属，钢是金属。锤子是硬的，所以是金属的。"向文艺把左边蒙住，问："这字的右边是啥呢？是这个字的读音：垂。瓜结大了，重了，就垂下来，就是这个字。"

有人问："我捶你一顿，是不是也是这个锤？"

向文艺说："那不是，那是提手旁的捶。你的拳头不是铁做的，是肉和骨头……"

又有人说："好啊，今天一下就认得两个字了。"

有鼾声从教室里响起，向文艺闪眼看见乌丛靠着壁头睡得很熟，鼾声就是从那里发出来的。这声音传染了一些人，有人无所顾忌地大打哈欠，声音响而长："啊——嗯——"

向文艺停止了讲话带表演，叫尤弄说："介绍一下老师吧。"

向文艺下讲台，尤弄上去。这是第二次当大家的面说话，对这位山里穷后生来说，已经是破天荒的事。有了第一次，再上台，胆子大得多了，他朝劳令他们说："起来起来，叫大家看看。"

这几个人像是要被斗争似的，陆陆续续站起来，全都像犯了错似的勾着头，乔梦月勾得最低，只差贴胸脯。向文艺站起来说："我给大家介绍一下吧，一个个来。"向文艺挨着介绍说，"这一位，龙文翯老师；这一位，陈友斋老师；这一位，杨欢喜老师；这一位，读到县中了，学历最高，乔梦月老师……你们堂屋里神榜上是不是写'天地君亲师位'几个字？他们尽管年纪比我们小，老师就是老师，对老师就一定要尊敬。乔老师出身归出身，本人是本人。既然请了，就是老师，绝不能另眼看待。"

山家里人对"出身归出身，本人归本人"一时转不过弯来——打倒了的地主，咋又和贫雇农一样了？但道理太深奥，不想也罢。尤弄看一些老者和大妈起身离开，打招呼说："等一下等一下，不忙走，请游队长讲几句。"

想离开的老者、大妈重又坐下，游龙庭站起来，说："者耷夜校，今天就算开学了，以后每天晚上 8 点钟开始上课，10 点钟离开。老师轮流上，一人一天。要准备笔墨纸，不光要认字，还要写。不要丢不下家里的那点活，学到了文化，多的都有了。就这样！"

51

向文艺住在游龙庭的房间里，这是事先安排了的。尤弄宣布"散会"的时候，游龙庭眼神变得特别好使，见乔梦月站起身，头抬了一下，赶忙说："请你留一下。"

梦月以为自己听错了，站着不动，但这阵和游龙庭的眼神对上了——尽管一刹那，还是被游龙庭捕捉到了，他说："你到我房间来一下。"

乔梦月看游龙庭一眼，感觉到他眼里有一种奇怪的东西在闪烁。黏黏的，使她想起蜘蛛网。蜘蛛网是闪亮的，诱人的，却充满了危险。这种危险来之于乔梦月对游龙庭的陌生感，来之于他是解放军，土改工作队，更来之于他对地主阶级的愤恨和眼前态度的反差，她没怎么想就冲口而出，说："队长，有事在这里说吧。"

游龙庭碰个软钉子，急忙退一步，说："好。"

人走得差不多了，不知趣的尤弄傻乎乎地看着游龙庭，游龙庭说："你回去吧，我和乔老师还有点事。"

尤弄走了出去，教室里只剩下游龙庭和乔梦月。乔梦月一下又紧张起来。游龙庭指指面前一张凳子，说："坐。"

乔梦月没坐。游龙庭摸出刚才尤弄交给他的那封信，递给乔梦月，说："你的信。"

乔梦月接过信。一闪眼，认出是载星的笔迹，心头"嘭嘭嘭"地狂跳起来。

游龙庭变得格外敏感了，说："是你丈夫来的信？"

梦月轻轻地点一下头。这么长时间没有信来，真难说是吉是凶。谈话的路子被堵死，游龙庭换话题说："请你出来当夜校老师，有啥想法？"

乔梦月索性不看游龙庭，说："有他们三个就够了，我不来……"

游龙庭觉着很意外。按他的猜测，这位长得漂亮，出身糟糕的姑娘该感激得进出眼泪，只要他伸伸手，就会投到怀抱里来才对。如今居然态度冷漠，很反常。不过，他不会这么轻易放过。说："你要珍惜这个机会，你在村里做做工作，打打基础，将来有工作机会了，老向是乡长，我跟他说说，把你调去乡里，总比在农村里强。"

乔梦月急于要看载星的来信，无心谈话。游龙庭没有勉强，说："就这样吧，有什么要求，你随时都可以找我。"

乔梦月没有看游龙庭，甚至礼貌性的招呼也没打，起身，走出堂屋。这些天，正是做小季的时候候，如果不能趁这时种种菜，翻地、放圈肥、下麦种，来年便生活无着。梦月不忍心让大力一个人下地，跟着去干了几天。可是，她生来细皮嫩肉，爱干净，仍然穿宽袖白衬衣，蓝裙子，戴白色发箍，奶子微微凸起，显得青春洋溢，活力四射。梦月走出堂屋大门，游龙庭看她还不算成熟女人的身段，不禁心潮澎湃……

向文艺坐在桌前，在随身带的笔记本上用心地记着什么。老向看过不少史书，了解过吴起、卫鞅等人的生平，不想在官场里走得太远，陷得太深；只想研究研究问题，写几本书，留与后人。他倒梦想找到个爱好文学的女人，能帮帮他最好；不能帮他，能多说说话也不错。打仗的时候顾不上找。就算顾得上，部队女兵少得可怜，年纪大的首长不少，还在熬光棍呢，轮得到他？到者

213

眷，好看的姑娘不少，美香就很不错。美香不愿意嫁给粗鲁的表哥，向他表示过，说："同志哥，就怕你不愿意，只要你愿意，我跟妈讲一声，把被窝抱在一起就是了。"

美香是瞄准只有向文艺一人在宿舍里，故意来找他的。她坐在向文艺的对面，奶子鼓得挺高，眼睛大胆地在向文艺脸上扫来扫去。他如果起身拉窗帘、闩门，美香一定是他身底下的人。他克制了自己，目不斜视。

向文艺见游龙庭看乔梦月时候的眼神不对劲，警告游龙庭说："别忘了，她是伪区长的女儿，孙立志儿媳妇！"

游龙庭不是那类善于掩饰自己的人，走进宿舍，那脚步，那笑容，那眼神告诉向文艺，刚才留下乔梦月"个别谈话"有名堂。向文艺索性挑开说："怎么样？"

游龙庭装作不明白，甩破布袋似的把自己甩在床上，说："啥怎么样？"

向文艺说："你别装了，你肚子里肠子有几个弯我全知道。"

游龙庭见瞒不过去，叹口气，说："可惜了，如果不是出生在这样的家庭里，不要说别的，单就这模样，就值钱了。"

"党的政策很明确，出身归出身，个人归个人。"

"就怕执行起来不是那回事。"

"你自己难道没有切身体会？"

"所以，我和农会商量，让她出来当夜校教师，在农村里锻炼锻炼，打打基础……"

向文艺把话接下去："有机会的时候，替她找个工作，是吧？"

游龙庭翻身下床，说："相信很快就会给我分配工作，不管是在区里，还是在县里，我都不挑。她也有个工作，再有个小家，这辈子就够了。"

向文艺提醒说："倒是件好事，但是，你最好不要把事情想得太简单了。"

游龙庭听出向文艺话里有话，说："咋啦？"

向文艺说："反正事情没那么简单……"开了这么个头，没了下文，埋头在笔记本上写什么去了。游龙庭不干了，说："你老向啥时候学得这么有城府了？"

向文艺抬起头来看游龙庭，见游龙庭的脸即刻挂了霜，说："还是别说了吧，说了有人会睡不着觉。"

游龙庭生气了，说："除非你老向是我的竞争对手，要不，只要我说，'你

214

就跟我吧'，乔梦月不投进我怀里我就不姓游。"

向文艺说："你要能回答我提的几个问题，就有六成希望。"

"说吧。"

"你能认定她喜欢你吗?"

"我的条件不错。"

"有知识的人并不看重死条件。"

"也是。"游龙庭说，"还有什么?"

"她男人孙文昌可是现役军人……"

游龙庭说："孙文昌一离开家就没有再回来，走的肯定是和家庭决裂的路子，解除婚姻关系不过是办个手续的问题。"

"你知不知道她还想上学?"

游龙庭摇摇头。

"他喜欢一个人你知不知道?"

"谁?"

"龙——文——�。"

"就是布劳兆的儿子劳令?"

"我都两次发现他俩在一起了。"

"我听说劳令是要考学校的。"

"为问啥时候招生，他俩一起去过县城，一起住在赵书记家里。"向文艺说，"这些情况，你不知道了吧?"

游龙庭默然不语。

向文艺说："你以为人家是伪区长的女儿，地主儿媳妇，只要我们当过解放军的人提出来要娶人家，人家就愿意了? 事情不那么简单。"

游龙庭挨了当头一棒，高兴不起来了。向文艺郑重其事地说："所以，兵书上说，知己知彼，百战不殆。老弟，找这类有文化的老婆，和找个农村妞不一样，学着点吧。"

52

梦月是让李大力陪她上山来找劳令的。到劳令木屋前，被黄狗发现，连连扑咬，劳令出来，见是梦月和大力，有些吃惊，说："你们咋来啦?"

梦月让李大力回去，说："你回去吧，我会回来做午饭的。爹说要下地，你教教他吧。"

大力答应着转身走了，梦月见他宽厚的背影消失在下山路的时候，才问劳令说："你一个人在家？"

劳令说："我爹我哥进山烧木炭了，我妈也上坡做活路去了。"

梦月说："就你这宝贝儿子什么也不做。"

劳令说："我爹让我准备考试。要是考不上，就没脸见人了，正想来找你哩。"

布劳兆、荷青知道劳令和布根一家熟，劳令和梦月来来去去。尽管布根是地主分子，布劳兆是农会委员，只要不做坏事，谁能说三道四？再说，梦月还是夜校老师，布劳兆就更没顾虑了。荷青还跟布劳兆说过："要是梦月肯进我家门，我们就要。"

布劳兆说："人家都怕沾地主的边，你不怕？"

荷青说："我不怕。人是三节草，不晓得哪节好，人家好的时候不嫌我们，我们刚好一点，就嫌人家了？"

布劳兆、荷青在劳令跟前隐隐约约地透过这些想法，所以，劳令和梦月来往，没一点顾忌。梦月没想到在这种被大山包围的地方还有房子，更没想到这么聪明的劳令是从大山里走出去的。她有许许多多想不明白的问题要问。她边跟随劳令往楼上走边问："以前你在哪里上小学？"

"最早在村里。"

"要走这么远山路，你不怕？"

"要是怕，就只有不读了，离开学校我受不了。"

"为什么？"

"我也说不清楚。"劳令说，"反正我就喜欢学校，喜欢书，喜欢听老师讲，喜欢新知识，我想知道的东西太多太多，只有老师才能解决我的问题。我常常边看书边做家务事，碰着头，踢着门槛，该喂猪，却把猪潲喂了牛……如果有一天不让我读书了，或者瞎了看不成书了，真不晓得咋活下去。"

"你可真是个读书迷。"

"只要有书看，就什么都忘了。"

"有些早叫的公鸡，见到母鸡就不要命了。"

"那是鸡，人是有脑子的。"

梦月想想自己，学习不能说不用功，却远没痴迷成这样子。到楼上，梦月问："后来呢？"

"后来我去了湖南投靠亲戚，在那里读小学四年级。"

"再后来呢？"

"在玉小呀。"

"真苦。"

梦月走过颤悠悠的楼板，进劳令书房。书房小而简陋。有几本书立在桌上，比起布根家的书来，少得可怜。可是，梦月没心思看他的书，坐在劳令的床上开始抹眼泪，弄得劳令心里慌慌的，不知道发生了什么事，劳令说："有什么事就说，不要哭呀，你一哭，把人家都哭没主意了。"

梦月抹掉眼泪，从衬衣口袋里摸出载星写给她的信，说："你看。"

信里写了什么，劳令大抵猜着了，但他还是认认真真地看了一遍，还给梦月。梦月见他不说话，急坏了，扑过来，捏紧小拳头照劳令胸脯只顾捶，眼泪又迸出来，说："他真的不要我了……说呀说呀，人家都急死了，你死都不急。"

虽然载星没跟劳令说起他和梦月的事，劳令也想得到，载星不会回来了。哪怕找个不识字的农村姑娘，他也不会和梦月过下去。即便勉强在一起，迟早还得各走各的路。他喜欢梦月，但眼下他们不能成亲。劳令有这样的思想打底，梦月遇到这样的问题，他并不觉得意外。他说："这件事，迟早都会来的。"

梦月说："要是没解放，他不会走。"

劳令说："要是不解放，你跟着来的事就是生娃崽，孝敬公婆，侍候丈夫。你很有天分，这样过一辈子实在可惜。"

劳令的话触了梦月的痛处。近两年了，她的生活由天上掉到地下，但是，她的心由昏忽幽暗变得敞亮了。解放军、赵书记的话让她想得很远，者耷村由死气沉沉变得有活力了。村里那么多不识字的男女老少报名进夜校，劳令一再鼓励她考学校，读了初中读高中，读完高中考大学，不再走老辈人的路。梦月又觉得自己不但没有倒霉，倒是得到了解放。但是，她这点刚萌发起来的想法太脆弱，活像嫩芽，不小心呵护就会夭折。梦月抹把眼泪，说："劳令，我爸还在牢里，我妈只想把我嫁出去了事。载星不要我了，没人能跟我说真心话。我把心里话都跟你说了，你告诉我，我能像你说的那样有出息吗？"

劳令毫不犹豫地回答说："只要你有毅力，有决心，肯定行。"

梦月说："你看我咋办哪？"

"什么咋办？"

"你没看见哪，他要跟我解除婚姻关系哪。"

"那还不好？"劳令说，"解除了婚姻关系，没碍手碍脚的事了，更好。"

梦月又有问题了，说："我怎么跟他爹说呀？"

"怎么说？照直说。"劳令说，"你就跟蒙数根说，你要考学校，会安排好了再走。"

梦月得了主意，高兴了，但还没过半分钟，问题又来了，说："他打我的主意，咋办嘛？"

劳令说："谁？"

梦月一脸愁苦，说："还能有谁，游龙庭。"

劳令一听，心冷了半截，说："老油很快就要到区里县里当干部，你马上就有福享了。"

梦月眼泪又冒了出来，说："我把你当知心人，你还笑话我。"

劳令说："你真的不喜欢他？"

梦月说："我喜欢的是你。"

劳令说："你会后悔的。"

梦月说："你怕我后悔，我们干脆那个……"

劳令说："搞出娃崽来咋办？"

梦月说："那个了赶快办酒啊……"

劳令很动情，但还是把燃烧起来的火很快扑灭了，说："梦月，别的都不说了，只要一恢复招生，我和你一起去考县中，一起读到大学毕业，谁也不准半途而废，更不准跟别人谈对象。大学一毕业，我们就成亲。"

梦月不哭了，揽着劳令的脖子，说："我梦月要是变心，一出门就被老虎吃掉。"

劳令也起誓说："我要是说话不算数，烂掉舌头。"

黄狗叫了，是欢迎主人回来的那种调子，梦月说："我来你这里大半天了，该回去了。"

劳令控制不住，说："抱一抱吧。"

梦月说："不抱，上一次，你把人家搞得很难受，留到成亲那天晚上吧。"

劳令没有勉强，送梦月下楼的时候，劳令说："多加小心，姑娘是吃不起亏的，晓得啵？"

梦月说："知道啦。"

梦月在木屋外碰上劳令妈妈荷青，荷青挽留半天，没能留下梦月，说："梦月，有空来坐啊……"

布根的两坵田分在龙塘河边。这两坵水丰、土肥，本来是高沃的田，高沃本人坐了班房，崽补仓卖给了布夏。土改，农会所有成员念及布根平日的好处，给他出路，留了这两坵田给他和崽、媳妇崽耕种。

眼下正是种小季的时候，李大力先到田里。布根家没牛，蔡蓝氏家没劳力，有牛。蔡蓝氏不嫌布根成分高，用牛换劳力。大力先给蔡蓝氏干了两天，小麦种下去了，这天，来犁分给布根的地。大力先到田里，犁了大半，布根去了。他是送午饭去的。本来，布根让大力回家吃午饭，大力说，回家吃午饭耽误工夫，犁完再回去。布根说："犁完再回来要饿垮的。"

布根送来包谷掺米煮的饭，素瓜豆。布根摇摇晃晃地从田埂上走过来，在宽些的地方停住，说："饿啦，歇歇气，七（吃）晌午吧。"

大力卸下枷担，放牛歇息。牛看他两眼，甩甩尾巴，啃田坎上还带青的草去了。这里，布根放下篮子，招呼大力说："来吧，再过一阵饭菜就凉了。"

大力和布根之间早没了主人和长工之间的那些讲究，在裤子上蹭蹭泥手，问："你七（吃）没？"

布根说："我回家七（吃），梦月也还没七（吃），我等她。"

大力年轻，处处透出一股活力。大口嚼着饭菜，吃得很香。

把牛犁田，大力也是现学。还好，牛听话，肯干活，大力学得快，小半天活路就熟了。大力回老家去过一次，本家没人了；再说，土改已过，再回去没什么意思。这样，就连回老家的念头也没有了。布根不再提这件事，但新的心事上来了。他没能力再给大力开工钱，难道能让人家白做？孔夫子说，50而知天命。他年过5旬，反倒糊涂更多。任何事情，到一定时候就要变，这是老子2500多年前说的话。他看到变的事情也不少。不说别的，者砦4家印子屋，他亲眼看到一家连影子也没了，一家荒凉了，一家即将废弃，一家易主。易主就易主，他并不十分看重这些身外之物。让他想不通的倒是他的独儿子载星。细细想来，他把全部心血都用在崽身上了，崽会这样对他？昨天夜里，他偶尔

破荒 太阳从西边出来

走过梦月房门前，见她坐在小桌前看信；夜里小解，还听到梦月房里传出轻轻的哭声。早上起来，他分明看见梦月眼睛红红的，她却什么也没有说。布根猜想，儿子很可能要跟梦月解除婚姻。没了这层关系，梦月迟早要离开他……

梦月出现在河边的路上，她扛把锄头，穿月白衬衫，灰裤子，白色发箍。不管她怎么穿，布根都看着顺眼，都和乡下女子不一样。不像乡下人，生怕别人听不见，说话高声大气。这种不一样，如果不是经常去大地方的人，很难分得出来。最初，媒人登门说亲，布根想起梦月爹是那类人物，心里直打鼓；梦月和自己一起生活一年多，了解了梦月是个可心可意的妹崽，若要离他而去，又像割肉那么疼痛！

但这一天终归要到来，无可奈何。

梦月朝布根走来，布根想："梦月一定是来说信里的事。"他极力让自己平静，说："梦月，有爹在这里就行了，你还来做什么呢？"

梦月放下锄头，说："这土不是要敲碎才能下种吗？我来敲碎土呀。"

大力说："刚翻起来的土黏得很，没法敲碎，晒几天再说吧。你们都回去，我一个人就够了。"

布根说："也好，我们回去搞点好七（吃）的，打打牙祭，这几天大力太累了，七（吃）得也不好……"

这种山村，不要说没钱，就是有钱，也没地方买鲜猪肉，只有宰鸡宰鸭。但布根家没有。他这个"家"的三口人，没人会过农家日子。布根说"搞点好七（吃）的"，但是搞什么？梦月看着大力穿破旧衣服，露出黑黑的肉，他不算特别强壮，却很有力。这老实人当年得到东家收留，记一辈子恩情，在东家落难的时候，那么贴心贴意地把这个"家"撑起来，真是难得。可惜，她没法帮大力找个老婆，成个家。要不，也好让人家有个想头啊。

梦月没有往下想，说："爹，你先回去，我去想办法。"

布根这才想起，如果自己没有养鸡养鸭，除了找人家户买，这种地方没办法可想的。他说："算了吧，自己家里没有，去哪里找呢？再说，也没钱买。"

梦月说："我去问问劳令，要是他家有，说不定肯借给我。回头梦月找几只鸡崽来养，几个月就能还给他家，自己也有吃的。"

布根说："你早点回来。"

梦月说："晓得啦，爹。"

53

吃午饭的时候，布劳兆当一家人的面跟劳令说："梦月是我家恩人家的人，要是载星真的不回这个家了，你也要看看人家还是不是两口子，要还是两口子，爹不准你这样做；要不是两口子，爹赞成你娶她。梦月是个好妹崽，你娶她，般配。"

劳令说："爹，你说哪里去了。"

布劳兆很严肃，说："爹说的是实话，我们不能做对不起恩人的事，晓得啵？"

劳令说："爹，我和梦月都要考学校，我们要读大学。"

布劳兆说："爹不管你咋讲，你要是做对不起人的事，就不是我崽！"布劳兆老觉得崽的话有点摸不着边，有点上火。

劳令急了，说："爹，你放心吧，我还不是那类没良心的人。"

正说话，黄狗在叫。是熟人来了，表示欢迎，同时向主人报信的那种叫声。劳令出来，梦月有些不好意思，说："劳令，我想问你件事。"

劳令说："什么事，说吧。"

"你家有没有鸡？"

"你不是看见了吗？有啊。"

"问问你爹，能不能借一只给我？"话说出口，梦月后悔了，说，"行就行，不行就算了。"

"做什么用？"

梦月说："家里的重活都是大力哥做，刚刚搬出来，什么也没有，想给他打打牙祭……过几天，我想办法买几只小鸡来喂，喂大了就还给你家……要是不方便算了。"

劳令说："我去跟爹说。"

说罢，要转身进木屋，梦月说："还有，今天晚上轮到我上课，你能不能陪陪我？"

劳令爽快地答应了，说："进家吧。"

梦月摇摇头，说："不，我在这里等你。"

劳令进去一阵，布劳兆出来，说："梦月，家坐呀。"

梦月很难为情，说："大叔，不啦。"

布劳兆说："他妈妈捉鸡去了。"

跟着，梦月听到"咯咯咯"的唤鸡的声音，接着是鸡的挣扎和叫声，荷青和劳令一起出来，劳令手里拿只下蛋鸡，说："喂只母鸡好，母鸡下蛋，还能抱小鸡，几个月就喂大了，吃蛋吃肉都方便。"

布劳兆说："蒙数根还好吧？"

一句问好的话，问得梦月只想哭，点点头，说："谢谢大叔牵挂，爹好的。"

布劳兆说："那事是那事，蒙数根还是好人，我们大家都是晓得的。"回头跟劳令说，"今天轮到你上课，带条被子去，把桌子并拢来，就可以睡了，天亮了再回来。"

劳令为了陪梦月，在爹跟前说了谎，他和梦月对视一眼，转身上楼。下楼的时候，劳令腋下夹一卷被子，梦月手里提只鸡，一起下山。劳令身边有这么个可心姑娘，说不出的甜蜜和骄傲，边走边和梦月讲话。他说，山里人夫妻俩走路，总是男的在前面，女的在后面，而且，要隔开几十步，讲话是听不见的。走得近了，别人就会笑话。梦月说："要是走长长的一条路，也一句话不说？"

劳令说："是这样。"

梦月说："那多没意思，玉田镇上可不是这样。"

劳令说："要不，为什么说大地方人和山里人不一样呢。"

快到河边，太阳落山了。梦月远远地望见大力扛着犁，牛在前面，慢慢往回走，劳令说："将来我们大学毕业了，结了婚一起回家，亲亲热热地走在一起，破破这种老封建。"

梦月啐劳令一口，说："谁跟你结婚？"

比夜校开学的那天晚上，来的人少得多了。开头热热闹闹，一段日子过去，冷清下来；再过一段日子，连影子也没有了，人们也不再说起。这种公鸡屙屎头截硬的事，山里人见怪不怪。游龙庭记得这天轮到梦月上课，到夜校来晃了一趟，见劳令坐在教室里，什么也没说，离开了。梦月看在眼里，放学的时候，悄悄跟劳令说："你不要离开我。"

劳令故意问："怎么啦，怕鬼？"

梦月不高兴了，说："你是真的不知道，还是装聋卖傻？"

劳令没有再说。学员都离开了，梦月和劳令走在最后。刚跨步出槽门，一个黑影闪过来，吓了梦月一跳，"呀"的叫了一声。跟着，这个黑影站在梦月跟前，说："我一直等你。"

梦月认出是游龙庭，想起他在大会上讲得那么响亮，觉悟那么高，而今却是这副嘴脸，直觉厌恶，却还不知道怎样对付，索性大喊一声："劳令！"

游龙庭心里有鬼，听见梦月大喊劳令，吓了一跳，好一阵才稳住自己，说："没事，看看你们。"

游龙庭丢不起这脸，说得跟真的一样。梦月到底年少，能力还不足以对付像游龙庭这样的人，劳令更单纯一些。在他的脑子里，游龙庭还是那位值得尊敬的"老油"，是值得信赖的解放军。他没说话，梦月拧他一下，劳令明白她的意思，一直送梦月到旧日的小仓库。粮食怕潮，底层离地面 5 尺。劳令送梦月至楼梯口，说："我去教室里睡，有事叫我。"

梦月抓住劳令胳膊，说："你不要走。"

劳令说："我睡哪里？"

梦月说："你跟我睡一个房间。"

劳令说："这哪行呢？"

梦月说："我把信给爹看了，爹问我打算咋办？"

劳令问："你咋说？"

梦月说："我说我想跟劳令，县中恢复招生了，我们一起去考，上高中，上大学……"

劳令问："蒙数根咋说？"

"爹说，这样最好。你们要是不嫌弃，我还能看到你们。"梦月说，"爹说，爹没能力给我们办喜酒。"

劳令问："你咋说？"

梦月说："我说不用办酒，去登记办结婚手续就行了。"

事情来得太快，太复杂。劳令喜欢梦月，但和老人托媒人说亲到底不同，和妹崽、后生上山唱歌，谈情说爱也不同。原来他只想和梦月在一起。眼下，事情一下摆在面前，真还不是劳令所能从容应对的。

梦月见劳令闷着不说话，说："我就知道你不敢娶我，你说的那些话，全是骗我的，你走吧，从此你走你的阳关道，我走我的独木桥。"

劳令也生气了，说："想不到你梦月是个目光短浅的人。"

梦月知道劳令骂她"目光短浅"是什么意思，说："就怕人家强占我。"

劳令想了个办法，说："听说成亲要办结婚登记，我和你去登记，看还有哪个敢打你主意！"

梦月想想说："好，就这样。我们明天就去办手续，就是不知道该去哪里办。"

劳令和梦月在楼梯口站着说了好一阵话，一个黑影在仓库旁闪了一下，梦月说："进家吧。"

梦月不是那类控制不住自己的姑娘，劳令答应了她，放下心来。进家，见过布根，梦月说："爹，载星的信你也看见了……"

布根打断她的话说："你不要说了，爹明白。要是布劳兆师傅没有意见，就按政府的办法，你们登记结婚吧。天黑，劳令不要回去了，就在这里挤一夜吧。"

劳令说："我在走道上铺个铺就行了。"

虽然有劳令睡在走道上，梦月还是睡不踏实。睡到半夜，听到有拨门闩的响声。梦月悄悄爬起来，摇醒劳令，劳令连忙起身，摇醒李大力。这时，门被拨开了，一个黑影闪身进来，劳令吓了一跳，大喊一声："没蒙哈（有贼）！"

跟着，大力声喊叫："捉贼啊！"

影子没想到会有人睡在走道上，夺门而出，一脚踩虚，摔了下去。一定是摔坏了，忍不住"哎哟"的叫出声来……

贼进布根家的事，传得者耷是人都知道了。大家想不明白，布根都穷成这样了，偷什么呢？有人悟出来了：不是偷东西，是偷人。跟着，有人看见乌丛身子一歪一歪地走路，猜想说不定是这货做的好事。但没有抓住把柄，不好乱说。

54

劳令特地到嘴嘴来找尤弄。

劳令去的时候，尤弄正从外面回来。他肩上扛根杉木原木，到棚子前，杉木尾巴搁在坎上，从肩上取下木叉撑住，腾出手，两手抱住杉木粗的一头，轻轻地放在原木垛子上。这里已经码了一垛子杉树原木，尤弄准备起一栋像样的木屋。解放了，大家都拼着劲要过好日子，他也不能老窝窝囊囊地过下去。他知道美香退了婚，还知道她喜欢游龙庭，游龙庭看不上她。他也暗暗想美香，都怪自己太穷，不敢张口。建了新房，要是美香还没有婆家，他要大着胆子试试。他现在是村农会主席，政治上有名分，人也年轻，如果这样好的条件还找不到老婆，这辈人就别想娶媳妇了。

劳令说："尤弄哥，要起新房啊？"

尤弄说："是啊，起新房，讨婆娘啊。人家杨欢喜都讨婆娘了，我都这把年纪，再不讨就完啦。"

杨欢喜比劳令还小一岁，就讨婆娘了，难道不想上学了？他们三人约定一定要上高中，上大学的呀，难道说话不算数？劳令是有事来找他这个农会主席兼民兵连长的，没心思管人家讨婆娘的事，说："尤弄哥，你得管管，要不，这夜校没人上课了。"

尤弄希望自己快些长本事，上夜校很用心，已经认得不少字了。听劳令这么说，眼睛瞪大了，说："咋啦？"

劳令把头天夜里乔梦月遇到的情况说了："乔梦月说他不敢晚上出门……"

尤弄说："她自己咋不跟我讲？"

劳令说："游队长缠了她两次，她怕讲。"

尤弄"呼"的站起身，说："好不容易办起个夜校，让大家学文化，哪个要搞破坏，老子就不答应。"手里有了权，腰杆到底硬，转了一圈，转身进棚子里拿快枪出来，说，"晚上老子就住到那里去，捉住斗死他狗日的。"

劳令高兴了，说："你一个人不行，我陪你。"

劳令回家一趟，把昨天发生的事告诉爹，布劳兆是农会委员，管治安。他摸着下巴想一阵，说："你做得对。不要张扬，这种坏人，没得手，还会再来。"

吃过晚饭，布劳兆父子来到农会办公室。尤弄已经在办公室里，旁边放了一卷被子。见布劳兆进来，说："大叔，你也来？"

布劳兆说："我听劳令说，昨夜有贼撬蒙数根家的门。"

尤弄说："是呀，搞得乔老师晚上不敢上课了，这还了得！"

布劳兆说："我就是为这个来的，再来撬试试，看他有几个脑壳！"

尤弄说："我年轻，我和劳令在就行了。"

布劳兆伸伸臂膊，说："不要看我得半世人了，还打得死老虎。你不信，扳个手劲试试?"

尤弄不信邪，伸出挺粗的胳膊，说："扳就扳。"

布劳兆也伸出手来。布劳兆的胳膊没有尤弄的粗，也不像尤弄那样紧邦邦地憋着劲。布劳兆说："我不夸口，就这样搁起，能把我扳倒，白给你打把柴刀。"

尤弄说："说话算数。"

布劳兆很硬气，说："算数。"

劳令在一旁替爹着急。尤弄欺布劳兆上了年纪，合上手板，想一口气扳倒布劳兆，却没想到，吃奶的力气都用上了，布劳兆的胳膊生了根似的搁在原处，纹丝不动。布劳兆问："服不服?"

尤弄说："服啦服啦，想不到你老人家力气这么大。"

布劳兆说："跟你讲吧，小时候跟我叔练过武，后来又天天舞锤子，很少有人搞得过我。"

尤弄说："有大叔在，尤弄胆子都要大一点。"

这天，轮到杨欢喜上课。上完，劳令把他拽到外面，不客气地问："听说你不想考学校啦?"

杨欢喜埋着头，说话缺底气，说："我妈说，再过几年我就老了，想找妹崽也找不到了……"

算命婆的话不是没有道理，在这不容易被人知道的角落，早嫁早娶，早生娃崽早当家，爹妈早卸担子早享福，辈辈人如此。山里除了知道这个永远不变的循环，并不知道更多的东西。劳令决心改变这种状况，希望陈友斋、杨欢喜不要走老路，具体说就是要考学校，要读书，要有本事。他们三人说这话的时候，都拍了胸脯，不想杨欢喜中途变卦。

劳令很丧气，说："想不到你是个……"

杨欢喜说："我是个没出息的人。"

劳令不知道怎样骂他一顿才好，说："你忘了自己说的话。"

杨欢喜说："读书还是太苦太累，我没你有恒心……我都跟鸢娥那个了，不那个不晓得，那个了真离不开，时时都想，巴不得早点成亲……"

劳令想，要是自己不坚定，说不定跟梦月"那个"以后，也就像上了鸦片烟瘾，不想升学了。劳令有点庆幸自己没有迈出那一步。也有点悲哀，人有时候会低等到和猪狗没有区别的地步。他不再说话。杨欢喜说："我的好朋友就你们两个，到我成亲那天，你和陈友斋一定要来。"

劳令没有说话，用不理睬来惩罚杨欢喜。

这天夜里，劳令仍然睡在布根小仓库走道上；布劳兆和尤弄轮流巡逻。布劳兆上半夜，尤弄下半夜，一夜没事。天大亮，尤弄和布劳兆回到农会办公室，尤弄说："贼去撬布根家的门，去偷哪样哩？"

布劳兆说："这贼不是去偷东西，是偷人去了。"

尤弄说："会是哪个？"

布劳兆说："我讲出来，你千万不要讲出去。"

尤弄说："大叔放心，这一点我还是晓得的。"

布劳兆说："不要看有的人嘴上讲得好，其实一肚子的肮脏货。"

尤弄说："你这样讲我就晓得了，真是知人知面不知心。落在老子手里，叫他狗日的好看！"

55

布劳兆想了个主意，跟尤弄说："我们两个去找游队长讲这件事，看他咋讲？"

尤弄心领神会，说："还没抓到把柄，咋讲？"

"等抓到把柄，就晚啦。"布劳兆说，"就跟他讲这件事。"

"他会认账？"

"要真的是他干的，总要露出尾巴来；若不是他干的，让他晓得也好。"

布劳兆和尤弄商量过，一起来找游龙庭。尤弄年轻，见游龙庭坐在床上，对着镜子梳头，恶气涌上来，说话也不对劲了，他说："队长，跟你讲件事。"

游龙庭听尤弄说话口气不对，停止了梳头，说话也生硬起来："啥事，说吧。"

尤弄说："村里出坏人了。"

游龙庭严肃起来，说："先不要下结论，说事。"

尤弄把劳令向他汇报的情况说了一遍，游龙庭"啊"了一声，说："他家没什么偷的，肯定是另有目的。"

布劳兆见游龙庭吃惊的样子，心想："装得很像。"说："以前从来没有这样的事，夜里睡觉门窗都是开起的。"

尤弄也说:"我们嘴嘴也是这样。"

游龙庭在者砻半年多,的确没听说夜里有人撬门进家偷东西,却听说有人在山坡上按别人媳妇,夜里翻寡妇窗户之类的事。但他不愿意把山里人往坏处想,说:"新政权成立,难说敌人不破坏。这样吧,派民兵夜里巡逻巡逻,看看情况再说。不过,我要给你们交代,就算抓到坏人,也绝对不能捆打。要是乱来,整死人了,就不好说话了。"

布劳兆和尤弄出来,布劳兆说:"看样子不是队长干的。人家是解放,能干这样的事?"

尤弄说:"梦月跟劳令讲过,游队长缠过她。"

布劳兆说:"载星不回来,让梦月另找人家。梦月长得好看,有文墨,游队长想娶她,没有错,和半夜撬门是两回事。"

说到这路子上来,尤弄心里也痒痒的,问:"梦月愿不愿意呢?"

布劳兆把口封死,说:"不晓得。"

尤弄想想布劳兆和布根要好,冲口而出,说:"大叔,我现在是农会主席,也是一方的官了,你跟布根讲讲,叫梦月嫁给我。"

布劳兆笑得鬼鬼的,说:"你是主席,你不讲,叫我讲?"

尤弄想想这话不对路子,说:"这不是公事,跟是不是农会主席卵相干?"

布劳兆干脆顺着往下讲,说:"老百姓怕官呀,布根是地主,就更怕官了。你一张口,还能不干?"

尤弄说:"大叔你是跟尤弄讲笑话,尤弄是讲正经的。"

尤弄、布劳兆讲讲停停,回到农会办公室,布劳兆说:"跟你讲吧,梦月不是农村里那类妹崽,我听劳令讲,游队长想跟她'自由',梦月睬都不睬,眼睛是长在脑壳顶上的,不要把她看差火了。"

尤弄惶惑了,说:"她要找哪样人呢?"

布劳兆说:"我那崽铁了心要读书,梦月也要读书,他们讲,要读到大学毕业。"

尤弄长长地"啊"了一声,悟出了其中的奥妙。梦月一下变得离他很遥远,远到想起来都模糊。

游龙庭遭到梦月的断然拒绝,情绪一下低落下来。原以为只要他张张嘴,就会到手的事,结果弄得下不了台,脸丢尽了。那天,尤弄、布劳兆一起去找他，反映有贼撬布根家门的事，当时听了没多想，后来越想越不对，是这两个人把自己当坏蛋了。出身再差，也在部队里锻炼几年了，为老百姓出生入死，最近入了党，怎么说也不至于下作到这地步。他在者砮辛辛苦苦半年，到头来落得这样的下场，游龙庭越想越感到委屈、伤心。决定马上离开，去找向文艺，请他安排工作。至于有了固定工作，还要做什么，他没有想清楚。朦胧中，有争这口气的冲动，至于争怎样的一口气，咋争，又感到还在黑夜里，不知道路在何方。

走之前，游龙庭来农会办公室。尤弄还在睡觉。布劳兆起来了，眼角糊着屎，蹲在长凳上，有一口没一口地咂叶子烟，难闻的叶子烟气味弥漫一屋子。看这模样，这两人为抓贼又巡逻了一夜。抓贼，他游龙庭应该高兴才对，心里却隐隐地发酸。他说："又抓了一夜的贼？"

布劳兆说："这贼大概是听到风声了，不敢了来了……落到我手里，要他好看！"

听到有人说话，尤弄醒了，揉揉眼睛，见是游龙庭，打招呼说："队长，你早呀，有事？"

者砮农会的领导机关是高有乡政府，乡长是老向，他游龙庭已经不能安排农会做什么或者不做什么。他说："我的任务完成了，要走了，跟你两位说一声。其他同志我就不一一说了，请你两位转告。"

布劳兆说："游同志辛苦几个月，全是为我们穷人翻身的大事，该好好谢你。"

尤弄听说游龙庭要离开，想法复杂起来，说："我们村落后，我又是个大字认不得几个的人，以后还要领导多多关心，多多支持。"

游龙庭也心软了一些，说了些"工作没做好，请多批评"一类客气话，说："以后村农会的直接领导是高有乡政府，有事找他们……"想想这话虽然不错，确实有些绝情，补充说，"当然，作为朋友、熟人，只要找到我，我能帮，一定帮，放心好了。"

布劳兆想想让游队长冷冷清清地离开，心里不忍，说："游同志你这一走，不晓得哪时候才转到这地方来，到我家七（吃）几杯酒再去吧。"

游龙庭说："喝酒就免了，下次来。"

尤弄问："游同志你打算先去哪里？"

游龙庭说："去区里报到。"

破荒
太阳从西边出来

229

尤弄说："去区里要过我家门口，要不，到我家七（吃）早饭再走吧，早到晚到有哪样要紧？"

游龙庭想想要走20多里路才到区里。玉田只有那么一条小街，平时很少有熟食卖；区政府有食堂，能每次都让赖书记请吃饭？但是尤弄家四壁除了黑色还是黑色，他家有什么早饭可吃？就算勉强做出来了，吃得下吗？他毅然说："当兵，习惯了，20多里，没问题。"

游龙庭很想见乔梦月一面，但他明白不会有好结果，只好打消这念头。冒风险找个可心的人却无法得到，除了沮丧还感到茫然。离开了，他会想念者砮吗？不知道。但肯定忘不了乔梦月，忘不了那双水灵灵的眼睛，那油亮油亮的浓发，那一眼就看到的白发箍……除非老天有眼，让他找到个比梦月更可心可意的姑娘。要不，他注定要被折磨一辈子。

游龙庭背上简单的行李，走出大槽门。这座用作农会办公室和夜校教室的印子屋，平时冷清得让人害怕。他一离开，连厢房也没人气了。游龙庭是因为背上背包，提了网兜，网兜里有洗漱用的搪瓷盆、漱口缸、牙膏、牙刷、毛巾之类，才是被蔡蓝氏注意到的。蔡蓝氏知道女儿的心事，也觉得美香嫁给游龙庭很合适。她等待美香跟游队长"自由"，可是，等了又等，没有结果。游龙庭突然背了背包离开，很意外，她挎着大菜篮子快步走过来，说："游同志，你这是要走啊？"

游龙庭没有停步，说："我有公事，得赶快走。"

蔡蓝氏知道攀亲的事是瞎子养儿——无望，心冷下来，虚情假意地说："有空来家里坐。"

游龙庭含糊地"嗯"了一声，头也不回地离开……

56

劳令下山，进寨子来找梦月，梦月说："我正要去找你。"

劳令说："哪样事？"

梦月说："我想该去县里一趟了，买买参考书，听听消息，要不，整天待在山沟沟里，开始招生了还不知道。"

"好。"劳令说，"我身上没钱，要去县里，没钱咋行？"

梦月说："到了县里就好办了，可以找赵书记。"

"不好意思再找他。"

"找我哥总行吧?"

"那也得跟爹说说,免得家人牵挂。"

"要是再绕个弯,天黑以前就到不了县城了。"梦月说,"我让大力跑一趟就是了。"

劳令看看自己一身补了疤的衣服,又犹豫了,说:"你看我叫花子似的,咋见人?"

梦月说:"我都不嫌你,你自己还嫌自己不成?"

梦月说走了嘴,脸红了。他俩想的是上学读书,学校生活,同学之间的来往,根本不管乡村男女之间的界限。他俩挨得很近,一起出村,和进进出出的大叔大妈老公公老奶奶打招呼。那一场翻天覆地的斗争过去了,除去布根要过另一种生活,经受失去妻子、独崽、财产的痛苦,把这种痛苦带到坟墓里去;除了一些特别贫困的人家分到田土、浮财,得好好想日子该怎么过,别的人家依旧是老样子。该下田的还下田,该省吃俭用还得省吃俭用,该按老规矩办事还按老规矩办事。最让人觉得新鲜的倒是劳令和梦月。梦月是大地方人,劳令到区里读过书,自然和山里娃崽不同。山里人已经淡忘了梦月是地主布根媳妇这件事,倒觉得他们两人是再好不过的一对。但是,那是大地方人、读书人才能享受到的福,山里人没有这样好的命。

劳令、梦月走过龙塘,乌丛坐在门口小凳上。他面下分到一块大田,邦里要他各自种,不能老靠哥哥、嫂嫂。乌丛浪荡惯了,不想下这苦力,正盘算不知道咋把分来的大田变成钱,再变成酒、肉……

见到劳令和梦月,乌丛站起来,打招呼说:"赶场去是不是?"

劳令稀里糊涂地"嗯"一声,没有停步。乌丛赶前几步,说:"大侄子,这年头我也看穿了,要田要地没用,还是要肚里有货才行。回去跟你爹讲讲,买我这块大田吧,价钱好讲。"

莫名其妙!

梦月拉劳令一把,劳令没有说话,匆匆离开。到嘴嘴,劳令停住步,说:"气死我了,杨欢喜不读书了。"

梦月有些惊讶,问:"为什么?"

劳令说:"他要讨老婆了。"

梦月说:"真着急,就怕讨不到老婆。"

劳令说："一讨老婆就毁了。"

梦月听这话不入耳，说："有你这么说话的吗？"

劳令说："你不知道，男崽一尝到那种味道，就再也丢不下了，还顾上读书？"

梦月说："敢说你自己没有尝过？"

劳令说："我真的没有，要是我骗你，烂掉那东西。"停一停，说，"我想跟他说说，别讨老婆了，一起去考学校。"

梦月不高兴了，说："就你的事多，还去不去县里啦？打听到了什么时候招生，回来再找他也不晚呀。"

劳令坚持要再去说服杨欢喜，梦月虽然不高兴，只好依他。走进杨欢喜木屋，狗扑咬一阵，出来的是鸢娥。杨欢喜出来，见是劳令和梦月，他和鸢娥都涨红了脸，杨欢喜说："你们去哪里？"

劳令说："去县里看看县中什么时候招生，顺便买些参考书，准备考试。"

杨欢喜问梦月："你考不考学校？"

梦月说："我上过初一年级，如果准许，我插班初二，如果不行，就重考。"

杨欢喜眼里闪过一道欣喜神色，跟着被阴郁所代替，说："我不能跟你们去考了……"

劳令脑子里掠过在玉田区小读书时候的一些影像：他们三人一起进进出出，为劳令被欺负，壮实的杨欢喜和瘦筋筋的陈友斋出扛头，跟街上的同学打架；他们自己买菜、煮饭；在一起复习、写字、争论……以后再不会有这样快乐的日子。杨欢喜很快要像所有山里汉子那样，挑起沉重的家庭担子，种地、养孩子、没完没了的家务事，直到最后一息。鸢娥好像胖了些，脸颊红红的，像快下蛋的母鸡。劳令知道劝杨欢喜去上学不过白费口舌，也不愿意朝这路子想下去，说："陈友斋呢？"

杨欢喜说："他不也在夜校上课吗？"

劳令说："好几个晚上该他上课都没来，是我和梦月替他上的。"

杨欢喜说："我也很久没见到他了。"

不能再耽搁了，劳令和梦月离开杨欢喜家，往通玉田镇的路上赶。劳令和梦月走了10多里路，又饿又渴，不得不在一座山脚的井旁边跪下，用手一次一次地捧井水喝，灌得肚子里"咣当"乱响；又坐一阵，才慢慢翻过山，再走一段，才望见那高高矮矮的青瓦屋，到玉田镇了。梦月望见那座大印子屋了——虽然已经"改"给了人家，在她心里依然有那么多难以割舍的记忆。

一晃两年过去，梦月自顾不暇，更不敢回家。梦月问了好几个人，才在大印子屋旁边一间破木屋里找到她妈妈。白天，木屋里也黑乎乎的，梦月喊了好几声"妈"，才有了响动。劳令和梦月在房间里站好一阵，才看清楚房间里的床，梦月妈的脸。两年没见，梦月妈头发灰白了，脸瘦削得几乎不敢认。但衣服整洁而干净，她说："梦月你回来啦，你咋不等我死了再回来呢？"

劳令赶忙解释说："梦月在那里也很难……"

话没讲完，被田运桃打断了，说："我讲话，有你插嘴的吗？"

梦月掐劳令一把，劳令赶忙闭嘴，梦月说："他一直没有回来，婆婆妈死了，大力哥不忍心走，我也没法离开……"

运桃越加上火，说："我们家成什么模样了你晓不晓得，啊？你哥不回来，你不回来，你爹死在牢里……"

梦月吓了一跳，说："爸不在啦？"

"在不在还不一样？"

"还关在牢里？"

运桃忽然放声号啕，边号啕边数落："我是哪辈子作的孽哟，嫁给这么个死东西，落得这样的下场……你们给我去县城跟那短命的大贵讲，明天要公判，好歹是他爹，去看看。"

梦月松一口气，原来妈说的是气话，爹没有死。

一连串的事，像从天上掉下来的石头，砸得梦月昏天黑地，好一阵才稳住神，说："妈，我们马上就去。"

运桃说："急着捡金子去啊，今天赶场，有东西卖。去街上买斤烧腊、半斤酒、10个包子来！"

梦月迟迟疑疑不动，运桃从枕头底下摸出几张人民币来，梦月接了。劳令和梦月几乎是跑着去跑着回来的。运桃挪过一张小桌子，把买来的东西摊在桌上，拿了3只酒杯，斟满酒，运桃自己先喝干，说："梦月，如果你是妈的女儿，就依妈两件事。"

梦月没有喝酒，说："妈，你说。"

运桃说："你要永远记住你爸你外公遭的大难，你若有血性，就好好读书，读出头，做个样子出来，将来修栋大洋房子给这些王八蛋看。"

破荒
太阳从西边出来

梦月不敢顶嘴，说："好，妈。"

运桃说："你从今天起，就跟妈住在一起，不要再回那穷山沟，也不要跟他裹在一起，听见没有？"

梦月低下头，不知道该怎么说好。

运桃指着劳令说："不要以为有人给你们撑腰，就不得了啦，跟你讲，30年河东，30年河西，还不晓得天下是哪个的哩，趁早离我梦月远点！"

梦月心里堵得慌，勉强吃下个包子，一块烧腊肉，放下筷。劳令不知道梦月妈为什么朝他发这么大火，而且指东骂西，又气又委屈，却没法发作。他什么也没吃，等梦月一起离开。梦月起身说："妈，我走了。"

运桃冲梦月说："你看清楚了再回来，你妈这么久都熬过来了，不会死这么快的。"

劳令不想为难梦月，先离开破旧的小房间，头也不回地朝前走。不远处是三岔路口，一条宽宽的马路通往县城，另一条路不但窄，而且高低不平，通往大山里。他站一阵，没见梦月出来，两条腿变得格外沉重起来，但还是走上回家的路……

劳令孤零零地一个人往回走了一段，肚子空空的，辣辣的，酸水直往上冒。看看道旁的田里，有几株青幽幽的萝卜菜苔，走进田里，连根拔起一株，看看萝卜还能不能吃。劳令这才发现，这是留种的萝卜，老株已经割去，萝卜老得成网一样的东西，没法再吃；苔也只有一小截能吃，大半节都老了。他连折几株，剔掉皮，吃下去，好受一些了。要进县城的想法又那么顽固地冒了出来。他不顾一切地折身回来，直往通县城的大路走。劳令认定只有走这条路才有希望，一定要走到底。

他担心梦月，却不知道她是不是出了家门，正走在去县城的路上。他一定要见到梦月，他不能就这样莫名其妙地和梦月分开。但是，如果梦月妈瞧不起他，坚决反对他们在一起，或者梦月自己改变了主意，他该咋办？

走到一半路程的时候，他远远地望见梦月了。梦月心情很沉重，很痛苦，见劳令从后面赶来，说："我怕你不来了。"

劳令忍不住问："我们的事，你妈妈一直不知道？"

梦月说："我妈不同意。"

劳令说："你没告诉我。"

"没想到她会这样顽固。"

"你打算咋办？"

"我也不知道。"

进了县城，梦月从身上摸出两张钞票递给劳令，说："我不好带你去我哥家，你单独去住吧。打听到消息了，你就回去，不要等我……"

劳令想："这是要分手了？"他捏着两张钞票，好像上面长了刺。劳令很想塞回去，再搭上一句"我不要你妈的臭钱"，但如果真的不要这两张钱，他咋回家？劳令接了，但是他说："算我借你的。"

梦月生气了，说："若是说借，你就还给我吧。"

劳令二话没说，把钱还给梦月。他决定再去找赵书记，找不着赵书记，也要找到方老师，一定要打听到县中招生的事。他相信饿到第二天不会死，哪怕一条路上灌井水，也要回到家。劳令最没法忍受的是被人瞧不起，越被人瞧不起，他越要强硬起来。

57

劳令没有找到赵书记，也没有找到方老师。他认识的赵书记家门上的锁锈了，门前长了几茎青草，在秋风中摇曳。他不知道赵书记是不是搬了家，他又饿又累，问旁边的人家，一个老大妈摆摆手，说："不晓得。"

劳令只好离开。他从没有这么失望，如果不是被梦月母亲瞧不起积下的一种恨，叫他不能退缩，不能做软蛋，他真会大哭一场以后，发誓再不到这种地方来。劳令肚子辣得更加难受，那几株萝卜菜苔早已没了踪影。两条腿软得拖不动，他担心一坐下去再也起不来。他是靠着县政府布告栏柱子坐下去的。有几阵油香味飘来，他想起母亲做油茶时候的情景，生了一嘴口水。口水很淡，带着酸寡味。

几个大屁股女人扭着腰肢，很悠闲地从劳令跟前走过，其中一个很像他记忆中的梦月妈。他因而很恨这几个大屁股女人——尽管这几个大屁股女人和他八百竿也打不着。劳令忽然发现斜对面有家饭铺，一口灶上火苗呼呼往上蹿，锅里冒着油烟。师傅肚子挺大，极快地翻几下，锅里的什么菜抛起来老高，倒进面前的盘子，"咣咣咣"地敲几下锅子，放在一旁。劳令很讨厌炒菜大师傅这套做派，讨厌这小小的饭铺，这油香，以及那两个坐在桌前有说有笑的

破荒
太阳从西边出来

食客。

劳令狠狠地吞了几口清口水，强迫自己不看那饭铺，不闻那油香，不想那些能让自己吃下肚里的食物……

劳令居然睡着了，瞌睡到底战胜了饥饿。他做了个可怕的梦。梦见他一个人走过一条黑黢黢的山路，一脚踩虚，掉下不见底的深渊，他恐惧地大叫："妈呀……"坠到半道，被一只手紧紧地抓住。劳令惊醒的时候，眼前是一张熟悉的脸，但他还糊里糊涂，居然叫不出对方的姓名。

"劳令，你咋在这里？"跟他说话的声音也是熟悉的。

劳令这时才完全清醒过来，一认出眼前这个人，劳令颤颤地叫了一声："教导员……"

一阵晕眩袭来，劳令晕了过去，向文艺拼命地摇劳令肩头，劳令醒过来了，向文艺问："你怎么啦？"

劳令摇摇头，不说话。他不愿意说自己饿坏了。向文艺又问："你到底怎么啦？"

劳令还是摇摇头，向文艺说："到我那里去休息休息。"

劳令完全赖在向文艺肩上，走了一段，进一栋楼里，又进一间房间。向文艺让劳令坐在椅子上，倒了一杯开水，加了一勺白糖，递给他，说："喝喝水，你还没吃晚饭吧？"

劳令很难为情，点点头，又摇摇头，含含糊糊地说："吃了……没有……"

向文艺来自农村，太了解农村的孩子了。别说一看脸色就知道劳令饿坏了，就算刚撂下碗，也能吃下去一大钵饭，他说："你坐坐，我去给你弄点吃的来。"

劳令小口小口地喝下甜甜的开水，肚子里一点一点地平和起来，活力渐渐回到体内。可惜不是硬的食物——眼下最好有几坨石头般硬的包谷粑嚼下肚里。一会儿，向文艺回来，提来一包糕点，放在劳令面前，说："饭馆、面馆都关门了，将就吧。"

劳令偷眼看看糕点，原来是劳令很难吃到的芝麻饼。一指厚，圆圆的像妹崽揣在身上的小镜子，一擦，还没吃出味道，一半已经下了肚。剩下一半，这才看清楚是五个，怎么也舍不得再吃。劳令的一个细小动作，一个微妙的神色，向文艺都看在眼里，说："吃不下就留明天吃吧。"

劳令感激向文艺，在心里说："只要我有了钱，一定要好好请教导员吃一次。"

吃过饭，向文艺进里间抱出一床军用被子来，铺在拼起来的椅子上，说："你是来打听县中招生的吧？"

劳令愣着眼问向文艺："你是咋知道的？"

向文艺说："我会算。"

劳令不明白梦月妈为什么这样对待他，不明白梦月为什么这么快就不理他了，真想好好算算，央向文艺说："向叔叔，你教我算算。"

向文艺说："等开始招生了，叔叔再教你算。"

"什么时候招生呢？"

"等通知吧。"

"谁通知我？"

"会有人通知你的。"

"还要等多少时候？"

"快啦。"

"到时候你多发动些人来考，陈友斋、杨欢喜、乔梦月，越多越好。"

"杨欢喜要讨婆娘了。"

向文艺诧异地看着劳令，说："小小年纪，讨什么婆娘？"

"真的。"

"讨谁？"

"鸢娥。"

说起鸢娥，向文艺眼前晃动着个长得挺水灵的姑娘，问："鸢娥多大岁数？"

"快满 15 岁了。"

向文艺脸色难看起来，说："乱弹琴，这么小年纪，结什么婚？你回去告诉杨欢喜，不着急结婚，来考学校再说。鸢娥不能考县中，就上夜校嘛。不少人参加解放军的时候不识字，学几年文化，达到高中水平，少数人达到大学水平。你回去告诉鸢娥，就说向叔叔说了，不忙结婚，先安心学习，长本事。"向文艺越说越激动，在办公室里转了几圈，接着说，"明天县里要开公判大会，查清楚了，乔梦月老爹没有血债，不判刑，放回家，就地群众监督改造。你和梦月不是说得来吗，你要特别告诉她，出身不能选择，道路靠自己选择。叫她好好读书，只要表现好，就和出身好的同学一样对待，照样分配工作，照样为人民服务，这事就交给你了。"

第二天，劳令醒来，已不见了向文艺。向文艺留张纸条，放在桌上，纸条上放着两张钞票，纸条上写着：

我有事，管不了你啦，带着这点钱，吃点东西再走。别忘了我交给你的任务。

向 ××××年×月×日

劳令没等开公判大会就离开了县城。他领了一堆任务，要一件件去完成。想去想来，忽然有些明白了，想："难道向叔叔要当县中校长不成？"

法院只通知家属一定要参加公判大会，并没说到底判什么罪，乔大贵、乔梦月都慌慌的像丢了魂，只有闵卿卿幸灾乐祸，进进出出细哼小唱，像捡到金元宝，大贵见着不顺眼，说："真是的，头发长，见识短。"

闵卿卿想，当年男人活活被从家里赶出来，要不是她收留，还不定成什么样哩，有什么资格和她较劲？她撇撇嘴说："你这么有硬气，当时为哪样像狗一样钻进我家？"

大贵投靠闵卿卿，闵卿卿稍不顺心就不停地数落，被数落得受不了躲出去，过一两天，又狗一样低眉顺眼地回来。大贵是个大事做不了小事不肯做的人。开始时，闵卿卿让他在剧团里拉大幕。没固定收入，没多久就不愿再干了，闵卿卿问："你是能文还是能武？"

大贵说："你认识的人多，给我找个好点的工作还不是歪一下嘴巴的事？"

闵卿卿说："我认得人家……我求了人家，人家就要……"

女人没说出来的话，大贵心里明白，他想："萝卜拔了坑坑在，等老子能耐了，还不是哪个好看要那个？赚回来就是。"大贵由着闵卿卿，只要能有个好点的差事就行。不久，大贵调进县中教务处当职员。大贵兑现诺言，闵卿卿经常彻夜不归，大贵头戴绿茵茵的帽子，脸上挂着笑容。

大约一方面委屈积得太多，又当着妹妹的面被数落，实在咽不下这口气，大贵才冒出这样一句。闵卿卿横惯了，哪容得下这样的话？她说："老子给你找了工作，你有本事了，骂老子头发长，见识短了？也不撒泡尿照照，看看自己是啥好货？"

大贵说："我爹遭了难，你有哪样好高兴的？"

大贵说起爹，闵卿卿倒有了说的，她说："你爹是啥好东西，伪区长，反革命，留着是祸害，杀了才好！"

大贵气得肚子一鼓一鼓的，像蛤蟆，脸也黑得难看，呼地站起来，说："你再说一遍！"

闵卿卿不虚，腾地站起来，直朝大贵逼，眼珠子只差鼓出来，说："伪区长，反革命；反革命，伪区长！"

很响亮的一声"啪"，五个指头扇在闵卿卿爬满细细皱褶的脸上，先是五条白印，很快变成红印。闵卿卿可受不了这样的气，顺手抓起方凳，朝大贵头上砸来。梦月没见过这样的场面，吓坏了，不知道劝谁好。幸而大贵摇晃了一下身子，只砸着肩膀，没砸着头。大贵忙中进厨房操起菜刀，边叫喊"老子杀了你"边往外冲；梦月跟着跑了出来，哥妹俩一直跑了很远，才停下来喘气。其实，闵卿卿没有出门，这母老虎架势是做给人看的。

大贵身上没有一分钱，幸好梦月身上有点儿，哥妹俩才勉强吃上一餐晚饭，在一家又小又脏的旅馆租个房间，和衣睡了一晚。一个晚上，哥妹俩就谈一个话题：不能靠别人，只能靠自己。大贵说他受气受到头了，要抻抻展展地活一回。他不再回家了，儿子愿意跟谁跟谁。

"梦月，什么人也不能靠，只能靠自己。"大贵眼圈红红的，说，"你哥这辈子就吃亏在没志气上面……你一定要好好读书，读出头，哥供你。"

梦月把母亲不让他跟劳令在一起的事说了，大贵眨巴眨巴眼睛，说："妈不懂，现在，我们这种人狗屎不如，不靠出身好的靠谁？"

一个说好，一个说不好，梦月没了主意，干脆不想。只有一点她想明白了，要狠下心来读书，读出头！说到这上面，梦月问大贵说："哥，你不是县中教务处的人吗？到底什么时候恢复招生呀？"

大贵说："哥是旧职员，学校要不要我还不知道呢。"

梦月说："都什么时候了，饭碗还没落实，咋就不急啊？"

"我该问谁呀？"

"问校长啊。"

"听说校长是过当兵的，姓向。"大贵拍拍脑袋，说，"叫向什么？"

梦月说："是不是叫向文艺？"

破荒
太阳从西边出来

大贵说："是是是，你咋知道叫向文艺？"

梦月说："解放军进者砦，最大的官就叫向文艺。"

大贵高兴了，说："这就对了，梦月你跟他讲讲，给哥安排个工作，还不是十拿九稳？"

梦月很丧气，说："哥，你别忘了，梦月可是伪区长的女儿，者砦最大地主的儿媳。"

大贵也觉得这样的身份不好跟人说话，想了想，说："梦月，你不是说，你和劳令很要好吗，劳令出身好，你叫他去跟姓向的说，保证成。"

梦月很作难，说："妈妈把人家骂得狗血淋头，人家怕是不理我了，咋肯帮忙？"

"所以，妈妈脑筋少根弦，"大贵说，"这事你听我的，妈妈老了，她能管我们多少，我们自己的前途还得自己奔去，是不是？"

大贵、梦月说着说着睡着了，醒来的时候天已大亮。

58

开公判大会的时候，乔长盛被五花大绑，由两个全副武装的解放军押着，走进会场。两个解放军押一个犯人，列成一排，站在台下。大贵、梦月站在角落里，吓得不停地流汗。赵新久、商道被敲了沙罐，一些人被判了刑，乔长盛被宣布当场释放，由群众就地监督劳动改造。大贵和梦月竖起耳朵，听清楚对爹的处理决定，在乱哄哄之中，两个解放军把乔长盛交给了他哥妹俩。同时，交给乔大贵个信封，说里面是判决书，揣好，别丢了。大贵、梦月搀着乔长盛离开会场，好不容易租了部马车，把爹拉到家。

乔长盛头发、胡子长而灰白，衣服破烂，走进那间黑暗的房间，喊一声"运桃"，就倒在床上。运桃做梦也没想到男人能活着回来，回一声"他爹"，昏死过去。

没想到妈见了爹，反倒昏死过去，哥妹俩慌了手脚，大贵死命掐妈人中。一阵，运桃苏醒过来，冲大贵发火："你还晓得回这个家呀？为哪样不等我也死了再回来呀？"

走错一步，一辈子别想抬起头来，大贵只能生闷气，不能回嘴，更不敢说他和闵卿卿闹翻了。梦月对母亲的训斥也不满，但眼下只能听着。

两年工夫，田运桃由天上掉到地下，心中积满怨恨无处发泄，见到谁都不顺眼。醒来，见大贵、梦月站在身边，上了火，说："木登登地站起就有塞肠子的啦，还不快去给你们爹买吃的，等他饿死是不是？"

大贵、梦月身上的钱早花光了，大贵又不能说和老婆闹翻，被赶出家门，哥妹俩你看我我看你。还是梦月受宠爱一些，也大胆一些，开口说："妈，我们走得急忙，身上没钱。"

听大贵、梦月说身上没钱，运桃火气更旺，说："你们以为我会印钱哪？一遍一遍地抄家，我哪里还有钱？"发火归发火，运桃还是摩摩挲挲地摸出几张钞票来，交给梦月，说："去买点米、买点肉回来，各自机灵点，别瘟神拖气的耍小姐派头啦！"

大贵怕梦月一个人拿不回来，要跟着去，被运桃吼住，说："你个没出息的东西，在家里招呼招呼你爹会死？"

大贵只得回来。梦月在布根家里什么家务活都做，长了不少本事。她上街不光买肉买米，还跟农民买了兜白菜回来。只是原来厨房的事从不动手，在布根家烧的是柴火，妈妈用的是煤炉，半天烧不着火，房间里烟雾腾腾，弄得大家鼻涕一把眼泪一把的。这回运桃被烟熏得出气不顺，发不出火，只好自己把炉子提到外面，使劲扇一阵风，煤炉才点着。

梦月第一次回来，像进别人的家里，生疏得什么也摸不着。男人、孩子都回来了，运桃反倒气不顺，浑身莫名其妙地不舒服，吃过大贵、梦月胡乱做出来的晚饭，坐在椅子上哼哼。大贵、梦月没睡处，靠壁头坐着打盹。乔长盛昏睡到第二天早上才醒，睁开眼睛问："政府，我在哪里？"

运桃哭笑不得，说："在哪里？坐班房！"

乔长盛又要喊"政府"，让运桃臭骂一顿，说："你不就坐那点牢吗？在里面吃了睡，睡了吃，老子在家里当反属，住的窝也没了不说，还三天两头拿去斗，替你们背过，我是哪辈子作的孽呀……"

从牢里提出来的时候，乔长盛想这下是活到头了，不知道那颗花生米要打进他身上的哪里。早先，乔长盛隐隐约约地听人说，杀的时候，枪口是对准后脑勺的，闷闷的一声响，"嘭"，脑壳就开了花，脑浆迸流……想起这话，他的头木了一片。

提出牢门的时候，乔长盛站不起来，是让全副武装的解放军架到县中操场的。他不敢抬眼看人，只听见到处是歌声，口号声。乔长盛被架到台前，背对

破荒
太阳从西边出来

台子站着。他仍然没法站立，软软地垮在解放军的臂弯里。仿佛有两个人在台上讲话，讲完，他仍在原处。后来，听到几声闷闷的枪响，他便完全失去知觉……再后来，有人接他，上马车，到玉田，再到这小屋，全都梦游一般……

乔长盛恍恍惚惚地听到有人说"醒啦醒啦"，他于是鼓起勇气，睁开眼睛看看，没见到拿枪杆子的人。再一看，房间里的人好像都认识，声音也不陌生。再瞪眼看看，首先认出运桃，他声音发颤，说："我还以为再也见不到你了……"

又一看，大贵、梦月也在旁边，"你们都来啦？"

梦月说："爹，是我和哥接你回家的，你一直昏迷不醒。"

乔长盛看看四周，说："大贵，是你不是？"

大贵赶忙凑过去，说："是啊，爹。"

乔长盛半坐起来，说："这是哪里？我的家呢？"

一说起家，运桃就来气，说："家家家，你还想家啊，人家改去啦……这是原来堆杂物的小房子，有本事去把印子屋要回来。"

运桃的话，勾起乔长盛一连串可怕的回忆。和赵新久、商道一起攻打区政府，赵新久、商道反扑县政府没多久，解放军打回来了，他被活捉，先进县大牢，后送地区公安局看守所，再押回县公安局看守所……他说："你千万不能说那样的话，让人听去不得了。"

运桃说："亏你还扛个男人脑壳，不如死了算。你怕，你还去坐班房，老子不怕！"

乔长盛摇摇头，又摆摆手，没有说话。运桃说："反正老子现在哪样都没得了，就老命一条，哪时候要，哪时候来拿就是。"

乔长盛还是摇摇头，运桃说："你咋变得这样没用了？"

乔长盛说："你不懂，蒋介石800万人马都被打垮了，谁抗得住？"

"我死都不甘心。"

"够好啦，商道、赵新久都遭敲沙罐啦。还有人遭敲沙罐，我不晓得是哪些。"

这回轮到田运桃不吭气了。

乔长盛幽幽地说："女人家你不懂，识时务者为俊杰，慢慢来吧。"

在牢里关押一年多，乔长盛对外面的事一概不知道。大贵在街上借来理发剪子，替父亲理发、剪胡子，换了衣裳，只是脸黄里带黑，颧骨高高凸起，看着有些害怕。第二天，一家四口人吃过晚饭，坐在一起说话。乔长盛问起老岳父，孙立志和载星情况，梦月从头说了一遍。乔长盛一下想起孙立志说到的劳令，眼里放光，说："劳令，劳令现在咋样？"

运桃并不是那类一条道走到底的人，心想，男人可能想到了什么好主意，没有插嘴，梦月说："劳令着迷读书，他要考县中，考大学。"

乔长盛断然说："梦月，你也考县中，将来考大学。"

运桃说："我也是这么想。"

"最好劳令能和我们成为一家人。"

运桃又有点发懵了，说："你是不是坐班房坐糊涂了？"

乔长盛说："现在是他们的天下了，你咋连这点也不懂？"

吃过晚饭，大家围着火炕，是一家人说事的时候。劳令怕爹妈担心，闭口不说在县城饿得走不动路的事，只说他碰到老解放向文艺，说向文艺不当高有乡长了，当了县中校长，正做恢复招生的准备工作。要他回来劝杨欢喜不着急成亲，和陈友斋一起考学校，新中国建设要很多很多人才。劳令说："爹，我想考高中，三年毕业，考大学。少读三年，少花很多钱。"

不要说劳令妈、哥哥对学校一无所知，就是劳令自己，也只是想少花读三年初中的钱，至于要考哪些内容，能不能考上；考上了，能不能跟上，全不知道。布劳兆对儿子读书的事，也是劳令怎么说，他怎么听，从不说三道四。他想，从区小到县高中，中间有道坎，一般娃崽都得一步一步走。他的崽一定和别的娃崽不同，才是要跳过去。他想的是跳过去既然可以省很多钱，当然是跳过去的好，还有什么可说？他说："好，这样，少花很多钱。"

话出了口，劳令意识到事情大了。他担心夸下海口，高中考不上，失去考初中的机会，又得等一年。一年，365 天，怎么过？他说："我要抓紧时间准备，别的事就顾不了啦。"

布劳兆说："你也做不了哪样，顶多割挑把牛草。"

也昂接过话，说："横顺你也不大会割，草也不要你割了，我会割的。"

布劳兆说："你妈整天忙进忙出，很累，读书读累了，帮帮她。"

荷青很高兴，笑得脸上的皱纹动了起来，像水塘里的涟漪，她说："这点活路，妈一个人做得过来。只要你考得上高中，妈就是累死也值。"

劳令想起杨欢喜和陈友斋，说："我还要去找陈友斋、杨欢喜，约他们一起准备，一起去考。"

布劳兆说："听说杨欢喜要娶鸢娥。"

"我想劝他考学校。"

"这事怕是难。"

劳令最想见到陈友斋。他们三人离开林大梁老人的时候，都说一定不辜负老人的希望，要读出个样子来才罢休。而今老人不在人世了，就忘了自己说过的话吗？

劳令至嘴嘴尤弄草棚子旁边，尤弄叫住劳令，说："你们都不去夜校上课，是咋回事？"

劳令说："我和梦月要去县城一趟，是跟你请过假的。"

"陈友斋和杨欢喜呢？"

"陈友斋家离你家不远，你不晓得我咋晓得？"

"陈跛子爷俩都不在家，锁起门的。"

"我要准备考县中。"

"给夜校上上课，不耽搁你考试啊！"

劳令不好意思推托，只好说："我去上。"

尤弄问："乔梦月呢？"

劳令不好说梦月妈瞧不起他，他和梦月不来往了的话，说："没有回来。"

尤弄叹口气，说："载星不回来，是留不住乔梦月了。"

劳令不想多耽搁工夫，快步来找陈友斋。陈友斋木屋大门紧锁，隔壁一位大妈坐在屋檐下，敞开衣服捉虱子，空米袋似的奶子，遮一半露一半。这样的情形，劳令不少见，大妈也不避讳，说："你找他家啊？是劁猪还是补锅子？"

劳令说："我找陈友斋。"

大妈说："串寨去啦，你找不到的。"

劳令问："去哪里串啊？"

大妈说："不晓得……你找不到的……"

没找着陈友斋，劳令去老鹰岩找杨欢喜。杨欢喜不在，算命婆开门出来，见是劳令，猜想又是来劝她崽考学校，不给劳令好脸色，说："读书当不得饭吃，我不像你家那样有钱没地方用。有那么多钱塞那无底洞，不能拿来修房子、娶媳妇？欢喜婆娘就要进家啦，他读书去了，叫人家守活寡？"

劳令很失望，离开杨欢喜家，走一段，走上大些的路。这条路弯弯拐拐，通向玉田镇。劳令每次去学校，都会在路旁叫陈友斋。每次陈友斋都会在杨欢喜家里等他，顶多叫上两声，陈友斋就会"哎"答应一声，和杨欢喜一起出来，再高高兴兴去学校。有他们两人在，劳令觉得他什么也不缺，希望永远不要分离。有一次，杨欢喜忽然说："读完小学，我怕是没希望再读书了……"

杨欢喜说这话的时候，语气幽幽的，好像有说不完的惆怅。陈友斋不说话，却也愁眉苦脸；劳令想想自己，也未必能读下去，说："我也一样，我爸妈都老了，要是他们做不动了，我就没法再读了……"

这一天，他们一直走到学校，都没再说一句话。劳令怎么也没有想到，不再读书，竟然是杨欢喜开的头。劳令鬼使神差往前走了一段，忽然有"补疤补疤"的声音传来。这种声音，既不是木叶声，也不是唢呐声，而是补锅匠吹小喇叭的响声。这种小喇叭有半尺长，是补锅匠自己做的。做小喇叭不难，截下一段梧桐树枝，掏成喇叭形，用小铁条在火里烧红，烫几个眼，装上小管和哨嘴，成了。补锅匠多半来自湖南宝庆，本地人也不少。他们走村串寨，有活就干，到哪里黑那里歇。好客的主人让他们歇家里，好酒好菜招待，工钱不少。一个锅不过几个铜板，但老百姓手头紧，过日子得精打细算；就算手头不紧，买只锅得跑几十里，费事。所以，锅子破了洞、缺了嘴，农民们愿意请补锅匠补一补。补锅匠把凳子、小炉子、小风箱、等零七碎八的家什打点成一副担子，望见村寨了，去过没去过不在乎，"补疤补疤"的吹几声，走进村寨，在宽些的地方停下来。暂时没活也不要紧，架小炉子、风箱，生火，自然会有人来……不知道他们是不是有家，是不是有老婆、孩子，反正他们老游魂似的一个人在外面几个小钱几个小钱地挣钱过日子。

劳令很久没听到这"补疤补疤"的小喇叭声了，这时又响起来，说明外面太平，老百姓日子又归于平稳。可是，待劳令看清楚的时候，心里就涌上来一股辛酸。在他的视线里，出现一老一少两个身影，老的背个褡裢，挂棍，一瘸一拐地走在前面；年轻的挑着担子。担子的一头是风箱、凳子，另一头是一只吊着四根绳的摆篓。看那走路的模样，劳令就忍不住喊"陈友斋"。劳令连喊两声，陈友斋都没有听见。他们父子俩没有向他走来，而走上另一条道。那条道通往哪里，劳令不知道。劳令想："陈友斋，难道你就这样过下去了吗？"

破荒
太阳从西边出来

59

劳令怎么也没有想到，他像往常那样，高高兴兴跨进熟悉的堂屋大门，大声喊妈妈，妈妈没像以往那样，笑着迎出来，却在房间里答应他："回来啦？"

声音很轻，劳令的心一下提到喉管里，他奔进房间。房间里很暗，但劳令还是看见妈妈睡在床上，头包那块常年包在头上的青家机布头巾。头巾方形，用两个角系在脑后。劳令走近床前，说："妈，你哪里不好？"

妈妈说："昨天下水洗猪菜，晚上全身冷，睡到半夜又热，妈想，睡睡就好了。"

劳令也容易生病，但是扛扛也就过去，不信病会把妈妈怎么样，他安慰说："妈，不怕，睡睡就好了。"

在黑暗里，妈妈伸出手来抚摸劳令的脸，说："妈会好的，妈还要看崽读很多很多书，读到那个……哪样地方啊……"

劳令说："那地方叫大学。"

妈妈说："啊，是大学……妈妈老了，记不住事了。"

不用妈妈多说，劳令也能看出，他回到家，妈妈悬着的一颗心放下了。家里没有好吃的东西，但是，一碗混着洋芋煮的汤饭，一个烤得出糖水的红苕或者麦汤粑，劳令全都喜欢。这些是妈妈留给他的吃食，劳令是断断不肯一个人吃下去的。每次拿到妈妈给的吃食，哪怕饿得眼睛发绿，他也要让妈妈先吃一口。妈妈理解劳令的心意，有时吃下一小口，有时只做吃的模样，还要像猫吃食那样"嗯"几声，吃得很香的样子。

妈妈说："妈胃口不好，今天早上，你爹一定要煮稀饭给妈吃，留一碗给你。"

劳令家餐餐吃杂粮，能吃碗稀饭，就算是打牙祭了。劳令很想几口就吃进肚里，但是他说："妈，我不饿。"

昨晚，劳令吃过常年当正餐的杂粮油茶，上楼进书房复习，累了，睡了。睡得很死，直到天大亮，才猛地想起要去找陈友斋、杨欢喜，拿了两个冷红薯，跟爹说一声"我找同学去了"，就离开了家，根本想不到妈妈会生病。

妈妈整天在家里陀螺似的转个不停，劳令不信妈妈会突然躺下。劳令不知道咋办才好，唯一能做的是讲他从外面听来的消息。劳令的消息，也就是学校招生的事。他说他在县城碰到来者砻工作、官最大的解放军，他是县中的校长了，说新中国要很多建设人才，要他回来动员陈友斋、杨欢喜考学校，将来参加国家建设。梦月母亲和梦月伤了他的心，劳令绝口不说梦月。但是，他说了杨欢喜要成亲，陈友斋当了补锅匠，成了走村串寨手艺人的事。劳令说的，荷青不全懂。但她知道崽越来越出息了，县城那么远的地方去两次了，连那么大的官也把事情交给他办，她高兴，病好像好了一些，于是又冒出多年来一直没能实现的心愿，荷青说："妈这一辈子就想去县城看看，等你去县城读书，妈来看你。"

劳令说："好，妈，那里有好多好多大房子，洋房子；好多好多店，哪样都有卖的；好宽好宽的街，好多好多人……"

荷青说："妈和你爹一起来……你爹有本事，他去过好远的地方，妈不行，妈一去远的地方，满眼都是生人就心慌，就找不到回家的路了。"

荷青说了一阵话，浑身热气又上来，只觉口干得难受，说："崽，给妈在水缸里舀瓢水来。"

劳令说："妈，老师讲，吃冷水要生病，我去烧水。"

劳令拨开火，用竹火筒吹燃，架上鼎罐，灌上水，烧开，倒了半碗，对着水呼呼地吹一阵，端到床前。荷青用嘴唇试试，喝了几口。劳令巴不得妈妈喝的不是开水，而是一碗能治百病的神水。见妈妈很痛快地喝下去，问："妈，好点了啵？"

荷青说："好点了，我崽会照顾妈了，妈不愁了。崽，你去读书吧，妈不要紧……"

下午，尤弄来，说夜校好不容易办起来，农闲时候，安心学两个月，效果就出来了。陈友斋、杨欢喜、乔梦月都不来，要劳令顶上去。劳令妈妈生病，自己又要复习备考，不想答应，说："我妈病了。"

尤弄听说荷青生病，也很为难，问是什么病，劳令说："发烧，一身软。"

尤弄像是个了不起的医生，"哎"的叫一声，说："受点凉，几天就好，没事。"

劳令说："我还要复习备考。"

尤弄听不懂"备考"是什么意思，问："啊？"

"准备考县中。"劳令说，"要是考不上，就丢脸了。"

尤弄胡捧一通，说："咦，团转就数你肚子里有墨水，考个县中，多的都有了，还愁考不上？"

荷青从房间里摩挲着走出来，靠门框站住，说："崽啊，你就去吧，妈的病，几天就好了，不要紧。"

从这天晚上开始，停了三次课的夜校又恢复上课。第三天，游龙庭打来电话，问夜校恢复上课没有，尤弄如实汇报了。游龙庭嘱咐说："跟着来的事多得很，你们得留住人哪，要是留不住人，你们村一个有文墨的人都没有，就什么事也干不成了。"

尤弄说："劳令正准备考县中。"

游龙庭说："办法是人想出来的，自己动动脑筋吧。"

荷青断断续续地发烧，胃口越来越差。布劳兆焦急，先请来一位郎中给她看病，郎中号过脉，说："受凉了，医一次包好。"

郎中叫把柴火烧得很旺，让荷青坐在火炕最热的地方。郎中用生姜把额头、颈子推出几条红道道，再念念有词，化一碗神水，让荷青当即喝下，说："去睡吧，盖两条被窝，把邪气焐出来，包好。"

一家人又一次听到郎中信心百倍地说"包好"，放下心来，包了礼包，谢过郎中，扶荷青睡下。

一天赶着一天，一家人一天要到床边好几次，问是不是好些了。荷青每次都回答"好些了"，精神却不见好转。半个月过去，布劳兆觉得事情有些不好，说："怕是走了霉运了，找人算算命吧。要真的交了霉运，得交好运才好得起来。"

附近几个村寨只有杨欢喜妈杨黄氏会看相、算命，只有找她。劳令为劝杨欢喜考县中，受一次气，说什么也不肯登杨黄氏的门。布劳兆没法，只好亲自去。

布劳兆很虔诚地登门请杨黄氏给荷青算命。布劳兆报了荷青生辰八字，杨黄氏念念有词，掐算一阵，说，荷青的三魂七魄落在西北方向一个山洞里，得请神师请神驱鬼，找回魂魄，才会好起来。

第二天，布劳兆找来神师，在堂屋里摆了神像，"咚呛咚呛"地敲了大半天锣鼓，神师唱得口干舌燥，24位天神、雷神、火神、天煞星、地煞星、珈蓝菩萨、十八罗汉……连太上老君也请了，神灵降临，鬼已被赶出宅门。但是，活人灵魂已被勾去，必须找回。布劳兆亲自带上几个小辈，组成天兵天将，出门找魂。布劳兆手里拿把神师交给他驱鬼师刀，神师用点燃的香在他面前画若干道符，说"去找回来吧"，他们便出发了。驱鬼师刀活像剪刀，只不过分不开，像一把没刃口的短剑。刀把两边有两个大铁圈，大铁圈套上若干小铁圈。神师做法，一面念念有词，一面拼命摇晃师刀，真的有一种神灵降临的感觉。这时，布劳兆手里的驱鬼师刀摇得"嚓嚓"响，锣鼓敲打得震耳，以壮威风。山里人认定阴森可怕的山洞、水洞、古树之类的地方是鬼魅藏身之处，不用说，活人的魂魄被勾到那里去了，才会患病。所说的魂魄，山里人认定就是细小得几乎看不清楚个头的红蜘蛛。找到它，魂魄也就找到了。这天，布劳兆和几个后生翻了几坡几岭，在一个黑乎乎的山洞里找到了那种小生灵。他用事先准备的"符咒"纸包了，赶回家里。

请了郎中，找回了三魂七魄，再也没法可想，只有认命。

荷青好两天，坏三天。实在躺不下去了，起来坐坐；看着原来由自己去做的事，都在眼前摊着，没人动手，实在看不过去，硬撑着，砍猪草，煮猪食，煮油茶，等在外面干重活的男人和大儿子回来。有时候，活路做了半截实在做不动了，事情又不能搁下来，荷青只好喊劳令放下书本，下楼来帮忙。给劳令交代过，再躺下。

荷青身体越来越虚弱，拖到端午节，再也没能爬起来。一天，劳令来到荷青房间，坐在床沿，说："妈，我不想考学校了。"

荷青比以前瘦得多了，眼睛还有神，闷一阵，说："妈不好，妈得了病，崽复习都不安心了……"

劳令把他憋在心里很久的话说出来，说："妈，你是为我们累倒的。"

劳令心里很难过，涌出了眼泪。荷青替劳令擦掉，说："崽，不要这样讲，是妈没有能耐。要是有能耐，连供崽读书的钱也拿不出？"

劳令安慰说："妈，我们家会好起来的。人家有的我们要有，人家没有的我们也要有。你放心吧妈，好好养病要紧。"

荷青说："你一定要去考，妈这辈子没有别的想头，就望你有出息。你有出息了，妈就是死，也闭眼睛了……"

荷青的话让劳令心头揪得很紧，说："妈，你不要乱讲呀……"说罢，又涌出眼泪。

荷青又一次替劳令擦掉，说："妈不会的，妈要等你大学毕业……"

249

60

一天，天黑尽了，黄狗忽然狂叫起来。跟着有人敲堂屋大门。布劳兆打开大门，吓了一跳，说："天这样黑，你咋来啦？"

布根穿补了补丁的粗布衣服，粗手粗脚，戴顶破斗篷，和农民没有两样。两年多工夫，布根成了另一个人。他变得特别胆小，灭了电筒亮光，闪身进门，塞给布劳兆一张纸条，说："我走啦，万一碰到爱翻嘴的人，又该说长道短了。"说罢，像做了贼似的转身离开。

劳令很想问问梦月是不是来过，可想想梦月妈说的那些话，梦月一下对他变得那样冷淡，话到嘴边又咽了回去。布劳兆拿纸条给劳令，纸条上的字很漂亮，劳令认得是向文艺的字迹。内容是告诉劳令县中招生报名和考试时间。至于纸条是怎样转到布根手里的，就不得而知了。

越逼近报名时间，劳令心里越不安。妈妈消瘦的脸忽然出现水肿，额头一摁一个窝。布劳兆紧锁双眉，愁得脸都黑了。劳令想着想着，下狠心说："不考学校了，一字不识的人多了去，还不是一样过日子？再说，还可以自学。"他把这想法告诉爹，布劳兆说："我们家要供你读出头，确实很难很难……你妈妈活一辈子，就想让你读书。不要让她伤心，去读吧，不要多想了。"

离报名时间还有五天，梦月来了。她头发理短了些，还是那白发箍；还是白衬衣，蓝裙子。她走得很累，"呼哧呼哧"地喘气；冒了一头汗，几缕头发在太阳穴那里粘着。劳令和梦月见面，两人都不自在。梦月站在堂屋大门外，说："报名要打证明，我妈那里的街道居委会，说我不是那里的人，不给打。"

劳令想想也对，说："你是该在这里打。"

本来，劳令发过狠，再也不理梦月，不去梦月家，而今梦月登门，心又软了，说："我陪你去找农会吧。"

离开木屋，劳令走在前面，梦月在后。她不习惯走下坡山路，不住地打晃晃，不停地叫喊"等我一下"，劳令不得不走着走着就停下，回头搀她一把。下到山脚，过木桥，走上通往村寨的路，平整多了，梦月说："你生气啦？"

梦月妈妈看不起他，梦月不理他，劳令的确受了很深的伤害，但他不愿意在这样的小事上纠缠，说："没有。"

梦月不信，说："没有？"

"真的没有。"

"那你笑一下。"

"我笑不出来。"

"为什么？"

"我怕是不能上学了。"

"咋回事？"

"我妈瘫痪了。"

"难怪我没见到你妈妈。"

"她已经睡半个月了。"

梦月无法想象有个瘫痪病人，家人会恼火成什么样，只觉得劳令太可怜，想一想，说："你一定要报考，不能错过这个机会。你很聪明，成绩又好，将来一定大有出息。"梦月想真心鼓励劳令一番，想得很好，说出来的却是几句没用的话。想弥补一下，说："你不读了，我去读也就没什么意思了。"

梦月真没想到，自己发誓要忘掉劳令，可到头来，偏偏在劳令跟前暴露内心秘密。劳令听这话，心里"咯噔"一下，想："难道是自己误会了梦月？"

劳令、梦月好不容易在者咨寨巷里找到尤弄，劳令说要打证明报考县中，没想到尤弄说："上面说了，凡是村寨里的人才，一个也不放。"

劳令说："梦月才读到县中初一，我小学还没毕业，算什么人才？"

尤弄说："读到小学，就算是人才，你们都走了，家乡的建设交给谁？"

劳令不能说尤弄说的是错的，他还没有足够的理由说服这个农会主席尤弄，说："我什么也不会，能做哪样？"

尤弄说："你到底有多大能耐，大家都看到了，横顺你不能走，上面打了招呼的。"

劳令说："那你给梦月开吧。"

尤弄说："梦月这人才就更大了，更不能开了。不说别的，没有你们，夜校都办不成。村里的事情多唎，打个报告，写个总结，接个电话，哪样事不要文化？安心在家乡干吧，啊？"

劳令想起陈友斋、杨欢喜，说："不是还有陈友斋、杨欢喜吗？"

尤弄说："是啊，你想想，放了你和梦月，放不放他两个？不说啦，你俩来了好，上面正催要个办夜校经验总结哩，你们两个写起来快。到办公室去，我给你们交代交代。"

破荒
太阳从西边出来

劳令很无奈，也很生气，说："我妈病了，我要回家照顾她。"

尤弄说："那就交给梦月吧。"

梦月说："我还得赶回玉田镇。"

尤弄说："你不是……"

梦月接过话，说："我和载星没关系了。"

尤弄说："啊，你不是我们村的人了，那就更不能给你打证明了。"

越说劳令越觉得尤弄是在刁难他俩，给梦月使个眼色，说："不行就算了吧，走，晚了，你就得黑在半道了。"

劳令和梦月离开作为农会办公室和夜校教室的印子屋，走出村寨，梦月急得差些掉泪，说："咋会这样呢，咋会这样呢？"

劳令果断地说："直接找乡里，找老油，看他给不给开。不给开，找向教导员，找赵书记，我就不信，要读书还犯法了？"

梦月作难了，说："向教导员在哪里呢？"

"我晓得在哪里。"

"今天还能去吗？"

"离者耸20多里呢，咋去？今晚你住我那里吧，明天我陪你一早走。"

梦月说："你会不会欺负我？"

劳令说："怕我欺负你，就不要去呗。"

斗嘴归斗嘴，梦月还是去了劳令家。以往，劳令在天快黑的时候回到家，家里可热闹了。饥饿的牛、猪、狗、鸡、猫，一齐朝妈妈叫喊。这些畜生们不知道主人有多累，越叫喊越上劲。最叫劳令妈头痛的是猪，若叫几声还吃不上，就拼命咬猪食槽和圈板。很厚的木头圈壁，被猪们啃得遍体鳞伤。牛更粗鲁，只管用牛角撬圈门。劳令妈妈听到"嘎嘎嘎"的破响和"咣当咣当"的吓人的声音，提一桶猪食飞奔过来，边往槽里舀猪食边骂："咬咬咬，咬个死，一下都等不得！"喂过猪，折身来喂牛。劳令妈又累又饿，对牛自然没好脸色。边丢嫩草进圈里边念叨："你就喜欢凑热闹，刚刚才丢几大把草进来，会饿死你？"只有鸡乖，不喂，叫一阵，虽说有些不满，还是"咯咯咯"的轻声呼唤着进圈了。劳令妈怕它们饿着，抓几把包谷放在兜在腰间的围腰里，"咕咕咕"的把鸡唤到面前。一地的黄灿灿的包谷转眼被啄得精光，鸡们伸伸翅膀伸伸腿，离开。忙过这一阵，劳令妈才腾出手来，把火塘里的火吹燃，着手做晚饭。

劳令回到家，正是畜生们甩开膀子大合唱的时候，爹和哥哥还在铁工场里"叮叮当当"地打家什。妈妈却瘫痪在床，劳令心里说不出的难受，走进家，端张长凳给梦月，说："我家很乱，你先坐一会。"

梦月在布根家里一段日子，也能做家务事了，她没坐，说："看看有没有猪食，我来喂猪吧。"

劳令说："别弄脏了你的衣服。再说，你手那么细嫩……"

劳令的话，让梦月一下就想到自己的出身，说："我没那么娇贵。"

劳令说："那好，你喂猪，我喂牛、喂鸡，最后做晚饭。"

荷青没法动弹，煮猪食落在也昂身上。劳令走进灶房，揭开煮猪食的大铁锅锅盖，把猪食舀进猪食桶里，剔除渣，提到猪圈旁，才叫梦月："来吧！"

梦月来喂猪，劳令喂牛、喂鸡、猫、狗。畜生们吃饱喝足，大合唱过去，劳令说："下一个节目，准备晚饭。"

梦月一定要显示显示自己能耐，说："做饭我内行，把东西准备了，我来做。"

劳令说："做油茶，你也会？"

梦月说："我在他家，后来没米做饭了，餐餐吃油茶。"

劳令知道梦月说的"他家"是蒙数根家里。劳令手快脚快，拨开火，吹燃，架上锅，抓一把米放进锅里，炒煳，放上油和晾干的土茶，放上水，再取半筲箕洋芋，才叫梦月："来，帮帮忙。"

劳令手脚真利索，梦月眼睛都看花了。听见劳令叫她，忙来帮着把洋芋去皮，洗净，切了放进锅里。等布劳兆、也昂脸黑手黑、收拾家什、一身臭汗回到木屋，见劳令和梦月都在，油茶已经煮熟，没了猪、牛、鸡饥饿的叫唤声，布劳兆说："好啊，有你们在好啊。"

梦月不好意思，说："我是来开证明的。"

布劳兆问："哪样证明？"

梦月说："考学校报名要农会证明。"

布劳兆边从火边鼎罐里挖热水在木盆里边问："开了没？"

梦月说："尤弄说我们是人才，要留在村里，不给打。"

布劳兆听着有些怪，问："哪个讲的？"

劳令说："还有哪个？尤弄。"

破荒
太阳从西边出来

布劳兆说："放他的狗臭屁！"

听到梦月在说话，荷青在房间里喊劳令："劳令，是梦月来了？"

劳令说："是呀，妈。"

梦月问劳令说："是你妈妈叫我？"

劳令说："是。"

荷青饮食太差，劳令拨开洋芋，舀了半碗烟米饭，和梦月一起，端进房间里。劳令摸一阵，找到火柴，点燃那盏浑身油腻的菜油灯，房间里漫开一团晕黄的光，梦月才看清劳令妈那张怕人的脸。房间里有一股难闻的臭味，梦月和荷青随便说了几句，劳令来喂妈妈饭，她站在旁边，不知道该说什么好。倒是荷青开了口，说："妹崽，大妈起不来，照顾不了你。"

荷青声音微弱，梦月说："大妈，你好好养病。"

荷青说："妹崽，有空来家里坐，大妈看到你们高兴哩……"

梦月说："大妈，会来的。"

晚上，劳令带梦月上楼，说："你就睡在我床上，我跟哥哥睡一张床。"

这时，外面传来一声怪叫："呜……"跟着，有细碎的脚步响声，梦月浑身紧缩了一下，说："是什么声音？"

劳令说："那是狼叫。"

"这山里有狼？"

"有，经常来偷鸡。"

"你听，是什么响声？"

劳令故意吓唬梦月，说："狼走路！"

梦月紧紧地抱着劳令，说："我怕。"

劳令说："傻瓜，那是狗上楼的脚步声，要是狼，狗老早就扑咬了。"

梦月说："我怕，反正我不让你走。"

劳令说："就不怕我欺负你？"

梦月说："你要欺负我，我就嫁给你，你不娶我就不走。"

劳令说："那好，我们俩都穿衣服睡，谁也别惹谁。"

梦月说："你这话说得恶心人，好像梦月很贱，就想惹你。"

劳令遵守诺言，只是睡到半夜，翻个身，一条腿糊里糊涂地压在梦月小肚子上。劳令不是不想，只是一心要读书，不能节外生枝，搞出纰漏来。

61

劳令醒的时候，梦月还睡得很死。梦月睡熟的时候，眼睫毛长长的，脸白里透红，嘴唇更红润一些，很诱人。一年多的折磨，她不但没有垮，反倒更鲜活了。劳令很想什么都不要了，抱住这个修长的肉体不放。可是他没有，撕了一长条纸，一头撕得窄窄的，捻细，轻轻地在这张好看的脸上爬过。梦月以为是蚊子，迷迷糊糊地拍了一下，没醒。劳令忍住笑，继续他的恶作剧。梦月醒了，居然长长地喊了声"妈"，劳令索性答应一声："哎——"

梦月醒来，自己也笑了，说："我还以为是在家里呢。"

除了瘫痪在床上的劳令妈，家人都出早工了。劳令拿了两个冷番薯，塞给梦月一个，说："对不起，我家的早饭就是它。"

梦月说："会好起来的。"

劳令说："苦的时候，我也是这样想，才不觉得苦。要不，早就垮了。"

梦月说："我也是这样想的。"

劳令进房间看看妈妈，妈妈还没醒，轻轻关上房门，离开。走一段，劳令说："我从小苦惯了，就不觉得过不了；比起来，你比我更难……"

梦月第一次听到这样贴心贴肺的话，眼泪一下涌了出来，说："劳令，只有你了解梦月……"

劳令也很动情，说："你是最信任我的，居然敢跟我睡一张床。"

梦月说："那天惹你生气了，对不起。"

劳令说："没事，哪怕你九件事都做错了，只有一件做得让我感动，我就会记一辈子；反过来，哪怕一百件事都做对了，有一件事伤透了我的心，我也会永生不忘，一辈子不会原谅。"

梦月忽然想起生肖和性格的关系来，说："难怪你属牛。"

劳令说："牛好，勤劳，忠诚；不像你，奸耗子。"

梦月分辩说："不对不对，我一点也不奸。"

走到中午时候，远远地看见那一片青瓦房了。瓦房分成两半，中间立几根电杆，下垂的电话线，那是这个乡场的街道。街道的一头有栋印子屋，是乡政府。劳令小时候跟爹来这里卖过家什，不但认得路，连房屋、街道的模样也还记得。劳令在前，梦月在后，一起走进印子屋。乡长办公室大门开着，却没

(side text, vertical) 破荒 太阳从西边出来

人。劳令说："没人，在外面等等吧。"

不多工夫，游龙庭回来。见到劳令、梦月，有些不自在，但很快就换成了笑容，说："进办公室呀，还要我请？"

劳令心情轻松不少，向梦月做手势，说："进哪。"

游龙庭指指办公室里一条木长凳，叫他俩坐下，开门见山地说："农会不同意你们报考是吧？"

劳令说："尤弄说建设家乡要人才，不同意我们报考。"

游龙庭装作很意外的样子，但很快换了口气，说："这事我也想过，农村里有文化的人太少，边远少数民族地区更少。有的地方走上百里路，没一个识字的人。这种状态，怎么搞建设？没法搞建设，人民翻身，就是一句空话。面对这样的情况，农会主席着急，我这个当乡长的更急。要改变这种状况，还得大家共同努力。"

劳令没想到游龙庭会和尤弄一个腔调，迎头挨了一棒，冷静一下，还是说："我小学还没毕业呢，能做什么呢？我想好了，一定要读书。"想一想，又补一句，"再说，不是还有陈友斋、杨欢喜吗？"

"要是他俩也要求报考呢？"

"都应该放他们走。"劳令想了一条理由，说，"你说边远地区缺少有文化的人，大学生就更缺了，如果有文化的青年都不让走，就永远不会有大学生。"

游龙庭被劳令顶撞得变了脸色，说："你咋晓得自己能成为大学生？"

劳令决心要抗争一番，站起来，声音也大了，说："你咋晓得我就不能成为大学生？"

游龙庭黑下脸，说："你咋这样说话？"

梦月生怕劳令吃亏，拉拉他的衣摆。劳令不要命了，说："我不这样说该咋说？"

游龙庭一拍桌子，站起来，声音也响了，说："劳令，你一家人都有立场问题，我还没跟你们算账呢，你目无领导，想想后果吧！"

劳令直觉火气腾腾往上冲，说："梦月，走，这证明，不开了！"说着，拉梦月出门。

梦月怕惹出事来，犹犹豫豫，游龙庭说："劳令，你先出去，我还有些事要跟乔梦月说说。"

劳令边走出办公室边跟梦月说："我在外面等你。"

劳令恨恨地离开乡政府，嘴里嘟哝着："阎王好见，小鬼难缠。"跟着，学一句北方人说的话："啥玩意？"

劳令故意卷了舌头，让"意"字转几个弯，学得很像，自己也想笑了，心里才好受一些。但是，就像快要下雨，一片乌云快速弥漫开来，心里又变得晦暗了。

他游龙庭不是什么好货，早就盯上梦月了。留下她谈事，难说不是安了坏心眼。劳令越想越急，越觉得不能让梦月吃亏。站一阵，折身回乡长办公室。他远远地看一眼办公室的门开着，又怕游龙庭说他偷听领导谈话，只好折身出来。劳令怕万一有事，坐在乡政府大门的对面盯着，好及时解救梦月。想想还不稳妥，在道旁捡了坨碗大的石头，放在身边，在一块光溜的石头上坐下，眼睛直勾勾地盯着乡政府大门，心里翻腾着一件事：游龙庭说他有立场问题，无非说他跟布根有来往，跟梦月在一起。想到这里，心里长了一块很硬的疙瘩，想："蒙数根对我家好，我不过没有他们那样绝情绝义，就是立场问题。你追梦月，做梦都想把梦月搞到手，就不是立场问题？"

劳令心里烦躁，又担心梦月遭毒手，时间特别难熬。他很想冲进房间，把梦月拉出来，马上离开。但看看自己瘦弱的身坯，心虚了。虽说游龙庭脸白手嫩，到底比他高半个头，又当过兵，交起手来，能有他的好果子吃？他莫名地想起书里说的一句话："弱肉强食。"

想起这句话，心里很痛，觉得悲哀。

劳令正这样胡思乱想，梦月奔跑出来。梦月眼尖，一眼就看见劳令坐在大门对面石头上，像见了救星似的奔过来。劳令认定梦月出了事，迅速抓起那坨石头，要去和游龙庭拼命，被梦月抓住手，说："没事，走吧。"

劳令见梦月眼里还噙着亮亮的眼泪，说："那畜生欺负你啦？"

梦月擦一把泪，说："没有。"

"没欺负你，你为什么跑？"

"告诉你没有，就是没有。"

"那你为什么哭？"

梦月被逼不过，说："我真的没有吃亏。"

劳令说："这么说，那畜生动手动脚了？"

梦月吞吞吐吐，央求劳令说："我求你，快点走好不好？"

破荒
太阳从西边出来

劳令明白是怎么回事了，他气得浑身乱抖，努力回想游龙庭办公室的位置，看准了，抓起身边那坨石头，照准办公室的窗户砸过去。砸得很准，也狠，随即听到很刺耳的一声响。劳令急忙拉着梦月，转过弯，再转个弯，出街道，进入一块菜地，消失在山坡的小路上……

若干年后想起这件事来，劳令还后怕。那坨石头可不小，要是砸着人，后果可就严重了。

63

离开高有乡政府往回走，他们沿着小路没命地跑了一段，连气都喘不过来了，梦月还心惊肉跳。不停地说："要是追起来了咋办？要是追起来了咋办？"

劳令安慰说："不怕，有我哩。"

梦月看一眼还没自己高的劳令，苦着脸说："你这么小，能做什么呀？"

劳令随口说："小就不是男子汉了？"

梦月生气了，说："你看不起女的。"

劳令说："不是我看不起女的，你胆子太小。"

走着走着，梦月又有了问题，说："不给打证明，不能报名，咋办？"

劳令说："直接找向教导员。"

"万一向教导员说不行呢？"

"找赵书记。"

梦月有了信心，说："好，就这样。"一会又有了疑问，说："你出身好，我出身不好；万一你能上学，我不能上呢？"

劳令不耐烦了："教导员和赵书记都说过，出身不能选择，自己的道路可以选择，你还有什么不放心的？"

"万一……"

劳令说："万一，万一天塌下来呢？你哪有这么多万一？"

梦月暂时打消了顾虑。其实，劳令还远不能算男子汉，胆子却不小。跟他在一起，哪怕到了无路可走的地步，也总能想出办法来。她跟劳令在一起，什么也不怕，比跟爹妈在一起还强。走一段，梦月走不动了，劳令找块光滑的石头，让梦月坐下。在附近转了一圈，用一张大树叶折成个瓢样，盛一瓢井水回来，凑近梦月嘴边，说："喝点水，解解渴。"

梦月在布根家外出干活的时候,喝过山泉水,但这山泉水是她正渴的时候送到手里的,便有了一种温情从心底里升起,想要做点什么,或者说点什么,但她什么也没做,没说,喝过,把折成瓢的大树叶还给劳令,起身朝前走。

梦月没打到证明,怕一个人去县城不让她报名,又怕麻烦劳令家人,不好去劳令家,也不好再去布根家;回到龙塘,遥望坐落着劳令家的群山,不知道该怎么办,劳令说:"还住我家吧,明天一早赶去县城,报了到,后天赶回来。"

梦月不挪步,为难地说:"还去你家?不好意思。"

"现在最好的去处就是我家,什么都别说了。"劳令说,"慢慢走吧,太累了,坐下来就再也不想走了。"

劳令、梦月又累又渴,快到家的时候,还是天黑了。走着走着,毛乎乎的东西忽然窜到梦月腿旁,把梦月吓个半死,劳令说:"不怕,狗来接我们了。我小的时候到村里去上学,它经常接送我。"

梦月感叹一声:"啊,吓死我啦!"

大黄狗和梦月也很熟了,在她腿旁边蹭来蹭去,梦月的胆子一下大得多了。

布劳兆、也昂很累,见到劳令和梦月,给他俩派了活:做晚饭。布劳兆爷俩喂猪、喂牛、喂鸡,杂事做完,晚饭也熟了。布劳兆相信儿子和梦月不会做蠢事,还让他俩睡在书房里。梦月睡到半夜,忽然大喊大叫,两条腿乱蹬起来。劳令不知道发生了什么事,从梦中惊跳起来,摇醒梦月,说:"你怎么啦,啊?"

梦月揉揉眼睛,惊魂未定,瞎编说:"我做梦长了翅膀,在天上乱飞,吓死我了。"

劳令认定梦月是被游龙庭欺负了,才做噩梦,他恨恨地想:"如果哪一天这家伙落在老子手里,非不宰了他不可。"

劳令读过八所小学,才读到小学五年级。离开村里不像样的私塾,开始寄宿亲戚家;亲戚家也穷,待不下去了,换一处;大一些了,走读。这样,每次换学校都是插班,没参加过一次正规招生考试。准备得怎么样,只有天晓得。离开家的头天晚上,布劳兆杀掉一只下蛋鸡,炖一半,留给荷青吃;炒一半,盛在碗里,供在神龛前,让劳令上香化纸,祈求列祖列宗护佑,文曲星帮忙,愿劳令上县城考试成功。

布劳兆只拿得出几万元（相当于新币几元）给劳令，怕住了店没钱吃饭，打听到村寨里一个早就搬进县城居住的家门（本家），告诉劳令说："县城桥头有一家主人叫进武，论起来是爷爷辈了，你去找他，在他家住两夜，我想他会帮忙的。"

劳令记住了这位从没见过面的本家公公（爷爷）。劳令要走70多里才到县城，得一早出发。吃过晚饭，他来到妈妈房间。妈妈在晕黄的灯光里，显得又瘦了一圈。她没有血色的嘴唇微微地颤动，好像有很多话要说，但说出口的却是这样一件事：让劳令在县城买几颗玻璃纸包的水果糖回来。

有一次，布劳兆高兴了，让荷青放下活路，和劳令一起去玉田镇赶场。手里没钱，好玩好吃好看的东西满眼都是，却只能饱饱眼福。离开场镇，荷青悄悄跟劳令说："二天你有钱了，给妈买几颗玻璃纸包的糖。"

妈妈说的玻璃纸包的糖，劳令见过，在杂货店的柜台上，偶尔有那么两三个大玻璃瓶，里面装的就是这种花花绿绿的玻璃纸包的糖。在这些柜台前，常常有留"一块瓦"的小把戏们滞留，无论大人怎么呵斥也不肯离开。

过了好几年，妈妈还惦记那东西，可见，妈妈那时多想尝一尝。劳令说："妈，我记住了。"

劳令不想看梦月妈的白眼，没有在玉田镇停留，连梦月住的方向也不望一眼，就走上通往县城的路。劳令脚下特别有劲，走得很快。这种劲道，是从"志气"那里发出来，又和将来的"成功"联系在一起的。劳令过玉田镇不远，旧草鞋烂了，干脆脱下，摔出去很远，发了一回英雄气，光着脚，在细砂石马路上行走。到望见那一片高高矮矮、白墙青瓦相间房屋的时候，县城到了，同时看到了一座桥。这是劳令见到的最宽的桥了，虽说也是木桥，桥墩却是石头砌的，粗大结实。忽然有轰隆轰隆的声音传来，越来越响，张望半天，看见一个庞然大物冒着浓烟，喘着粗气，出现在桥的那头，而且上了桥，爬过来了。劳令没见过这吓人的怪物，躲得老远。待它走过身边，远了，才长长地喘口气，走进村寨，去寻找那位没见过面的本家公公。

这位叫进武的公公见他衣服破旧，光着脚，愣了一下。听说他是布劳兆的小儿子，是来考县中的，有几分惊异、几分高兴。他请劳令进家，说："你爹我熟，我搬来这里的时候，他打了一把新锄头送给我，现在还在用，你在我这里住三天五天一点事没有。"

晚上，炒了待客的上等菜腊肉，特地煮一锅白米饭招待劳令。劳令很饿，却怕本家公公笑话，吃个半饱，放下筷子。本家公公让劳令在木盆里洗过脏脚，拿一双旧布鞋给他穿。第二天，劳令把鞋子留下，光脚向本家公公辞别，说："公公，我去考试了。"

本家公公见劳令光着脚，问："你咋不穿鞋子？"

"你是去考试呀。"

"不怕。"

本家公公怕劳令找不到地方，亲自送到学校，说："考完了回家吃饭。"

劳令没有想到，来考学校的人真多。劳令找到考场，按号坐在座位上。看看周围的人，年纪都比他大得多，有的甚至长了黑乎乎的胡子，嘴唇、下巴像抹了锅烟。看看自己，又瘦又小。不过，他很快就把注意力集中到语文考卷上来了。他匆匆看过一遍，一道作文题《我的祖国》，几道时事政治题，诸如世界四大强国有哪些，什么叫人民民主专政，中华人民共和国是什么时候成立的，我国四大发明是哪些，等等。劳令抓紧时间做完问答题，再做作文。他做得很快，时间还没到就交了卷。收考卷的老师戴一副黑圆框眼镜，看过答案，神色很惊奇，告诉劳令说："不错。"

可是，跟着来的考试给了劳令当头沉重的一棒：考英语。

卷子发到劳令手里，出现在劳令眼前的卷子上，好像爬满了蚯蚓，曲里拐弯……劳令的额头开始变凉，心里在翻腾，连思考都不能了。很快，他全身发热，满头满脸淌汗，顺着腮帮往下滴，一条条细流流进眼里。很快，几滴汗水滴在面前的试卷上，洇成一片……劳令从来没碰到过连风都摸不着的试题，他无从做起，像是被洪水卷入江心，即将被淹没……

戴圆黑边眼镜的监考老师在劳令跟前站一阵，问："你咋不做？"

劳令惭愧得直想哭，说："不会做。"

"你在哪里上的初中？"

"我小学还没有毕业。"

"那你为什么要报考高中？"

劳令彻底失败了，他的希望像肥皂泡那样破灭了，初中那道坎没法越过，再也不可能走进县中大门。他没有回答，也不能回答。黑圆框眼镜监考老师说："你跟我来。"

监考老师带劳令到另一教室门口，门上用蓝颜色纸写"初中第一考场"字样。这个考场正在考算术。劳令被刚才那件事吓糊涂了，眼前老出现那弯弯曲曲的满纸爬的蚯蚓，没法看清题目，更没法想怎么做。无法，只好暂时停下，憋包似的望天花板，强迫自己平静下来。十多分钟过去，终于能看明白题目，开始做题了……

考完，劳令流了一身透汗，背脊湿了一大片。他丧气到极点，头重脚轻地离开考场。劳令记得梦月的考号和考场，考试之前，他故意不去找她。劳令相信自己一定能考好，考试结束再去找梦月，告诉她好消息。不想倒霉到了顶点。他生怕碰上梦月，埋头急匆匆地离开，但终究没能逃出梦月的眼睛。在学校大门外被她叫住了，梦月埋怨说："到处找我都找不到你，你要急死我啊！"

劳令连"报考高中"四个字也不好意思说了，更不愿告诉梦月由考高中改考初中这件丢人现眼的事。梦月没想到事情有这么糟，说："去我哥那里歇歇，明天一早回去。"

劳令秃头秃脑地回答说："我不。"

好心没有好报，梦月不高兴了，说："谁惹你啦？"

劳令说："我自己惹自己。"

64

劳令和梦月站在岔路口，一条街通梦月哥家，一条出县城，通本家进武公公家。梦月说："你真的不去我哥哥家？"

劳令没脸见梦月哥哥，说："不去。"

"你认识那个戴黑圆框眼镜的监考老师吗？"

劳令摇摇头。他不知道是不是该感谢这位监考老师，只觉得自己像做了贼，又恰恰被抓个正着一样，恨不能一头碰死，一了百了。他说："我咋会认识人家？"

梦月说："那是我哥。"

劳令有几分惊诧，说："你哥当县中老师？"

梦月说："他是县中老职员，暂时出来帮帮忙，还不是正式职工。"

劳令听梦月说过他哥的事，他瞧不起这位没有出息的乔大贵。这下倒好，丑丢到他跟前去了，越发难堪。说："明天你自己回去吧，我也不来找你了。"

梦月恨得迸出眼泪，说："你走你走，你永远不要理我好啦……"

劳令没脸去本家公公家住，也顾不上找点什么填填肚子，甩开两条瘦长脚直往家赶。尽管这样，还是天黑了好一阵，才失魂落魄地回到家，摸出藏在内衣口袋里的几张钞票还给爹，才想起忘了向本家公公告别，给妈妈买玻璃纸包的糖这两件事。劳令进妈妈房间。荷青是醒着的，听到劳令的脚步声，喊过一声，不过声音太轻，劳令没听见。见崽进房间，想坐起来跟崽说说话，但上半截身子动了动，下半截动不了，便说："崽，你把妈扶起来……妈浑身像被人细细捶过一遍，痛得木了……妈怕是活不了几天了，坐起跟崽讲讲话……"

劳令站在床上，两手伸到妈妈胳膊下面，使劲往上拉。劳令怎么也没想到，妈妈瘦得皮包骨头，还这样沉重。费了好大力气，没能挪动。父亲进来，才把荷青抱起来，叫劳令用被子垫着背，半坐起来。劳令听人说，病人要是睡在床上，都重得挪不动了，就快不行了。他不愿意朝这方面想，他无法想象要是没了妈妈，这日子怎么过。他说："妈，我忘了给你买玻璃纸包的糖了……"

荷青没有丝毫责怪的意思，反倒爱抚地说："没买就没买吧，你回来就好……"

布劳兆说："崽带去的钱，一文也没用。"

劳令把本家公公盛情招待他的事简单地说了说，荷青说："崽，你二天要是有了出息，千万不要忘了人家。"

劳令的心被狠狠地揪了一下，说："晓得了，妈。"

一连几天，爹、妈、哥哥都没问劳令考县中的事。他们明白，要是考得好，不用问劳令也会说；要是考得不好，问了让他难受。考上了是命，是祖宗保佑，天赐洪福；考不上也是命。那么多人大字不识，照样过日子，认命吧。几天过去，考县中这件倒霉事被劳令渐渐淡忘了，却也成了他一块不能触及的心病。他忌讳"考高中"这三个字，甚至把复习资料包得死死的，塞在床底下。连他也不清楚，接下来自己到底该干什么。

夜校虽然不算学校，但到底可以上上课，改改作业，混混时光。劳令去过一趟者耷，农会办公室没人。往回走的时候，碰上美香，劳令问夜校还上不上课，美香说："老师都走光了，夜校垮了。"劳令心情有些沉重，美香当然不知道劳令会这样倒霉。美香奶子鼓得高高的，大腿粗壮，浑身活力四射，是谁见了都会神魂颠倒的那类女子，她忽然说："你看，我跟老油好不好？"

劳令说了句不痛不痒的话："这种事就像穿鞋子，合脚不合脚只有自己晓得。"

美香愣愣地看他一阵，忽然有些领悟，说："人家当过解放军，现在又是乡长，还怕他看不起我哩。"

劳令笑一笑，离开美香。美香走路有弹性，全身都在扭动。劳令想："乡下姑娘，可怜。"

劳令是在村寨门口碰上布根的。蒙数根戴顶破斗篷，穿旧对襟衣，束腰带，柴刀插在腰间，和农民没有两样。他拃只篮子，里面有带壳嫩包谷、瓜瓜豆豆之类。解放军进村以后，布根就习惯低头走路，更不随便跟人说话，听到有人叫"蒙数"（老师），才抬起头来。见是劳令，停住步，说："考得咋样？"

一定是梦月告诉布根，布根才知道他要考县中。劳令本来要好好和布根说说这件事，但考成这样，他实在没脸说，只说"很难讲"。他已经好些日子没见到这位曾经喜欢他、帮助过他，而今是地主分子的老人了，他说："蒙数，大力哥还在不在你家？"

布根说："这年轻人很讲仁义啊，赶都赶不走。"

劳令说："梦月……"

劳令还话没说完，被布根打岔，说："梦月是个好妹崽，要是你和她有缘分，再好没有了……我还生怕她碰到个糟糕人家，一辈子就难啦。妹崽哪，错一千，错一万，就是不能嫁错汉哪。"

劳令没回答，布根又回到劳令考县中的话题上来，说："考得上，最好不过；实在阴差阳错，没考上，千万不能灰心。不灰心，总有条路好走；要是灰心了，就是有路也不想走了。"

不知道乌丛从哪出来的，见劳令和布根讲话，故意大声说："立场站稳点啊，不要粘上人家的嫩媳妇，忘了自己姓哪样。"

劳令本来憋了一肚子气，听乌丛说起屁话来，恨恨地把他堵了回去，说："把你自己的屁股揩干净就是了，少管别人的事。"

乌丛没想会碰上这样的硬钉子，嘟囔着离开了。

只要有一件事不顺心，不顺的事便赶趟一样来了：劳令坐在坐团上，右屁股墩隐隐地有些痛。他以为是什么东西作梗，看看坐团，平整整的；摸一摸，屁股墩有指头大小一颗硬硬的东西。轻轻捏捏，生痛。山里人生了病，抗抗就过去，劳令也一样，不在意。过了几天，硬块有鸡蛋那么大了，痛得晚上不能平着睡，只能侧向左面躺着。再过几天，疼得走路都瘸了，不得不告诉爹。布劳兆知道些草药，刀伤、长疮、拉肚子之类，进山里找几味药，或用嘴嚼细，黑乎乎地敷在痛处；或熬汤服下，很有效。这回敷了药，不说没减轻，反倒长得更大了。布劳兆叹口气，说："今年运气不好，压不回去，只有由它自己破，出了脓才好得了。"

其实，劳令大病不犯，小病不断。肚子痛，下蛔虫，出鼻血，出风丹，长疮，至于被柴刀、菜刀、锯子、推刨之类伤了手伤了脚，更是没法计数，但都没有这回长大脓包疼得厉害。日子实在难熬，劳令忽然有一种奇怪的从没有过的冲动，这种冲动让他的脑子里不断地闪现种种画面：跳跃出一个个熟悉的人来，好像听到他们说话，看到他们在做一件件的事。有欢欣鼓舞的，被大浪冲得昏头昏脑的，有垂头丧气的；有辛辛苦苦想改变自己生活的……尤其是他和陈友斋、杨欢喜之间的事，在他心里缠绕得很紧，没法忘记，也没法解开。

经过几天的冥思苦想，劳令决定做一件不知天高地厚的事：写本书！

劳令进入从来没有体验过的一种异常状态：忽儿莫名其妙地高兴，忽儿非常沮丧、忧伤，忘记饥饿，忘记疼痛，忘记考县中失败这件人生中最羞惭的事，甚至忘了自己。他在自己闷热难熬的小书房里，在写过的纸的背面写啊，写啊，写了两天。至第三天，开始冒冷汗、恶心、不停地呕吐，一种不祥的预感袭上劳令心头：他要死了。

荷青瘫痪在床三个月，劳令又突然得病，布劳兆急得团团转。劳令没法再写，又想想自己这么小小年纪就离开人世，实在不甘心。许许多多小时候的事浮现在眼前。

劳令儿时的世界，是山林、野果、蜂子、蝈蝈、螳螂、蝉、小水塘陪伴他度过一个又一个寂寞日子的。在一条极小的水沟里，用小手抠出个小水塘来，放一片叶子，叶子在水塘里打几个转，再慢慢流出塘口……劳令会在旁边着迷地玩上半天，直到妈妈大声叫喊，才匆匆跑回家。他要再去看看这些给了他无穷快乐的地方，再无声无息地死去。劳令有很多难舍的人，最难舍的是妈妈，但愿他的死不要给妈妈带来太多痛苦。

劳令硬撑着，给妈妈送去一碗冷开水，说："妈，我去屋背后走一走。"

荷青说："去吧，妈……不怕……"

劳令边往外走边想，要是妈妈死了，自己也死了，会在阴间见面吗？劳令听到过不少关于人死了在阴间如何如何的故事，听后总是将信将疑。他走进了木屋后面的山冲，那里有口井，有一片父亲栽下的桐油树。小时候，劳令常常在大热天里爬上桐油树，坐在树杈上乘凉。而今劳令坐在树下的石头上，几阵凉风吹拂，头脑渐渐清爽起来，也不出冷汗，不恶心了。于是，他又把被打断了的思路衔接起来，写下去，直到天黑才下来。第二天，劳令把毛笔、墨盒、纸、一块木板搬到这棵大桐油树下，歪着屁股，在纸上落下第一行字，"我有三个很要好的同学⋯⋯"

最初，劳令决心写一本书，但是，故事说完了，只有 20 多页纸。用毛笔工工整整地誊在毛边纸上，钉成一薄本，装进布袋里，告辞妈妈，去了县城，找到向文艺。他本来想问问考学校的事，想想事情太复杂，说不清楚；再说，搞成这样，实在开不了口。摸索一阵布袋，说："我写了个东西，请你看看，可以吗？"

劳令从旧布袋里摸出一沓写得密密麻麻的东西，递给向文艺，向文艺先是有些吃惊，匆匆溜了一遍，就惊得眼睛瞪圆了，问："是你写的？"

劳令见向文艺那惊奇的样子，好笑起来，说："你看看是不是我的字？你是认得我的字的。"

向文艺左看右看，连翻几页，肯定自己没有看错，站起来，在劳令肩上狠狠拍了一巴掌，说："好你小子，什么时候学会写小说啦？"

这回该劳令发愣了，问："小说？什么是小说？"

向文艺更觉惊讶，说："你小子连小说是什么都不懂，怎么写得这么好？真是的，林子大了，什么鸟都有。"

劳令高兴得不知道说什么好，向文艺拿出挺大的个一本子，说："你把它好好抄一遍，一个空格写一个字，标点符号占一格，誊正，别忘了写上你的姓名，家庭住址。"

向文艺在大本子上迅速地写了个地址，说："抄完了，就按这个地址寄出去。玉田区有邮政代办所，去那里寄就行了。"

劳令像得了什么宝贝，转身离开向文艺住处，向文艺这才想起还没问劳令升学考试的事呢，追出来说："哎，劳令，你考得咋样？"

只见劳令走得很快，头也没回，不知他听见了没有。

65

尤弄端一碗黑乎乎的油茶到母亲跟前的时候，他母亲说："崽，你讲我家有田了，田是咋来的呀？"

尤弄分到两坵田的那天，回到家里，高高兴兴地告诉母亲说："妈，以后我们不会挨饿了。"

母亲完全不知道外面的事，定睛看着尤弄，说："咋啦，讲给妈听听。"

"土改了，财主没了，贫雇农翻身了。"尤弄尽自己知道的说，"财主的地分给贫雇农了，就是这样。"

"者砦这地方妈晓得，哪个是财主？"

"布根。"

"布根是好人，咋能要他的田，丧良心的事不能做。"

"妈，不是的。财主不耕田，不种地，靠剥削穷苦人发家，他们霸占去的田土归还给贫雇农是应该的。"尤弄说，他断断续续地把向文艺和游龙庭给他讲的一些道理和事情讲给母亲听。有头有尾地讲了白毛女的故事，讲了有钱人剥削穷人的种种手段，放高利贷，趁人有难的时候，压低价钱买去田土甚至房屋，逼得穷人上吊……杨姣没有再问，想起自己被棒老二糟蹋，男人被割了家什，进山报仇被杀，等她找到男人尸骨，只剩头和骨架……

后来，杨姣又一次老话重提，话还很重，她说："崽，你要是做丧良心的事，妈死了不会保佑你的。"

在乡里听游乡长讲话，在县里参加学习，尤弄虽然文化水平很低，没法记录，很多新名词、新道理意思不全懂，但基本意思是清楚的。他的腰杆才渐渐挺直，底气足了起来。他想象着老解放区没有了人剥削人、人压迫人，人人都有田种，有饭吃，有衣穿，该是咋个一种样子，才下决心领大家去奔那样的日子。可在妈妈面前，他不但说不透，连说清楚都难。一个听不明白，一个说不清楚，两娘崽往往话没讲完就生气。

这天，母亲又老话重提，尤弄心烦得只想发火，说："妈，现在是共产党毛主席领导，就是这样，你崽不做丧德事就是了，问那样多，讲了你也不晓得。"

从此，杨姣没有再问。大年三十那天早上，杨姣忽然来了精神，大声叫喊尤弄。尤弄正在棚子外面杀鸡，听见喊叫，忙进棚里，问："妈，哪样事？"

杨姣伸出干柴一样的手臂，说："扶妈到外面坐坐。"

尤弄说："妈，外面很冷。"

"我想到外面看看。"

"妈——"尤弄不晓得咋办好。

"你这崽，越大越不听妈的话啦！"

尤弄将那把当胜利果实分来的太师椅搬到屋外，垫上也是当胜利果实分来的半新被褥，再进棚里抱母亲。尤弄刚伸手抱母亲，母亲就"哎哟"一声惨叫，他吓得急忙缩手，杨姣说："崽，你就连被子一起抱吧，妈的背不晓得是咋的，一定是烂了，痛……"

尤弄只得把妈妈连被褥一起抱出来，勉强放进太师椅里。杨姣望着稀疏的飘飘洒洒的雪花，脸颊潮红起来，说："妈小的时候，最喜欢玩雪花，冒雪疯跑……"坐一阵，杨姣的目光落在那堆杉原木上，说，"起栋好好的屋子，要是铁拐李那妹崽愿意，就娶进来吧，妈还想抱孙崽……"

尤弄守在母亲身边，说："妈，进家吧，外面冷。"

杨姣脸比出来时候更红，说："是有点冷了，妈也看够了。"

尤弄连太师椅一起，把妈妈搬进家，连被子一起抱在床上，盖好被子，说："妈，你睡，我去整鸡。"

"好……"杨姣说。

可是，等尤弄把鸡炖烂，盛一碗鸡汤，端到床前的时候，再也没能把妈妈喊醒。

石匠何麻子的爹是哪一年搬进山里来的，何石匠不晓得。他只听爹说，他们原来是大地方人，一年闹瘟灾，满村寨是死人，连埋人的人都没有了。那时，何石匠的爹还没染上上吐下泻那恶病，匆匆埋了刚死去的女人，抱着还不到半岁的崽逃进山里。何石匠爹说，那时山里难得看见有人烟，山林没主，找一块平些的地方搭个草棚，住了下来。离他住地不远处有两人家，何石匠爹怕人家也惹病，不敢挨着搭棚子。瘟灾过去，无处可去的叫花子、不想再过游荡日子的外乡手艺人也看中这片有山有水的土地，棚子渐渐多了起来。有的人家发狠发家，干活出门回家两头黑，勒紧裤带过日子，起了木屋，娶了婆娘，有了接香火的人。何麻子爹就是其中一个。何麻子的爹比别人灵活，认定只要有一门手艺，就走到哪里都不会饿肚子。

何麻子爹决定让崽学打石头。理由是山里的石头多的是，备下锤子、錾子、钢钎花钱不多；死了人，总要打块碑吧，不愁没活做。玉田这样大地方，才有一家打碑，忙不赢哩。

何麻子爹和何麻子都属于"骑生马"那种货色，不学也要干。何麻子爹没学过木工手艺，买几样家什就干起来，起木屋，打柜子、床、桌椅、板凳，像模像样。何麻子跟着学样，也是不投师学艺就上马。

何麻子也分到了两垃田，在离家四五里的龙塘。那个宽宽长长有小河从中间流过的大坝，是只要撒下种子就有收成的肥田。这些田，是布根公公买下的田产。到他爹和布根手里，只是读书，不置一分地。

何麻子分到田，却欢喜不起来。地契是尤弄递到何麻子手上的，何麻子的手缩着不接，尤弄说："你要不要？不要分给别人了！"

乌丛在旁边，见何麻子不接，赶忙伸手，说："他不要我要，我不嫌多。"

何麻子这才接过那两张发黄的毛边纸地契，白乌丛一眼，说："狗卵子你要不要！"

何麻子分到的两垃田和尤弄分到的田紧挨着，土改前，由邦里租种。邦里说，年成好，一垃能收10多挑谷子，两垃能打30多挑，加上土里种的杂粮，两口人一年的口粮差不了多少。但是，何麻子有何麻子的难处。犁、耙、牛、种子全没有，备秧田、撒秧种、犁田、栽秧都不会。他去龙塘看两次，不晓得从哪里下手。

山里人相信冥冥之中有一种力量捏着人的命运，要处处顺着，不能违拗。每年新年初一，何麻子清早起来，第一件事是外出找"财"七长八短地抱上一抱干柴回家，就预示今后天天发财（山里人"财""柴"读音一样）。这天，何麻子翻身起床，想他年年新年都一早就外出捡柴，但并没有发财，他要破破这个例。他起身的时候，懵懵懂懂的崽还在睡，他说："起起起，去嘴嘴那里一下。"

何麻子的崽何苦15岁，跟解放学样留洋头，由"光葫芦"改成"锅盖"，围着头顶一圈黑的，和脖子连着的是青白色肉皮，何麻子看看想笑。不过他想："崽喜欢新鲜，新鲜就新鲜吧，哪个要笑话笑去。"

何苦揉着眼，跟爹来到嘴嘴找尤弄。尤弄正为没人帮忙起房子发愁，农会的事又像刺蓬蓬那样理不清楚；想在本本上记点哪样，好不容易写下几个字，一个不挨一个；很多话想得到，说得出，却写不出，心烦得要命。大年初一，好不容易得个清静日子，干脆蒙头大睡。何麻子在外面喊几声"尤弄"，没人答应，他贴着破柴门朝里头望，见尤弄还在睡，又大喊几声，尤弄以为又是农会的事，说："喊喊喊，大年初一，喊哪样卵！"

何麻子说："新年新岁的，睡睡睡，睡哪样睡，我跟你商量事哩。"

"又是农会的事？今天不讲！"尤弄说。本来抓起衣服要穿，结果又撂下睡去。

何麻子急了，说："不是农会的事，是我和你的事。"

尤弄爬起来，拿开顶门杠，让在外面冻得直呵气的何麻子爷崽进家。火塘子旁边摊着碗筷、黑乎乎的鼎罐，屋子里弥漫着酒气和肉香的混合气味。尤弄拨开火，何麻子说："我跟你讲，都当农会（何麻子不习惯讲'农会主席'这话，就像不习惯讲"解放军"，只讲"解放"一样）啦，还不赶快讨个婆娘？"

一提起讨婆娘，尤弄又想得夜里做的那种梦，说："快莫讲这事了，我这辈子还不是当光棍的命？"

何麻子说："婆娘你是一定找得到的，还要找好看的，信不信？"

尤弄说："你个死石匠，又呕我了！"

"真的真的，好好的，我呕你搓卵，"

尤弄眼里放光了，说："快讲给我听听。"

何麻子卖关子说："你要依我四件事，才捞得到手。"

"只要到得了手，莫讲四件，十件也依你。"

"不依呢？"

"只要你不麻（糊弄）我，不依就不是人。"

何麻子扳着指头说："第一，尽快修房子，没房子，哪个愿意跟你一起住烂草棚？木头也干得差不多了，一定要在大忙之前立起架子来。架子立起了，剩下的事慢慢来。第二，你要找机会跟美香说话，她家孤儿寡女的，你又是农会的，管一管，没人敢嚼舌头。第三，种好那几十挑田，家里有白米饭吃……你想想看，我讲的这些是不是实话？"

何麻子盯住尤弄得眼睛，嘴角往下掉，作出无比正确的样子，尤弄眼珠子转几转，说："是实话。"

"是不是好主意？"

"是好主意。"

"要不要照做？"

"要照做。"

何麻子说："那我就讲第四件事。"

尤弄心里痒得恼火，巴不得马上把美香抱上床，说："你这鬼老者，讲一截留一截，想憋死我啊？"

何麻子说："要赶快下手，晚了，就是人家的婆娘了。"

尤弄急了，说："哪个想打她主意？"

何麻子神神秘秘，说："美香想跟游队长，你不晓得？"

尤弄像被扎破的皮球哪样瘪了气，说："游队长不是走了？"

"游队长当官了，美香就更想嫁给他了。"

"那你跟我讲她搓卵。"

"问题就是美香愿意，人家游队长想的不是她。"何麻子说，两嘴角又往下掉，显示没有比他说的话更准了。

尤弄把他见到的事前前后后串在一起想了想，恍然大悟，不能不承认姜还是老的辣。何麻子见尤弄完全听了他的话，才把他打了很久的主意讲出来。他绕了个弯，说："我晓得你起屋子缺人手，不怕，有我何石匠。几个屋柱石座我包了，另外再帮你几天工。"

尤弄感谢不尽，说："那咋行？"

何麻子很爽快，说："讲了就是。"

67

劳令像在梦里，瞪大眼睛，对着墙上的名单看了又看。第一遍，他飞快地从头扫到尾，没找到龙文罚三个字，吓出一头冷汗。不甘心，从头再看。这一回放慢了速度，每一个姓名都看清楚。看了几十个人，发现"乔梦月"三个字。

劳令被录取，是梦月特地走了几十里路，到家里来告诉他的。劳令不信，说："不可能。"

梦月说："9月1日报到，3日开学，信不信由你。"

不是亲眼看到确实被录取，劳令不敢跟家里任何人说。那一夜，浮躁得全身发热，第二天一早，才跟布劳兆说："爹，学校发榜了，我要去看看。"

布劳兆猜想儿子一定考得不如意，才高兴不起来，说："考得上最好，考

271

破荒 太阳从西边出来

不上，明年再考就是了。留得青山在，不怕没柴烧。"

劳令嘴上说："是，爹。"心头却怦怦地乱跳。

这时，劳令正在心里默念："老天保佑，我的姓名就要出来了，就要出来了。"

劳令的眼睛又扫过几十个人，"龙文旱"三个字终于跳进他的眼帘。劳令心跳急剧加快。他生怕眼睛走火，再看一遍，没错，就是"龙文旱"。这三个字和别的姓名一般大小，一种墨色，字写得一样笔笔妥帖，功底却深厚，耐看。看到了自己的名字，劳令长长地舒了口气。他的名字排在中间，证明成绩不差。他的目光又溜到尾后，那里写着新生报到注意事项。劳令看清楚了报到、开学时间，确实和梦月讲的一样。让他作难的是还要打证明，这证明不但要村农会盖公章，还得乡政府加印，并说明经济来源。

为报考县中开证明信，劳令和游龙庭闹成那样，如果手握大权的游龙庭知道是劳令砸烂他窗户，难说不把他一绳子捆了，送进公安局关起来。劳令在操场转了两圈，忽然眼前一亮，有了办法：找向校长。劳令在县中木房子的一间办公室门上看到"招生办公室"几个字，伸头一看，向校长恰好在里面。这时，向文艺也看见了劳令，出门来问："你小子真能，初中没上过就考高中，幸好被乔老师发现，让你去参加初中考试，要不，榜上没你的名字。"

劳令傻笑两声，说："校长，上次我和梦月都没打到证明，报到还要打证明啵？"

向文艺说："我给他打个电话吧，让他给你们开证明。你已经考上了，再卡就不对了。"想一想，补充说，"打不到证明也来，不让报到来找我。"

为了考学校，梦月一个人走几十里，几次到劳令家里来，劳令不能恨梦月妈就连梦月也恨了，世界上没有这样的理。从县中回来，他去了梦月家。开门的是梦月妈，劳令想缩回来，被梦月妈叫住，说："是来找梦月的吧，进家呀，我又不是老虎，要吃人。"

听有人来找，乔长盛、梦月一齐出来，这样，倒救了劳令。劳令赶忙说："我跟梦月讲件事就走。"

乔长盛见了劳令，笑得不大自然，给梦月打招呼说："请你同学家里坐。"

说着，老两口缩进家里。外面，劳令把打证明才能报到的话说了，还说："向校长说他给老油打招呼，不能再莫名其妙地卡人。如果证明打不到，又不能报到，就去找他。"

梦月想起在乡政府办公室见游龙庭的情形就恶心，说："我不想去找他。"

劳令说："你不用去，我去找他就行了，但是要跟你讲一声。"

梦月担心地说："要是老油知道是你砸他的窗户呢，你不是自投罗网，找死？"

劳令很有把握地说："他肯定什么也不知道，他要是知道是我砸他窗户，早找我麻烦了。再说，当解放军的时候，老向是他的上级，现在又是县中校长，能不买账？"

梦月说："倒也是。"

劳令说："我会去找他开证明的，你不用去了，挺远的。"

梦月说："不知道我们俩能不能分在一个班。"

劳令说："不同班还要好些。"

"为什么？"

"免得人闲磕牙。"

"倒也是。"梦月说，"我知道你不喜欢我妈，才不进家坐坐。"

劳令不否认有这个原因，嘴上却说："老人家说几句，也不算什么事。"说着，离开梦月，走几步，停住，说，"我会带你的证明去学校的，学校见。"

劳令走几步又停住，很惋惜地说："可惜陈友斋、杨欢喜都不肯读书了，要不，有四个同学在一起多好。"

梦月说："也不能说人家这样就不好，说不定我们大学毕业，他俩的娃娃都几岁了。"

劳令说："一辈人一辈人的走老路，还有想头吗？"

遭过不少白眼，受过不少气，劳令想想也不是坏事。要不是有这些挫折，憋着一肚子气，很难硬着头皮走到这一步。

劳令忽然觉得自己长大了，有本事了，胆子大了。去高有乡政府长长的一条道上，劳令脑子里只想自己即将成为一名中学生，将每天都生活在他做梦都想的县中校园里。

劳令高高兴兴地走进那栋简陋的印子屋，高高兴兴地敲乡长办公室的门。敲一阵，房间里才有响动。来开门的却不是游龙庭，而是个妹崽。妹崽脸红红的，低着头。劳令没多想，说："游乡长在啵？"

妹崽是城里人打扮，宽袖白衬衣，窄管裤，齐耳短发。她撩一下弄散的头发，嘴歪歪，说："喏。"

劳令知道美香喜欢老油，老油离开者砦以后，美香还经常借赶场机会去找他。有一段时间还传言游队长要娶美香了，咋又有另外一个妹崽在老油这里，鬼鬼祟祟地做哪样？劳令敲几下半开的门，老油说声"进来"。劳令走进办公室，游龙庭才抬抬下巴，指对面的木靠椅，说："听老向说，你考上县中了，祝贺祝贺！"

劳令那么清楚地看到了人和人之间并不那么光明正大的一面，不过，他不想顺着这方面往下想，更不想在这种时候得罪这位一乡之长。对方的确很会做人，没等劳令说话，就从抽屉里拿出一沓横格纸，"哧"的撕下两张，说："我知道你是来开证明的，马上就好。"

游龙庭手脚很快，没多大工夫，两张证明都写了，从抽屉里拿出个包在纸里的东西，在圆盒子里戳几下，张大嘴哈哈气，"咯"的一声盖在纸上，摁一下，确定没有问题，才盖第二张，交给劳令。劳令连一眼也没有看，折好，揣在衣兜里。这时，游龙庭抬起头来看劳令，漾起一片笑容，说："刚才你碰到了没？"

劳令知道老油问他碰到谁，却还是问："碰到什么啦？"

"在门口站起的姑娘啊，漂不漂亮？"

劳令心思不在这上面，说："没注意。"

"和乔梦月比，咋样？"

劳令听出了他的话外音，却傻笑着，算是回答。游龙庭说："结了婚，我让她花半年一年时间，提高一下文化水平，去考县宣传队，她喜欢跳啊唱的，你说好不好？"

劳令顺杆子爬着说："好啊，咋不好？"但不想耽搁工夫，说，"谢谢你，我走啦。"

游龙庭没有忘记尽领导的责任，打招呼说："好好学吧，长了本事，回来建设家乡，啊！"

拿到证明，劳令忘记了所有的不愉快，连游龙庭喜欢教训人他也不觉得厌恶了，想："他就那点本事，不摆摆臭架子，拿哪样撑脸面？"

劳令想想也就没什么好生气的。比如梦月妈，往日的威风被打掉了，不在他面前撑撑架子，就落到底了——即便是微不足道的，瞬间即逝的满足，也不能放过。但她并不知道，没本事硬撑，就越被人看不起。

劳令只有一套很旧的换洗衣服，一条破了洞的棉絮。大冷天也睡席子，没有垫棉絮和枕头。这样，劳令倒省事了，将一套单衣裹进被窝里，一小卷，外带个小布袋，放牙刷、口缸。准备罢，进房间看妈妈。近来，荷青又多了一些不适，常常气急，有要断气的感觉。有时候甚至要连喘几口，才缓过来。听说崽考上县中，不晓得什么时候才能回来，能不能再见到儿子，哭了一夜。开始的时候抽抽噎噎，接着只是流泪，后来没眼泪了，只觉心里堵得慌。劳令进房间，荷青想想又难过起来，说："崽，坐妈妈身边，让妈妈好好看看你……"

劳令坐到妈妈身边，看妈妈又瘦下去不少，自己却要离开，心里难受。倒是荷青说："你考县里大学校，妈妈欢喜。妈有你爹你哥照顾，不要紧，放心去吧。"

劳令说："只要有空，就回来看你。"

"好。"荷青说，喉管哽得难受，"可惜妈妈做不动了，要不，给你做双鞋。"

"妈，不要。"

"交了秋，天说冷就冷了。"

"不怕，妈，我买。"

"没钱。"荷青声音微弱，说，"街上卖的那种鞋，下雨天也能穿，倒是好。"

"我会有钱的，就买那一种。"

荷青下意识地摸摸枕头底下，其实，用稻草做的枕头下面没有钱——荷青手里从来没有钱。劳令安慰说："我会有钱的，妈，还要给你买玻璃纸包的糖呀……"

荷青说："好，我崽是牵挂妈的……"

话说多了，荷青气急起来，喘一阵，说："妈累了，想睡一睡。"

第二天，鸡叫头遍布劳兆就起身，用小砂罐给劳令煮一餐米饭，劳令只吃半碗就放下筷，说："留给妈妈吧，我饱了。"

布劳兆把家里仅有的 6 万元（6 元）给了劳令，说："你先拿这点钱去吧，只要爹有了，就会送来。"

劳令"嗯"了一声，布劳兆说："看来，你妈妈很难好起来了，有空就回来看看吧，见到一次算一次……"

劳令忍不住涌出眼泪，说："爹，我走了。"

破荒
太阳从西边出来

布劳兆说："天还没大亮，爹送送你。"

布劳兆一直送劳令下山，到河边，天已经大亮，劳令从爹手里接过被窝卷，说："爹，我走了……"

布劳兆说："不急的，70多里，到城里天不会黑。"

"爹，晓得了。"

劳令往山外走了好远，回头张望，爹还站在道旁。劳令这才注意到，爹的背驼了。

68

清河县中，一切都那么破烂，像经历一场大劫难之后的样子。这里既没什么老底子，新的也还没有挣下。除了学校大门和一栋两层楼的教学楼，庙宇似的礼堂，其余全是破破烂烂的木板房。劳令住的寝室也在破旧的木板房里，密密地放着双人床。劳令怕从上面摔下来，睡下铺。天气还很热，刚睡下，只要身子挨着床，就被蚊子无情地叮咬。这种只比香棍头大些的小动物，农家没有，在后坝林老人家那里也没有。这些饿极了的小动物痞子，集中到学生宿舍来了。蚊子满天飞，没有蚊帐，落在人身上的任何一处，都会被锥得惊起来。同学们开玩笑说："上有飞机，下有坦克，热闹了。"还不到10天，劳令便浑身是血印。但对他来说，一切都那么新鲜，那么有意思，那么让他高兴、满足。

上课几天，班主任吴老师告诉他，根据他家的经济情况，评给甲等人民助学金，免交学费、伙食费。吃饭在食堂，两餐都是甑子蒸的颗颗分开的大米饭，10人一桌，一大盆菜；两大桶汤放在大饭甑旁边，随便舀。学校没让劳令交一分钱，他担心不知道哪一天会有人通知他：你没交一分钱，不能再在学校食堂白吃了。如果这样，他只能灰溜溜地离开。

不用交伙食费、学费的消息，班主任吴老师是课间操时候告诉劳令的，他高兴得整整半节课什么也没听进去。他满心的甜蜜和兴奋，很想马上能说给谁听听，分享分享。劳令分在甲班，梦月在乙班，隔一堵墙。下课铃一响，他奔出教室。他俩约定，不管学校准不准谈恋爱，不读到大学毕业，两人的活动必须秘密。

劳令没事人一样，从教室窗前慢慢走过去，闪眼看见课桌前那白发箍、白衬衣。梦月连10分钟也没有放过，她没有出教室，端正地坐在桌前看书。中午，梦月没在食堂里吃饭，碰不上。这样，只好又挨一个中午和下午两节课。吃过晚饭，劳令再也忍耐不住，去乔大贵家找梦月。

劳令敲开门，闵卿卿笑盈盈地迎出来，说："劳令你真有能耐，你大贵哥能像你这样就好啦。"

劳令不明白这位大嫂在说什么，有些发懵。大贵出来，说："让劳令进家了再讲嘛。"

听到劳令的声音，梦月从里间出来。见到梦月，劳令把闵卿卿的话题搁下，说："我给你讲件事。"

梦月让劳令进自己房间，劳令说："班主任吴老师通知，学校评给我甲等人民助学金，免交学费、伙食费。"

梦月说："太好啦，我还跟哥哥说，要他帮帮你哩。"

劳令说："不用啦不用啦，你还要你哥哥支持呢，我咋可能要他帮？"

"我哥很感激你。"

"感激我什么？"

"你帮了他呀。"

劳令更加发懵，说："我帮他？"

梦月说，她哥哥为工作的事愁白了头，快要招生了，一些老县中的老师、职员得到通知，让他们准备参加招生，原来上什么课，开学以后还上什么课。可是，没人通知乔大贵。乔大贵急，闵卿卿怨他没出息，连问问向校长也不敢。一天，乔大贵去找向校长，刚说他想出来工作的话，向校长马上说："我知道啦，明天来上班吧。"梦月说："事情办得这么顺利，不是你跟向校长打通了关节谁信？"

劳令说："没有，真的没有。"

梦月说："这么说，只要愿意为新社会服务，都是有出路的？"

劳令的眼前洒满灿烂阳光，说："我说出身不能选择，走什么路是可以选择的，这回你信了吧？"

梦月纠正说："这话是赵书记说的，不是你说的，乱说话，羞！"

劳令辩解说："赵书记说和我说不是一样的吗？关键是你要信。"

梦月说："我信。"

在自己喜欢的地方，过喜欢的日子，劳令觉得时间比在家乡过得快得多

破荒
太阳从西边出来

了，新生入学好像是昨天的事，转眼冷天来了。天冷了，没地方烤火，劳令把衣服全穿在身上，仍然冷得浑身发抖。最难忍受的是从家里带来的那双布鞋破了，脚趾头露在外面。开始觉得冷，再是痛，再后来，木了。最难熬的是晚上，没有垫棉絮，一床家机布垫单铺在稻草垫上，躺上去像浑身长了疮，痒得难受，而且冷。劳令不得不把盖被的一半垫在身下，用衣服盖在被子的破洞上，再把一头用索子捆起来，慢慢钻进去，活像只蛹。

班主任吴老师提醒过：不准谈恋爱。梦月不敢到劳令寝室来，不知道他这样惨。只是见他穿得很薄，悄悄提醒说："看你冷得乌口乌嘴的，多穿点。"

劳令想："有衣服我还不会穿吗？"嘴里却答应说"是是"。

劳令哪儿也不敢去，只是清早起身，在操场上跑几圈，锻炼身体加取暖，然后缩在教室里。只有在老师讲新课的时候，劳令才忘了冷，忘了饿，忘了自己是从穷山沟里来的孩子，会暂时忘掉瘫痪在床的妈妈和妈妈想尝尝的玻璃纸包的糖。

布劳兆去了县城一次。他提只鸡到进武家，感谢进武的支持。布劳兆来学校看劳令，劳令带爹到小饭店里吃过午饭，花掉从家里带去的钱，把国家给了他甲等人民助学金的事告诉爹，说："爹，我什么都有了，你不用这么辛苦了，在家好好照顾妈吧。"甲等人民助学金，一个月4块5毛钱，仅仅够伙食费。尽管如此，对劳令来说，已是前世修来的福分，政府的特大恩情了。

布劳兆感动得眼圈红红的，说："毛主席他老人家好，这下你和爹都不用愁了。"

劳令想念妈妈，问妈妈的病好些没有，布劳兆不想让劳令担心，说："不怕，有爹呢。"

临近期考的一天，吴老师告诉劳令说："校长找你。"

劳令怕别人说闲话，从不去找向文艺。劳令敲开校长办公室的门，规规矩矩地向向文艺鞠了一躬，说："校长找我？"

向文艺说："你的作品发表了。"

劳令不知道"发表"是怎么回事。向文艺见他愣愣的，说："印出来啦。"说罢，拿出薄薄的一本册子给劳令看。劳令看封面上有画，还印着"边地文艺"四个字，很好看。翻开第一页，目录上的第一篇作品赫然闯进劳令眼帘：《三个同学》。篇名后面加了个括弧，括弧里是"小说"两个字。眼前铅印字和20多张用毛笔写的字交替着在眼前晃过，把劳令晃糊涂了，校长见他傻不愣登的，笑了，告诉他说，《三个同学》是这一期最好的作品，发了头条，黑体字；劳令写的是乡下地址，怕投递不便，向文艺给杂志去了一封信，改成清河中学，刚寄到。向校长很高兴，替他拆了。还说："上万字的作品，稿费不少。"

"稿费"，又是个新词，劳令不懂，却也不好意思问。

一天课间操，吴老师交给劳令一张绿色的巴掌大的单子，说："你的稿费。不错呀，吴老师一个月的工资才45块钱哩，你发一篇作品就50元。是什么作品，能不能给老师看看？"

劳令接过那单子，激动地说："好。"说罢，进教室拿出那宝贝东西给吴老师看。吴老师翻过目录，就是劳令的作品《三个同学》。吴老师看得很快，一阵，上课铃响了，吴老师说："借给老师用几分钟。"

第三节是吴老师的数学课。他走上讲台，说："我问大家一件事，你们知道什么人叫作家吗？"

满教室的头都抬了起来，望着吴老师。吴老师说："有没有人知道？"

依旧没人回答，吴老师目光落在劳令身上，说："龙文翯同学，你说说，作家是干什么的？"

别说劳令不知道作家是干什么的，就算知道，他一个从山沟沟来的穷孩子，也不敢当全班同学的面说，劳令低头不说话。吴老师没有为难他，换个话题，说："大家还记得《一件小事》这个故事吗？"

《一件小事》是语文课本里的文章，语文老师讲这篇文章的时候，特别讲了鲁迅。大家齐声说："记得。"

吴老师说："《一件小事》是文学作品，写文学作品的人如果写得多又写得好，就是作家，鲁迅、郭沫若、矛盾是大作家。自古以来的作家就更多了，屈原、李白、杜甫、曹雪芹，数不过来。以后你们书读多了，就知道了。"

吴老师一口气说了那么多作家，真有学问。吴老师话一转，说："我们班有同学在省里的刊物上发了篇好长好长的作品，应该算个小小的作家了。"吴老师举起那本刊物，亮给大家看。"这是省里唯一的一本文艺刊物，叫'边地文艺'，其中一篇作品标题叫《三个同学》。写了三个小学同学，都很贫苦。解放了，生活好了起来，有两个同学没有远大理想，小小年纪，结婚的结婚，学手艺的学手艺。只有一个同学克服困难，坚持升学，造就本领。一个学期过了，再见面的时候，本来非常要好的同学，由于见识的原因，已经没话可说

破荒
太阳从西边出来

了。新中国青年不能走老辈子的路啊，很有想法。"

有人举手问："老师，是哪个写的？"

吴老师用手示意龙文翯站起来。劳令一脸通红，勉勉强强站起来，他立即感觉到一束束目光朝他射过来，全身像爬满蚂蚁那么难受。吴老师说："据我知道，初一年级学生就能写出这么棒的作品，清河县中从来没有过。龙文翯同学贫苦出身，单家独户住在深山里，是他刻苦读书、勤练笔，才有这样的成果，证明有志者事竟成！"

69

接下来的一连串事情让劳令既高兴又紧张，也有些轻飘。

第二天中午放学，吴老师在教室门外探进半张脸叫劳令："龙文翯同学，你出来一下！"

劳令出来，吴老师说："这是乙班周老师，有事找你。"

周老师要劳令做的事让他吓了一跳：到乙班去讲一次。

劳令听着心慌，说："我去讲？"

周老师说："是啊。你写出这么好的文章，都上省里的刊物了，就讲讲你的经验。"

想写就写了，劳令从来不知道写作还有"经验"，脑子里空得什么也没有。周老师见他作难，说："就讲讲你是怎么写出来的，是咋回事就咋讲，好不好？"

劳令仍然很局促，不知道咋办好。

吴老师说："不怕，你怎么想就怎么讲。"想想又补充说，"初一学生就在省里发表作品，据我所知，清河县中从来没有过。"

这一天下午课外活动，劳令硬着头皮走进乙班教室。满教室的黑脑壳，亮眼睛。一闪眼，白发箍就闯进他的眼里。周老师让劳令站在一旁，自己走上讲台，说："这位是甲班龙文翯同学，小作家，作品都上省里的大刊物了，请他讲讲经验，大家欢迎！"

进县中读书，劳令才知道欢迎别人要拍巴掌。这时，满教室是"啪啪啪"的响声。响声过，周老师的眼睛就看着劳令。劳令心头跳得像要从嘴里蹦出来，连冷带惊慌，开始扇裤脚风。但他已经没有退路，只好横下心走上讲台，回过头来的那一刹那，他看到那双亮亮的眼睛。鼓励、自豪，全在这一眼里。

劳令不知道这长长的几十分钟是咋过的，更想不起究竟讲了什么，只觉得背脊全被汗弄湿了，两条腿酸软得站立不稳。拿上吃饭兼漱口的大漱口缸和筷子，离开教室，走进食堂，耳里还是笑声和"呱呱呱"的拍巴掌的声音，怎么也不肯停止。劳令第一次没觉得肚子饿，第一次盛了半缸饭，半瓢菜，匆匆吃完，赶去找梦月。

大贵家接待客人的大房间里，放只煤炉，煤炉上架只小锅，鲜嫩的白菜在油锅里煮得"吱吱"直响，房间里弥漫着从没有闻到过的异香。大贵、闵卿卿和梦月围着火炉吃饭，见劳令进家，闵卿卿慌忙拿下小锅，说："文昂肯定是吃过饭的，没什么好招待，大嫂就不管你了。"

劳令闻到香味，流了一口清口水，却装作吃得很饱的样子说："吃了。"

梦月知道劳令很能吃，见嫂子抠门，有些歉意，劳令说："我那作品，给了50元稿费。"

劳令拿出那张绿单子给梦月。梦月也不懂"稿费"是什么意思，却知道劳令突然有了一大笔钱，是和那篇叫"作品"的东西有关，是劳令自己辛苦挣来的。说实话，就是两年前她在县中读初一的时候，身上也从没有过这么多钱。梦月真诚地说："太好啦，是你自己挣来的钱，这就叫本事！"梦月兴奋得像是自己喜从天降，说，"有了这么多钱，你该给自己好好买件衣服，买双鞋了……"

闵卿卿一把抓过梦月手里那张绿单子，瞪大眼睛看一阵，晃几晃，开始数落男人，说："你看你看，人家山里来的一个穷孩子，多有出息，随便写写，50块钱，跟人家学着点吧。"也许是想到男人都这把年纪，数落也没用，转身对劳令说，"小孩子跨过门槛吃三碗，大嫂给你炒蛋炒饭，多放点油，好不好？"

如果一进家就请他一起吃，或者她刚才没有说那几句屁话，劳令说不定肯吃。有了那么多表演，即使再好的东西，劳令也没了胃口。他说："不用。"话有些生硬。

闵卿卿觉得刚才有些失着做得失当，说："龙同学，我和你大贵哥都该好好谢谢你，没有你帮忙，向校长不会那么爽快就聘用……不过，讲谢谢也见外了，反正迟早要成一家人的，你就到这里来吃住吧。"

劳令是来找梦月的，没闲心理闵卿卿虚情假意那一套，跟梦月说："我有点事想问你。"

梦月领会劳令的意思，送他出来，说："说吧。"

"我去哪里拿这钱呢？"

梦月差些笑岔气，说："邮局呀。"

"就拿这单子去？"

"要先请学校盖公章。"

"找谁呢？"

"学校办公室呀。"

劳令还有问题："邮局在哪里呢？"

梦月很恼火，说："你到底会什么呀？"

劳令很惭愧，老老实实说："我真的什么都不懂。求求你，帮我去办吧。"

梦月说："我初到县中的时候，也是什么都不懂，什么都怕。你就做去吧，我只等你请吃好东西。"

劳令的名字很快在全校传开，本来就稀有的女生们，目光总喜欢在劳令身上扫来扫去，大胆的女同学用眼睛勾劳令，有事没事凑拢来，说些不着边际的话。还有个胖女同学趁劳令不在教室的时候，在他的作业本里夹纸条，肉麻兮兮地说"我喜欢你"。劳令对女性的大胆作为并不陌生，但这不是在乡下，这些人也不是鸢娥，不是熟悉的梦月，可让他作难了。还是梦月替他出了主意，不理睬，事情才慢慢过去。一天，乙班一个同学来找劳令。这位同学比劳令矮些，劳令要认真听才能听明白他说什么。他告诉劳令说，一个月前，他也在《边地文艺》刊物上发表作品，只不过短一些，知道的人不多。劳令赶忙问这同学姓名，"周亮坦"三个字很快映入脑海。

可是，就在他兴高采烈的时候，不幸悄悄地降临。

离学期考试仅有四天。这是解放后县中恢复招生来的第一次考试，加上天气冷，放假复习，操场上看不到人影，全都焐在床上看书、做习题。劳令信奉的是平时不玩，小考小玩，大考大玩的办法，虽说期考，还和平时一样。这天吃过午饭，往寝室走的时候，见到在寒风里瑟缩的爹。布劳兆又瘦又黑，两眼通红，不停地抹泪，劳令见了，吓了一跳。布劳兆跟劳令走进寝室，在床沿上坐下，从随身带的口袋里拿出几个"湫粑"，递给劳令，劳令接过，什么都明白了。"湫粑"是山里人用来祭奠亡人的米粑，家里一定出了大事。劳令的猜想没错，布劳兆这个硬汉，用手背擦一回泪，说："你妈……没了……"

劳令的头一下木了，空空的好像什么也没有，没法想事。妈永远忙个不停，他一回到家，喊一声"妈"，妈就会笑盈盈地出来，仿佛妈哪儿也不会去，不会老，更不会离开他。妈瘫痪在床，一天不如一天，劳令也相信妈妈一定会好起来。三个月来的全新生活，尽管高兴的事不少，也没法让他不想家。昨晚，劳令还梦见回到家里，看到妈从伙房里出来，边在围腰上擦手边说："饿了吧，妈马上做油茶。"真真切切，空气里传来妈妈身上带着烟火味的温馨。怎么说没就没了……

劳令14岁，已经历了不少事，虽说还稚嫩，却已不脆弱。他渐渐回过神来，说："爹，你尽心了……"

尽管话很苍白，布劳兆还是平静了下来，说："你妈……埋了……我问蒙数根，他说，学校很快就要学期考试，不能耽搁，又没人上县城，没法跟你讲……"

劳令这才想起爹一定是清早出发，走这大半天，又累又饿，说："爹，你一定饿了，去吃饭再讲吧。"

布劳兆说："没人打家什，爹没钱。"

劳令说："爹，我有。"

劳令带爹进一家便宜的小饭馆，炒两个菜，要一碗汤，二两白酒，劳令吃下一块肉，放了筷子，说："爹，我吃过了，你慢慢吃。"

跟着，劳令断断续续地说了在省里的刊物上发表作品，得稿费50元的事。布劳兆不懂"刊物""稿费""作品"是怎么回事，一个笼统的印象是儿子又比在区小读书时候有出息了，看来是越能去大地方的学校读书越好，说："爹一辈子在山沟沟里，懂得的道理少，爹只跟你讲，一定要行得正，站得稳，要报答毛主席的恩情。"

劳令说："爹，我晓得。"

布劳兆没有想到，小儿子能在县城里请他吃午饭，伤心被幸福挤到狭小的角落里，喝下二两白酒，有些晃悠起来。劳令说："爹，住一夜再走吧。"

布劳兆想想住店又要花很多钱，又惦记家，说："家里就剩你哥，爹不放心，一定要回去。"

劳令领来的稿费一文没花，拿出来给布劳兆，说："爹，这稿费我没有用，你拿回去吧。妈想吃玻璃纸包的糖，买些来供吧，剩下的钱你和哥就花了。"

破荒
太阳从西边出来

　　布劳兆接过花花绿绿的一沓钞票，手忽然抖得很厉害，拿下两张，其余还给劳令，说："爹就拿这两张……下一场爹要去赶场了，卖了家什，就有钱了……爹没钱给，就够为难你了……"

　　劳令这才注意到爹穿的是草鞋，包了棕皮的脚全湿了，摸出几张钱交给布劳兆，要他买双鞋。布劳兆不肯接，快步出了小店门。劳令知道爹的脾气，没有追赶。布劳兆快步走了一段，才慢下来，消失在灰蒙蒙的远处。

　　学期考试结束的第二天早上，劳令离开学校，匆匆往回家的路上走。走过桥，远远地望见梦月苗条的身影，白色的发箍。劳令加快步子，到梦月身边，说："你考得咋样？"

　　"争取考前三名吧，老师说了，考前三名免交学杂费。"梦月说，"你呢？"

　　劳令说："我虽然时时提醒自己，但复习、考试还是不能完全集中注意力。"

　　梦月安慰劳令说："人没了，活不转来，不要太难过了。"

　　劳令给自己买了双解放鞋，梦月看看他的脚，说："我提醒你几次，你还是宁可让脚冻着，也不肯买双鞋，咋又想通啦？"

　　劳令想起拿到50元稿费的那天课外活动，在操场上看到梦月的情形。梦月看着她的脚，说："没有好身体，你什么事也做不了。你再这样老农似的抠门，舍不得吃舍不得穿，不把自己当回事，我不理你。"

　　劳令当时生气了，说："嫌我老农民，算了。"

　　劳令真的好几天不去找梦月。有一天，他在一家小理发店的大镜子里看到了自己，真难看：大额头，尖下巴，脸白里透黄，黄里掺黑，和死人的脸没有两样；还是上玉田区小时候穿的那套学生服，蓝色变成灰黑。理完发，站起来，对面的镜子里映出裤子屁股部位的两个补疤。补疤成圆形，一圈一圈，像两只眼睛。鞋就更不用说了，妈妈给她做的这双布鞋，鞋尖和后跟都破了。这副模样，居然在县中校园里进进出出，在县城街上游来荡去？劳令后悔误解了梦月，狠了狠心，买了一件长条花衬衣，一条西装裤，一双解放鞋。买鞋的时候，劳令想起妈给他做的布鞋，穿起来总是很挤，理由是布鞋有让性，会越穿越松垮的。所以，新鞋总要短一些。劳令按照这一经验，买了双挤脚的解放鞋。忍住脚痛，穿了几天，不见丝毫长大长长迹象，走路痛得直冒汗，但是，说出来怕梦月笑话，只好装作没事的样子。

　　这时，听到梦月问，他说："别说了，我去理发，在镜子里照一照，这德行，不要说别人，我自己都烦。"

梦月没有接他的话。她常常把自己放在劳令老婆的位置上，想想假若他和自己一起上街，睡在一起，会是什么感觉。想起这些，梦月忍不住要说话，好听不好听，劳令爱听不爱听，就顾不得这么多了，她说："不是自家人，我才懒得讲。"

话出了口，才知道走了嘴，但已经晚了，劳令说："谢谢老婆。"

梦月生气了，说："谁是你老婆？"

劳令说："是你自己承认的。"

梦月耍赖说："我没说。"

劳令赶忙退让，说："没说，没说，好了吧？"

70

劳令拿到人民助学金，在省文艺刊物上发表作品，得稿费 50 元这些事，在者砦、嘴嘴、老鹰岩、几个村寨传得可神了，神得劳令自己都莫名其妙。

者砦村西面山上有块坟地，荷青安葬在那里。劳令回到家第二天，去坟地看望母亲，在村口碰上尤弄。尤弄说："你祖坟埋好咧，这么快就当县中的老师啦？"

尤弄把"县"字说得很响，充满了敬畏和羡慕。劳令被问得莫名其妙，说："没有啊，我才读初一。"

尤弄不知道县中老师有多大学问，是不是都像布根那样戴老花眼镜，留稀疏胡子，穿长衫马褂，更不知道"初一"是咋回事，只知道劳令而今一步登天了。尤弄一心要把听到的这些消息问明白，不趁机问明白，劳令去了那样远的地方，连见面的机会也没了。

"你和梦月在县里成的亲？"尤弄又问。

劳令觉得这事传得更奇，说："你听哪个讲的？"

尤弄觉得劳令没把他这个农会主席当自己人，说："连赵书记这样的大官都去吃喜酒了，咋说尤弄也是大兄弟这地方的人哪，就封得这样紧？"

劳令无法回答尤弄的问话，从身边快步走过。没走几步，被尤弄叫住，说："大兄弟，你这是去哪里？你我兄弟难得见面，去我家坐，我家要起新屋，还想求大兄弟写几副对联，托托大兄弟福分呢。"

破荒 太阳从西边出来

劳令好生惊奇："这么快就起新屋了？"

尤弄说："还没动工哩。"

"那你急什么呢？"

"不急？你一走就不晓得哪时候回来。"

劳令只想快些脱身，说："还早嘛，我答应你就是。"

尤弄说："大兄弟，到时候我来接你。"

劳令生怕再碰上人，问一些没法回答的问题，匆匆赶到坟地，找到母亲坟茔，在碑前摊开纸，用石头压住四角，从衣兜里拿出那本《边地文艺》和十几颗玻璃纸包糖。跪下，默念说："妈，你没为自己谋一点点东西，想吃几颗玻璃纸包糖都不能……儿子有能力买了，你又走了。妈要是在天有灵，就来领受吧……"

劳令说到这里，忍不住流下泪来。劳令在坟前坐了很久，直到有人喊"劳令，你回来啦"，他才从迷糊中清醒过来，答应一声，抬头看时，却不认识。赶忙收拾杂志和糖果，离开坟地。

山里人日子过得枯燥、单调，过年成了大人、娃崽最高兴的事。离大年三十夜还早哩，年味就渐渐浓了。买年货、打糍粑、烤酒、缝新衣……布劳兆家去年没了妹崽也休，今年没了荷青，劳令上县中读书，木屋空去大半。布劳兆是硬汉子，很快从伤痛中站起来。劳令不用他拿学费、伙食费，一下子轻松下来。他用两把柴刀、一把锄头换了一头架子猪，很催一个多月，等到劳令回到家的时候，也有百来斤了。劳令花钱很省，剩20多块钱带回家来，递给父亲，布劳兆咋也不肯收，说："崽啊，有钱男子汉，没钱汉子难，爹这一辈子，算是吃够没钱的苦了，你一个人在外，身上没钱不行，等你大把地赚钱了，再拿给爹不迟。"

劳令没再坚持。

劳令没有记恨尤弄，离过大年还有一场（通常五天赶一次乡场），想起尤弄请他写对联的事，决定去嘴嘴一趟，除了给尤弄写对联，还想看看陈友斋和杨欢喜。劳令常常梦见他们，很想他们。

尤弄早就买下红纸笔墨，见劳令登门，高兴得说话都不利索了："大兄弟你一定要赏脸，给老哥哥写几副对子，喜庆喜庆，图走个好运。托毛主席他老人家的福，分了土地，还要修新房子……"

劳令最喜欢的是看书，一本有趣的书，会让他看得忘了吃饭睡觉；一个人安安静静地想想亲身经历的，亲眼见、亲耳听到的故事，他会为某个地方写得精彩高兴几天几夜。他不想东游西逛，跟女同学调笑，也不多去找梦月。回到家，更没兴趣在过年、写对联、迎来送往上面耽搁工夫，他说："你哪天要我写对联，就抓紧时间写吧，写完了我还有事。"

尤弄不干，说："这哪行？你难得来，还能不七（吃）酒？"

劳令说："我不喝酒。"

"好久不见，咋能不七（吃）两杯？"

"好久不见也不喝。"

尤弄有些尴尬，说："那杀鸡吧，很快就得七（吃）。"

劳令没想到尤弄变得这么难缠，站起来说："我真有急事。要是这样，就改天写吧。"

尤弄见劳令脸色难看，不敢再挽留。劳令有些后悔。别人热心热肠的，倒弄了个不愉快。劳令没兴趣再去看陈友斋和杨欢喜，回家了。刚进门，蔡蓝氏已经在等他。这大妈常常无话找话说，一点不好笑也要笑，劳令讨厌她，见了面，点过头，算是打了招呼。

蔡蓝氏一进家，就说布劳兆家祖坟埋好了，劳令是大干部了，连赵书记都跟他有来往，往后他女婿、女儿还靠他拉一把；跟着，说布劳兆是美香的大恩人，没布劳兆救一把，早遭土匪兵糟践了。她数了一大串，说："劳令现在是大地方的干部了，七（吃）不惯老百姓饭菜的，也就是坐一坐，千万赏赏脸。"

蔡蓝氏是客人走过家门前也不请进家喝口水的那类抠人。布劳兆救了美香，两年了，只口头说说"谢谢大叔"。布劳兆不是帮了人就指望别人报恩的人，却见不得虚情假意那一套。蔡蓝氏的话越说越假，很快听出请他是假，请他崽是真；请吃酒是假，想求劳令做事是真。劳令远没有布劳兆想得复杂，只是不愿意做这些让他讨厌的事，布劳兆告诉劳令这件事的时候，有些为难，说："人家是看得起才来请，不去不好；去吧，也不痛快。你一个人去去吧，太晚了就住农会办公室。"

布劳兆说罢，交给劳令一把钥匙。

劳令到蔡蓝氏木屋的时候，已经坐了一屋子客人。走进堂屋，目光齐刷刷朝他投过来，劳令直觉头皮发痒。招待他的是美香，老油忙进忙出，按城里人的派头，递烟倒茶。劳令被安顿在很显眼的位置，客人的面孔便一个个进入他的眼睑，尤弄、何石匠、满泡、布根、陈友斋、杨欢喜，一个很奇怪的聚会。

破荒
太阳从西边出来

看来，老油是这聚会的主角，咋会请布根呢？劳令很奇怪。

和县委赵书记有来往，别说他游龙庭，就是赖星光、老向也做不到，劳令和乔梦月却做到了。虽说布劳兆和布根有来往，但没查出有什么重大问题，土匪名单没有下落，什么帽子也不能戴，还是评了贫农成分，这就比乔梦月底牌硬得多了。重要的是看劳令这势头，说不定将来要成为大官。布根是军属，县里还有让他进政协的意思，当然不能少。满泡是武秀才，在者砦有一定影响，也不能不请。剩下的是农会委员和两个小知识分子，请到一起来是顺理成章的事。老油本来想在乡里请，一来怕影响不好，二来太远，决定在蔡蓝氏家。在她家请一次客，也不见得非娶美香不可。

老油下厨操勺，依然是山里人请客吃饭的老规矩，只多了两盘切得很细的鸡杂、鸡丁，多少有了些新内容。满泡年纪最大，坐上位，布根居左，劳令居右，再是何石匠、陈友斋、杨欢喜。老油官最大，但他是主人，坐在满泡对面。按山乡习惯，美香、蔡蓝氏两母女不上桌，专侍候。

老油举起杯，开口说："今天请大家来家里坐坐，一来是感谢大家对工作队的支持；二来是祝贺劳令考上县中，在省里的刊物上发表大作品。能在省里刊物上发作品，了不起啊，大学毕业生还不一定写得出来哩。这不但是者砦几个村寨的光荣，也是我们高有乡的光荣。往后还希望他多多支持家乡的建设啊。今天光临的还有德高望重的满泡老爷爷，为者砦几个村寨做了很多好事的布根先生……反正大家都不是外人，我就不一一介绍了……"

一转眼，地主分子布根成了先生，跟解放军转业军人、一乡之长平起平坐。联系游龙庭以前会上会下说过的那些话，不说劳令发懵，在座的不少人都转不过弯来。大概游龙庭觉得弯转得太陡，解释说："县里有这个意思，对表现好的乡绅要统战，布根先生的表现还是不错的。我在这里先吹吹风，啊？"

又是"统战"，又是"乡绅"，不要说山里人，学了许多新名词的劳令也不懂。不过蒙数根被"统"了，肯定不再是"地主分子"，劳令还是很高兴。所以，游龙庭举起杯，说："请举起杯！"大家全都站了起来。

劳令知道上席吃饭很啰唆，很讨厌，却从没到难以忍受的地步。劳令推说滴酒不沾，免掉绵扯扯地劝酒这一环节，但是，另外的情形一幕接一幕地发生。何石匠、尤弄说话特别高声大气，唾沫飞溅；满泡每夹一筷菜都要通盘搅上一遍，夹了放下，再夹，再翻，如此几次，才夹一筷进碗里。要命的是他不停地流鼻涕，一流鼻涕，即用手心手背轮番擦拭，没多久，又有新的流出来。

有的鼻涕不知怎么一来就上了胡须，亮晶晶的，让劳令直恶心。吃几块没被翻搅过的菜，劳令放下筷子，坐一阵，推说有急事，离开了。老油送出门，说："肯定是我的手艺不行，做的菜不好吃……"

劳令连忙否认，说："不是不是，我真的有急事。"

游龙庭表示很遗憾，说："改时间就我们两人聚一次，好好聊聊。"

劳令不想纠缠，说："不啦不啦，年一过我就要回校。"

71

这些天，游龙庭心里说不出的烦躁。他最不能理解的是乔梦月为什么这么喜欢劳令，只要劳令来者砦，乔梦月就和他黏在一起。他还听说乔梦月在劳令家里过过夜。游龙庭想："他两个没那事我就不信。"

但又想，萝卜拔了坑坑在，只要乔梦月愿意，他就要。但是，一想到前途，游龙庭又犹豫了。自己不是背了沉重的家庭包袱吗？不是做梦都想得到上级的提拔和任用吗？当了乡长，说不定会提到区里、县里，娶一个贫农的妹崽美香不是正好？再说，美香人也水灵，站在他跟前，大胆而撩人。但一想到要跟一个大字不识的村姑过一辈子，他的躁动不安很快烟消火灭。他拒绝了只要动动手就是自己身子底下的人，顽固地向那遥不可及的梦月伸手。这种时候，觉悟、信任、前途全都不重要了，究竟是被什么所战胜？他想不明白，也很痛苦。

他还要找机会接近乔梦月，他不相信一个乡长要不来个伪区长的女儿，一个和地主儿子离了婚的女子。他问过尤弄，尤弄说："好些天没见到乔梦月了，夜校的课也没来上，是不是回娘家了？"后来，劳令来打新生报到证明，游龙庭算是彻底失望了。梦月像天上的星星，可望而不可及。

高有是个比玉田更小的乡场。越小的乡场，赶场天越发热闹。乡政府在一小栋三面封墙的木房里，十几个人，三四个办公室，没有食堂。家在近处的下班回家，剩游龙庭光杆一个，不得不自己买菜买米，自己做饭。这天，游龙庭从街头转到街尾，买了两斤猪肉，一兜白菜，两斤蕨粑，一斤农民自烤烧酒，"丁零当啷"的往乡政府楼里提。在部队几年，下地方几年，他时常产生茫然的感觉。眼前这副模样，身在他乡，无亲无故，是他游龙庭吗？如果没有这大变故，他已经进了大学，或者留洋，之后，或者在什么衙门里谋个职位，或者

破荒

太阳从西边出来

就在家里帮帮父亲，过是人都羡慕的日子……可是世界上没有如果，只有实实在在的现实。现在过的是另一种生活，他不后悔。没有这一番大变故，他完全可能是个不懂社会不懂人生的寄生虫。使他耿耿于怀的还是乔梦月：都落到这地步了，还傲啥傲！

游龙庭边走边想，步子很慢。乡政府那破屋子出现在眼前了，忽然听到有人叫"队长"，待他看见美香的时候，莫名其妙地有一种腻烦涌上来。但是，还没来得及招呼，美香已经走到跟前，伸出胖手，把手里的东西接了过去，走在前面。美香没穿山里妹崽镶花边的父母装，不戴银手镯，长辫子改成了齐耳短发，穿一身不知从哪里买来的蓝女干部服。美香这打扮，让游龙庭想起她考县文艺宣传队的事来。如果她考上了县文艺宣传队，不是不可以考虑，便问："考上啦？"

美香晓得游龙庭说的是考县文艺宣传队的事，还是故意问："考哪样？"

"县文艺宣传队呀。"

"没文化，人家不要。"

"你穿这身衣服，我还以为你考上了呢。"

"这衣服是去县里考试那天买的，遭了好多钱哩……人家不要我。"美香说话声音低了下去，"穿起来看你，好看一点。"美香回过头看游龙庭，投给他期待的一瞥。

游龙庭对美香无法产生好感，更没有任何渴望，只希望她坐一坐，快些离开，免得让人看见，说长道短，影响他的前途。

美香聪明，而且有心计，在乡政府外面，她已经看见哪里是灶房。她径直朝乡政府旁边的小房子走，游龙庭叫住美香，说："哎哎……"

美香说："美香会做的，美香做快一点。"

美香没有回头，游龙庭只好跟在后面。美香先煮饭、后洗肉。砧板很油腻，美香边用丝瓜瓤在盆里"沙拉沙拉"的洗，边吩咐游龙庭说："等一下你洗几匹白菜，饭一好我就炒肉、炒白菜，很快就得吃了。"

美香做事手快脚快，游龙庭洗完白菜，美香已经减了火，她边切肉边跟游龙庭说话："其实，我很想读书，我爹讲，妹崽读书没用，等你有了弟弟，再送他读书。"

游龙庭说："我家乡也不让姑娘读书。"

"你老家在哪里？"

"山东。"

"很远吧？"

"很远。"

"哪时候美香也能到处走走看看就好了。"

游龙庭怕美香一步步靠近，只顾洗菜，不说话。

美香说："爹一直等生个男崽，直到他死，也没等来。"

游龙庭说："听说老人家打死一个土匪，很勇敢。"

美香想的却是另外的事，说："我要是有了娃崽，管他是男是女，都要让他们读书，免得像我一样，难哩……"

饭有了煳味，美香忙不迭退下来。拨开火，吹燃。美香没用菜油，放几片肥肉进锅里，再放几节干辣椒，炒出油来，再放生肉下去，放水，上盖，熟练得好像早就是这里的主人。饭菜摆上一张没上漆的小桌，美香到处找酒杯，游龙庭说："没酒杯，就用碗吧。"美香给游龙庭斟了小半碗，放在他面前，游龙庭说："你也来一点。"

美香说："好，我也来一点。"

小半碗酒下肚，游龙庭、美香两人酒意都上了脸。美香恍惚起来，说："我醉了，不七（吃）了，我给你添饭……"

游龙庭庭也不能喝酒，喝小半碗酒眼前就模糊了，说："我也醉了……"

美香说："去你房间里坐坐。"

美香走路摇摇晃晃，游龙庭伸手来搀，美香趁势赖在游龙庭肩膀上。游龙庭挨着柔软的身子，有弹性的胸脯，浑身血液涌动，又集中到了一处。这时，美香已经伸出肉乎乎的手，捉住他下面那东西……他们倒在床上，游龙庭第一次尝到全身散架的滋味，忍不住大声哼起来，急得美香慌忙用手掩他的嘴。

事过，美香侧过身来，说："我两个都这样啦，你不要丢下我。"

游龙庭惊醒过来，茫然地望着这间破旧的房间，嗫嚅说："啊？"听到楼里有声音，跟美香说："我要办公事了，你赶快走，要是让人家晓得，不得了。"

美香说："我等你。"

游龙庭边穿衣服边说："我下午要出去。"

美香又说："我等你。"

"晚上不回来。"

"我等你。"

游龙庭说："一个妹崽睡乡长的床上，算哪样事？你快点回去，过天把你再来，啊？"

美香可怜巴巴地看着游龙庭，说："你不要哄我。"

游龙庭生怕有人敲他的房门，说："我不骗你，快点走吧。"

可是，美香一连来了三次，都没见着游龙庭的影子。看看到年底了，美香不甘心，第四次去高有乡。又是个赶场天。美香到高有的时候，登场了，满街都是人。美香眼尖，在街上远远地看见游龙庭的背影，但是他的身边还有个妹崽，肩膀挨肩膀。这妹崽回过头来的一刹那，美香认出是街上布店老板的妹崽。这天，美香没有在街上多待，恍恍惚惚地往回走，到一处，她停住步。这里离河很近，不远处有个蓝幽幽的水塘，她听妈说过，一些被迫出嫁、被丈夫虐待得活不下去的女子，在这塘子里结束生命。还说，常常有女人的哭声从这里传出，阴风惨惨。美香坐在石头上往下看，水塘绿茵茵的，她想："那里才是我该去的地方。"

蔡蓝氏提只菜篮子跨出门，猛地被个扛人的人堵住，"死鬼，你要吓死我啊"还没说完，就被吓垮在地上。等蔡蓝氏回过神来，背人的人已经闯进堂屋，和肩上的人一起，倒在地上。蔡蓝氏没细看还罢，细看一眼，就呆呆地说不出话，醒过来号啕不止："美香啊，我的崽呀，我的崽呀……你要有个七长八短，妈也不活了呀……"

累垮了的尤弄慢慢坐起来，用手在美香鼻子底下试试，说："大婶，人还在，莫哭。"

蔡蓝氏的手抖得厉害，捏紧尤弄手臂，眼睛瞪得很怕人，说："是不是还有气啊，啊？"

尤弄说："是有气，大婶，不信你试试。"

蔡蓝氏伸手到美香鼻子底下试了试，还没试出个名堂来，哇的一声，美香嘴里冲出一大口黄水来，蔡蓝氏急忙抱起美香的头，一声连一声地喊："崽，你莫丢下妈哩！"这时，门外忽然有人喊："大妈，不要抱，就是要把水吐光才要得。"

蔡蓝氏看一眼大声叫的人是劳令，心想读书人一定比她懂得多，忙把美香的头轻轻放下。美香又连吐了几次，死灰的脸才渐渐有了血色。劳令说："老师讲了，要救遭水淹的人，把脚倒提起来抖，水吐出来就好了。"

劳令又说:"大妈,赶快烧大火,让美香姐暖和暖和。"

这时,来了好几个男男女女,两个大妈看美香浑身湿透,七手八脚地把她抱进房间,脱去湿衣服,放在床上,盖上被子。劳令进伙房,说:"大妈,家里有没有糖?烧点开水,放点糖给美香姐喝。"

照劳令说的做,蔡蓝氏看到效果,又忙找白糖。翻遍了,也没有找到,劳令说:"放点盐也要得。"

蔡蓝氏用只小碗,冲半碗盐水给美香。美香慢慢喝下盐水,渐渐有了活力。蔡蓝氏见尤弄坐在火边,考得浑身冒热气,进房间拿出一套铁拐李穿的干净旧衣服让他换,尤弄说:"不怕,烘一下就干了,美香没事了,我走了,农会还有事。"

蔡蓝氏吓得牢牢地守在美香身边,好像离开半步就会再出事。来人见没事了,渐渐离开。人没事就好,别的都不要紧。这是山里人最简单的想法。

尤弄穿一身半湿半干的对襟衣,来农会办公室。见何麻子和劳令在槽门外,说:"你们两个找我?"

何麻子笑得鬼鬼的,说:"你娃崽好事来了。"

何麻子和尤弄边往里走边说话。何麻子说,这几天,他都在高有街上给人打碑,他两次看到美香来乡政府,她不是来找姓游的找哪个?尤弄说:"我也听说美香喜欢游队长。"

"问题就出在这里啦。"

尤弄抠半天头皮,说:"这我就想不通了,喜欢就喜欢,咋要跳塘呢?"

何麻子说:"一定是她喜欢别人,别人不喜欢她呗。"

"那就去死?"

何麻子心想,一定是美香上了人家的当,没脸见人,才走到这一步。不过他想,萝卜拔了坑坑在,怕哪样?再说,你尤弄得美香就很不错了,还想天仙嫁给你?何麻子说:"人不是没死吗?"

尤弄说:"也是我去乡里办事,回来恰巧碰上,要不没人了。"

何麻子说:"这就是你娃崽的缘分了嘛,还不快点找媒人上门?"

尤弄又抠抠脑壳,说:"我这样子,怕是要遭他妈拿扫把扫出来。"

何麻子挤挤眼睛,说:"你听我的。"

尤弄觉得不给开报名考县中证明有点对不起劳令和乔梦月,说:"不是我不让你们走……村里出大学生咋不好?一个村,没几个有文化的人,真难……"

劳令说："不怪你。我也是随便来看看，看夜校还上不上课。"

尤弄说："上不成了，闲了忙过年，过了年忙走亲戚，没心上夜校……"

劳令觉得心里不好受，不想再说什么。

何麻子老话重提，说："你起房子的事，我想好了。"何麻子这样起头以后，睃尤弄一眼，"你的房子顶大就是四扇两进，九个柱子石墩就够了，这个活路我包了，我两爷崽再帮你两天活路；你再跟人家换换工，架子搭起来，剩下的事情慢慢来。"

"我能帮人做哪样呢？"

"你现在是农会主席，和上面熟，能帮人家做的事就多了。"

尤弄想起几天前乡里来的电话，说农会要帮助翻身贫雇农安排好生产，要保证生活有改善，分到手的土地千万不能丢荒了。尤弄说了乡里电话的精神，说："农会还要抓紧时间开个会，把精神传达下去，我想，那些没劳力的人户，还要重点帮帮。"

何麻子接上话："所以，你要在大忙到来以前把房屋架子搭起来。"

尤弄说："我想好了，搞！"

何麻子说："我出去帮你办个事，你在这里等我，不要走。"

尤弄说："你个鬼老者搞哪样鬼？"

何麻子说："你不要管。"

何麻子走进蔡蓝氏家，蔡蓝氏正在伙房给美香熬烂（稀）饭。火太大，热气里有了烟味，蔡蓝氏急忙减火的时候，堂屋里有人叫"大婶"，蔡蓝氏不耐烦，吼叫起来："叫叫叫，叫哪样死？"等蔡蓝氏开门出来，见是石匠何麻子，改成笑脸，说："是你，我还当是哪里来的短命鬼呢。"

何麻子没跟她斗嘴，传达了乡里要求提早做好春耕准备的通知精神，说："你也是分了田的，千万不能丢荒了，第一年就要丰收，为贫下中农争口气。再说，美香是妇女主任，是干部，也要带好头……"

蔡蓝氏打断何麻子的话说："就我两娘母，咋种得下来？"

何麻子："你家不是有牛吗，拿牛来换工嘛。"

铁拐李在的时候喂了一头大黄牯，力气大，肯做活路。铁拐李走了，就靠大黄牯和别人换工犁土，种那两垱巴掌大的水田。蔡蓝氏想想又有了难处，说："现在大家都有田种了，要找人换工都难。"

何麻子说："你就找尤弄。"

蔡蓝氏说："从来没跟人家有来往。"

"怕哪样？他是农会主席，就是父母官，哪样都该管。"何麻子说，"今天要不是尤弄碰上，美香的事情就大了。"

"那是那是。"蔡蓝氏说，"过天把我要好好谢他去。"

何麻子趁机说："尤弄当了农会，就是父母官，人也好，马上就修新屋了，共产党、毛主席领导，好生活就要开始，不晓得哪个妹崽有福……"

话说到这里，房门"呀"的一声开了，美香的脸出现在半张的门里。她头发蓬乱，眼神忧郁，眼角有亮亮的泪珠……

72

尤弄茅棚外的坝子上，忽然热闹起来了。换工的，花钱请的，来帮忙的，五六个山里汉子，在平地上摆下两摊，一摊解板、解枋子、橼皮；一摊备柱子、穿枋。山里人自有山里人的本事，只要主人讲个想法，说给掌墨师听，掌墨师心里不但有木屋的模样，就连哪里该打多大眼，锯多大榫头都清清楚楚。几扇屋架做成了，立起来，扣上穿枋，上屋樑，眯起眼睛一瞄，中规中矩，几百年依旧牢稳。

这阵，解枋子那一摊，地上已经铺了一层黄色锯木面；备柱子、穿枋这一摊劈下了不少木头碎片，杉木香味弥漫，让人愉快、兴奋。坝中间烧起了一堆火，浓烟过了，火苗活蹦乱跳。寡妇杨姣穷到头了，共产党、毛主席领导，好日子开始了，可惜她没能亲眼看看。

蔡蓝氏两娘母提来两只公鸡，面子上是谢尤弄救美香恩情，骨子里想进一步了解了解尤弄，看看尤弄是不是真像何石匠讲的那样好。美香虽然和尤弄都在农会里，有事的时候也说说话，却是了解不多。再说，也没把心思放在尤弄身上。游龙庭占了她便宜不说，过一个多月不来那东西了，要是肚子里有了"毛毛"，还有脸活着？

美香相信只要她肯，尤弄不会不肯，只是心有不甘。

蔡蓝氏两娘母一出现，陈跛子大声武气地说："来就来了，还拿哪样鸡哟？"

蔡蓝氏说："是喽，就是拿给你跛子屙痢的！"

陈跛子说："做好了不给我七（吃），小心我劁了你。"

蔡蓝氏不肯输给人，说："死跛子，小心老娘撕你那拜（✕）嘴！"

美香去玉田，去县里，来来往往，只远远地望望，没来过嘴嘴这里，更无意看一眼这个破棚子，姓游的逼得她无路可走，不得已才和这个比她还要穷的人联系在一起。妹崽的心事，蔡蓝氏心里有数，游龙庭嫌她妹崽，她觉得也是情理中的事，并没咋想不通。倒觉得嫁近处好，有事能喊到身边。两娘母各怀心事，在柴门外看脏兮兮的棚里一眼，跟尤弄说："你这里不好做吃的嘛。"

尤弄当了农会主席，上区里、县里，跟有头有脸的人打交道，黄巧莲也另眼相看，而且因为是邻居而多了几分自豪。本来看不起杨姣两娘崽，听蔡蓝氏的话不好听，接过去说："先在我那里做，半把个月，新屋起起来就好了。"

尤弄没想到起栋新屋，会有那样多人帮忙。更没想到的是美香和她母也来了，还捉来两只鸡。美香还穿那件蓝女干部服，下身是山里妹崽穿的镶边宽脚裤，土洋结合，多少有些让山里人看不入眼。蔡蓝氏两娘母没有在闹哄哄的坝上多停留，进了算命婆黄巧莲家。黄巧莲家到底是木屋，有灶间、伙房。蔡蓝氏夸一阵这家好住，说："大嫂，你肯帮尤弄，他就方便多了。"

黄巧莲生硬地搬新词，说："毛主席领导老百姓，当然是要相帮相帮不是？"

这是起新屋开工的第一天，晌午炒白菜、腊肉。晚饭，在黄巧莲家堂屋里摆了两桌。一只大公鸡全数下锅，加上胡萝卜、自己磨的白铁豆腐、白菜秆，一大锅。酒是度数不高的自烤"梆当酒"，不用杯，只拿碗。一大甑子饭放在旁边的矮桌上。黄巧莲、鸢娥、杨欢喜在伙房里吃，蔡蓝氏站在一旁端饭、打酒，桌上的人不时邀请她一同吃，蔡蓝氏只说"先七（吃）先七（吃）"，肚子饿得咕咕叫也不动动筷子。

汉子们吃得淌汗，陈跛子说："我离家近，明天就不要搞我的饭了，回家吃方便的。"

布劳兆是老铁匠，起过房屋；也昂人老实，头脑却灵光，也帮人起过房子。尤弄起新屋，两爷崽自己上门，当了掌墨师。布劳兆说："我爷崽俩家远一点，早走一点就是。也不要搞我们的饭了，免得麻烦。"

他两人一开头，其他人想到尤弄连多做几个人饭的地方也没有，实在不方便，都说不用准备了。何石匠说："不过，有个人来了，是一定要七（吃）饭的。"

大家都看何麻子，陈跛子说："一个麻子一个怪，你何麻子又要出哪样怪主意了？"

何麻子说："我这主意好得很。"

"讲来听听。"

"有了新屋，还不兴有新娘？"

几双眼睛骨碌碌地转一阵，明白了，不约而同地"啊"了一长声。

73

这年过大年和以往大不同。离年夜还足足有 20 天，玉田、高有、湖南比亚每场都热闹得人挤人，挤掉斗篷、踩掉鞋，赶个场，搞得一身臭汗，挤怕了，不得不早早走上回家的路。

山里人辛辛苦苦、省吃俭用一年，到年关了，赶几场，买些好吃的、穿的，一家人高兴高兴。年年如此，山里人不觉得新鲜。这年买红纸、火炮的山里人特别多。山里人喜欢挑系子长长的摆箩，晃悠晃悠地走在回家的路上。他们的摆箩里，七长八短放着鲜艳的红纸、蜡烛、红色的香，一封一封包装花花绿绿的小鞭炮，大瓦钵口大小的大盘火炮。细心一点的山里人发现，这一年，买大盘火炮的人特别多。这种大盘火炮，小鞭炮里夹杂了上百响足有镰刀把粗的大火炮，"噼噼啪啪——咚——噼噼啪啪——咚——"的声音特别响，特别有气派，特别为主人争面子。

小把戏喜欢看燃放大盘火炮，却很怕。他们用小指头塞着耳朵，躲得远远的，等爆炸声停止，才一窝蜂跑拢去捡哑炮。小把戏手里都有一支点燃的香，他们熟练地把哑炮折断，露出黑色的火药，用香头一戳，"哧"的一声，爆出一团火来，于是，又笑又跳，早忘了爹妈反复交代的话："不要搞到眼睛，听见没得？"

山里人要的就是热闹，就是喜庆。

两年前布劳兆妹崽也休惨死在保安兵手里，这年，妻子荷青过世。荷青和他一起生活 35 年，不知过了多少沟沟坎坎，而今没了，铁匠一下老了许多。他想，如果照这样下去，能撑几年？幸而也昂替他担了半个家的担子。尤弄起新房的时候，当掌墨师，起的房子周周正正，稳稳当当，样子好看，过路人赞不绝口，尤弄当他的面夸了好几次。者砦有人起房子，也请他去当掌墨师。布劳兆很看重也昂这点能耐。更使他心里平坦的是劳令。劳令不但顺利考进了县中，文章还上省里去了。他没法知道上了省里的哪里，那不重要。重要的是连者砦和附近几个村寨都轰动了，碰到他就问："你劳令是不是进了京城，毛主席亲自给他点了状元？"

这种时候，布劳兆只能笑笑，不好回答。不回答，心里更甜。布劳兆想起满泡说过的一件事。他们三人同时考上秀才那一年，山里人欢喜，从大年初三开始舞龙灯，一直舞到月半，舞到玉田，舞到高有。老人说，由于那年敬了龙神，请了谷神，谢了土地神，当年谷子长得密不透风，包谷个个有手肘长，麦子颗颗比往年粗，六畜兴旺……一句话，样样好。

布劳兆喜欢赶早，上一个赶场天，他和也昂各挑一挑摆箩，红纸、蜡烛、火炮、酒、糖（糕点、水果糖，山里人都叫糖）、布、袜……东西远远用不着两人挑，但两人挑着气派。再说，也昂也到了说媳妇的年龄，也该在人前露露脸了。

布劳兆和大崽回到家，劳令已经把牛、猪、鸡、狗都喂了食，煮熟了油茶，减了火，放在鼎罐架上温着。布劳兆嘴上不说，心里很受用，禁不住哼唱起来。劳令没听懂他哼什么，布劳兆有些不满足，说："爹唱给你听听，看你晓不晓得？"

劳令说："好，爹。"

布劳兆有板有眼地哼起来，哼完，正经地问劳令："爹唱的是哪样？"

劳令说："爹，你读错了。"

布劳兆定定地看着劳令，劳令说："你刚才是这样念的：爆竹声中一岁除，草色遥看近却无。最是一年春好处，绝胜烟柳满皇都。"

布劳兆点头说："是，爹唱了很多次，才背得。"

"爹，你两首诗搅在一起了。"

布劳兆还是定定地望着劳令，劳令说："'爆竹声中一岁除'，下面三句是'春风送暖入屠苏。千门万户曈曈日，总把新桃换旧符'，这是王安石写的诗。'最是一年春好处，绝胜烟柳满皇都'的前两句是'天街小雨润如酥，草色遥看近却无'……"

劳令学问大了，当爹的跟不上了；再说，布劳兆累了，不想再说诗，吩咐劳令说："倒三杯酒，高兴高兴。"

劳令倒了两杯酒，放在爹和哥面前，跟着添上三碗油茶，爹和哥面前各放一碗，一碗放在自己面前，布劳兆说："咋不给你自己倒酒？"

劳令说："爹，我不七（吃）酒。"

布劳兆眼珠子转转，咕咕地吞下两泡口水，说："唉，今天该割两斤肉回来。"

也昂知道爹喜欢吃肉，说："爹，明天就把猪杀了，想吃就炒来吃。舍不得七，舍不得穿，人死卵朝天，不值。"

布劳兆说："等一下就杀。"

老铁匠把放在牛圈上的大木盆取下，吩咐也昂、劳令到井里打水，烧大火，用特大鼎罐烧水，再从放杂物的房间里取出有一指头粗的长铁通条，抹去灰尘，和大木盆一起，放在猪圈旁边地上的时候，大鼎罐里的水烧冒了气。老铁匠叫一声"来"，也昂挽裤脚挽袖子，和老铁匠一起进入猪圈。两人手快脚快，在猪圈里还没追上半圈，老铁匠抓了猪的两只耳朵，也昂抓住后脚，猪在拼死的叫声里，被提上长凳，杀猪刀对准猪的心头捅进去，殷红的血喷涌而出……

老铁匠在猪腿上开个口，用长铁通条从口子里捅进去。他捅了好几回，再对着口子吹气，吹得猪胀鼓鼓的，才边淋开水边"咕咕"地刮毛。到天放亮的时候，老铁匠做完了杀猪分块等所有活路，两爷崽累了一晚上，一家匆匆吃过血、肠、肝、肺、肉煮在一起的"庖汤"，老铁匠说："累了，睡吧。"

有吃的，有工夫睡，有闲心到处走，是山里人盼了一年的神仙日子。一年也就那么几天，忙起来就什么都顾不上了。

快到晌午时候，老铁匠酒醒了，心满意足地起身，敞开胸，在火塘边向一阵火，跟也昂说："把劳令喊拢来，爹有话说。"

也昂把劳令叫进伙房，老铁匠说："今年过年爹欢喜，想好好热闹热闹，你俩都出出主意。"

也昂也觉得闷了好几年，该热闹一下，望开年有起色，说："搭个戏台子，请戏班子来，唱他几天戏。"

老铁匠默默神，说："搞不得搞不得，请戏班子，要七（吃）要住要开钱。要是以往，跟蒙数根讲讲，说不定还拿得下来。现在农会没钱，家家都喊穷，扛不起。"

劳令说："请县宣传队来搞个晚会。"

破荒
太阳从西边出来

老铁匠不懂晚会是咋回事，愣着眼睛看劳令，劳令说："去年在村里就搞过一次，可以安排几个人唱歌。"

老铁匠想一想，说："还不是要七（吃）要住要开钱？爹想的是要好玩，欢喜，还不花钱。"

也昂说："爹，没这样的好事。"

老铁匠说："爹试试看。"说着，他换上解放鞋要出门。

也昂问："爹，你去哪里？"

"去寨子里。"老铁匠说，忽然停止步子，吩咐大崽说，"去拿个猪把腿来。"

也昂猜想爹一定是要去布根家，怕落下个和地主拉拉扯扯的罪名，说："爹，现在都有人说我们跟地主分不清界限了，不要去了。"

老铁匠说："前天我去他家，就大力和蒙数根两个，家里空空的，大家都热热闹闹过年，他家哪样都没得，你看得下去？"

也昂怕真的惹下事，说："这种事不是开玩笑的呀爹……"

老铁匠黑下脸，说："我不怕，我还要带两瓶酒给他两个七（吃）!"

也昂知道弟弟喜欢的乔梦月是伪区长的妹崽，跟劳令讲没用，一个人坐在火炕板上生闷气。

老铁匠在柴火堆里随意捡一根木棒做扁担，一头拴猪腿，一头拴两瓶从玉田街上买来的烧酒，大摇大摆地下山，过龙塘，进者砦。老铁匠在寨门口碰上乌丛，乌丛大声问："铁匠拿酒拿肉，去哪家呀？"

老铁匠不喜欢乌丛那痞子德行，说："横顺不是去你家。"

乌丛还不知趣，说："老铁匠，你来，我请你七（吃）酒。"

老铁匠头也不回，说："不去。"

外面飘毛毛雨，村寨屋顶亮亮的，起了凝冻。老铁匠走进那栋做仓库用的小屋，小屋窗户小，很暗，老铁匠在门里站一阵，才看清楚火炕上坐着两个人，一个头发灰白，一个很年轻。见有人进来，一齐抬头朝他看。见是老铁匠，一老一少同时站起来，很是意外地"啊"一声，老铁匠把肉、两瓶酒交给大力说："要过年了，没有好东西拿来，这点意思，收下吧。"

布根连忙阻止，说："这哪里要得，不不不……"

老铁匠说："要不嫌少就留下……我困难的时候你是咋做的，我不会忘记……大家都过年，你没有准备，我铁匠也七（吃）不下去……"

布根的眼泪涌出来，边擦泪边说："我不过帮你一点点，你铁匠就这样记情，是难得的君子啊……"

老铁匠忽然想起一句老话来："受人滴水之恩，当涌泉相报。"

布根说："那就要七（吃）两杯酒再走。"

老铁匠说："酒就不七（吃）了，我还要找尤弄一下。过年了，还是该热闹热闹，看看咋整好。"

布根淡淡地说："那敢情好。"但他没这心思，只说，"有空来家坐……现在我这里也不成个家了。"

老铁匠安慰说："你往天都讲，得人心者得天下。共产党、毛主席得了天下，一定是得人心的，放心，你也会好起来的。"

布根抱拳说："谢谢你的吉言。"

老铁匠真希望有一天，蒙数根日子过得比过去好，要不，若干年以后，他们这些人成了贫雇农，是不是又要来一次革命？

74

布劳兆离开家，先去了蔡蓝氏家。尤弄和美香都在，蔡蓝氏正端个呼呼冒热气的饭甑从伙房出来，倒在青枫木槽里。尤弄、美香各占一头，高高地举起大木槌，一下一下地用劲捶。伙房里的铁三脚架上，蔡蓝氏已经把甑子放上去，往甑子里倒泡过的糯米。糯米饭芳香弥漫了一堂屋，飘出屋外。

蔡蓝氏是抠，还是没忘记老铁匠救美香的大恩大德，老铁匠刚说一声"哟，就打粑粑啦"，美香闪眼看是老铁匠，忙停下槌，说："坐坐，很快就好。"说罢，朝伙房里喊，"妈，铁匠大叔来啦！"

蔡蓝氏一面在围腰上擦手，一面走出来，说："铁匠大叔，今天你哪里也不要走，就在我家七（吃）夜饭，尤弄正好陪你老人家。"

老铁匠说："大嫂你忙你的，不要管我。"说罢，拿过美香手里的木槌，说，"你让我来，快一点搞完，我跟尤弄讲个事情。"

美香和尤弄对打几槌，已经累得一脸通红，坐在草团上抹汗。大粑粑槌在老铁匠手里，轻松得像拿根小木棍，他说："尤弄，不怕你是年轻人，我和你比几槌试试。"

尤弄知道铁匠厉害，却不相信打粑粑会输给他，接了招，说："是，补老

（老人），那就来啦！"

尤弄说着就下了一槌，发出"笃"的一声，连忙提起槌；老铁匠也下了一槌，"笃"；尤弄又下一槌，老铁匠也跟着下了槌，"笃——笃——；笃——笃——"打糯米粑粑，越打越黏，越黏越拉不动槌子。老铁匠天天舞铁锤，尤弄哪里是他的下饭菜？尤弄还在死命地拉长木槌，老铁匠的槌子已经提得高高的，等待下槌。老铁匠说："算啦，不跟你比啦，你在旁边坐起，我一个人舞几槌就要得啦。"

尤弄不得不刮掉槌上的黏糍粑，放在一边，站着喘气。老铁匠一个人舞槌，下得快，提起来也快，笃，笃，笃，笃……捶了木槽的一头又换一头。蔡蓝氏出来看了看木槽里的糍粑，说："好啦好啦。"说着，拿出个簸箕，在里面抹上菜油，便和美香一起，伸手来槽里扯糍粑。揪一坨，在手里团一团，放进簸箕里。老铁匠抹把汗，坐在尤弄的对面，讲了他的想法。尤弄说："好几个人都讲起这件事，我看要得。往天是蒙数根领的头，现在这样了，再找他不合适……"

老铁匠说："你是农会主席，你领头嘛。"

尤弄说："我没根底，就怕人家不服。"想一想，说，"要不你来领头，我当你下手。"

老铁匠说："就是你领头，我帮你，新社会，也要有新社会的样子。"

尤弄得了老铁匠的话，胆壮了，说："好，我试试。不过，你要跟我一起搞才行。到时候，劳令也要帮忙。"

老铁匠说："说了就是。"

大年刚过，山里人走亲访友，要占去好几天，老铁匠布劳兆和农会主席尤弄商定，初十那天，热闹一天。日子定了，但是咋搞？两人心里都没底。老铁匠说："我回去问问崽，他们有办法。"

老铁匠说起劳令，尤弄就想起杨欢喜和陈友斋，叹口气，说："可惜我们那边那两个都不读书了，想来他俩也不懂这个。"

老铁匠回家问劳令，劳令说："爹，这事不难，我去找梦月商量商量，包你搞一台好好的晚会。"

布劳兆欢喜了，说："那这事就交给你了。"

劳令说："要吃要喝的事我可管不了。"

老铁匠说："这事你不要管。"

初九那天下午，尤弄特意上了一趟山，一见老铁匠就问："老师傅，明天就是初十了，咋样？"

老铁匠故意问："哪样咋样？"

"你讲的，明天要热闹热闹呀，忘啦？"

"我让劳令去办。"

"办得咋样？"

"不晓得。"

"不晓得？你倒松活。"尤弄说，"饭安排了，住处也安排了。住倒不要紧，不住就是了，煮了那么多饭，准备了那么多菜，咋办？更要紧的是说了又办不成，往后我们讲话哪个听？"

布劳兆咂一口叶子烟："唉，怕哪样呕，天垮不了。"

尤弄说："反正我把话说在这里，说话兑不了现你看着办吧。"

老铁匠说："我那崽没回来，你喊我咋办？"

尤弄本事不大，人很实在，听铁匠这么说，急得直搓手。老铁匠更急，他想："搞得成搞不成总得回来呀，都顶坎坎了，还没个信，到底是咋回事？"

这天，老铁匠急得哪样事也不想做，从日头偏西起，就不停地到屋外张望。第一次没望到劳令的身影，回头对懒在火炕板上的大黄说："上楼去守着，劳令回来就跟我讲，听见没得？"

大黄的稻草窝在楼上木梯拐角处，只要有一点动静，它很快便捕捉到。大黄听到主人吩咐，上了楼。天快黑的时候，大黄一阵讨好的狂叫，奔下楼，和老铁匠一同到大门口，果然是劳令回来了。按劳令的要求，第二天一早，除了留大黄看家，三爷崽都去了者砦。

一年多以前，者砦村寨中间搭了个斗地主的台子，在上面演出过节目。分胜利果实的时候，土地、牛马、细软都分了，几领大晒席没人要，成了台子三面的挡风墙。老铁匠、也昂、劳令在台子旁边转了好几圈，看大晒席和盖顶杉木皮完好，不需要修理，没幕布倒让他们伤了脑筋。老铁匠说："找人家户借垫单，缝成一块就要得。"

也昂、劳令都认为好，可是山里人穷，大冷天还睡席子，哪里去借新垫单？这时，尤弄赶来，老铁匠忽然有了主意，说："农会，你来得正好，万事俱备，只欠东风，就看你啦。"

尤弄觉得自己责任在身，不能推托，说："讲吧，要我做哪样？只要我能做，眨眨眼都不是人。"

老铁匠问："你是不是要成亲了？"

尤弄看定老铁匠，说："是啊。"

"被窝都是新的？"

"我卖了些木头，买了新的。"尤弄想想这老铁匠问得稀奇，说，"吧，你才讲得怪嘞，接新娘不买新的，难道能睡在破席子上？"

"买了几床？"

"有盖的有垫的"

"这就对了。"

"吧，你老铁匠讲得更怪，没垫的咋睡？"

老铁匠不笑了，说："你是农会，带个头吧，借你新垫单用用，拼起来做块幕布。"

劳令在一旁帮腔："有幕布就好看得多了，城里演节目都有幕布，不能还没出场就什么都看清楚了。"

尤弄没想到是这么回事，舍不得却也不能回绝。劳令见他犹豫，说："算啦，爹，人家那是拿来成亲的，咋肯借给集体？"

"个人""集体"这样的话，尤弄听得够多了，他一个农会主席，最近又入了党，决不能在这时候屙稀屎，干脆爽快一点，说："我跟美香讲一声，就回去拿。"

老铁匠笑了，说："怕老婆。"

尤弄说："新社会喽，男女平等，能不怕一点？"

劳令说："主席，晚会的事是你安排还是我安排？"

尤弄哪里扯得清晚会的那些事，手摇得像扇扇子，说："你看着办，要哪样就讲，我搞不清楚你们的事。"

"好，那你把美香姐、鸢娥叫到我这里来，我要派任务。"劳令说。

尤弄答应，刚要转身，劳令说："还有，你给安排两女四男的住处。"

尤弄说："好办好办。"说罢，离开了。

75

老铁匠走近布根住的小仓库，被尤弄叫住，说："你要去他家？"

不用说，大家也都心知肚明，老铁匠说："他家成分是高，人家没做恶事，也不能把他甩了不管呀，再说，还有个雇农在他家哩。"

尤弄说："还是你想得周到，我是农会主席，就更应该看看他们。"

老铁匠的手直朝后甩，说："现在已经有人说我们农会和地主划不清界限了，你不要命啦？"

"那你呢？"

"我横顺是这样了，不怕。"老铁匠说，"要是有那一天，我遭整进班房了，你来看看就够了。"

说农会和地主划不清界限，尤弄听到多次。最早一次是夜校垮杆以后，他由乡里开会回来，在龙塘听到的。占约被选进农会，虽说只是凑数，却也感到光荣，心要贴近农会得多，他见到尤弄，鬼鬼祟祟地朝他招手，压低嗓门说："我跟你讲，人心隔肚皮，小心点呕。"

尤弄看不惯占约自己不用脑子，喜欢听别人怂恿，说："有屁就放！"

占约说："乌丛去乡里反映，说农会和地主拉拉扯扯，划不清界限。"

几天以前，乌丛的确去乡里找游龙庭，添油加醋地说了老铁匠经常去布根家，还要娶乔梦月做崽媳妇，还在一起开会……那一次，两人捆林素雅致死，关在同一个房间，乌丛以为占约必定死心塌地和自己站在一起，从乡政府回来，上半山，把这事告诉占约。不想占约还看不起乌丛懒而且瘪，把这事告诉尤弄。后来，尤弄又陆陆续续听到一些。他想，既然事情捅到乡里，游乡长必定要问。他去乡里多次，游龙庭都不说起，也就放在一边不管了。

这边，老铁匠进了布根的家，布根见到老铁匠，说："铁师傅，你老来我这里，就不怕犯错误？"

老铁匠说："毛主席他老人家都讲了，打倒地主阶级，不是打倒哪一个人，只要不做恶事，就要给出路，就有前途，有毛主席他老人家这话，我还怕哪样？"

布根叹口气，说："就是毛老人家离我们太远。"

老铁匠说："来我们这的那个老解放很不错，游乡长也可以。"

破荒 太阳从西边出来

305

布根完全不了解外面的事，不知道该怎么说。老铁匠说："今天有晚会，你和大力也去看看。"

"又是戴高帽，斗地主？"

"不是，是唱歌，去看看吧，看了，你一定高兴。"老铁匠说，"到时候我来叫你。"

"人多嘴杂，你不要来了，我和大力一起去就是。"

从尤弄的柜子里，梦月的床上和鸾娥、杨欢喜新房里凑来的6床垫单，长长短短，宽宽窄窄，五颜六色地拼在一起，挂在台子前面，把大房间似的戏台遮住。天快黑的时候，有个中年男子变戏法似的，拿根棒棒在一个比煤油灯大些的家什下面"嗤嗤嗤"的打一阵，那"煤油灯"忽然发了威，照得大晒坝亮得跟大白天一样。山里人没见过这么亮的灯，直问身边的人："那灯点的是哪样油？我也买一盏来点点。"

旁边的人比问话的人有见识，说："憨卵，那是洋灯。"

小把戏们比盯着亮灯看，看谁盯得久，结果盯得眼前一片黑，揉一阵眼睛，再也不敢放肆地看那亮家什。布根穿一件旧棉衣，缩着脖子，躲在后面。好在他个子不矮，能清楚地看见那台子和亮得晃眼的灯。布根活了50多岁，能看见这样亮的洋家伙，也算有福气。人越来越多，远处来的，高举干葵花秆做的火把，带来一道火光，一溜青烟，见有这样亮的灯，忙把火把在地上杵熄，找个看得清楚的空位站了。

老铁匠来到布根身边，轻叫一声"蒙数根"，布根吓了一跳，老铁匠说："今晚有好看的把戏，你千万要看完才走。"

布根做事从来有始有终，说："一定看完。"

闹哄哄的一阵，一个穿蓝学生服的妹崽站在那块五颜六色的幕布前面，忽然，山里人听到很响的声音传来，是外地人的口音："为了庆祝者砻村和附近几个村子人民的解放，村农会在县宣传队的大力支持下，举办这台晚会。晚会现在开始，第一个节目，独唱《在松花江上》，由县宣传队独唱演员闵卿卿演唱，大家欢迎！"说罢，将床单挡布一撩，钻进去了。

山里人不晓得欢迎要用劲拍巴掌，要么咧嘴笑，要么瞪大眼睛看。有的看着看着就认出来了，悄悄跟旁边的人说："那不是蒙数根的媳妇崽？"

旁边的人也认出来了，说："是是，真好看。"

"听说到县里读书去了。"

"载星不会回来了，人家不走守空房？"

"到头来还是有家底的好，识字，自己出门奔前程。"

"那是那是。"

这边，老铁匠布劳兆问布根："蒙数根，你看清拿筒筒讲话的是哪个？"

布根眼花得厉害，近来很少看书了，远处倒还看得清楚，经老铁匠提醒，再仔细一看，认出那是他日夜想念的梦月。梦月进城读书去了，放寒假来者耆看过他一次，睡了一晚便回玉田去了。载星不会回来了，梦月迟早是人家的人。他强迫自己不去想，但没法做到。他说："可惜，载星再也不回来了……这是命哪……"

跟着，挡布全拉开，一个好看的晃眼睛的女人出现在台前。亲家乔长盛没在他跟前说过乔大贵，更不会说他恨得咬牙的闵卿卿，布根当然不知道这个涂脂抹粉的女人是谁。闵卿卿40出头，额头的皱纹被粉遮住，站在台前，在亮得像白天一样的灯光里，好看得把村子里好看的女人全比下去了，连美香也显得差劲了。

闵卿卿向大家弯了个腰，清亮的歌声开始从好看的嘴里源源不断地飘出，像从高处流下的清泉，又像近处的蝉鸣：

我的家在东北松花江上，
那里有森林矿藏，
还有那漫山遍野的大豆高粱。
我的家在东北松花江上，
那里有我的同胞，
还有那衰老的爹娘
……

劳令、杨欢喜、陈友斋在用两张晒席围起来的"后台"帮演员拿这拿那，歌声飘进"后台"时他们忘了手里的活。在玉田小学，他们最早会唱的就是这首歌，三年过去，再听这首歌，还是没法平静。劳令听赵书记说过，他组织过县宣传队抗战演出，只要闵卿卿唱这首歌，观众都会情绪激动，高喊"打倒日本帝国主义""打倒侵略者""把日本鬼子赶出去"等口号。这场残酷的抗日战争，山里人并非一无所知。虽说是第一次听到闵卿卿唱这首歌，歌的内容也不完全懂，还是受了感动，变得鸦雀无声了。

闵卿卿唱完，除了劳令、杨欢喜、陈友斋、乔梦月鼓掌，山里人不晓得该咋表示。但已经不重要了，闵卿卿感受到了她演唱的效果。乔梦月又走出来，说："谢谢乡亲父老鼓励，请听下一首《解放区的天》，大家欢迎！"

乔梦月说罢，自己很响地拍巴掌，于是，山里人怯怯地拍了几下，但不响，不热烈。闵卿卿换了另一种调子，欢快、充满了憧憬和信心。闵卿卿唱完，底下响起了掌声，比唱第一首歌的时候响得多，还有人用侗话说："格调哈嘛！"

闵卿卿听不懂，台下又有人喊："格调哈嘛！"

劳令转到台前，告诉闵卿卿说："大家请你教一下这首歌。"

闵卿卿说："你跟大家说说，想学的留下，晚会完了就教，好不好？"

劳令朝观众用侗话大声说了两遍，花幕布拉拢来，梦月走到台前，说："现在，请美香、鸢娥对吹木叶，大家欢迎！"

这回山里人有经验了，"呱呱呱"的拍得山响，大家停了，还有个人在拍，拍出爆炸声来，有人用侗话高喊："角里，国有拍啦！"（憨卵，不要拍啦）

美香、鸢娥两人穿的是家机布侗族父母装，围裙，镶花边宽管裤，不同的是两人都成了亲，"耳元"（刘海）两边分了，再长一点，就和长头发一起，拢到脑后梳成个粑粑。两人都是吹木叶好手，随意摘片木叶，放在嘴边，"唧唧嘹嘹"，首首山歌涌出，把走路的，做活路的后生心都搅乱了。这阵，她俩吹了好几首，有苦歌、哭嫁歌、拦路歌，吹得山里男男女女，都想去唱几首。

跟着上的是舞蹈《采茶扑蝶》，四个花蝴蝶一样的好看妹崽，摇扇扭腰踏碎步，跳得好看，山里人看花了眼。有一个妹崽个子细长，眼是眼鼻子是鼻子，格外好看。大家"嘤嘤嗡嗡"的讲一阵，也猜不出是哪家妹崽，不晓得是谁说："这种妹崽送我都不要。"

另一个连忙筑过来："就怕你不要，才没得硬送给你。"

"你养得起？"

筑人家话的人想想也是。这样的妹崽做不得活路，养不得崽，光要七（七）要穿，是养不起。不过，人各有命，说不定这种人生来命好，自己有大把的钱，怕是打灯笼都找不到，得不到葡萄吃才说葡萄酸。这里还没扯清楚，花挡布拉拢来，哪样都看不见了。跟着，又有个妹崽来到台前。几个眼尖的后生认了出来，原来跳得好看的细妹和到台前大声讲话的是一个妹崽。这个妹崽就是乔梦月。

一认出是乔梦月，就有人感叹起来，说："唉……"

这声"唉"包含了哪些意思，连叹气的人也说不清楚。

这天晚上，晚会完了，花挡布取了下来，大家还不肯散去，有泡伙子（不知轻重的年轻人）上台，干咳几声，亮开了嗓子。先唱的出了风头，跟着有人争着上台。再后来，干脆在晒坝当间烧起大火，围着大火放开喉咙唱，一首一首，你来我往，一直唱到鸡叫头遍，才伸腰打哈欠地离开。刚才还建议闵卿卿教唱歌的后生，早把这事丢在脑后。

山里人知道，世道好了，得有点好的样子，才对得起毛主席他老人家。

76

尤弄很恭敬很虔诚，到新屋前面打望了三次，到第四次，望见个穿学生服的瘦长的身影离开花石路，走下河边小路。尤弄从小路上奔下来，迎接贵客那样把劳令迎过河，走上小路。劳令做梦也没有想到，在屋前面迎接他的是美香。

和梦月相比，美香就像绽放前的山茶花，那么饱满，活力迸发。劳令不敢看她高高挺起的胸脯，不敢看她滚圆的大腿，更不敢看她扫射人的眼睛，低头跟美香进空荡荡的新屋。美香是妇女主任，又嫁给了村农会主席，和一般人家妹崽有了不同。她不用客来了躲进房间里，男人讲话不插嘴，她和尤弄平起平坐，她分派尤弄说："你这里缺锅少瓢的，我不习惯，你做饭，我给劳令当下手。"

尤弄没想到美香愿意跟他，虽说被美香编派，在劳令跟前没面子，却还不敢拗着来，说："我做的菜难吃。"

美香说："学着点，二天我办公事去了，你勒起裤带不七（吃）？"

尤弄乖乖地进了灶间，美香又叫开了："你买来的笔墨纸在哪里？"

尤弄赶忙出来，从神龛上拿下笔墨纸。跟着又有了难题：没桌子，咋写？尤弄急得在堂屋里转圈子，美香说："去大婶家借两条长凳来，铺两块板子不就行啦？"

尤弄得了主意，离开了，美香说："尤弄啊，憨，能赶上你指甲壳那么多

破荒
太阳从西边出来

一点姐都欢喜了。"

劳令不知道说什么好，没有吭气。

在两条长凳上架了几块杉木板，美香在一只粗土碗里有一下没一下地磨墨。镰刀把粗的一锭墨在碗里转了 10 多圈，即有一种好闻的香味飘散，美香说："姐第一次闻到墨的味道，好香。"

劳令指着墨锭上的金子，说："是德昌祥的墨才好，亮，香，别的牌子不好，臭鸡屎，难闻。"

美香目光黯淡下去，说："尤弄和姐哪一天有你这学问就好了。"

劳令说："我也是憨包一个，没学问。向校长学问才大，哪样都懂。"

美香叹口气，说："哪个女的找到你，一辈子的福气。"

劳令木屋门枋屋柱也贴了红对联，对联是他参从《增广贤文》一书中摘下来的，劳令嫌它们老套，跑了县里一趟，请向校长拟了 10 多副，趁机看了看梦月，新年初一赶回家，第二天赶来给尤弄写。

尤弄的新房立起来了，买不起瓦，先用杉木皮盖上。做新房的这间装了壁头，罩了顶。壁头、柱子，用的是清一色的杉木，黄里透白，清晰的木纹，像望不到头的坡土，很好看。门脸的柱子全贴了大红对联。正大门两大门枋也贴了，上联是"山乡解放庆翻身"，下联是"百姓当家奔前程"，横批是"万事如意"；屋档头的一副上联是"爆竹声声辞旧岁"，下联是"山歌首首唱新春"；紧挨着的一副上联是"门前绿水声声笑"，下联是"屋后青山岁岁春"。字全出自劳令的手，用的是"德昌祥"锭墨，远远望去，黑得发亮。这种墨香得好闻，劳令喜欢写字，一半来之于这种香味。乡场上东西不多，但有纸有笔卖的小店都能买到这种香墨。

有人挑柴从尤弄木屋前走过，停住步，劳令抬起头来看，是杨欢喜。杨欢喜柴担很大，和山里汉子挑的柴担大小差不多。也难怪，杨欢喜是他们三人中最壮实的一个。跟着的是鸢娥。鸢娥肚子挺了起来，青色长长的父母装也掩盖不住。鸢娥挎只大竹篮，篮里一头是猪草，一头是白菜。劳令见他俩这样，有一种奇怪的感觉，心想："哈，要当爹了。"

四目相对，劳令感觉杨欢喜神色有些模糊，杨欢喜说："你来啦？"

劳令说："你累啦。"

说了这两句，两人都没了话。鸢娥说："劳令哥，一下过来坐。"

写好的红对联摊了一地，红了一片，堂屋红了，壁头红了，劳令和美香的脸也映红了，红得好喜庆。杨欢喜和鸢娥过来，鸢娥夸奖劳令写的字好看，说："劳令哥写得多好，可惜鸢娥不识字。"

杨欢喜说："劳令是我们班大秀才，老师经常夸他。"

劳令说："老师难道没夸过你？"

杨欢喜说："那是老师搞错了，该夸劳令的，夸到我头上来了。"

"胡说八道。"劳令说，"我想去看看陈友斋，他在吗？"

杨欢喜说："我也很多天没见到他了，不晓得在不在家？"

劳令跟美香说："美香姐，我和欢喜想去看看友斋。"

美香不干，说："七（吃）了饭走七（吃）了饭走，大过年的，哪能饭都不七（吃）就走？"

尤弄围个围腰，也来挽留，劳令还是不肯，边往外走边说："不啦不啦，我们三个同学好久没见面了，一定要看看友斋去。"

鸢娥怕杨欢喜嫌她，没跟去。只说："和劳令哥一起早点回来七（吃）夜晚。"

杨欢喜说："回不回来不一定，你饿了就七（吃），不要等。"

去陈友斋家的这条小路，全是高低不平的石头。有一些窝凼，是牛们踩出来的。小路离小河不远，河里有"苟亚"（甲鱼）、小鱼、螃蟹，有好看的蓝蜻蜓、红蜻蜓，光溜溜的石头，伸手进去，是能清楚看到掌纹的河水。以前，每次从学校回来，劳令都一定要送陈友斋一段，都要下到河里，找一块光滑的大石板坐一阵。外面已经乱哄哄的了，他们还坐在一块大石头上畅谈未来，赌咒发誓，只要恢复办学，就要读到小学毕业，考初中，上高中，考大学，大学毕业再成亲。谁说话不算数就是小狗。事情过去两年多，还像发生在昨天那样鲜活。可是，眼下再要回忆那一段经历，已经失去了兴趣。

陈友斋和他爹都在家，见到劳令，陈友斋很兴奋，抓住劳令胳膊直摇，说："一去就几个月没回来，都快想死我们了。"

劳令说："我也很想你们两个。"

杨欢喜说："我们三个就你有出息，你会越走越远，很快把我们忘掉。"

劳令自知心里的天地已经被学校、课堂、老师、知识、新结识的同学、梦月占去很大一块，玉小、老师、寄宿生活、他们三人的交往、友谊被挤到角落里，却还说："不会的，咋能忘记你们俩。"

劳令很想告诉杨欢喜和陈友斋，他写的小说《三个同学》在省里的刊物上发表了，50元稿费，比班主任一个月的工资还多，但劳令很快打消了这个念头：说这些是哪样意思呢？是显示自己能吗？

照样，讲学校生活也只能引起陈友斋和杨欢喜的不快，结果，说了件很憨的事："杨欢喜，你太不像话了，接老婆了也不告诉我一声。"

杨欢喜低下头，说："你去县中报到那天办的喜事。"

"啊。"

"我妈催得恼火。"杨欢喜说，"想想也是，妈辛苦那么多年，想要个人帮帮忙，也不过分。"

陈友斋接过话说："我爹也是这样说，还说，像他这年纪，人家都当公公啦。"

杨欢喜问："也给你说亲啦？"

陈友斋说："没办法，说啦。"

"哪里的妹崽？"

"我表姐。"

"就是那天我见到的那一个？"

"是那一个。"

得到陈友斋的肯定回答，杨欢喜的脑子里立即晃动着个高大粗壮的身影，比陈友斋高半个头。说话嗡嗡的像后生。杨欢喜忽然冒出句憨话来，说："比你大几岁？"

陈友斋说："大8岁。"

杨欢喜忍不住又冒一回憨气，像被人狠狠掐了一爪，叫一声"哎哟"！

这一声"哎哟"，搞得陈友斋心里很不是滋味，说："我爹喜欢，他说一进门就能管家。爹还说，家里没个女的不成为家。"

杨欢喜把鸾娥和梦月比来比去，咋比也比不过乔梦月，他说："乔梦月和你读一个班？"

劳令说："没有，她读乙班，我读甲班。"

陈友斋问："你们哪时候成亲？"

劳令说："成不成不一定。就算成，也要大学毕业以后。"

大学，成了阻断他们友谊的高山，话到这里，再也没法继续。不知道陈跛子在家里摩挲哪样，直到劳令、杨欢喜离开，才边在围腰上搓脏手边走出灶间，说："吃夜饭再走呀！"

陈友斋很不满，咕哝说："你咋不等人家走远点再说？"

邦里犹犹豫豫，结果还是狠狠心，一家人吃晚饭的时候说开了憋在心很多年的话。邦里老实，难得说清楚几句话，但结巴一阵，还是断断续续地跟乌丛说："往……往天，总想挣……挣……挣家产给你，没……没……没分家……这下，你自己有……有……有……田了，另……另过吧，你总总总要成个家呀……"

要分开过日子的意思，乌丛早已从嫂子嘴里听到了，不过，哥邦里没讲话，郑何氏说了也白说。弟兄俩分到两块田土和山林，乌丛预感到这家已经到分的时候了。这阵，邦里当全家人的面讲开，他不感到突然。再说，老靠哥，到头来自己哪样也没得，也不是个事。他说："是这样，我也想自己有个家。"

说是分家，其实早已分了。乌丛几件破衣服，一张床，脏棉絮，破垫单，都在自己房间里。这么多年来，乌丛顶多上玉田街上买买盐，忙时候给哥送送饭，其余时间拖着双烂布鞋，东游西逛。可是，这阵乌丛想到了这栋歪斜的木屋，想到屋基，这两样东西，也得平分。乌丛吞吞吐吐，说："还有这屋，这屋基……"

郑何氏一听火冒三丈，句句话都又硬又冷，撂出来像冰坨子，她说："那好，以前就不讲了，自从我进这门以后，你一年到头是砍了一挑柴，还是割了一挑草；是犁了一块地，还是打了一挑谷子？你讲出来，莫讲要平分房屋、屋基，再多也要拿给你。你哥穷是穷，还有这点硬气。"

乌丛眼前晃过这样一幕：黑乎乎的夜里，他起夜，回来，糊里糊涂地进错了门，睡下，身边有个滑溜溜的身体，他爬了上去……邦里在外面替人砌田坎，郑何氏以为是自己的男人回来了。事过，乌丛跪在郑何氏跟前，说："你要讲给哥听，就死定了。"

其实，郑何氏更怕男人知道，打死也不会说。这下，这件事就像可以引爆炸弹的引线，生怕跳出一颗火星来，乌丛闭口不再讲话。不讲话并不是服气，而是憋气。心想："不靠你们就不靠你们，怕卵！"

要是有地方去，他立马就离开这个破家，可是没有。天气很冷，火塘里的火烧得很旺，很暖和。可是，那火不应由他来享受；乌丛悻悻摸黑走进房间，咬牙钻进潮湿、冰冷、汗臭的破被里。但他立即有一种不舒服的感觉漫过全身：这房间是哥嫂两人上山砍木头搬下山，自己起早贪黑加上请人帮忙才立起

破荒
太阳从西边出来

来，被子也是嫂子给的。他后悔说那样没良心的话，但既然说了，没法收回。

这天夜里，乌丛第一次没有睡好觉。没睡好觉全为了一件事：谁能帮他种上第一季？只要种上第一季，有了收成，就不怕了。

想去想来，忽然眼前一亮，乌丛高兴了。他记起来了，地主布根那块田是李大力种的呀，他亲眼看见这长工给布根犁田，为哪样不找他？能为地主犁田，不能为贫雇农犁犁？

这天上午，乌丛去者砻，把小仓库的门拍得破锣似的响，大力端碗黑乎乎的油茶出来。乌丛站定，说："呃，你帮我犁犁那块田呀！"

大力已经把自己的命运和布根命运联系在一起，虽说听着不顺耳，也没有发火，说："你是说龙塘那一坵？"

"是那一坵呀，我还能有哪一坵？"

"种小季？"

"哪样小季大季？"

"小季种麦，大季种稻。"

"当然种稻，麦子不好吃。"

"还早，到时候我去犁东家那一块，帮你犁犁就是了。"

都翻身了，还东家东家的叫，真没觉悟。但这回得了大力好处，也不说这话了。

77

这年春天似乎来得特别早，山顶顶还灰蒙蒙的，最高处还是晃眼的白，那是雪帽子，山下的林子里，已经有欢快的鸟叫声。何麻子来蔡蓝氏家，问给铁拐李打碑的事。路过寨门前，看一眼那棵本来光溜的柳树，喊了一嗓子："哟，树子都冒芽了哩！"

何麻子这一声喊，最先被喊醒的是老铁匠两爷崽。两爷崽一早带大黄上山追野羊，追了一个坡，看看追上，一下又窜不见了，大黄和老铁匠两爷崽舍命追赶，一赶赶到者砻山背后。狗到这里，不叫了，说明野羊跑脱了追捕，只好唤狗下山。到寨门前，听到何石匠喊，停住步子，说："树子冒芽啦，莫乱讲！"

何石匠指眼前毛绿豆大新芽的柳枝说："不信各人看。"

老铁匠、也昂眼前这棵高大的柳树，果然冒了不少绿豆似的芽，用不了几天，这绿豆就会炸开，抽出尖尖细细的叶子。到那时，就满树绿了。老铁匠有些惊讶，说："今年春天咋来得这样早？"

何石匠说："你忘啦，今年是岁交春。"

老铁匠恍然大悟，回头对也昂说，"今年节气早，我们也得赶早点。"

何石匠进蔡蓝氏家，尤弄也在。何石匠问碑上要打上哪些字，蔡蓝氏撩起围腰来擦手，说："我大字认不到一个，你叫我咋讲？"

何石匠看看站在旁边的尤弄，尤弄说："我认得那几个字顶屁用？"

蔡蓝氏说："问问老铁匠，看他懂不懂？"

何石匠说："要是他不懂，就问劳令。"

蔡蓝氏说："劳令进的是洋学堂，他懂这样的老套？"

何石匠说："那就只有问蒙数根了。"

蔡蓝氏说："他是地主呀。"

尤弄想起向文艺说的那些话，说："老解放都讲，只要没有恶行，又遵纪守法，就要给出路，怕哪样？"

蔡蓝氏说："我老都老了，哪样都不怕了，我去找他。"

何石匠说："莫忙，还有事要讲，讲好了你再去。"

蔡蓝氏说："你个鬼老者有屁就放。"

何石匠说："我是讲呀，你家有牛，没劳力；我家会打石头，不会种田；你郎崽会种田，有劳力，没牛，我们三家干脆搭伙做吧，咋样？"

蔡蓝氏想：你早打这主意了，要不，你会给尤弄打新屋基？嘴上却说："现在横顺就我跟那大黄牯，随你们编排。"

何石匠说："只要你同意，我们就是一家人了，你的事就是我的事，放心好了。"

蔡蓝氏听出话的味来了，说："你个麻子要烂嘴巴的，占老娘的便宜。"

何麻子说："我是怕你晚上一个人睡脚冷。"

蔡蓝氏转身从门角落扯起竹扫把，边骂边追何石匠要打，说："你狗日的越讲越臭狗屎，看老娘不打死你……"

何石匠边跑边喊救命，直到美香进家，蔡蓝氏才把竹扫把顺手丢进门角落里。

破荒
太阳从西边出来

　　龙塘田坝土厚而肥，要是打好了，放满水，一脚踩下去，滑滑腻腻；犁一犁，翻起来长长的一犁泥，活像摆在肉案上的猪肥膘；靠着长年不干的小河水，只要肯下力气，年年秋天收割季节，整个田坝一片金黄，实在是老天对山里人的特别恩赐。但是，倒回去三年，抓壮丁、派捐派款、闹棒老二、闹保安队……不要说老百姓，就像布根这样的人家，也无心经营家业，无心管理田产，不歉收就是万幸。而今，乱哄哄的过了两年多，人们实实在在地感觉到，天下是大家的，事情要自己做主。做好了，自己好；做差了，自己差。就不能不狠心下劲，开个好头。

　　好像是约了一样，也昂、占约、尤弄同时扛上犁，赶着牛来了，田坝里一下变得热闹了。他们都是来准备秧田的。占约三爷崽分到的田和尤弄、何石匠分到的田紧挨着。老铁匠的秧田在半坡，也昂是来帮布根备秧田的。布根老了，崽去了部队，没有再回来。大力有劳力，却没有牛；再说，也不熟悉农活，老铁匠不忍心落下布根、大力，交代也昂咋说也要帮一把。

　　三家人田都不多，秧也要不了多少，但有秧和没秧不同，所以，三家还是各自整一小块。

　　乌丛还住在他哥邦里安排给他的那房间里，早上起来在门前屙尿，见田坝热闹起来，也拖着破鞋走上田坎，朝分胜利果实得来的那块猪腰子形田走过去。那一天，他上门找李大力，李大力替他犁了，田里一条条翻着的泥和犁沟，想想眼前这模样，到黄灿灿的谷子收进家，不晓得还要付出多少辛苦，要求人帮多少忙，说多少好话？要是有婆娘，有儿女，也不至于落到这地步。

　　乌丛没法不看也昂那粗壮的身坯，那板栗色的大黄牯，听那不停的吆牛的声音："哇……哇……转……"没法不看那把在肥泥上划过的耙。牛走过，耙划过，泡在水里的泥块碎了不少，再往前吆牛，再耙……乌丛忽然想起来了，这是地主布根的田，也昂为哪样不来帮自己的忙，倒帮地主的忙，这不明明是在气他？

　　尤弄也在犁田，乌丛记得清楚，他犁的这块也不是尤弄的田，而是何麻子分到手的。这到底是咋回事呢？

　　乌丛歪歪倒倒地走过两条田坎，隔着半块田问尤弄："我记得这田是何麻子的呀，你咋给他犁？"

　　尤弄没有停止手里的活，边唤牛"跟沟，跟沟"边回答说："我们互助啦……哇！"

乌丛等尤弄回过身来，和他面对面了，开口说："你也跟我互助一下啊。"

尤弄说："有你哥跟你互助，用不着跟人家互助。"

乌丛不得不说实话："我们分家了，这回我要自己撑起来。不信你看看，只要我乌丛肯做，没有做不成的。"

尤弄唤一声牛："转！"跟着提起犁，人牛都转了个身，背对着乌丛，不再说话。

乌丛又说："你帮我把这一季种出来，以后你会有好处的！"

尤弄说："我起房子的时候，何石匠他先帮了我的工。"

乌丛说："你先帮我嘛。"

尤弄听了心烦，说："我忙哩，没空跟你嚼牙巴骨！转……"

乌丛恨恨地说："不跟我嚼牙巴骨？饿死我贫雇农你狗日的坐班房！"声音不响，尤弄没法听到。

乌丛边骂边离开，不甘心，上山找占约。尤弄、何麻子、也昂、老铁匠、蔡蓝氏这些人他全看不上眼，全不晓得捧他有多要紧。他相信就算借给占约一百个胆子，他占约也不敢这样。

焦吉、占约两弟兄来者耸看两台演出，最大的收获就是看清楚了城里人的大屁股，大咪咪。第二次看演出，在回家的路上，占约告诉焦吉说："哥，二天我也要去找这样一个，整天抱起快活。"

焦吉说："我都20多岁了，老了，不想，你该找。"

占约一下子燥热起来，说："哥，你看我该咋办？"

"我们现在田也有了，再修栋房子，你买几套新衣服，不怕没人肯跟你。"

占约信了焦吉的话，着手按焦吉的话办事。乌丛去的时候，满凯三爷崽光着上身，围火塘向火，听见乌丛喊"占约"，占约忙进房间，披一件新衣服出来。乌丛说："你狗日的还蒙起脑壳睡大觉啊？"

占约听这话，背后像有名堂，急急地问："有哪样好事，快讲来听听。"

乌丛说："日你妈，人家都牵牛犁田啦，你还缩起，明年还是光吃包谷？"

"哪里这样早？"

"今年岁交春，不赶早做秧田，等人家栽秧了你再撒种？憨卵！"

占约想想也是，不过他说："哎呀，拿哪样犁呀？"

"借呀？蔡蓝氏家就有牛。"

"是呀，我咋没想到？"

"去借吧，借来了，我那块没耙，帮我耙一下。"

占约想："打主意打到我脑壳上来了。"嘴上却说："弟兄俩，说了就是。"

乌丛落下心来，每天照样睡到太阳晒满田坝才起，随便到哪家混点吃的，一天就这样过了。等秧田里的秧长到两卡长，乌丛才想该去看看自己那一块。不看还好，一看，火冒三丈，田犁了，占约却没给他耙，当然不会有人那样贱，替他下肥、撒谷种，青草长有人膝盖那样高。乌丛忍不住破口大骂："日你妈，哄你亲老子！"

真还不能随口骂人，乌丛骂声刚落地，就听到身边有人说话："吔，就骂起来？"

乌丛回头看时，还真是恨得咬牙的占约。占约不生气，反倒笑眯眯地说："跟你讲，我为买牛，跑得脚杆都细了。没牛，咋种地？不光种地，还要娶老婆。"

"哪天我去你家看看？"

"喏，就在那！"

乌丛朝占约指的方向望去，在不远的一条田埂上，一头板栗色的小牯牛在悠然自得地吃刚冒出来的嫩芽，大概吃得高兴了，摇摇头，直奔远处，急得占约直叫唤："哇哇哇！"

占约追牛回来，丢给乌丛一句话："你把草拔了，撒把谷子下去，照样有收成……"

乌丛想："都到这地步，只能这样了。光屁股也要种田，娶老婆，太阳从西边出来了。"

2011 年 9 月 7 日完稿于贵乌北路 16 号师专宿舍晚果斋

2013 年 5 月改定

后　记

　　三卷本长篇小说《破荒》，历时数年酝酿，终于突破种种思想障碍，在比较适合的时候完稿，并交付出版社。"中国人走到今天不容易"，是我几十年来的切身感受。我既不留恋过去，也不怨天尤人。不管值得肯定还是应该否定，甚至唾弃，都已成为历史，重要的是从中经验教训中得到启迪，对将来有补益。向前看，有利于国家，有利于民族，更有利于自身。纵观古今中外国家和民族，一帆风顺只不过是一种幻想。从挫折中提高、发展、前进，是万事万物共有的规律，概莫能外。希望更多人认同这一规律，是我创作《破荒》的初衷，也是贯彻全书的主旨。

　　国家百佳图书出版单位知识产权出版社很重视此书稿，责编李瑾老师编辑水平高，认真负责，不仅准确地整体把握书稿，细枝末节也没有放过；美编老师封面设计具有冲击力，且不厌其烦地修改。他们把出书当做事业来做，很值得尊敬。摄影家吴绍衡先生百忙中为我拍摄、寻找制作封面的素材；旧日学生、摄影家李旭专门抽时间为我和夫人王敢凤摄影，加工照片，作出此书之用。由于出版社领导的重视和编辑老师的努力，家人、朋友的支持和帮助，书稿才得以顺利出版。于此，谨表谢忱。

袁仁琮

2013 年 10 月 17 日星期四

破荒
太阳从西边出来

319